1920–21 के
असहयोग आन्दोलन का इतिहास
(स्मृतियों के झरोखे से)

1920–21 के
असहयोग आन्दोलन का इतिहास
(स्मृतियों के झरोखे से)

लेखक–सम्पादक
पं. सत्यनारायण शर्मा

नीलकंठ प्रकाशन
नई दिल्ली–110002

ISBN : 978-81-951394-6-0

मूल्य :

संस्करण : 2022

प्रकाशक : **नीलकंठ प्रकाशन**
4760-61, द्वितीय तल, 23, अंसारी रोड
दरियागंज, नई दिल्ली-110002

शब्द-संयोजक : गुप्ता कम्प्यूनिकेशन, शाहदरा, दिल्ली-110032

मुद्रक :

1920-21 Ke Asahyog Andolan Ka Itihas
by Satya Narain Sharma

समर्पण

स्व. श्रीमती वसुमती रमेशचन्द्र त्रिवेदी (बा)
एवं
स्व. श्री रमेशचन्द्र शिवशंकर त्रिवेदी (बापूजी)
की पुण्य स्मृति को
जिन्होंने अपने असीम स्नेह
और
आशीर्वाद से मुझे सिंचित किया।

—पं. सत्यनारायण शर्मा

मेरी कलम से....

इंग्लैंड की महारानी एलिजाबेथ ने 31 दिसम्बर, सन् 1600 में कुछ अंग्रेज व्यापारियों को एक चार्टर के माध्यम से भारत में व्यापार करने की अनुमति दी। इसके लिए कुछ व्यापारियों ने एक कम्पनी बनाई जिसका नाम उन्होंने 'ईस्ट इंडिया कम्पनी' रखा। उस समय तक भारत की यात्रा का समुद्री मार्ग पुर्तगाली यात्रियों ने खोज निकाला था। उस मार्ग की जानकारी लेकर और व्यापार की तैयारी करके, इंग्लैंड से सन् 1608 में 'हाकिंस' नामक कप्तान 'हेक्टर' नाम का जलयान लेकर इंग्लैंड से भारत के लिए रवाना हुआ। जलयान गुजरात में 'सूरत' बन्दरगाह पर आकर रुका। इस प्रकार अंग्रेजों के पांव सर्वप्रथम 'सूरत' शहर की धरती पर पड़े। उस समय भी सूरत भारत का एक प्रमुख व्यापारिक केन्द्र था। सूरत आगमन के बाद अंग्रेजों ने भारत के विभिन्न भागों में अपना आधिपत्य स्थापित करना प्रारम्भ किया और धीरे-धीरे भारत अंग्रेजों का गुलाम हो गया।

9 जनवरी, 1915 को 'मोहनदास करमचन्द गांधी' (महात्मा गांधी) ब्रिटिश साम्राज्य को चुनौती देकर भारत को स्वतन्त्र कराने के लिए अफ्रीका से भारत लौटे। गांधी के निजी सचिव महादेव देसाई भी सूरत के ही निवासी थे। महादेव देसाई अगस्त, 1917 से लेकर 15 अगस्त, 1942 तक गांधी जी के निजी सचिव रहे। 9 अगस्त, 1942 को गांधी जी ने बम्बई (अब मुम्बई) में भारत छोड़ो आन्दोलन का सूत्रपात किया। परिणामस्वरूप अंग्रेजी सत्ता ने उन्हें गिरफ्तार करके पुणे के आगा खां महल में नजरबन्द कर दिया। नजरबन्दी में सचिव महादेव देसाई भी गांधी जी के साथ थे। 15 अगस्त, 1942 को महादेव देसाई का देहान्त हो गया। गांधी जी महादेव भाई की सेवाओं से अत्यधिक प्रभावित थे। अतः उन्होंने स्वयं अपने हाथों से महादेव

भाई की चिता का दहन आगा खां महल पुणे में किया था।

मेरी गुजराती सासू मां स्व. श्रीमती वसुमती रमेशचन्द्र त्रिवेदी का जन्म भी 'सूरत' शहर में हुआ था। मेरी जीवनसंगनी, 'रंजन' का जन्म भी सूरत शहर के 'शान्ता बेन हास्पिटल' में हुआ था।

मेरे ससुर स्व. रमेशचन्द्र शिवशंकर त्रिवेदी बचपन से ही कांग्रेस के आन्दोलनों तथा नीतियों में रुचि रखते थे। विवाह के बाद मेरी सासू मां भी राजनीति में रुचि लेने लगीं। वह मृत्युपर्यंत भारतीय राजनीति का अभिन्न हिस्सा बनी रहीं और सक्रिय राजनीति में अनेक उतार चढ़ाव को उन्होंने देखा।

सन् 1972 में मैंने सूरत यात्रा के दौरान अपनी सासू मां से एक प्रश्न किया? जब गांधी जी का नेतृत्व कांग्रेस में उच्च शिखर पर था और गांधी जी ने सामाजिक और समाज सुधार के कार्य प्रारम्भ किए, तब गुजरात के लोगों की क्या प्रतिक्रिया थी? विशेष कर जब उन्होंने अछूतों के उद्धार के कार्य प्रारम्भ किए, भंगियों के कार्य को समाप्त करने का बीड़ा उठाया, तो गुजरात की जनता ने उनके उस आन्दोलन को किस रूप में लिया था?

सासू मां ने स्पष्ट रूप से कहा, "गुजरात की और विशेष कर सूरत की जनता में इसका बहुत विरोध हुआ था। लोगों ने कहना प्रारम्भ किया कि यह व्यक्ति पगला गया है। गांधी का घर-घर में विरोध हुआ मैं बहुत छोटी आयु की थी परन्तु मुझे आज भी याद है कि महात्मा गांधी अपनी जिद पर अड़े रहे और धीरे-धीरे वह समय भी आया कि लोग उनके आन्दोलन से जुड़ने लगे और गांधी का व्यक्तित्व कांग्रेस के मंच पर राष्ट्रनायक के रूप में उभरा, तभी मैं अपने पति के साथ कांग्रेस से जुड़ी।"

सन् 1917 में बिहार के चम्पारण जिले के नील आन्दोलन के बाद। सन् 1920 में गांधी ने असहयोग आन्दोलन प्रारम्भ किया। सन् 1921 में आन्दोलन अपनी चरमसीमा पर था परन्तु 5 अप्रैल, 1922 को चौरी चौरा की दुर्घटना ने गांधी की आत्मा को झकझोर दिया। गांव के लोगों पर पुलिस ने बर्बरता की जिसके परिणामस्वरूप गांव के लोगों ने गांव के पुलिस थाने को आग लगा दी जिसमें 22 पुलिस कर्मचारी जल कर राख हो गए। गांधी ने आन्दोलन को स्थगित कर दिया। इससे पूरा देश स्तब्ध हो गया क्योंकि आन्दोलन सफलता की ओर बढ़ रहा था।

सशस्त्र क्रान्ति के अनुयायियों ने इसे स्वीकार नहीं किया और वे पुनः सशस्त्र क्रान्ति की ओर उन्मुख होने लगे।

प्रस्तुत पुस्तक में 1921 के 'असहयोग आन्दोलन' के घटना चक्र का पूरा इतिहास है। संकलित लेखों के लेखक स्वयं 'असहयोग आन्दोलन' के हिस्सा रहे। अतः उनकी लेखनी से लिखे गए लेख उस समय के इतिहास के जीवन्त दस्तावेज हैं। यह लेख अनेक पुस्तकों, पत्रिकाओं तथा समाचार पत्रों से चयनित किए गए हैं। आशा है यह आने वाली पीढ़ियों के लिए इतिहास का सशक्त हस्ताक्षर साबित होंगे क्योंकि इतिहास ही किसी राष्ट्र की धरोहर होता है।

पुस्तक के संयोजन में मेरी छोटी बेटी सौभाग्यवती सोनाली शर्मा का अत्यधिक योगदान है। वह मुझे नए-नए विषयों पर कार्य करने को उत्साहित करती है। बड़ी बेटी सौभाग्यवती सुरभि प्रियदर्शनी, मुझे विषय चयन में बहुत सहयोग देती है। अतः दोनों बेटियों का धन्यवाद।

पत्नी 'रंजन' का विशेष आभार जो मुझ जैसे (गृहस्थ जीवन से निर्लिप्त) व्यक्ति को पिछले छियालिस वर्ष से निभा कर, लेखन कार्य में लगे रहने को प्रेरित करती है।

नवासे गौरांश शर्मा को सुझाव है कि वह देश के इतिहास को पढ़े और समझे कि आजादी का, जिसका आज वह उपभोग कर रहा है कितने परिश्रम से इस देश को मिली है।

अबोध नवासे 'अभिषेक' (जन्म 31/08/2016); (ज्योतिष्पीठ की उप-शाखा भानपुरा (म.प्र.) के पूर्व जगत गुरु शंकराचार्य परमपूज्य स्वामी सत्यमित्रानन्द गिरि जी महाराज ने बुद्धवार दिनांक 12-10-2016 (बारह अक्तूबर सन् दो हजार सोलह) प्रातः 10.35 (प्रातः दस बजकर पैंतीस मिनट) पर नाम दान दिया) को ढेर सारा प्यार और आशीर्वाद...

पुस्तक प्रकाशन के लिए नीलकंठ प्रकाशन के व्यवस्थापक श्री पंकज गुप्ता को धन्यवाद जिनके कारण इतिहास के विस्मृत पृष्ठ पुनः अगली पीढ़ी के लिए सौगात के रूप में प्रस्तुत है।

—पं. सत्यनारायण शर्मा
(सम्पादक)
दिनांक : 20/03/2017

2-सी-187, नेहरू नगर
गाजियाबाद (उ.प्र.) 201001
मो. : 09811057257, फोन : 0120-2792742

अनुक्रम

असहयोग आन्दोलन का इतिहास

—पं. सत्यनारायण शर्मा

पं. सत्यनारायण शर्मा

हर समाज और हर राष्ट्र में स्वतन्त्रता की इच्छा बलवती होती है। परन्तु दुर्भाग्य से कभी-कभी निजी मूढ़ता से या आपसी मतभेद के कारण समाज और राष्ट्र स्वयं को परातन्त्रता की बेड़ियों में जकड़ लेता है।

लगभग 1200 वर्षों से विदेशी आक्रमण-कारियों ने भारत की सम्पदा लूटने के लिए आक्रमण करना प्रारम्भ किया। प्रारम्भ में लगभग सभी आक्रमणकारी, भारत से सम्पदा लूटकर स्वदेश वापिस लौट गए। सन् 1526 ई. में राणा सांगा ने बाबर को इब्राहिम लोदी से लड़ने के लिए भारत आमन्त्रित किया। पानीपत के मैदान में बाबर ने इब्राहिम लोदी को हराया। बाबर समझ गया कि भारतीय शासक आपस की लड़ाई जीतने के लिए भी विदेशी आक्रान्ताओं को निमन्त्रित किया करते हैं। उसने राणा सांगा को भी पराजित किया और भारत पर अपना शासन स्थापित कर लिया इस प्रकार 15वीं शती में ही भारत विदेशी आक्रमणकारियों के कब्जे में आ गया और परातन्त्रता की बेड़ियों में बंधता चला गया।

सन् 1608 में अंग्रेजों की 'ईस्ट इंडिया कम्पनी' का आगमन भारत के सूरत शहर में हुआ। कप्तान 'हाकिंस' 'हैक्टर' नामक जलयान लेकर भारत आया। 18वीं शती के आते-आते, गृह कलह, रजवाड़ों के आपसी झगड़े, छलकपट, निजी स्वार्थों तथा विश्वासघातों के कारण पूरा देश अंग्रेजों के आधिपत्य में आ गया तथा भारत गुलामी की जंजीरों में बंध गया। 19वीं

शती के मध्य में तो सारा भारत अंग्रेजों पर आश्रित हो गया।

सन् 1857 में देश ने अंगड़ाई ली। प्रथम स्वतन्त्रता संग्राम हुआ परन्तु दुर्भाग्य से यह प्रयास असफल रहा क्योंकि राजवंशों के निजी स्वार्थ आड़े आ गए इसी कारण सम्पूर्ण भारत एकजुट होकर इस संग्राम में नहीं कूदा। महाराजा पटियाला और महाराजा जींद तो देशभक्तों के विरुद्ध अंग्रेजों के समर्थन में, उनसे लड़े। पूरा देश पुनः अंग्रेजों के अत्याचारों के नीचे कसमसाने लगा। 28 दिसम्बर, 1885 को बम्बई में कांग्रेस की स्थापना एक प्रबुद्ध सेवानिवृत्त अंग्रेज अधिकारी 'ओ ह्यूम' ने की। उसने कांग्रेस की स्थापना भारतीयों में स्वतत्रंता के लिए बढ़ती हुई उत्तेजना को लगाम लगाने की दृष्टि से की थी। प्रारम्भ में इसके सदस्य केवल अभिजात्य वर्ग के ही लोग थे, जो अंग्रेजी पढ़े लिखे, अंग्रेजी बोलने वाले तथा अंग्रेजों की सत्ता के हित में सोचने वाले ही थे। परन्तु धीरे-धीरे भारत का जनसाधारण मानस भी कांग्रेस से जुड़ने लगा। सन् 1905 में बंगाल विभाजन ने भारत की जनता में स्वतन्त्रता के लिए राष्ट्रवाद जगा दिया।

9 जनवरी, 1915 को महात्मा गांधी अफ्रीका से भारत लौटे और कांग्रेस से जुड़ गए। गांधी के आगमन से पहले गरम दल के नेता लोकमान्य बाल गंगाधर तिलक, लाला लाजपत राय, विपिनचन्द्र पाल कांग्रेस के साथ जुड़े हुए थे। गांधी ने स्वतन्त्रता प्राप्त करने के लिए अहिंसा का मार्ग अपनाया, जिसका प्रयोग वह अफ्रीका में कर चुके थे। यही कारण था कि

प्रथम विश्वयुद्ध के समय में गांधी ने अंग्रेजों की सहायता की और भारतीय नवयुवकों को प्रेरित किया कि वे फौज में भर्ती होकर विश्व में युद्धों के मोर्चे पर अंग्रेजों के लिए लड़े। गांधी को विश्वास था कि यदि युद्ध में अंग्रेजों की विजय होती है तो वह निश्चित रूप से भारतीयों को कुछ संवैधानिक अधिकार देंगे। परन्तु युद्ध में विजयी होने के पश्चात् अंग्रेजों ने भारतीयों पर अधिक कठोरता बरतनी प्रारम्भ की। कहां तो भारत की जनता कल्पना कर रही थी कि भारत का प्रशासनिक ढांचा काफी बदल जाएगा। परन्तु एक ओर तो 13 अप्रैल, 1919 को पंजाब के अमृतसर के जलियांवाला बाग का नरसंहार सामने आया दूसरी ओर रौलट कमीशन की काली सिफारिशें आईं जिसके आधार पर केन्द्रीय कौंसिल में कई विधेयक प्रस्तुत किए गए जिनके अन्तर्गत सरकार द्वारा भारतीयों के अस्तित्व को कुचलने के लिए, असीमित अधिकार पुलिस को देने का प्रस्ताव किया गया था। जिनमें एक था भारतीयों को गिरफ्तार करने के लिए, घरों की तलाशी लेने और उन पर मुकदमा चलाने के लिए असाधारण अधिकार–

कांग्रेस के नरम विचारों के दक्षिण भारतीय नेता श्री श्रीनिवास शास्त्री तक ने, अंग्रेजी सत्ता की यह कहकर आलोचना की कि "पुलिस और मजिस्ट्रेट के हाथों में इतने सारे अधिकारों को सौंपने से केवल दुष्ट लोगों को ही नहीं बल्कि भले लोगों को भी कष्ट पहुंचेगा। इससे लोगों की भावनाओं और राजनीतिक तत्वों को ऐसा आघात लगा कि ब्रिटिश हुकूमत भारतवासियों को सरकार की जिम्मेदारी सौंपने की जो बात करती है, वह केवल एक मजाक साबित होगी।"

मुस्लिम लीग के अध्यक्ष मि. जिन्ना ने साफ-साफ शब्दों में चेताया कि "इस विधेयक के पास होने से ऐसा असन्तोष पैदा होगा और यह एक ऐसे आन्दोलन का रूप ले लेगा, जैसा पहले कभी नहीं हुआ।"

गांधी ने रौलट कमेटी की रिपोर्ट अखबारों में पढ़ी। रिपोर्ट पढ़ने के बाद गांधी ने कहा, "ब्रिटिश साम्राज्य आज शैतानों का प्रतिनिधि है। अतः जिन्हें ईश्वर से प्यार है, उनके मन में ऐसे शैतान के प्रति किसी भी प्रकार का प्यार नहीं हो सकता।"

सन् 1915 में भारत आगमन के समय गांधी जी के मन में ब्रिटिश

शासन के प्रति सहानुभूति थी। यही कारण था कि प्रथम विश्वयुद्ध के समय गांधी ने भारतीय नवयुवकों को सेना में भर्ती होने के लिए प्रेरित किया परन्तु सन् 1919 में कमेटी की रिपोर्ट आते ही गांधी के मन में विद्रोह पैदा हो गया और उसने ब्रिटिश सत्ता को शैतानों का प्रतिनिधि कहकर सम्बोधित किया। गांधी ने अपने अनुयायी के लिए एक प्रारूप तैयार किया जिनका विश्वास था कि रौलट कमेटी की सिफारिश पर जो विधेयक केन्द्रीय काउन्सल में प्रस्तुत किए गए वह उनकी स्वतन्त्रता का पूर्णतया अपहरण करते हैं। गांधी ने अपने प्रारूप में यह प्रतिज्ञा लिखी थी कि "इन विधेयकों के कानून बन जाने पर वे उन कानूनों को नागरिक की हैसियत से मानने से इंकार करेंगे, जब तक कि वे रद्द न कर दिए जाएं।"

इस बीच केन्द्रीय काउन्सल में यह विधेयक कानून बन गया और गांधी ने अपने प्रारूप में लिखी गई प्रतिज्ञा के आधार पर समस्त भारत में इस काले कानून के विरुद्ध हड़ताल का आह्वान किया। इस हड़ताल की तारीख पहले 30 मार्च, 1919 निर्धारित की गई। बाद में इसे परिवर्तित करके 6 अप्रैल कर दिया गया। गांधी ने उस दिन देशवासियों के लिए उपवास रखने और प्रार्थना करने का कार्यक्रम निर्धारित किया। इस सन्दर्भ में गांधी ने वायसराय को लिखा, "इस सत्याग्रह अभियान का उद्देश्य राजनीति में क्रान्तिकारी परिवर्तन और मनुष्य की नैतिक शक्ति की प्रतिष्ठा करना है।"

दिल्ली में सत्याग्रह दिवस 30 मार्च को मनाया गया। इस अवसर पर आर्य समाज के नेता स्वामी श्रद्धानन्द को मुसलमानों ने 4 अप्रैल, 1919 को जामा मस्जिद में भाषण करने को निमन्त्रित किया। यह एक ऐतिहासिक क्षण था। बम्बई में 6 अप्रैल को महात्मा गांधी ने समुद्र के किनारे चौपाटी में एक बड़ी सभा आयोजित की। सारे शहर में भारी जुलूस निकाला गया। इस अवसर पर गांधी जी की भी एक सभा एक मस्जिद में हुई, जिसमें गांधी के अतिरिक्त सरोजनी नायडू का भी भाषण हुआ।

पंजाब में, शासन के अत्याचारों की खबरें मिलने के बाद महात्मा गांधी वहां की स्थिति को स्वयं अपनी आंखों से देखना चाहते थे। वह बम्बई से रेलगाड़ी के द्वारा अमृतसर आ रहे थे, कि 10 अप्रैल, सन् 1919 को उन्हें

पलवल में गिरफ्तार किया गया, तथा 11 अप्रैल को उन्हें बम्बई ले जाकर छोड़ दिया। 13 अप्रैल, 1919 को अमृतसर के जलियांवाला बाग में जनरल डायर ने नरसंहार कराया। शान्तिपूर्ण सभा कर रहे लोगों पर मिल्ट्री द्वारा गोलियां चलाई गईं। जिसमें सरकारी आंकड़ों के अनुसार 379 लोग घटनास्थल पर ही मारे गये। गैर सरकारी आंकड़े हजारों में हैं और अनगिनित घायल हो गये। पूरे देश में घटना की निन्दा हुई।

हड़तालों और सत्याग्रह आन्दोलन में मुसलमानों और हिन्दुओं ने कन्धे से कन्धा मिलाकर भाग लिया। सन् 1919 में विश्व का घटनाचक्र कुछ ऐसी तेजी से बदला कि भारतीय मुसलमानों को अंग्रेजों के अत्याचारों को अधिक सहना पड़ा। हुआ यूं कि सुन्नी मुसलमानों के खलीफा, तुर्की के सुल्तान का समर्थन करने के कारण भारतीय मुस्लिम नेताओं को भारी कीमत चुकानी पड़ी। मुहम्मद अली, शौकत अली, अबुल कलाम आजाद और महमूद हसन उस समय अग्रणी मुस्लिम नेता थे जिन्हें अंग्रेजी सरकार का दमन सहना पड़ा। 13 अप्रैल, 1919 को जलियांवाला कांड हो चुका था। परन्तु फिर भी दिसम्बर, 1919 में इंडियन नेशनल कांग्रेस ने अपना अधिवेशन अमृतसर में ही किया। अधिवेशन की अध्यक्षता प. मोतीलाल नेहरू ने की। अधिवेशन में लगभग सभी बड़े नेता श्रीनिवास शास्त्री, मदनमोहन मालवीय, श्रीमती एनीबेसेंट, लोकमान्य बाल गंगाधर तिलक, शौकतअली, मुहम्मदअली, देशबन्धु चितरंजनदास, महात्मा गांधी सम्मलित थे। स्वामी श्रद्धानन्द इस अधिवेशन के स्वागताध्यक्ष थे।

प्रथम विश्वयुद्ध प्रारम्भ होने के बाद से ही भारतीय मुसलमान धर्म संकट में थे। यूं भारत में अंग्रेजी सत्ता ने उन्हें अपने धर्मानुसार पूजा-नमाज की पूरी स्वतन्त्रता दे रखी थी परन्तु युद्ध में अंग्रेजों की फौजें तुर्की पर आक्रमण करके तुर्की पर अपना कब्जा जमा चुकी थी। तुर्की के खलीफा का आदेश पूरी दुनिया के सुन्नी मुसलमानों पर चलता था क्योंकि वह मजहबी प्रमुख था। सन् 1918 में अंग्रेज और उसके मित्र राष्ट्रों ने लगातार विजय प्राप्त की। 31 अक्तूबर को तुर्की ने भी पराजय स्वीकार कर ली। तुर्की साम्राज्य पूरी तरह ध्वस्त हो चुका था। अंग्रेजों के उकसाने पर अरबों ने अपने सम्राट और खलीफा के विरुद्ध विद्रोह कर दिया। लायड जार्ज ने

यूनानियों को भड़काया जिस पर उन्होंने तुर्की के स्मरना के तटीय प्रदेश पर दावा ठोक दिया।

दिसम्बर, 1918 में मुस्लिम लीग तथा इंडियन नेशनल कांग्रेस दोनों के सम्मेलन दिल्ली में हुए। मुस्लिम लीग के सम्मेलन के स्वागताध्यक्ष डॉ. अंसारी थे और इंडियन नेशनल कांग्रेस के स्वागताध्यक्ष हकीम अजमल खां थे। दोनों ने अपने भाषणों में अंग्रेजों से कहा कि वह तुर्की के सम्राट और मुसलमानों के खलीफा को पुनः, सत्तारूढ़ करके तुर्की का शासन उसे सौंपे। गांधी ने भी उनकी मांगों का समर्थन किया। डॉ. अंसारी तथा हकीम अजमल खां ने अपने भाषणों में मुसलमानों की मांगों के समर्थन के लिए गांधी जी को धन्यवाद किया।

दिसम्बर 1919 में कांग्रेस के अमृतसर अधिवेशन में गांधी जी तथा अन्य कांग्रेसियों ने खिलाफत आन्दोलन के नेताओं से विचार विमर्श किया कि किस तरह मुसलमानों की शिकायतों को दूर किया जाए। 20 फरवरी, 1920 को कलकत्ता में मौलाना अबुल कलाम आजाद की अध्यक्षता में आयोजित खिलाफत सम्मेलन में असहयोग आन्दोलन पर एक प्रस्ताव पास किया जिसके अर्न्तगत निर्णय किया गया कि खिलाफत के प्रश्न को ब्रिटिश सरकार को समझाने के लिए एक प्रतिनिधि मण्डल लन्दन भेजा जाए। 10 मार्च, 1920 को गांधी ने एक वक्तव्य जारी करके असहयोग आन्दोलन शुरू करने की अपील की। 19 मार्च, 1920 में पूरे देश में 'शोक दिवस' मनाया गया। इंग्लैंड तथा मित्र राष्ट्रों ने 15 मई, 1920 को सेबरे में हुई तुर्की शान्ति-सन्धि की शर्तें प्रकाशित कर दी। शर्तें तुर्की के मुसलमानों के लिए अत्यन्त अपमानजनक थी। अतः विश्व के सभी मुसलमान बहुत क्षुब्ध हो उठे। क्योंकि 10 अगस्त, 1920 को ब्रिटिश प्रधानमन्त्री श्री लायड तथा मित्र राष्ट्रों ने तुर्की द्वारा उठाई गई आपत्तियों को खारिज कर दिया। और तुर्की प्रतिनिधि मण्डल से सन्धि पत्र पर जबरन हस्ताक्षर कराये। 28 मई को केन्द्रीय खिलाफत समिति की एक बैठक बम्बई में हुई। इसमें 'तुर्की के मुसलमानों की मांगों को उचित ठहराया गया और भारत में अंग्रेजों के विरुद्ध अहिंसात्मक असहयोग आन्दोलन छेड़ने के निर्णय की घोषणा भी की गई। इसके साथ हिन्दुओं की आशंकाओं को दूर करने के लिए एक बयान

जारी किया गया। जिसमें यह वायदा किया गया कि भारत के मुसलमान भारत पर किसी भी मुसलमान देश के हमले का आखिरी दम तक मुकाबला करेंगे।

गांधी जी मुसलमानों की मांगों को पूर्णतया उचित समझते थे। उन्होंने कहा, "भारतीय होने के नाते मेरे लिए अपने मुस्लिम देशवासी भाइयों के दुख में दुखी होना स्वाभाविक है। यदि मैं मुसलमानों को अपना भाई मानता हूं तो यह मेरा नैतिक कर्त्तव्य हो जाता है कि उनके पक्ष के न्यायोचित होने पर, विपत्ति के समय में अपनी शक्तिभर उनका साथ दूं।"

9 जून, 1920 को इलाहाबाद में खिलाफत कमेटी की बैठक हुई। उसमें असहयोग आन्दोलन को प्रारम्भ करने का निश्चय किया। जिसके अन्तर्गत यह तय किया गया कि असहयोग में यह कार्यक्रम हो–

1. सरकारी पदवियों का त्याग और सरकारी मान पदों से त्याग-पत्र।
2. सभी असैनिक सरकारी सेवाओं से त्याग-पत्र।
3. पुलिस तथा सैनिक सेवाओं से इस्तीफा।
4. कर देने से इंकार।

जुलाई, 1920 में सिन्ध में एक खिलाफत सम्मेलन हुआ जिसमें गांधी जी भी उपस्थित हुए जिसमें उन्होंने हिन्दुओं से अपील की कि वह मुसलमानों के कन्धा से कन्धा मिलाकर सहयोग करें।

4 सितम्बर, 1920 में कलकत्ते के कांग्रेस अधिवेशन में गांधी ने असहयोग का प्रस्ताव प्रस्तुत किया। प्रस्ताव में सरकारी खिताबों को वापिस करने, स्कूलों, कॉलेजों, अदालतों, विधान परिषदों को छोड़ने विदेशी माल का बहिष्कार करने और कर न देने तक का कार्यक्रम रखा गया। यह प्रस्ताव भारी बहुमत से पास हो गया। प्रस्ताव के पक्ष में दो तिहाई प्रतिनिधियों ने वोट डाले थे फिर भी इस पर अन्तिम निर्णय दिसम्बर, 1920 के अन्तिम सप्ताह में नागपुर में आयोजित होने वाले कांग्रेस के अधिवेशन तक स्थगित कर दिया गया। नागपुर अधिवेशन में असहयोग सम्बन्धी प्रस्ताव सर्वसम्मति से पास हो गया जबकि कलकत्ता अधिवेशन में लाला लाजपत राय तथा देशबन्धु चितरंजनदास ने असहयोग प्रस्ताव का विरोध किया था। परन्तु नागपुर अधिवेशन ने चितरंजनदास ने ही असहयोग

प्रस्ताव प्रस्तुत किया और लाला लाजपत राय ने इसका अनुमोदन किया। (केवल मुहम्मद अली जिन्ना विरोध में थे) प्रस्ताव की स्वीकृति से देश में उत्तेजना की लहर दौड़ गई। जनमानस आन्दोलन में शामिल हो गया। गांधी जी ने कहा कि एक वर्ष में ही स्वराज मिल जाएगा। चितरंजनदास, मोतीलाल नेहरू, राजगोपालाचारी, राजेन्द्रप्रसाद, वल्लभ भाई पटेल आदि बहुत प्रमुख वकीलों ने अपनी वकालत छोड़ दी। विद्यार्थियों ने स्कूल और कॉलेजों की पढ़ाई छोड़ दी। चितरंजनदास द्वारा वकालत त्यागने के कारण उन्हें देशबन्धु की उपाधि से विभूषित किया गया। देश के कई हिस्सों में जैसे बंगाल, बिहार, गुजरात, बम्बई, संयुक्त प्रान्त (उ.प्र.) में राष्ट्रीय कॉलेज और राष्ट्रीय विश्वविद्यालय खोले गए।

कांग्रेस के नागपुर अधिवेशन में कांग्रेस ने अपना लक्ष्य बदल कर शान्तिपूर्ण और वैध तरीकों से स्वराज्य प्राप्ति कर दिया और कांग्रेस का विधान पूरी तरह बदल दिया जिसके फलस्वरूप कोई भी व्यक्ति, चाहे वह साक्षर हो या निरक्षर, यदि वह कांग्रेस संगठन के सिद्धान्तों में विश्वास रखता हो, चवन्नी चन्दा देकर कांग्रेस का सदस्य बन सकता था (कांग्रेस के स्थापना वर्ष 1885 से सन् 1919 तक कुलीन तबके के शिक्षित और सम्पन्न व्यक्ति ही कांग्रेस के सदस्य हो सकते थे।

आयु की दृष्टि से वह 21 वर्ष या इससे अधिक हो। यह पहला अवसर था जब कांग्रेस प्रतिनिधियों के चुनाव का एक आधार तैयार किया गया। कांग्रेस की सर्वोच्च संस्था, कार्यसमिति का कार्य था कि वह संगठन की रोजमर्रा की गतिविधियों का संचालन करे। साथ ही पहली बार गावों में भी कार्यसमितियां गठित की गईं।

दूसरा महत्वपूर्ण कदम 31 मार्च तथा 1 अप्रैल की बेजवाड़ा में हुई अखिल भारतीय कांग्रेस समिति की बैठक में उठाया गया जो 'बेजवाड़ा कार्यक्रम' के नाम से इतिहास में दर्ज हैं इस कार्यक्रम में गांधी ने एक करोड़ रुपये जमा करने का आह्वान किया।

28 जुलाई, 1920 को गांधी ने घोषणा की कि एक अगस्त से असहयोग आन्दोलन शुरू किया जाएगा। इसका प्रारम्भ उपवास, प्रार्थना और हड़ताल से होगा। बाल गंगाधर तिलक ने भी असहयोग कार्यक्रम का

समर्थन किया लेकिन दुर्भाग्यवश 31 जुलाई की मध्य रात्रि में तिलक का अकस्मात निधन बम्बई में सरदार गृह में हो गया। उनकी अर्थी को गांधी, शौकत अली तथा डॉ. सैफुदीन किचलू ने कन्धा लगाया। गांधी जी ने शोक प्रकट करते हुए कहा, "मेरा सबसे मजबूत सहारा नहीं रहा।"

पहली अगस्त, 1920 को असहयोग आन्दोलन बड़े जोर से प्रारम्भ हुआ। इसी दिन गांधी जी ने वायसराय को लिखा, "खिलाफत के मामले पर ब्रिटिश सरकार ने बहुत अविवेक, अनैतिकता और अन्याय का व्यवहार किया है। अब मेरे हृदय में ऐसी सरकार के लिए न तो आदर है न प्रेम" इस पत्र के साथ ही गांधी जी ने उन सभी पदकों को लौटा दिया जो उन्हें अंग्रेजी सरकार ने उनकी सेवाओं से प्रसन्न होकर दिए थे। इसके बाद 4 सितम्बर को कांग्रेस का एक विशेष अधिवेशन कलकत्ता में बुलाया। जिसकी अध्यक्षता लाला लाजपत राय ने की। इसमें गांधी जी ने पहली बार असहयोग प्रस्ताव रखा।

पहली अगस्त, 1920 को प्रारम्भ हुआ 'असहयोग आन्दोलन' 6 फरवरी, 1922 तक दिन पर दिन बढ़ता ही गया। मुहम्मद अली के आह्वान पर अलीगढ़ विश्वविद्यालय के कुछ विद्यार्थियों ने अपनी पढ़ाई छोड़कर जामिया मिल्लिया शिक्षा संस्थान की स्थापना अलीगड़ में की जो बाद में दिल्ली आ गया। सुभाषचन्द्र बोस ने इंडियन सिविल सर्विस से इस्तीफा दे दिया और कलकत्ता के नेशनल कॉलेज में प्रिंसिपल का कार्य संभाल लिया। उमर सुभानी के त्यागमय प्रयत्नों से तिलक कोष में एक करोड़ के लक्ष्य से अधिक रुपया इकट्ठा हो गया, लाखों चरखे बांटे गए और घर-घर में सूत कतना शुरू हो गया, स्वयं सेवकों की भर्ती लक्ष्य की आधी संख्या तक पहुंच गई। विदेशी कपड़े का बहिष्कार का असर सारे देश पर पड़ा। बंगाल, बम्बई, मद्रास और संयुक्त प्रान्त (उ.प्र.) में यह आन्दोलन बहुत सफल रहा।

दुर्भाग्यवश 5 फरवरी, 1922 को संयुक्त प्रान्त (उ.प्र.) गोरखपुर जिले के एक छोटे कस्बे चौरी चौरा में एक दुखदाई घटना हो गई। कुछ पुलिस वालों की प्रदर्शनकारियों से भिड़न्त हो गई। लेकिन संख्या में कम होने के कारण पुलिस वालों को थाने में छिपना पड़ा, क्रुद्ध भीड़ ने थाने में आग लगा दी और उसमें बन्द लोग व सामान जल कर राख हो गए! घटना की सूचना

मिलने पर गांधी जी को बहुत आघात पहुंचा क्योंकि उनको अहिंसा प्राण तथा देश की आजादी से भी ज्यादा प्रिय थी। गांधी जी ने महसूस किया कि लोगों द्वारा हिंसा अपनाने से अव्यवस्था और अनुशासनहीनता पूरी तरह फैल जाएगी और जनता का प्रतिनिधित्व कांग्रेस के हाथों से निकल जाएगा। परिणामस्वरूप गोरी सरकार को असीमित शक्ति को प्रयोग करने का बहाना मिल जाएगा। जिससे निश्चय ही जान माल की बहुत हानि होगी जैसा 1857 में हुआ था। इस विचार से गांधी ने असहयोग आन्दोलन को स्थगित करने और बारडोली में सत्याग्रह न करने का फैसला किया। 12 फरवरी को इस निर्णय का अनुमोदन करने के लिए कांग्रेस कार्यकारी समिति की बैठक हुई।

गांधी ने असहयोग आन्दोलन को स्थगित कर दिया। गांधी के इस निर्णय से चितरंजनदास तथा मोतीलाल नेहरू भी असहमत थे और उन्होंने जेल से ही गांधी के इस कार्य की, पत्र लिखकर कटु आलोचना भी की थी।

खिलाफत आन्दोलनकारियों में भी फूट पड़ गई। उनमें से अधिकतर का असहयोग और गांधी जी के नेतृत्व पर से विश्वास हट गया। राष्ट्रवादी तत्वों ने इस फूट का फायदा उठाकर सरकार ने जो अभी तक गांधी जी के खिलाफ कार्रवाई करने में हिचकिचा रही थी, फौरन निर्णय कर लिया और गांधी जी को 10 मार्च, 1922 को गिरफ्तार कर लिया। एक सप्ताह बाद 18 मार्च को उनके खिलाफ मुकदमा चला। जज ने उन्हें अपराधी घोषित किया और छह साल जेल की सजा सुनाई। पूना स्थित यरवदा सेंट्रल जेल में उन्हें बन्दी कर लिया गया।

इस प्रकार यह अहिंसात्मक असहयोग आन्दोलन 1 अगस्त, 1920 से प्रारम्भ होकर 12 फरवरी, 1922 तक चला। यह न केवल भारत का वरन विश्व इतिहास का प्रथम अनोखा प्रयोग था। जिसने भारत की स्वतन्त्रता का मार्ग प्रशस्त किया।

अपूर्व जागृति

—आचार्य जयकृष्णदास प्रभुदास भंसाली

विद्यार्थी जीवन में मैं भारत के विख्यात क्रान्तिकारी श्री श्याम जी कृष्ण वर्मा से प्रभावित हुआ था। वे मेरे रिश्तेदार भी थे। युवावस्था में मेरे मन पर क्रान्तिकारी विचारों का गहरा प्रभाव पड़ना स्वाभाविक ही था। इन विचारों ने मुझे शान्त नहीं बैठने दिया। वर्मा जी के प्रति मेरे मन में ऐसी अटूट श्रद्धा हो गई थी कि उनसे मिलने के लिए मैं स्विट्जरलैण्ड गया। लेकिन वहां से मैं जल्दी ही लौट आया क्योंकि वह सशस्त्र क्रान्ति द्वारा भारत को आजाद कराना चाहते थे लेकिन मैं अहिंसात्मक क्रान्ति में विश्वास करता था। इसी समय मेरे मन में आया कि मैं किसी शान्तिप्रिय समाजसेवी संस्था का सदस्य बनकर देश सेवा करूं। पूना में भारत सेवक समाज (सर्वेण्ट्स आफ इण्डिया सोसाइटी) का आजीवन सदस्य बनकर मैंने देशवासियों की सेवा करनी चाही। लेकिन जब भारत सेवक समाज के नेताओं को पता चला कि क्रान्तिकारी वर्मा जी मेरे रिश्तेदार हैं, तो उन्होंने मुझे समाज का सदस्य बनाने से इंकार कर दिया। इस घटना से मेरा मन बहुत दुखी हुआ, परन्तु देश सेवा की ओर मेरी लगन बढ़ती गई।

यह घटना सन् 1919-20 के करीब की है। इसी समय देश में असहयोग आन्दोलन का वायुमण्डल बन रहा था। इस आन्दोलन की चिन्गारी धीरे-धीरे भारत के कोने-कोने में फैल रही थी। राष्ट्र में नवचेतना का समुद्र उमड़ रहा था। राष्ट्रपिता बापू की जयध्वनि से सारा भारत गूंज रहा था। नागपुर के कांग्रेस अधिवेशन में देशबन्धु चित्तरंजनदास ने असहयोग आन्दोलन का प्रस्ताव रखा। लाला लाजपतराय ने उसका समर्थन किया। अधिवेशन द्वारा निश्चित कार्यक्रम का जनता पर बड़ा प्रभाव पड़ा। लोग

जातीयता और संकुचित साम्प्रदायिकता कुछ समय के लिए भूल गए। जगह-जगह हिन्दू-मुस्लिम एकता के प्रदर्शन होने लगे। गोरी सरकार द्वारा चलाए गए सैकड़ों स्कूलों और कॉलेजों का जनता ने बहिष्कार किया। राष्ट्रीय स्कूल देश में खुल गए। जगह-जगह पंचायतें स्थापित हुईं। बेजवाडा कांग्रेस के बाद कांग्रेस सदस्यों की संख्या बढ़कर पचास लाख हो गई। इसी समय बापू ने तिलक स्वराज्य फण्ड की स्थापना की। इस फण्ड के लिए जनता ने बापू की अपील पर एक करोड़ रुपया तो दान में दिया ही, साथ ही एक लाख रुपया दक्षिणा भी दी। अर्थात् इस फण्ड में कुल एक करोड़ एक लाख रुपया जमा हो गया। इस पैसे का उपयोग बापू ने आन्दोलन को चलाने के लिए किया। जनता का उत्साह बढ़ता ही गया।

बापू के इस असहयोग आन्दोलन का इतना गहरा प्रभाव पड़ा कि देश के कोने-कोने में बीस लाख चरखे चलने लगे। देश की बहुसंख्यक जनता अपने काते हुए सूत से अपना तन ढकने लगी। विदेशी कपड़े को लोग बहिष्कार करने लगे। जगह-जगह सत्याग्रह की लहर दौड़ गई। देश में कई सुप्रसिद्ध वकीलों ने वकालत छोड़ दी जिनमें जवाहरलाल नेहरू के पिता मोतीलाल नेहरू और देशबन्धु चित्तरंजनदास भी थे। इसी समय रवीन्द्रनाथ टैगोर ने अपनी 'सर' की उपाधि और मद्रास हाईकोर्ट के चीफ जस्टिस श्री सुब्रह्मण्यम अय्यर ने के.सी.आई.ई. की उपाधि त्याग दी। जनता को अधिक उत्साहित करने के लिए बापू ने भविष्यवाणी की कि देश जल्दी ही स्वतंत्र हो जाएगा, परन्तु मुझे यह बात असम्भव सी लगती थी। इसमें कोई शंका नहीं थी कि जनता में अपूर्व जागृति हुई। मजदूरों में एक नई चेतना आई। असम बंगाल रेलवे में हड़ताल हुई। बंगाल के मेदिनीपुर जिले में लगान बन्दी का आन्दोलन हुआ। इसी समय राष्ट्रीय सेवा दल का संगठन हुआ। विलायती कपड़ों की दुकानों पर स्वयंसेवक तथा दूसरे लोग भी धरना देने लगे। इसका परिणाम यह हुआ कि गोरे शासन के पदाधिकारियों के मन में यह भय उत्पन्न हुआ कि यह आन्दोलन अगर कुछ वर्ष चला तो जरूर ही अंग्रेजी शासन समाप्त हो जाएगा।

ऐसे सुन्दर अवसर को मैं कैसे छोड़ सकता था? अभी बापू को मैंने देखा भी नहीं था, परन्तु मेरे हृदय सिंहासन पर बापू की सत्य और अहिंसा

की मूर्ति विराजमान हो चुकी थी। मैंने भी सत्याग्रह किया, मेरा क्रान्तिकारियों से सम्बन्ध होने के कारण सरकार ने मुझे लम्बे कारावास की सजा दी। मैं बापू के इस आन्दोलन से बहुत ही प्रभावित था। जेल की यातना से छूटने के बाद मैंने बम्बई नेशनल कॉलेज में प्राचार्य का काम शुरू किया। इसी समय मैं अंधेरी के साधक आश्रम में आचार्य का काम भी देखता था। परन्तु इससे मुझे शान्ति नहीं मिली। आखिर मैंने थोड़े ही दिनों में अहमदाबाद के साबरमती आश्रम की राह ली। फिर क्या था, मैं सदा के लिए बापू का हो गया। मेरा पहले अहिंसा तथा सत्य पर इतना विश्वास नहीं था। मेरा झुकाव क्रान्तिकारी विचारों की ओर था परन्तु बापू के सम्पर्क में आने पर सत्य-अहिंसा के सिद्धान्तों को मैंने सदा के लिए अपना लिया। भारत के इतिहास तथा उस समय की स्थिति को देखते हुए केवल सत्य-अहिंसा का सिद्धान्त ही देश को लक्ष्य की ओर ले जा सकता था, यह बात मेरे मन में बैठ गई और आज तक मैं उसी सिद्धान्त पर चल रहा हूं।

असहयोग आन्दोलन भारत के विभिन्न प्रान्तों में बड़ी तेजी के साथ चल रहा था। बारडोली में वल्लभभाई पटेल के नेतृत्व में इस आन्दोलन ने ऐतिहासिक रूप ग्रहण किया। 5 फरवरी, 1922 को उत्तर प्रदेश में चौरी चौरा गांव में जनता ने पुलिस स्टेशन को आग लगा दी, जिसमें 22 पुलिसमैन जल गए। इस हिंसक घटना का समाचार पहुंचते ही बापू दुखी हुए और उन्होंने शीघ्र ही इस आन्दोलन को स्थगित कर दिया। मेरा मन बार-बार यही कहता रहा कि अभी हमें आजादी की लड़ाई लड़नी है। यह आन्दोलन तो केवल जनजागृति का प्रारम्भ है। कुएं पर पानी खींचने वाले मोटे रस्से से भी कुछ साल बाद पत्थर के दो टुकड़े हो जाते हैं, फिर क्या व्यापक और सक्रिय जन जागृति के बाद भारत में अंग्रेजी राज्य का अन्त नहीं होगा?

नया सवेरा–नई चेतना

प्रभुदास गांधी

यह संस्मृति आज की नहीं, आज से आधी शताब्दी पहले जो सवेरा हुआ था तब कि है जब–

उठ जाग मुसाफिर भोर भई अब रैन कहां जो सोवत है,
जो सोवत है सो खोवत है जो जागत है सो पावत है।

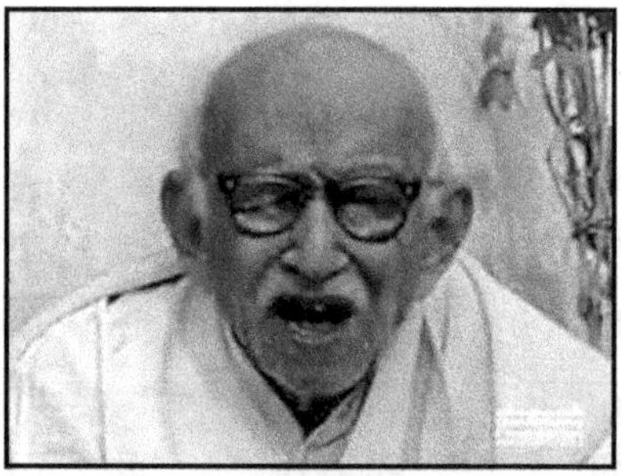

प्रभुदास गांधी

की सुगम्भीर कंठ-ध्वनि देश में गूंज उठी थी। लाल-बाल-पाल के युग में पूरे भारत में एक नई चेतना प्रवाहित हुई। सुरेन्द्रनाथ बैनर्जी और फिरोजशाह मेहता के भाषणों के शंखनाद ने भारत की नींद तोड़ दी थी। दादा भाई नौरोजी, रमेशचन्द्रदत्त और गोखले जैसे जागृत प्रहरियों की दुन्दुभि बजती रहने से भारत की धरती और आकाश हिल उठे थे। परदेशी राज्य से छुटकारा पाए बिना हम पशुओं से भी गए गुजरे रहेंगे, ऐसी अनुभूति असंख्य देशवासियों के अन्तर में जोर पकड़ती जा रही थी। जगह-जगह लोग इस चिन्ता में थे कि क्या करें? कैसे करें?

ऐसी विस्फोटक परिस्थिति में दो अनपेक्षित और ऐसे भीषण घटनाक्रम सामने आए जिन्होंने बारूद में चिन्गारी का काम किया। एक था भारत में जलियांवाला बाग का निर्मम, नृशंस-राक्षसी नरमेध और दूसरा था तुर्की में खलीफा की गद्दी को गोरों की मदांध सत्ता द्वारा घमण्ड भरे तरीके से खत्म किया जाना जो कि दुनियाभर के मुसलमानों पर सीधा कुठाराघात था। इस

घटना ने भारतीय मुसलमानों के दिल में भारी उथल-पुथल मचा दी। एक साथ इन दोनों अत्याचारों ने देश के सभी हिन्दू-मुसलमानों के बीच एकता पैदा कर दी। दोनों ने कंधे-से-कंधा मिलाकर जलियांवाला बाग और खिलाफत के जुल्मों के कारण अंग्रेजी साम्राज्य से टक्कर लेकर उसकी पाशविकता को समाप्त कर देने का बीड़ा उठाया और देखते-देखते देशभर में इस छोर से उस छोर तक आन्दोलन का सन्देश पहुंच गया।

सब लोगों ने सोच समझकर अंग्रेजों से मोर्चा लेने के लिए ऐसे व्यक्ति को आगे किया जिसने उनसे जूझने का एक नया रास्ता बताया। इस रास्ते पर चलने का सब लोगों ने सामूहिक निश्चय किया और उसे अपना सबसे बड़ा नेता बनाया। यह व्यक्ति था मोहनदास करमचन्द गांधी।

गांधी के नाम की गूंज देश के कौने-कौने में सुनाई देने लगी। उनकी अहिंसा की नीति को नाम दिया गया गांधी की आंधी। बड़े-बड़े नगरों से लेकर छोटे-छोटे देहातों तक में अहिंसक युद्ध की तैयारियां शुरू की गईं। न्यायपूर्ण एवं शान्तिमय विप्लव की रणभेरी बज उठी।

देशभर के हिन्दू-मुसलमानों ने मिलकर गांधी जी के नेतृत्व के साथ-साथ अली भाइयों की अगुआई का भी उत्साह से स्वागत किया। 'महात्मा गांधी की जय' की तरह 'मुहम्मद अली की जय', 'शौकत अली की जय' के नारों से देश गूंज उठा।

गांधी जी अपने दौरों से लौटकर साबरमती के अपने सत्याग्रह आश्रम में आ जाते थे। जब वे आश्रम में होते तब देश की बड़ी-बड़ी हस्तियां उनसे मिलने आया करती और अपने उस कर्णधार से परामर्श करती थीं। देश के लिए महत्वपूर्ण निर्णय आश्रम में ही लिए जाते थे।

अली बन्धुओं की दिन दूनी रात चौगुनी बढ़ती हुई ख्याति ने हमारे मन में उत्सुकता पैदा कर दी कि उन्हें निकट से देखें। मौलाना मुहम्मद अली को देखने का मौका हमें जल्दी ही मिल गया। वह अहमदाबाद आए और सब आश्रमवासियों को मिलने और बातचीत करने का समय दिया।

मौलाना मुहम्मद अली के नाम की शोहरत बहुत ज्यादा थी। इसलिए सहज ही ऐसा अनुमान लगाया जाता था कि अली भाइयों में वे बड़े हैं। लेकिन जब मौलाना मुहम्मद अली ने खुद हमें बताया कि 'बड़ा तो शौकत

ही है, वैसे ही बड़ा, शरीर में भी बड़ा और दिल भी उसका बड़ा है। मैं उससे छोटा हूं,' तब बड़े मौलाना के सम्बन्ध में और भी ज्यादा आदर हमारे मन में पैदा हुआ और उनको देखने की उत्सुकता बढ़ गई।

एक दिन सवेरे अचानक मैंने सुना कि मौलाना शौकत अली आज बापू से मिलने आने वाले हैं। मैं निश्चित समय से पांच-सात मिनट पहले बापू के बैठने की कोठरी में जा पहुंचा। उन दिनों बापू हमारे आश्रम के बुनाई घर की पूरब वाली कोठरी में रहते थे। 'हृदयकुंज' नाम वाला मकान और उसमें बापू जी के लिए बड़ा सा कमरा तब बना नहीं था। बापू जी की कोठरी मुश्किल से दो खाट के बराबर लम्बी और इससे आधी चौड़ी थी।

बैठने से पहले मौलाना ने बापू के सामने बहुत ही झुक-झुक कर सलामी दी और हंसते-हंसते बोले कि इन्हें तो मैं अपनी जेब में रख सकता हूं पर सरदार बनाया है इसलिए इनके सामने झुकना ही पड़ता है। मौलाना का स्वागत करते हुए बापूजी खिलखिलाकर हंस पड़े। नन्हे दुबले शरीर वाले के पास प्रचण्ड काया वाले का झुकना ऐसा भाव भरा दृश्य था कि वह मुझे भूलता ही नहीं। बड़े अदब से और विनम्रतापूर्वक मौलाना साहब बापू के सामने बैठे। उनके मुख पर बच्चे की सी सरलता के साथ ही आदर, विनोद और मस्ती के भाव दिख रहे थे। उनकी ऊंची टोपी और उस पर लगे आधे चांद और तारे के कारण उनका शरीर और भी ऊंचा और विशाल दिख रहा था।

कुछ क्षण तक मैं असमंजस में रहा कि इन बड़ों की अकेले में बात होगी और मुझे यहां से हट जाना चाहिए। फिर भी मैं बापू की कोठरी के द्वार से सटकर खड़ा रहा। किसी ने मुझे वहां से हटने का संकेत नहीं किया।

असल में उर्दू भाषा ध्यान से सुनने का मेरे लिए शायद वह पहला ही मौका था लेकिन शौकत अली साहब की उर्दू समझने में मुझे अधिक कठिनाई नहीं हुई।

मुझे जहां तक याद है, उस दिन मौलाना शौकत अली करीब पौन घण्टा बापू के पास बैठे रहे। एक-एक करके आन्दोलन के सभी पहलुओं पर बापू के विचारों की तह में पहुंचने की मौलाना साहब ने दिल से कोशिश की। बापू का बताया हुआ हरेक कदम कहां तक कारगर रहेगा और लोगों को उसके बारे में क्या उम्मीदें दिलाई जाएं यह सब बारीकी से मौलाना ने

बापू से जानना चाहा। बापू ने दिल खोलकर जो बातें बताई उससे मौलाना खुश हुए। जिस कार्यक्रम पर बातचीत हुई वह इस प्रकार थी–

अंग्रेज सरकार द्वारा दी गई उपाधियों को लौटाना, विदेशी वस्त्रों का बहिष्कार, घर-घर चर्खा चलाकर खादी बनाना और पहनना, हिन्दुओं द्वारा छुआछूत खत्म करना, अफीम, शराब, गांजा आदि का त्याग और हिन्दू-मुसलमानों के बीच भाईचारे की भावना उत्पन्न करना। गोहत्या पर रोक लगाने की भी बात थी लेकिन प्रस्ताव यह था कि यह रोक जबरन न लगाई जाए। मुसलमान अपनी ओर से खुद ही अपने हिन्दू भाइयों के दिलों को ठेस न पहुंचाने के इरादे के गोवध बन्द करें हिन्दू-मुस्लिम भाईचारे के लिए गोवध पर लाजिमी शर्त के बतौर पाबन्दी न लगाई जाए। हिन्दू लोग भी अपने मुस्लिम भाइयों की भावना का ख्याल करके खिलाफत के लिए मुसलमानों के साथ मिलकर ब्रिटिश सरकार से जी-जान से लड़े। वकील लोग सरकारी अदालतों में जाना कतई छोड़ दें। इन सारी बातों का मौलाना साहब ने दिल से और बड़े उत्साह से जोरदार शब्दों में समर्थन किया। लेकिन जब विद्यार्थियों से सरकारी स्कूल-कॉलेज छुड़वाने की बात उठी तब मौलाना ने उसका खुलकर विरोध किया और बोले कि महात्माजी, विद्यार्थियों से आप स्कूल-कॉलेज छुड़वाएंगे तो उनकी सारी जिन्दगी बरबाद हो जायेगी। अगर हमारे जवान पढ़ेंगे नहीं, ऊंची तालीम नहीं लेंगे तो फिर देश ऊंचा कैसे उठेगा? आपको यह शर्त हटा देनी चाहिए कि स्कूल-कॉलेज का बायकाट किया जाए। मैं आपकी इस बात से जरा भी इत्तिफाक नहीं करता। मौलाना के मुख की रेखाओं पर कड़े विरोध की भावना उभर आई थी। बापूजी के मुख से गहरी चिन्ता प्रगट हो रही थी। चिन्तन की गहराई से कुछ ही क्षणों में बापू ऊपर उठ गए। मौलाना को समझाने का उत्साह उनके मुख पर झलक उठा। वे बोले, "देखिए, हमारे लड़के-लड़कियां पढ़ें यह तो मैं भी चाहता हूं। उन्हें अच्छी तरह पढ़ना ही चाहिए। वे पढ़ेंगे इससे देश ऊंचा उठेगा यह आपका कहना सही है। लेकिन गुलामी बढ़ाने वाली पढ़ाई किस काम की? हमारे देश के नौजवान आजादी आने पर ही पढ़ाई का लाभ ले सकेंगे।

"जब देश पर हमला होता है, तब आजाद देश का बच्चा-बच्चा मोरचे पर पहुंच जाता है। जर्मनी से लड़ाई छिड़ी तब इंग्लैण्ड में मैंने देखा कि

बड़ी-बड़ी यूनिवर्सिटियों के प्रोफेसर और विद्यार्थी पढ़ना-पढ़ाना छोड़कर लड़ाई में कूद पड़े। उनके सामने पहला प्रश्न था अपनी देश की आजादी को बचाए रखना। निज की पढ़ाई इसके बाद की चीज थी।

"आजकल स्कूल-कॉलेजों में जो पढ़ाई हो रही है वह तो गुलाम पैदा करने वाली पढ़ाई है। मैं अपने बालक को दूध पिलाना चाहता हूं। लेकिन मुझे अगर पता चले कि बालक को देने के लिए जो दूध का कटोरा मेरे हाथ में है उसमें थोड़ा-सा संखिया घोला हुआ है तो उसे कटोरे को मैं बालक के मुंह से लगने ही नहीं दूंगा। क्या आप देश के लड़के-लड़कियों को गुलामी का जहर पिलाते रहेंगे? यह पढ़ाई हमारे देश को दिनोंदिन और भी गुलामी में ढकेलने वाली है।

"एक बार देश आजाद हो जाएगा फिर देशभर में तालीम बढ़िया-से-बढ़िया हो, ऐसा हम करेंगे। सालभर में हमें स्वराज्य लेना है। हमारे लड़के-लड़कियां सालभर तक पढ़ाई छोड़ देंगे तो कुछ खोयेंगे नहीं। आजादी की लड़ाई में भाग लेने के कारण उनकी शक्ति बढ़ेगी उनकी सूझबूझ बढ़ेगी। वकील और मजिस्ट्रेट अदालत छोड़ें और बड़े-बड़े लोग अपनी उपाधियां छोड़ें, इससे बहुत ज्यादा जरूरत इस बात की है कि विद्यार्थी लोग स्कूल-कॉलेज खाली कर दें। इस पहलू को छोड़ा ही नहीं जा सकता, बड़ा जरूरी है।"

बापू की आवाज में गरमी का नाम नहीं था। उन्होंने बड़ी मृदुता से कड़ी-से-कड़ी बात कह दी। पहाड़ जैसे मौलाना का बापू की चोटदार दलीलों ने पानी-पानी कर दिया। बापू के सामने सिर झुकाते हुए बोले, "सरकार का कहना सिर माथे। सरकार जो फरमाए वह करना हमारा काम है।"

अपनी बातचीत के दौरान बापू ने जब मुझे टोका नहीं तब मैंने समझा कि मुझ पर वात्सल्य स्नेह के कारण ही उन्होंने मौलाना साहब जैसे बड़े व्यक्ति की बातें सुनने का मुझे मौका दिया।

बापू सरकारी स्कूलों-कॉलेजों में अपने बच्चों को भेजने के कट्टर विरोधी थे। बालकों की पढ़ाई न हो यह भी उनके लिए असहनीय था। उन्होंने अपने पास रहने वाले दस-बीस बालकों को पढ़ाने के लिए एक छोटी-सी पाठशाला चला रखी थी जिसका नाम रखा गया था, सत्याग्रह

आश्रम की राष्ट्रीय शाला।

हमारी राष्ट्रीय शाला में एक तत्व ऐसा था जिसके कारण उसे विद्यालय कहना ही शायद गलत हो। विद्यार्थियों को अपनी बद्धि से काम करने की पूरी आजादी थी। वे अध्यापक से यहां तक कह सकते थे कि आप हमारा समय खराब कर रहे हैं—इसे मत पढ़ाइए। सचमुच बापू की छत्रछाया का वहां ऐसा प्रभाव था कि विनम्रता, सौजन्यता, शालीनता की लेशमात्र भी अवहेलना न करते हुए हम विद्यार्थीगण भरपूर अनुशासन मुक्ति का अनुभव कर सकते थे। फिर भी हम किसी प्रकार उद्दण्ड या अनुशासनहीन नहीं थे। हमारी शाला के बड़े-से-बड़े और विद्वान शिक्षक के व्यवहार और आचरण पर अपनी टिप्पणी छोटे-से-छोटा विद्यार्थी भी बापू से कर सकता था तथा स्वयं बापू की बात मानने का भी खुलकर विरोध कर सकता था। सिद्धान्त की गम्भीर समस्या को लेकर जिस प्रकार कोई अध्यापक बापू के पास जा सकता था, उसी प्रकार अपने साधारण प्रश्नों को लेकर राष्ट्रीय शाला का कोई विद्यार्थी बिना किसी रोक-टोक के बापू के पास जा सकता था।

मौलाना शौकत अली के बापू से मिलने के करीब तीन-चार सप्ताह बाद हमारी राष्ट्रीय शाला के विद्यार्थी मण्डल की ओर से किसी प्रश्न को लेकर मैं एक दिन सवेरे बापू के पास गया। अपना काम रोक कर उन्होंने मेरी बात सुनी और आवश्यक मार्गदर्शन दिया। फिर उन्होंने जो मुझसे कहा वह सुनने को मैं बिल्कुल तैयार नहीं था। वह बोले, "मैं चाहता हूं कि तुम सब अपनी पढ़ाई बन्द करके स्वराज्य प्राप्त के काम में जुट जाओ। छोटे बालकों की पढ़ाई भले चलती रहे लेकिन राष्ट्रीय शाला के बड़े लड़के-लड़कियां अपने वर्गों में जाना बन्द कर दें और पूरे 8 घण्टे रोज चर्खा चलाएं। नौ महीने में हमें स्वराज्य लेना है। नौ महीने बाद फिर तुम अपनी पढ़ाई चालू करना।"

बापू के इन वचनों को सुनकर मैं उनके मुख की ओर देखता ही रह गया। मेरे मन में उथल-पुथल मच गई। एक तो बापू हमें स्कूल-कॉलेजों में पढ़ने नहीं भेजते हैं और ऊपर से अब हमारी इस घरेलू पढ़ाई को भी बन्द करने को कह रहे हैं। मुझे यह उनका सरासर अन्याय लगा, पर साथ ही मेरे मन में एक दूसरी उलझन उठ खड़ी हुई। हमारी राष्ट्रीय शाला में पहले से

ही पढ़ाई के बदले काम को प्राथमिकता दी जाती थी। नित्यप्रति प्रत्येक विद्यार्थी को डेढ़ दो घण्टे आश्रम का काम करना होता था और इसके अतिरिक्त तीन या चार घण्टे रोज खेती का काम या करघे पर बुनाई करनी पड़ती थी। धीमी गति वाले चरखे से स्वराज्य का काम कैसे बनेगा? यह प्रश्न मेरे मन में बिजली की तरह दौड़ गया। बापू मेरे मुख का भाव समझ गए और मैं कुछ बोलूं इससे पहले ही वह मुझे समझाने लगे, "जब मैं देशभर के विद्यार्थियों को स्कूल-कॉलेजों छोड़ने की बात कहने चला हूं तब मुझे पहले अपने घर के बालकों की पढ़ाई बन्द कर देनी चाहिए। नौ महीने के बाद यदि स्वराज्य न आए, तो तुम लोग फिर से अपनी पढ़ाई शुरू कर देना। परन्तु तुमसे मैं कहूंगा कि यदि स्वराज्य न आया तो तुम उस समय भी अंग्रेजी की पढ़ाई मत पढ़ना। विदेशी भाषा सीखने में हमारे देश के नवयुवक कितना सारा समय व्यर्थ में बरबाद कर रहे हैं? जिन्दगी में काम करने का यह बहुमूल्य समय इस प्रकार खो देने से देश को भारी नुकसान उठाना पड़ रहा है।" पर मैं उनकी बात समझ न सका। बापू ने अपनी बात समझाने के लिए फिर समय दिया। राष्ट्रीय शाला के सभी विद्यार्थियों को इकट्ठा करके कई घण्टे तक उनके बीच वे बैठे और भारत की गुलामी और देहातियों की दुर्दशा का वर्णन करके हमें देश सेवा के लिए उन्होंने तैयार किया और आखिर हम से प्रतिदिन आठ-घण्टे चरखा चलाने का संकल्प लिवाकर छोड़ा।

बापू के देशव्यापी कार्य में जुटे रहकर भी पूज्य महादेव भाई देसाई रोजाना डेढ़ दो घण्टे का समय निकालकर बालक-बालिकाओं के बीच प्रसन्नता से चरखा चलाने बैठते और बालकों से समूह गीत गाने को कहते। मौनधारी, महातपस्वी और वेदशास्त्रों से पारंगत बिनोबा भावे आसन जमा कर पूरे आठ घण्टे सतत चर्खा चलाते। उनके भजन उस लम्बे नीची खपरैल वाले कमरे को आनन्दमय बना देते थे।

हम सबने अपने आश्रम में कते सूत से और अपने ही हाथों बुनी शुभ्र साड़ी जब माता कस्तूबा को दी तो हमारा आनन्द किसी समर विजय से कम न था। स्वयं बापू के पास समय नहीं था कि हमारे बीच आया करें परन्तु बापू के अनन्य सेवक मगनलाल भाई गांधी कताई-बुनाई के सारे काम पर

छाए रहते थे और कदम-कदम पर छोटे-बड़े की पीठ ठोकते रहते थे।

किन्तु अधिक समय न बीता कि बापू ने पुनः मुझे और आगे बढ़ाया। प्रत्येक सोमवार को चौबीसों घण्टे मौन रहने का नया नियम उन्होंने शुरू ही किया था। मैं एक सोमवार बापू ने पास किसी काम से गया। उस सम्बन्ध में अपने लिखित उत्तर के साथ बापू ने कागज के छोटे से टुकड़े पर लिख दिया कि "विद्यार्थियों में से जो तैयार हो वह मामा (श्री विट्ठल लक्ष्मण फड़के) के पास जाए। वहां जो अंत्यज आश्रम चल रहा है उसमें भंगियों के बच्चों को पढ़ाने के लिए मामा को किसी की सहायता की आवश्यकता है।"

बापू की उस चिट्ठी को मैंने विद्यार्थी सभा के सामने रखा। आश्रम छोड़कर अहमदाबाद से दूर दूसरे जिले में जाकर भंगियों के बालकों के साथ चौबीसों घण्टे रहने की समस्या थी। काका साहेब कालेलकर ने कहा, "यहां के काम को छोड़कर हम कैसे जा सकते हैं?" किशोरलाल भाई ने कहा, "बापू ने इस तरह विद्यार्थियों को तैयार करने की बात सोची है। तीन-तीन महीने तक बारी-बारी से मामा साहेब के पास रहकर भंगियों की सेवा करने से तुम लोगों की योग्यता बढ़ेगी।"

मैंने कहा, "हम तो स्वयं अनपढ़ से हैं।" काका साहेब ने कहा कि उन भंगी बच्चों को तो एक से दस तक गिनना भी नहीं आता। तुम्हें तो सौ तक गिनती आती है न? गिनती सिखाओगे, तो भी मामा को सहायता मिलेगी।

जब देर तक बातचीत के बाद अकेले जाने को कोई तैयार नहीं हुआ तो सारा संकोच छोड़कर मैं उस सभा में उठा खड़ा हुआ और बोला कि यदि मुझको भेजा जाए तो मैं मामा के पास जाने को तैयार हूं। सभा समाप्त होते ही मैंने माता-पिता से यह बात कही तो उन्होंने आशीर्वाद के साथ सम्मति दे दी। फिर बापू के पास जाकर मैंने उनको बताया कि पहले तीन महीने के लिए मामा साहब के पास मैं जाने को तैयार हूं। शीघ्र ही मुझे भेज दिया गया।

स्वराज्य पाने की नौ महीने की अवधि तेजी से घटती जा रही थी। स्वराज्य का आन्दोलन आंधी का रूप लेता जा रहा था। अहमदाबाद से लेकर कलकत्ते तक हजारों विद्यार्थियों ने स्वराज्य प्राप्त करने के उद्देश्य से

स्कूल-कॉलेज खाली कर दिए थे और देश के नेताओं के सामने स्कूल-कॉलेज छोड़ने वाले तेजस्वी युवकों की पढ़ाई चालू रखने की समस्या खड़ी हो गई थी। बापू ने देश के नेताओं के सुझाव पर राष्ट्रीय विद्यापीठों के गठन का समर्थन किया। इसके बाद कई विद्यापीठ खुले।

सत्याग्रह आश्रम से दो मील दूर साबरमती के किनारे एक बंगला लेकर उसमें गुजरात विद्यापीठ महाविद्यालय खोला गया। मेरा मन खुशी से उछलने लगा कि अब मैं भी इस विद्यालय में पढ़ सकूँगा। परन्तु बापू ने बुलाकर मुझसे कहा कि मैं नहीं चाहता कि तुम गुजरात विद्यापीठ में स्नातक बनने के लिए जाओ। स्वराज्य के लिए खादी का और ग्राम सेवा का कार्य करने में ही तुम्हें अपना समय देना चाहिए। गुजरात विद्यापीठ तो उन लड़कों के लिए खोला गया है जो अपनी पढ़ाई छोड़कर कॉलेजों से बाहर निकल आए है। आश्रम में हम लोगों को अपना अधिक-से-अधिक समय स्वराज्य के काम में लगाना है। पुस्तकों में हम खोए रहे यह उचित नहीं है।

भंगी बस्ती में काम करने के अनुभव ने मुझे झकझोर दिया था। मैं अपने भीतर ही भय के मारे कांप उठा। अहिर्निश गन्दगी, शराब पीने वालों की गालियां और झगड़े, टूटी-फूटी झोंपड़ियों के भीतर बसे हुए परिवारों का संस्कार-शून्य जीवन—इन सबका कुप्रभाव मुझे साधारण मनुष्य के स्तर से भी नीचे धकेल सकता है—इस आशंका ने मुझे डरा दिया।

मैंने बापू से अपने आन्तरिक भय की बात कही। उन्होंने पलभर में मुझे उस भय से बचाने की व्यवस्था की। मुझसे कहा कि काम अच्छा और ठोस करने पर भी यदि मन में मलिनता के स्पर्श का भय है तो वह काम बन्द कर देना ही ठीक है और तुरन्त उन्होंने मुझे पुनः सत्याग्रहाश्रम में भेज दिया। मैं फिर से करघे पर बुनने का काम करने लगा। परन्तु मेरे चित्त की परेशानी बढ़ती गई। किसी भी प्रकार की समाज सेवा या देश सेवा के लिए अपनी पूर्ण अयोग्यता मुझे और भी कचोटती रही। मन-ही-मन में इतना घबरा गया कि चारों ओर अंधेरा-ही-अंधेरा मालूम पड़ने लगा। एक दिन बिना पूर्व स्वीकृति के ही मैं आश्रम छोड़कर बापू के पास, जहां पर वह प्रवास में थे, जाने के लिए निकल पड़ा।

स्वराज्य आन्दोलन के संचालन के सिलसिले में बापू उस समय बम्बई

में रुके हुए थे। वहां पहुंच कर मैंने उनके चरण छुए। आशीर्वाद देते हुए उन्होंने मुझ पर अपनी दृष्टि जमाई। दो ही शब्द में बोल पाया, "मन उलझन में पड़ गया है, आपके पास आया हूं।" बड़े-बड़े नेता और कार्यकर्ता बारी-बारी से उनके पास आते ही रहते थे। दो-तीन दिन तक ऐसी ही भीड़ रही। बापू को समय ही नहीं मिला कि मुझसे कुछ पूछें।

बापू के पास उन दिनों स्वामी आनन्द रहते थे। अहमदाबाद से प्रति सप्ताह प्रकाशित होने वाले दो साप्ताहिक 'नवजीवन' और 'यंग इण्डिया' का प्रकाशन कार्य स्वामी आनन्द ने सम्हाल रखा था। इसलिए बापू से स्वामी जी खुलकर बातचीत कर लिया करते थे। महादेव भाई की तरह स्वामी जी भी कभी-कभी आग्रहपूर्वक अपनी बात बापू के समक्ष रख सकते थे। स्वामी जी ने मेरी उदासी और मूढ़ की सी दशा देखकर मुझसे बातचीत की। मैंने साफ बता दिया कि "मैं लौटकर आश्रम नहीं जाऊंगा, मैं इस योग्य नहीं हूं। देश सेवा करने की पात्रता ही मुझमें नहीं है।" स्वामी जी ने मध्यस्था की। उन्होंने बापू पर जोर डाला कि वे अब अपने पास रात-दिन का एक सेवक रखें। अपने आप निजी सेवा के लिए किसी भी सेवक को न रखने का बापू का कठोर नियम था। फिर भी स्वामी जी के आग्रह पर, एक सेवक के नाते नहीं, अपितु अपने बालक के नाते बापू मेरी सेवा स्वीकार करने को राजी हो गए। बापू के देश के दौरे में भी मैं उनके साथ रहा। बापू की यह यात्रा करीब-करीब तीन महीने तक चली। अलीगढ़, मुरादाबाद, कानपुर, इलाहाबाद जैसे कई नगरों में पड़ाव होता था। सोमवार को छोड़कर प्रत्येक दिन और एक-एक दिन में पांच-छः आम सभाएं की जाती थीं जहां बापू बिना लाउडस्पीकर के अपनी प्रभावपूर्ण वाणी सुनाते थे। इन सभाओं के अतिरिक्त दो-तीन दिन तक चलने वाली कार्यकर्ता सभाएं होती थीं। रात में तीन-चार घण्टे से अधिक बापू सो नहीं पाते थे और रात में कमर सीधी करने के लिए जरा देर भी लेटने का अवकाश नहीं मिलता था। काम का बोझ बहुत बढ़ जाता था, तो उस दिन दूध और फल के अपने अल्पआहार में भी वे भारी कटौती कर डालते थे।

भारत-परिक्रमा के इस प्रयास में बापू का मुख्य कार्यक्रम था विलायती वस्त्रों की होली जलाना। मार्ग में रेलवे स्टेशनों पर दो-चार मिनट की सभा

होती। उतने समय में बापू सैकड़ों व्यक्तियों को समझा देते थे कि वे कम से कम सिर पर से तो विलायती वस्त्र हटा ही दें। ट्रेन स्टेशन छोड़े इससे पहले ही प्लेटफार्म पर ही टोपियां, पगड़ियों, दुपट्टों आदि विलायती वस्त्रों की ढेरी पर आग लगा दी जाती थी। उठती हुई ज्वालाओं को चलती ट्रेन से हम देखते थे।

उत्तर प्रदेश के बाद बिहार, बंगाल, आसाम, उत्कल, तमिलनाडु, आन्ध्र और पुनः बम्बई। इस बीच मुझे यह सौभाग्य प्राप्त हुआ कि मैं अधिक से अधिक बापू के सान्निध्य का लाभ उठाऊं और देश की अनेक जटिल समस्याओं से परिचित हो सकूं।

कहीं-कहीं केवल नवयुवकों की और विद्यार्थियों की अलग सभाएं होती थीं। कई जगह केवल महिलाओं की सभाएं होती थीं। बड़े नगरों में मस्जिदों में भी सभाएं होती थीं और मौलाना तथा बापू का व्याख्यान एक ही मंच पर होता था। नगरों के विशाल मैदानों में विलायती वस्त्रों के ऊंचे टीलों जैसे ढेर पर, कई जगह जयघोष के साथ, बापू के कर कमलों से आग लगाई जाती थी।

एक वर्ष में स्वराज्य प्राप्त कर लेने की अवधि कम होती चली गई और देश के कोने-कोने में स्वराज्य लेने की उमंग समुद्र में पूर्णिमा के ज्वार की भांति बढ़ती गई। इस सारे आन्दोलन का भीषण तनाव बापू के मन पर दिन दूना रात चौगुना बढ़ता गया।

आहार तो उन्होंने घटाकर प्रतिदिन केवल मुनक्कों के बीस दाने और कटोराभर दूध और एक-दो सन्तरे तक सीमित कर दिया था। इस अल्पाहार में अब कटौती करें तो क्या करें? फिर भी अपने मन का बोझ हल्का करने के लिए बापूजी को नई बात सूझी और वह थी अन्न परित्याग की। साथ ही वे लंगोट-धारी भी बन गए।

किस्सा यह था कि तमिलनाडु प्रदेश के सुप्रसिद्ध मदुरा नगर में विद्यार्थियों और नवयुवकों की बृहत् सभा हुई। उसमें बापूजी ने अपने प्रवचन में इस बात पर जोर दिया कि विद्यार्थीगण हाथ से कती और हाथ से बुनी खादी पहनने की प्रतिज्ञा लें। देश सेवा के लिए प्रत्येक तरुण और तरुणी को इतना योगदान देना ही चाहिए। विद्यार्थियों में से किसी ने खादी

के विरुद्ध आवाज उठाई। उसने कहा कि यह तो बड़ी महंगी है।

खादी मोटी है, भारी है, खुरदरी है, धोने में अधिक श्रम पड़ता है, साबुन का खर्च बढ़ जाता है, खादी असुन्दर है–ऐसी बातें सुनकर बापू मुस्करा देते थे और उत्तर में भांति-भांति के विनोदपूर्ण वचनों द्वारा समझाते थे कि देश के हित के लिए शरीर पर अधिक मोटे कपड़े का बोझा उठा लो। धोने में जो श्रम पड़ता है उसे देश सेवा मानो। परन्तु जब लोग खादी की महंगाई की आलोचना करते थे तब बापू के मुख पर रहने वाली स्वाभाविक प्रसन्नता खिन्नता में बदल जाती थी। क्योंकि खादी को महंगा कहना यह उसके प्रधान उद्देश्य पर ही सीधा कुठाराघात था। दीन-दुखों को सहारा पहुंचाना यही तो खादी की सर्वाधिक विशेषता है।

उस विद्यार्थी सभा से लौटने पर बापू ऐसे दुखी थे जैसे उन्होंने किसी प्रियजन को मरण शय्या पर देखा हो। विद्यार्थीसभा में युवकों को उन्होंने उत्तर दिया कि "खादी का कपड़ा महंगा पड़ता है तो कम कपड़े पहनो। वेशभूषा को सादा करके खर्च पूरा करो।" परन्तु ऐसे शाब्दिक उत्तर श्रोता लोग बहुत कम स्वीकार करते हैं यह बापू जानते थे। इसका कुछ ठोस उत्तर देना चाहिए, ऐसा वे अनुभव करते थे। सभा के बाद निवास स्थान लौटने पर बापू ने नहाने जाते वक्त मुझसे पूछा, "कलकत्ते में दास बाबू (देशबन्धु चित्तरंजनदास) ने खादी का जो थान भेंट में दिया था उसे निकालकर रखो। उसका नाप लेना है।" थान की लम्बाई देखकर बापू ने कहा, "इसके दो टुकड़े बना लो और एक टुकड़ा स्नान घर में रख दो। अब मुझे लंगोट ही पहनना है। मेरे धोती-कुर्ते को सम्भाल कर बिस्तर में बांध दो। विद्यार्थी कहते हैं, खादी महंगी पड़ती है। तो कम कपड़े में रहा जा सकता है, यह उन्हें सिखाना होगा।"

मैं सहम गया, यन्त्रवत् बापू का धोती-कुर्ता स्नान घर से उठा लाया और बहुत छोटे अर्ज की कोरी मोटी खादी का टुकड़ा वहां पर अंगोछे के पास रख आया। बापू नहा कर निकले तो बड़ी प्रसन्न मुद्रा में थे। मुझसे कहा कि कच्छा ठीक से पहना गया है। अब तो यही चलेगा। फिर इसे और भी काट कर छोटा करने की युक्ति सोचूंगा।

उसी दिन बापू ने नवजीवन के लिए लेख लिख भेजा 'मेरा कच्छा' मैंने

औरों से पूछकर मदुरा की उस सभा से थोड़ी जानकारी प्राप्त की। पता चला कि मदुरावासियों में खादी के प्रति अश्रद्धा देखकर बापू सर्माहत हुए थे।

विलायती वस्त्रों की होली कार्यक्रम अब धीरे-धीरे मन्द होता गया। 'कपड़ा जलाओ' के स्थान पर स्वयं कपड़ा बनाओ का सन्देश बापू के मुख से दिनोंदिन अधिक व्यापक होता गया।

एक जगह कुछ विद्यार्थियों ने पूछा, हम नवयुवक क्या करें? बापू ने उनसे कहा कि, "जो काम सामने आए वह पूरी कोशिश से करो। तुम देखो कि यह तरुण प्रभुदास मेरे पास है। वह जिस प्रकार काम कर रहा है उसी प्रकार तुम अपना समय अपने सामने आने वाले काम में लगाओ, इसी में यौवन की शोभा है।"

फिर जब बम्बई पहुंचने में एक दिन शेष रह गया और बापू के पास मेरे रहने की अवधि समाप्त होने पर आई तब मैंने विनती की कि मुझे वे अपने पास ही रखें। इस पर बापू ने उत्तर दिया कि, "तुम्हारा यदि मेरे पास ही रहने का आग्रह है तो तुम उन अछूतों के पास जाओ जो बुनाई का काम करते हैं। उनसे यह सीख लो कि हाथ के कते कच्चे सूत पर मांडी कैसे लगाई जाती है। जब ताने को मांडी दोगे तब समझना कि मैं तुम्हारे पास ही हूँ। मेरा बस चले तो वह व्याख्यान और आन्दोलन छोड़कर मैं बुनकरों के बीच बैठ जाऊं और बुनाई का काम ही करूं। पर आज भारत की दशा ऐसी है कि मुझे यह सब खटपट करनी पड़ती है। मैं वहां अस्पृश्यों के बीच नहीं जा सकता इसलिए तुम मेरे बदले वहां पहुंचो यह चाहता हूं। तुम्हारा उनके बीच रहना मेरा ही रहना है।"

बम्बई में तीसरा दिन भी नहीं बीता था कि बापू ने मुझे बुलाकर कहा, "अब तुम आश्रम चले जाओ, और वहां जाकर आगे का कार्यक्रम बना लेना।" मैंने कहा, "मैं वर्किंग कमेटी की बैठक तक यही रहना चाहता हूं। बड़े-बड़े नेताओं का दर्शन करके जाऊंगा।" बापू ने सख्ती से कहा, "इस तरह समय मत खोओ। वर्किंग कमेटी में तुझे तो कुछ करना है नहीं।" आश्रम में जाकर मैं वहां रुका नहीं। बापू का यह वचन चित्त पर मंडराता रहा कि "बुनकरों के बीच जाकर कूँच चलाओगे तब मैं तेरे पास ही हूं ऐसा समझना।" मैं नित्य छः घण्टे बुनकरों के साथ बुनाई का काम करने लगा।

रचनात्मक कार्यक्रम का महत्व

—काका साहब कालेलकर

1920, 1921 और 1922 के दिनों की याद करके रोमांच हो आता है। 1914 के विश्वयुद्ध में ब्रिटिश साम्राज्य की शक्ति की अग्निपरीक्षा हुई। उस लड़ाई में भारत के लोगों ने अंग्रेजों की मदद की थी। 1915 में गांधी जी स्थायी रूप से भारत में आकर बस गए। वे सरकार के साथ सहयोग के पक्ष में थे और आशा करते थे कि भारतवासियों को अंग्रेजों का विश्वास प्राप्त होगा और साम्राज्य के प्रति वफादारी के फलस्वरूप उन्हें ब्रिटिश साम्राज्य के अन्तर्गत ही स्वशासन प्राप्त हो जाएगा।

काका साहब कालेलकर

लेकिन 1920 तक गांधी जी को और उनके साथ सारे देश को बड़ी निराशा हुई। इस्लाम जगत के धर्मगुरु खलीफा के प्रति अंग्रेजों की नीति के कारण मुसलमान बहुत ही क्षुब्ध थे।

महात्मा गांधी ने अली बन्धुओं और हकीम अजमल खां जैसे मुसलमान नेताओं का साथ देने का निश्चय किया। खिलाफत सम्मेलन में गांधी जी ने मुसलमानों को असहयोग की नीति अपनाने का सुझाव दिया और हिन्दुओं से अपील की कि वे मुसलमानों का साथ दें। शीघ्र ही कांग्रेस ने पंजाब में हुए अत्याचार तथा भारतीयों की आकांक्षाओं और खलीफा के प्रति अंग्रेजों

के अन्याय के विरोध में असहयोग की नीति को स्वीकार किया। आधुनिक भारत के इतिहास के इस जोशीले जमाने के महान संघर्ष में मैंने भी भाग लिया था।

1857 के बाद पहली बार हिन्दू और मुस्लिम एक हुए और उन्होंने हृदय से एक दूसरे को अंगीकार किया। प्रथम विश्वयुद्ध के बाद के चार वर्षों की घटनाओं ने सिद्ध कर दिया कि यदि हमारे देशवासी आन्तरिक शान्ति और पारस्परिक सद्‌भावना बनाए रखें और स्वतंत्रता प्राप्ति के लिए एक निश्चित नीति अपनाएं तो हमारा देश अपने लक्ष्य की ओर बड़ी तेजी से आगे बढ़ सकता है।

महाराष्ट्र के नौजवानों में देश की स्वतंत्रता प्राप्त करने की तीव्र इच्छा थी। सांस्कृतिक दृष्टिकोण से हम इसे 'भारतमाता' के लिए 'पूर्ण स्वराज्य' कहते थे। पूना में कॉलेज छोड़ने के बाद ही मैं क्रान्तिकारी दल में शामिल हो गया था और इसकी आम व गुप्त शाखाओं से मेरे सम्बन्ध थे, यद्यपि हमने इन दोनों का अलग-अलग रखने का सफल प्रयास किया था। मुझे 'राष्ट्रीय शिक्षा' का कुछ अनुभव था जिसका अर्थ उन दिनों ऐसी शिक्षा से था जिसका उद्देश्य देश को अंग्रेजों की गुलामी से छुड़ाना था। बम्बई में मैंने एक राष्ट्रीय मराठी दैनिक पत्र में भी काम किया था।

अनुभव से हमें यह पता चला कि भारतीय जनता में स्वतंत्रता की उत्कट इच्छा है। उनमें ऐसे लोगों के प्रति बड़ी इज्जत थी, करीब-करीब श्रद्धा थी, जो या तो गुप्त क्रान्तिकारी थे या जिन पर ऐसा होने का शक किया जाता था। भारतीय स्वतंत्रता का स्वप्न देखने वाले छोटे-मोटे क्रान्तिकारी गुटों को आर्थिक सहायता देने में वे नहीं हिचकते थे। इन देशभक्तों की सुरक्षा के लिए जनता कुछ भी कुरबानी करने को तैयार थी। लेकिन हमें यह जानकार दुख हुआ कि अंग्रेजी हुकूमत के खिलाफ राष्ट्रीय विद्रोह के लिए आम जनता में उत्साह का संचार नहीं किया जा सकता था। 1857 के अनुभव से लोगों को सबक मिल चुका था कि भारत भूमि को आजाद करने के लिए जनता किसी संगठित और दीर्घकालीन क्रान्ति के लिए तैयार नहीं थी। अपनी अधूरी तैयारियों के कारण हम बहुत हतोत्साह थे और चारों ओर अंधेरा ही अंधेरा दिखाई देता था।

व्यक्तिगत रूप से मुझे यह अनुभव हुआ कि बड़ौदा की छोटी-सी रियासत में एक राष्ट्रीय स्कूल शुरू करने के हमारे प्रयत्नों को अंग्रेजी हुकूमत के आदेश को बड़ी आसानी से विफल किया जा सकता था। स्वराज्य की इच्छा को पुनः जाग्रत करने के लिए एक स्वतंत्र राष्ट्रीय स्कूल चलाना जरूरी था लेकिन हम इस सम्बन्ध में अध्यापकों और विद्यार्थियों में से किसी का सहयोग प्राप्त करने में असफल रहे।

अतः निराश होकर मुझे यह सोचकर हिमालय में शरण लेनी पड़ी कि शायद चिंतन और तपस्या से हमें एक नया जीवन और नयी योजना की प्रेरणा मिले। हिमालय के पवित्र वातावरण से मुझमें पुनः आत्म-विश्वास जगा और मैंने सोचा कि शायद रामकृष्ण मिशन या रवि बाबू के शान्तिनिकेतन से हमें अपने स्वतंत्रता संग्राम को पुनर्गठित करने में अप्रत्यक्ष रूप से सहायता मिल सके। अब मैंने यह निश्चय कर लिया था कि संघर्ष भारतीय आध्यात्मिकता और संस्कृति के आधार पर ही होगा। मैं बंगाल गया और कुछ समय तक शान्तिनिकेतन में रहा। यहीं मेरी गांधी जी से भेंट हुई। तब उन्हें महात्मा जी नहीं कहा जाता था। वे कर्मवीर गांधी के नाम से प्रसिद्ध थे और हम प्रेमपूर्वक उन्हें बापूजी कहते थे। उन्होंने मुझे अपने आश्रम में रहने के लिए कहा जिसे वे शीघ्र ही शुरू करने जा रहे थे। मैं 1917 में आश्रमवासी बन गया और मैंने देखा कि तीन या चार वर्षों के अन्दर ही राष्ट्र को पुनर्जीवित करने के लिए गांधी जी ने सभी राष्ट्रीय गतिविधियों में जान डाल दी।

इसीलिए मैंने कहा कि उन दिनों की याद करके मेरा हृदय रोमांचित हो उठता है—जब लोगों में शक्ति का संचार करते हुए और अनेकों रचनात्मक कार्यक्रमों को संगठित करते हुए गांधी जी एक जगह से दूसरी जगह, एक प्रान्त से दूसरे प्रान्त का शीघ्रता से दौरा करते थे।

गांधी जी एक अविद्यमान अहिंसात्मक सेना के स्वयं प्रशिक्षित सेनापति थे। कुशाग्रबुद्धि व दूरदर्शी राजनीतिज्ञ होने के कारण उन्होंने एक ओर तो लोगों में संघर्ष की मनोवृत्ति संगठित करने और दूसरी ओर सार्वजनिक जीवन में जागृति लाने के लिए, एक रचनात्मक कार्यक्रम चला कर राष्ट्रीय शक्ति का विकास करने की आवश्यकता अनुभव की।

1920 में उन्होंने आश्रम के अपने सहयोगियों से गुजरात में एक राष्ट्रीय विश्वविद्यालय संगठित करने को कहा। साथ ही गांधी जी ने सारे देश के विद्यार्थियों से ब्रिटिश शिक्षा पद्धति के स्कूलों का बहिष्कार करने का आह्वान किया। हजारों ने गांधी जी के कहने पर स्कूल छोड़ दिए। इसलिए बहुत-सी राष्ट्रीय शिक्षा संस्थाओं की आवश्यकता थी, जहां विद्यार्थियों को राष्ट्र-निर्माता और स्वतंत्रता संग्राम के कर्मठ सिपाही के रूप में शिक्षित किया जा सके। पूरे देश में एक क्षेत्र में उत्साहपूर्वक कार्य हुआ। बंगभंग के समय से ही बंगाल में शिक्षा की एक राष्ट्रीय परिषद थी। गुजरात के राजनीतिक सम्मेलन ने बारह सदस्यों की एक समिति नियुक्त की और उसको राष्ट्रीय शिक्षा की योजना तैयार करने तथा उसे अमल में लाने का काम सौंपा। हम लोग बड़ी लगन व मेहनत से काम में जुट गए और चार महीनों के भीतर ही गुजरात विद्यापीठ की स्थापना हई। इनका आदर्श वाक्य 'सा विद्या या विमुक्तये' (सच्ची शिक्षा वही है जो स्वतंत्र बनाए) बहुत प्रेरणात्मक था। महात्मा जी इस विद्यापीठ के 'आजीवन कुलपति' बनाए गए।

अन्य प्रान्तों में भी इस दिशा में कार्य किए गए और बिहार विद्यापीठ, काशी विद्यापीठ, जामिया मिल्लिया, तिलक महाराष्ट्र विद्यापीठ तथा अन्य अनेक राष्ट्रीय संस्थाएं खोली गईं।

गुजरात विद्यापीठ में हम विद्यार्थियों को प्रशिक्षित करते और उन्हें गांवों में भेजते। आने वाले संघर्ष के लिए हम विद्यार्थियों को तैयार करते और ग्राम-उद्योगों व आत्म-निर्भर ग्राम संगठनों को पुनर्जीवित करने के लिए भी उन्हें प्रशिक्षित करते। इन्हीं दिनों गांधी जी ने राष्ट्रीय पुनरुत्थान का पूरा कार्यक्रम बनाया। हमें हिन्दू-मुस्लिम एकता के लिए कार्य करना था। सिर्फ हिन्दू-मुसलमान के बीच ही नहीं वरन् पारसी, ईसाई, यहूदी और विभिन्न संप्रदायों व समूहों के लोगों के बीच भी एकता का प्रयास करना था क्योंकि वे हमारे राष्ट्र के अंग थे। हमने अस्पृश्यता निवारण के लिए भी कार्य किया। आदिवासियों का स्तर उठाने का भी हमने बीड़ा उठाया। स्त्रियों को संगठित करने और घर-घर में एक नये जीवन का संचार करने के लिए गांधी जी ने स्त्रियों को प्रेरणा दी।

1915 में भारत लौटने पर शीघ्र ही गांधी जी ने अपना आश्रम चालू किया जिसमें अनेक पूरे रचनात्मक कार्यक्रम (राष्ट्र निर्माण के लिए गांधी जी की योजना को दिया गया नाम) के अनुसार काम होता था। सभी सम्प्रदायों और विभिन्न भाषा बोलने वाले लोग एक साथ एक परिवार की भांति आश्रम में रहते थे। इन सबको कड़े नियमों का पालन करना पड़ता था। आश्रम के ये लोग ही गांधी जी की शक्ति के स्रोत थे। आश्रम में प्रशिक्षित युवकों के द्वारा वे देश के किसी भी भाग में राष्ट्र-निर्माण कार्यक्रम के लिए संगठन बना सकते थे।

दूरदर्शी राजनीतिज्ञों ने गांधी जी द्वारा आश्रम के संगठन के महत्व को समझा और उन्होंने अपने-अपने क्षेत्रों में इसी प्रकार के आश्रम चालू कर दिए। लेकिन राजनति में लगे आम लोगों में इन आश्रमों के प्रति कोई आदर भाव नहीं था। वे इनको गांधी जी की तपस्यावृत्ति की सनक कहकर इनकी उपेक्षा करते थे।

आज जब लोगों में नैतिकता बहुत गिर गई है और हम लोग यह मानते हैं कि गांधी जी ने आश्रमों के द्वारा उच्च नैतिक स्तर के और राजनीतिक आकांक्षाओं से रहित कार्यकर्ताओं का संगठन करके कितनी बुद्धिमत्ता का कार्य किया था।

महिलाओं के संगठन में गांधी जी को विशेष सफलता मिली। उन्हें पूरी स्वतंत्रता के साथ-साथ सादगी व संयम रखना पड़ता था। शारीरिक श्रम आश्रम के उनके जीवन का मुख्य अंग था। गांधी जी का विश्वास था कि मनुष्य की शारीरिक श्रम से बचने की भावना ही अन्ततः शोषण का एकमात्र कारण है। जो लोग लाभदायक ग्राम उद्योगों के लिए आवश्यक शारीरिक श्रम से बचना चाहते हैं। तथा जो स्वास्थ्य तक के लिए व्यायाम नहीं करते, वे ही अशिक्षित, भूमिहीन और निर्धन जनता का अपने लाभ और आराम के लिए शोषण करते हैं। विद्यापीठ और आश्रम के विद्यार्थी गांवों में जाने से नहीं हिचकते थे और सफाई, कुएं खोदने, रुई धुनने बुनने जैसे सभी कार्य करते थे।

गांधी जी राष्ट्र में शराब पीने के दुर्व्यसन को नहीं भूले थे जिससे लोगों का स्वास्थ्य और नैतिक स्तर गिर गया था। उन्होंने जगह-जगह

उपदेशक भेजे और सभी मादक द्रव्यों और पेयों का बहिष्कार करने के लिए मिशन का संगठन किया। रचनात्मक कार्यक्रम को सुगठित करने के बाद गांधी जी ने बड़े साहस से आन्दोलन शुरू किया।

असहयोग आन्दोलन ने सारे देश में एक नया जीवन, नई आशा और नई आकांक्षाएं पैदा की दीं। लोगों ने अपने छोटे-मोटे मतभेदों और युग-युग के अंध-विश्वासों को भुला दिया। उन्होंने कंधे से कंधा मिलाकर काम किया। गांधी जी सर्वोदय के पक्षपाती थे जिसे कभी-कभी वे गैरसरकारी समाजवाद कहते थे ताकि वे यूरोपीय समाजवाद से अपने विचारों की भिन्नता प्रकट कर सकें। गांधी जी अमेरिकन विचारक हेनरी डेविड थोरू की इस प्रसिद्ध उक्ति को कि "वह सरकार सबसे अच्छी है जो कम से कम शासन करे" उद्धृत करते नहीं थकते थे। वे समाज को अहिंसात्मक बनाना चाहते थे। भले ही सरकार वयस्क मताधिकार पर आधारित हो। उसे आखिरकार शक्ति के इन पांच स्रोतों पर निर्भर रहना पड़ता है–सेना, पुलिस, जेल, अदालतें और दण्ड विधान। इन सभी का उद्देश्य समाज पर बाहर से नियंत्रण बनाए रखना है। राष्ट्रीय शिक्षा विकेन्द्रित ग्रामीण उद्योगों के द्वारा गांधी जी समाज की आन्तरिक शक्ति का विकास करना चाहते थे।

अपने आश्रम में गांधी जी ने जाति भेद को करीब-करीब समाप्त ही कर दिया था। आश्रम का हर व्यक्ति, चाहे वह ब्राह्मण हो या हरिजन, ईसाई हो या मुसलमान, खाना पकाने में हाथ बंटाता था। वे सभी साथ रहते और साथ खाते। आश्रम के शौचालयों को बारी-बारी से हर व्यक्ति को साफ करना पड़ता था। कोई इस काम से बच नहीं सकता था। गांधी जी विभिन्न जातियों और विभिन्न धर्मों के लोगों के बीच विवाह का समर्थन करते थे। उनकी दृष्टि में भारतीयों को सभी धर्मों का समान समझना चाहिए और धार्मिक विरोध के स्थान पर भ्रातृभाव की भावना होनी चाहिए। सभी धर्म सच्चे और लाभदायी हैं क्योंकि वे ईश्वर की ही देन है। साथ ही वे सभी अपूर्ण हैं क्योंकि जिन्होंने इन धर्मों को ग्रहण किया और समझा वे अपूर्ण थे इसलिए इन धर्मों को निःसंकोच एक-दूसरे की अच्छी बातें स्वीकार करनी चाहिए और इनके अनुयायियों को इतना विनम्र होना चाहिए कि वे दूसरे

धर्मों के गुणों को ग्रहण कर सकें। वास्तव में सभी धर्मों को अधर्म का विरोध करने के लिए एक हो जाना चाहिए क्योंकि अधर्म से मानव समाज का आधार ही नष्ट हो जाता है।

एक विदेशी सरकार के साथ, जो राष्ट्रीय आदर्शों के प्रति उदासीन थी, असहयोग करना उस महान योजना का अंशमात्र था जिसका उद्देश्य एक ऐसे आधार पर आपसी सहयोग करना था जिसकी परिधि में सम्पूर्ण मानवता आ जाती है। इस समय मुझे एक वार्तालाप याद आ रहा है जिससे संक्षेप में गांधी जी का सहयोग और असहयोग का दर्शन समझ में आ जाएगा। श्री ऐन्ड्रूज, जिन्हें हम सभी दीनबन्धु के नाम से जानते हैं और जिनकी जन्म शताब्दी हाल में मनाई गई थी, एक बार कवि रवीन्द्रनाथ ठाकुर की ओर से गांधी जी से मिलने आए।

श्री एन्ड्रूज ने, जो रवीन्द्रनाथ ठाकुर और महात्मा गांधी दोनों के मित्र थे, बापू से कहा, “गुरुदेव (टैगोर) इस बात से बहुत दुःखी है कि आप ऐसे समय असहयोग की बात कर रहे हैं कि जब वे (गुरुदेव) सभी राष्ट्रों से आपसी सहयोग बढ़ाने का आग्रह कर रहे हैं।” गांधी जी ने अपने मित्र से कहा, “कृपया आप गुरुदेव से कहिए कि मैं सहयोग के लिए विह्वल हूं लेकिन यह बराबर के लोगों और पारस्परिक आदर भाव रखने वालों के बीच होना चाहिए। आप एक गुलाम और मालिक के बीच सहयोग की बात सोच भी नहीं सकते। मुझे मालूम है कि मेरे असहयोग से किसी दिन अंग्रेजों को साम्राज्यवाद से उत्पन्न हेकडी छोड़ने में मदद मिलेगी। तब हम बहुत अच्छे मित्र और सहयोगी बन सकेंगे।” और हुआ भी यही। भारत की आजादी के बाद अंग्रेज सरकार ने उसे राष्ट्रमण्डल का सदस्य बनने को आमंत्रित किया। देश के अपने दौरे में गांधी जी ने लोगों में शक्ति का संचार किया, राष्ट्रीय कार्यकर्त्ताओं का मार्गदर्शन किया और लोगों को सिखाया कि कैसे हम पारस्परिक सहायता, सहयोग के द्वारा एक दूसरे का शोषण न करते हुए, पारिवारिक जीवन को सुखी बना सकते हैं। लोगों की मांग थी कि देश का राष्ट्रीय ध्वज होना चाहिए। बापू ने हमें एक तिरंगा झण्डा दिया जो आज भी देश के कोने-कोने में फहराता है।

यह आध्यामिक साहस और सहानुभूति तथा वीरता के दिन थे। लोग

हर चीज की आशा करते थे और किसी भी कुरबानी के लिए तैयार थे। कोई भी उपलब्धि हम अपनी क्षमता से बाहर नहीं समझते थे। सरकार और ब्रिटेनवासियों को इस नैतिक संघर्ष के स्वरूप को समझने में समय लगा लेकिन अन्त में उन्होंने हथियार डाल दिए। गांधी जी की आशाओं व नीति की सफलता तब हमारे सामने आई, जब पूर्ण स्वतंत्रता देने के बाद ब्रिटेन ने हमारे देश को राष्ट्रमण्डल में सम्मिलित होने का नियंत्रण दिया। गांधी जी ने देश को सलाह दी कि इतनी उदारता से दिए गए नियंत्रण को हम शिष्टतापूर्वक स्वीकार करें। जवाहरलाल जी ने गांधी जी की सलाह मान ली लेकिन ब्रिटेन से निवेदन किया कि राष्ट्रमण्डल से 'ब्रिटिश' का विशेषण हटा लें आजकल राष्ट्रमण्डल एक विशाल बहुजातीय, बहुधर्मी, बहुभाषी, बहुसांस्कृतिक परिवार के समान है, जिससे मानवता के उज्ज्वल भविष्य की आशा बंधती है। 1920 और 1921 के वीरतापूर्ण असहयोग का अन्त राष्ट्रमण्डल के साथ भारत के सम्मानपूर्ण सहयोग में हुआ।

हिन्दुओं और मुसलमानों की एकता के बारे में मुझे उन दिनों की एक घटना याद आती है। असहयोग आन्दोलन के सम्बन्ध में गांधी जी के जेल जाने के बाद करीब-करीब अकेले मैं ही उनके गुजराती साप्ताहिक 'नवजीवन' का सम्पादन कार्य कर रहा था। कुछ समय बाद सरकार ने मेरे इस काम का महत्व समझा और मुझे एक साल कैद की सजा का सौभाग्य प्राप्त हुआ। साबरमती जेल के एक छोटे से वार्ड में करीब आधे दर्जन गांधीवादी एक साथ रखे गए थे। हम पुस्तकें पढ़कर और आपस में बहस करके मन बहलाते थे।

एक दिन हमें समाचार मिला कि कुछ मुस्लिम राजनीतिक बन्दियों ने भूख हड़ताल कर दी है। उन्हें अलग वार्ड में रखा जाता था जिसे खिलाफत वाला कहा जाता था। (वास्तव में जेल के लोग हमें भी खिलाफत वाला कहते थे)। भूख हड़ताल का समाचार हमें गुप्त रूप से अपने निजी सूत्रों से मिला। पूछने पर हमें पता चला कि भूख हड़ताल का कारण यह था कि मुसलमानों को अजान (नमाज की सूचना) देने की अनुमति नहीं दी गई थी। इस्लाम के नियमों के अनुसार 'अजान' बार-बार ऊंची आवाज में देनी चाहिए जिससे व्यक्तियों और प्रेतात्माओं को पता चल जाए कि नमाज का

समय हो गया है। इस स्थिति में अपने कर्तव्य का निर्णय करने के लिए हम सभी बन्दी वार्ड में जमा हुए और एकमत से निर्णय किया था कि अपने मुस्लिम देशवासियों के साथ एक होकर हमें सरकार की आज्ञा का विरोध करना चाहिए। मैंने कहा कि सिंध और दूसरी जगहों के मुसलमान विरोध के रूप में भूख हड़ताल का तरीका नहीं जानते। वे भी एक साथ उपवास कर रहे हैं। इसलिए उन सबकी शक्ति उनमें से सबसे कमजोर की शक्ति से अधिक नहीं हो सकेगी। सम्भवतः वे अधिक समय तक हड़ताल नहीं चला सकेंगे। सरकार हमारे उत्साह को कुचलने के लिए कटिबद्ध है। इसलिए मैंने कहा–"हम बारी-बारी से उपवास करें। अपने दल की ओर से सबसे पहले मैं उपवास रखूंगा। मैं जानता हूं कि मैं काफी लम्बे समय तक उपवास रख सकता हूं। लेकिन हम सबको बुरी से बुरी स्थिति का सामना करने को तैयार रहना चाहिए। यदि मैं मर जाऊं तो सबकी ओर से किसी और को उपवास शुरू कर देना चाहए।" इस पर हम सभी सहमत हो गए। जैसा कि आमतौर पर होता था, जेलर और सुपरिन्टेण्डेण्ट आए और उन्होंने हमें घमकाया। मेरे ख्याल से मेरे उपवास के तीसरे दिन खिलाफत वालों की ओर से एक गुप्त सूचना मेरे पास आई कि उपवास को चालू रखना उनके लिए मुश्किल हो रहा है और इसलिए उपवास के बारे में हमें जेल के बाहर जनता में प्रचार करना चाहिए। जब जनता आन्दोलन करेगी तो सरकार को झुकना पड़ेगा। अन्यथा हमारा उपवास बेकार जाएगा। मैंने कहा–"गुप्त रूप से इस सूचना को बाहर भेजने के काम में मैं हाथ नहीं बटाऊंगा। (जिसका अर्थ था पुलिस के किसी आदमी को रिश्वत देकर सूचना भिजवाना या पत्र डालने के लिए उसे भेजना) लेकिन मैं आपको आश्वासन देता हूं कि मैं बिना किसी गुप्त तरीके के अपनाये ही उपवास की सूचना जेल के बाहर जनता तक पहुंचा दूंगा।"

मैंने जेल सुपरिन्टेंडेंट को एक पर्ची लिखकर भेजी कि उपवास को चार दिन हो चुके हैं। मेरी शक्ति क्षीण हो रही है। मैं अपना उपवास नहीं छोड़ सकता। अब मैं किसी क्षण मर सकता हूं और मरने से पूर्व जिलाधीश के सम्मुख बयान देना चाहता हूं। आप चाहे मुझे उसकी अदालत में भेज दीजिए या उसे यहीं बुलाएं।

बिगड़ती स्थिति से पुलिस सुपरिन्टेंडेंट पहले से ही घबराया हुआ था। उसे मालूम था कि मैं कट्टर गांधीवादी हूं और यदि उसने कोई कार्रवाई नहीं की तो वह मुसीबत में पड़ सकता था। इसलिए उसने जिलाधीश को जो कि अंग्रेज था, कहला भेजा। वह शीघ्र ही आ गया। उसने मुझे वार्ड में चित पड़े देखा। मैं उठ गया। उसने मुझसे उपवास का कारण जाना और जैसी कि आशा थी, उसने अपने सरकारी रवैये से बोलना शुरू किया–"अच्छा कालेलकर, आप हिन्दू हैं। आप कोई 'अजान' नहीं देते। आपके काम में कोई बाधा नहीं पड़ रही है। आपको उपवास करने की क्या जरूरत है?" मेरा उत्तर साफ और संक्षिप्त था–"आप जानते हैं, श्रीमान्, मैं बहुसंख्यक सम्प्रदाय का हूं। एक हिन्दू का यह कर्तव्य और विशेषाधिकार है कि वह अल्पसंख्यक सम्प्रदाय के अधिकारों की सुरक्षा के लिए पूरी कोशिश करे। इसलिए आपको मुस्लिम राजनीतिक बन्दियों को सन्तुष्ट करना होगा।"

तब जिलाधीश मुझसे बोला, "लेकिन क्या आप इससे सहमत नहीं हैं कि समय-असमय अजान देने से दूसरे लोगों के काम में विघ्न पड़ता है? हम कैसे ऐसा होने दे सकते हैं?" इसके उत्तर में मैंने कहा, "मैं आपसे अवश्य सहमत हो जाऊंगा यदि आप पास के रेलवे स्टेशन से रेलवे इंजनों की तेज और कष्टदायक सीटियां बन्द करवा सकें। अगर उन्हें बर्दाश्त किया जा सकता है तो ये मित्र धार्मिक 'अजान' क्यों नहीं दे सकते?" कलक्टर निरुत्तर हो गया। वह समझ गया कि मैं अपनी बात पर अड़ा हुआ हूं। इसलिए वह अगले वार्ड में चला गया और वहां पर मुस्लिम नेता से मिला। यह मुस्लिम नेता देवबन्द के प्रख्यात मुल्ला हुसैन अहमद मदनी ही थे। (ये सब करांची के बन्दी कहलाते थे)। मुझे विस्तार से नहीं मालूम कि वहां क्या हुआ, लेकिन कलक्टर ने जेल सुपरिन्टेंडेंट को सलाह दी कि वह मुसलमानों को उनकी प्रथा के अनुसार 'अजान' की अनुमति दे। फिर उसने एक प्याला दूध मंगा कर मौलाना साहब से उसे अपने सामने पीकर उपवास तोड़ने को कहा। मौलाना ने दूध पी लिया। इसके बाद उन्हें एक स्ट्रेचर पर हमारे यार्ड में लाया गया। वे जानते थे कि मैं सुनी सुनाई बात पर विश्वास नहीं करूंगा जब तक स्वयं मौलाना ही न बताएं कि वह सन्तुष्ट हैं।

मौलाना ने मुझे बताया कि उनकी मांग स्वीकार कर ली गई और

उन्होंने दूध भी पी लिया है। इसके बाद उन्होंने और जेल के दूसरे लोगों ने मुझसे उपवास तोड़ने के लिए कहा। मैं उस फैसले से सन्तुष्ट नहीं था, लेकिन अब कुछ बचा नहीं था जिस पर मैं जिद करता। जिलाधीश चले गए और मुझे अब केवल जेल के अधिकारियों से निबटना था। मैंने मौलाना से कहा, "आपको मालूम था कि मैं आपके साथ सहानुभूति के कारण उपवास पर था। आपको उपवास तोड़ने से पहले मुझसे परामर्श करना चाहिए था। मुझे मालूम है कि अब क्या होगा। वे आपको 'अजान' देने की अनुमति दे देंगे और हमारे दल को वे उपवास करके जेल के नियमों की भंग करने के अपराध में दण्ड देंगे और साथ ही हमको एक दूसरे से अलग कर दिया जायेगा।"

जैसा मैंने कहा था ठीक वैसा ही हुआ। मुझे अपने मित्रों से अलग कर दिया गया और एक अलग वार्ड में भेज दिया गया। इस दण्ड के विरोध में मैं उपवास नहीं कर सकता था। हां, अपना उपवास तोड़ने से पूर्व मैं यह शर्त रख सकता था कि उपवास रखने वालों को जेल के नियमों के अनुसार दण्ड न दिया जाए। 'अजान' के लिए उपवास, सिद्धान्त के लिए व्रत था। जेल के दण्ड के विरोध में उपवास रखने में कोई सम्मान नहीं था। इसलिए हमें इस दण्ड को शिष्टतापूर्वक स्वीकार करना चाहिए।

भाग्यवश मेरे बारे में सुपरिन्टेंडेंट की राय अच्छी थी। इसलिए उसने मुझे और मौलाना को एक ही वार्ड में रख दिया। बाकी लोगों को हमसे अलग कर दिया गया। हम दोनों एक महीने से अधिक साथ-साथ रहे। स्थिति का लाभ उठाकर मैंने कुरान का मराठी अनुवाद मंगवाया और उसे पढ़ा और विद्वान् मौलाना के साथ मैंने बहुत-सी बातों पर विचार-विमर्श किया। इस प्रकार इस्लाम का ज्ञान मुझे प्रामाणिक सूत्रों से प्राप्त हुआ।

हमारे देशवासियों के लिए महात्मा गांधी की दूरदर्शी नीति को समझना बहुत कठिन था। वे आसानी से अंग्रेजों के षड्यंत्र के शिकार हो गए और गांधी जी द्वारा प्रेरित हिन्दू-मुस्लिम एकता खत्म हो गई। अपनी इस कमजोरी का परिणाम हम जानते थे।

मुझे याद है कि कुछ नेताओं ने (सम्भवतः जयकर उनमें से एक थे) खिलाफत के मामले पर मुसलमानों का साथ देने के कारण गांधी जी का

विरोध किया। “हमारी स्वराज्य की मांग से खिलाफत का क्या सम्बन्ध है?” उन्होंने तर्क दिया। “हमने वह सब पढ़ लिया है जो आपने अपने पक्ष के समर्थन में लिखा है लेकिन हम सन्तुष्ट नहीं हैं। सबसे पहले तो यह एक साम्प्रदायिक प्रश्न है जिसके साथ कांग्रेस का कोई सम्बन्ध नहीं होना चाहिए। दूसरे, खलीफा भारतीय नहीं है। वह मुस्लिम जगत का गुरु है। स्वयं मुस्लिम राष्ट्रों को इसके लिए लड़ना चाहिए। कांग्रेस क्यों खलीफा के पक्ष का समर्थन करे? यह सवाल पूरी तरह हमारे क्षेत्र से बाहर है। हम आपकी बात बिल्कुल नहीं समझ पाते।” गांधी जी ने सिर्फ इतना कहा, “मैं महसूस करता हूं कि खिलाफत का पक्ष लेकर मैंने अपने देश की सबसे बड़ी सेवा की है। आप इसे आज भले ही न समझें लेकिन आने वाली पीढ़ियां जरूर समझेंगी।”

बनारस का वातावरण

—त्रिभुवन नारायण सिंह

सन् 1919 में या इससे पहले भी गांधी जी का नाम हम लोगों ने सुना था। हमारे बनारस शहर के पास बिहार में चम्पारन एक जिला है। वहां नीला रंग बनता था। बहुत से अंग्रेज वहां नील के बड़े-बड़े काश्तकार थे। उनके 'इंडिगो' या नील के खेत थे। उसकी खेती किसानों को जबर्दस्ती करनी होती थी। मुश्किल से उनको रोटी खानेभर का मिल पाता था और बाकी वे गुलाम की तरह थे। गांधी जी ने पहले उनकी मुश्किलें दूर करने के लिए सन् 1917 में चम्पारन में सत्याग्रह किया। उस समय मेरी उम्र 12-13 साल रही होगी। कलकत्ते के हिन्दी अखबार 'बंगवासी' में गांधी जी का नाम और यह काम पढ़ा। सन् 1916 में गांधी जी को हमने हिन्दू विश्वविद्यालय में व्याख्यान देते हुए सुना। आज तक दृश्य भूला नहीं। मालवीय जी ने बनारस विश्वविद्यालय की नींव डालने के लिए बड़ा भारी आयोजन किया था। बड़े-बड़े नेता, अंग्रेज अफसर और राजा-महाराजा आये थे। गांधी जी पगड़ी पहने हुए किसानों की तरह मालूम होते थे। उन्होंने बोलना शुरू किया, वह कह रहे थे कि कैसे हिन्दुस्तान के गरीब चूसे जा रहे हैं। ये राजा महाराजा जो-जो जेवरात पहने हुए हैं, यह गरीबों का खून चूस-चूस कर उन्होंने पैसा कमाया है। पूंजीपतियों के बारे में भी उन्होंने ऐसा ही कहा और अंग्रेजों पर भी आक्रमण किया कि उन्होंने गरीबों को चूसने का काम शुरू किया—हमको अच्छा लगा गांधी जी का वह कहना। हमने नारा लगाया "गो आन, गो आन, गांधी गो आन"। अंग्रेज साहब और राजा-महाराजा, राय बहादुर, खान बहादुर सब लोग कुर्सी छोड़कर चले गए। गांधी जी देखते थे कि लोग उठ उठकर जा रहे हैं। हम लोग जोर दे रहे थे तो वह बोलते चले

गए। फिर महाराजा दरभंगा जो सभापति थे, वे भी उठकर चले गए। 'चेयर' खाली हो गई। हम लोग गांधी जी से भाषण जारी रखने का आग्रह करते रहे तो गांधी जी ने कहा कि मैं अनुशासन को मानने वाला हूं। चूंकि अब चेयर में कोई नहीं है, इसलिए मैं बोलना खत्म करता हूं। उस वक्त वहां जो लोग थे, उनको बुरा तो लगा कि गांधी जी ने बोलना क्यों बन्द किया। राजा-महाराजा उठकर चले गए तो चले जाएं। लेकिन किसी भी हालत में अनुशासन रखने की गांधी जी की जो प्रवृत्ति थी इसका हम लोगों के ऊपर असर पड़ा। हम लोग अपने-अपने घर लौट आये। लेकिन गांधी जी ने जो सीख दी उसका हमारे दिल पर बड़ा असर पड़ा। उनको देखकर मालूम होता था कि वे हमारे ही आदमी हैं कोई बाहर के नहीं। गोखले को भी मैंने देखा था और विपिनचन्द्र पाल को भी। सुरेन्द्रनाथ बनर्जी को भी एक दफा लड़कपन में देखने का मौका मिला। इन सब लोगों को देखने से यह मालूम होता था कि ये कोई दूसरे तबके के हैं। हमारे घर के आदमी नहीं मालूम होते थे। पर गांधी जी को देखकर पहले-पहल यह अनुभव हुआ कि यह हमारे ही जैसे आदमी हैं और हमारे नेता हैं। यह भावना कम से कम हमारे पूर्वी उत्तर प्रदेश और बिहार में थी।

सन् 1919 में गांधी जी ने रौलट ऐक्ट के खिलाफ सत्याग्रह आन्दोलन शुरू किया। उन्होंने अप्रैल, 1919 को 'यंग इण्डिया' में लेख लिखा। मेरी उम्र उस वक्त करीब 15 वर्ष की थी, तब भी कुछ अंग्रेजी समझ में आ जाती थी। उन्होंने लिखा था कि 6 अप्रैल को हम लोग उपवास रख के सत्याग्रह शुरू करेंगे। हमारे यहां सभी अच्छे काम उपवास-व्रत आदि से शुरू किए जाते थे। इस प्रकार गांधी जी ने सत्याग्रह में धर्म और नैतिकता की ऐसी पुट दी जो सबके हृदय को छू गई, कम से कम पूर्वी उत्तर प्रदेश में। और हजारों आदमियों ने जो जानते नहीं थे कि अंग्रेजी राज क्या चीज है और क्यों हम उसके खिलाफ आन्दोलन करें, उन्होंने भी गांधी जी का कहना मान लिया और 13 अप्रैल को बनारस में हमने और हजारों आदमियों ने उपवास किया और शहर में हड़ताल रही। दूसरे दिन हमको खबर मिली कि जलियांवाला बाग में हजारों आदमी मार डाले गए। मालूम होता था जनरल डायर बड़ा भारी राक्षस है। एक आन्दोलन छिड़ गया कि बड़ा भारी

अत्याचार किया गया है और उसकी जांच होनी चाहिए। बनारस में एक मीटिंग हुई जिसमें मालवीय जी का व्याख्यान सुना। सिर पर पगड़ी, गले में दुपट्टा धारे, सौम्य मूर्ति वह धाराप्रवाह एक घण्टे तक बोले। उनका कहना था कि हम तो तीस करोड़ हैं और अंग्रेज थोड़े से। यहां दस, बीस, पचास हजार की फौज लेकर वह कर ही क्या सकते हैं। खाली हमारे कन्धे पर तो चढ़े हुए हैं, सिर्फ हम कन्धा हिला दें तो वह गिर पड़ेंगे। हमारे साठ करोड़ हाथ हैं। अगर हम चाहें तो यहां से इन हाथों के जरिये, समुद्र भी पार करते विलायत तक पहुंच जाएंगे। हमें कोई रोक नहीं सकता। उनकी सब बातें बड़ी अच्छी लगीं। उसके बाद 18 अप्रैल को भी हड़ताल हुई। बनारस कोई बहुत बड़ा शहर था नहीं डेढ़, पौने दो लाख की आबादी थी उस वक्त, एक दो बड़े-बड़े बाजार भी थे। सब दूकानें बन्द रहीं और कितने दुकानदारों ने उपवास भी किया था। वह एक अजीब समय था और बड़ी उत्तेजना थी।

गांधी जी पकड़ लिये गये लेकिन उन्हें लाकर पंजाब के बाहर छोड़ दिया। उन्होंने फिर कहा कि आन्दोलन किया जाये और घटना की जांच करके दोषी को सजा दी जाये। हंटर कमेटी बैठी और उस वक्त हमारे बड़े वकील जगतनारायण मुल्ला साहब ने बहुत नाम कमाया। रोज अखबारों में जांच और गवाहों के बयान छपते थे। इस तरह सन् 1919 की हड़ताल और सत्याग्रह, जलियांवाला बाग से शुरू हुए।

मेरा विचार है कि गांधी जी ने पहले-पहल हम लोगों के दिल में अपनी सभ्यता और इतिहास के प्रति अभिमान पैदा किया। हम ऊंचे हैं यह गौरव पहले-पहल हम लोगों को अनुभव हुआ। उस जमाने में लोगों ने अंग्रेजी लिबास पहनना शुरू कर दिया था। गांधी जी ने फिर से हमारे पुराने रहन-सहन के तरीकों के प्रति लोगों में श्रद्धा भरी। इसके पहले हम अपने को बहुत गिरा हुआ समझते थे। अपने गौरव की भावना से हममें यह आत्म-विश्वास जगा कि हम भी कुछ कर सकते हैं। गांधी जी ने सत्याग्रह से अफ्रीका में जो सफलता मिली थी उसे लोगों ने सुना और पढ़ा। गांधी जी ने हमें आत्म-गौरव और अभिमान तो दिया ही, साथ ही इसमें यह विश्वास भरा कि हम चाहें तो बड़ी से बड़ी शक्ति को यहां से हटा सकते हैं और आजादी ले सकते हैं।

गांधी जी से मेरा पहला साक्षात् सन् 1920 के मध्य में हुआ था। जब उन्होंने कलकत्ते के 'स्पेशल कांग्रेस' में सत्याग्रह आन्दोलन की रूपरेखा रखी। बाद में उन्होंने बनारस के टाउनहाल में एक विशाल सभा में भाषण दिया। इतनी भीड़ थी कि लोग पेड़ों पर बैठे थे और मकानों की छतों पर से उन्हें सुन रहे थे। गांधी जी ने कहा, मैं चाहता हूं कि आप लोग इस शैतान सरकार से असहयोग करें। सरकार के लिए कोई इस तरह कह सकता है, इससे एक अजीब लहर फैली। अब भी वह दिन याद आता है तो यह सोचकर रोमांच हो जाता है कि हममें उस वक्त कहां से शक्ति आ गई थी। हमने निश्चय किया कि गांधी जी जो कहें वही करें। यही इच्छा होती थी कि स्वराज्य की प्राप्ति में हम तनिक भी सहयोग दे सकें तो अवश्य दें। सर्वस्व बलिदान करने की भावना जाग उठी। गांधी जी ने हमें प्रेरणा दी कि अंग्रेजी सरकार से असहयोग करना चाहें किसी रूप में हो हमारा धर्म है और अगर हम सहयोग करते हैं तो वह पाप है। यद्यपि पाप और पुण्य शब्दों को धर्म से सम्बन्ध है, लेकिन शायद कुछ ऐसी दैवी प्रेरणा थी कि नास्तिकों के दिल में भी यह प्रेरणा हुई कि यह नेता जो कहे सो करो, चाहे जान ही चली जाए।

गांधी जी ने कहा कि स्कूलों को छोड़ना होगा, वकालत छोड़नी होगी, उपाधियां छोड़नी होगी, और अंग्रेजों के सभी दफ्तरों से असहयोग करना होगा। हम लोगों ने स्कूल छोड़ा। मुझे अच्छी तरह से याद है कि बड़ा भारी जुलूस निकला था। चारों तरफ से कोशिश थी, हमारे हेडमास्टर भी कोशिश कर रहे थे कि लड़के बाहर न जाएं। लेकिन पहले से तय था कि मुझे पढ़ाई छोड़नी है। बाद में श्री लालबहादुर शास्त्री भी आ गए। कृपलानी जी ने जरूर हमको प्रेरणा दी कि हम आन्दोलन में भाग लें। हमने बहुत दिनों से प्रतिज्ञा की थी कि हम अपने देश की सेवा करेंगे। मेरे घर आने पर मेरे भाई साहब और सब लोग मुझसे खफा हुए। मां भी बहुत दुखी हुई थी और उन्होंने कहा था कि तुम अगर यह सोचते हो कि तुम्हें यहां रोटी मिल जायेगी, थोड़ी बहुत जमीन है, तो तुम बहुत गलती में हो। नाकारे, नालायक हो जाओगे, इस तरह की बातें उन्होंने कहीं। वे मेरे दिल को लगी। उसके बाद मैंने फैसला कर लिया कि मैं घर से एक पैसा नहीं लूंगा। आठवें दर्जे

में एक 'स्कालरशिप' का इम्तहान हुआ करता था, यह मैंने दिया था और मुझे 7 रुपये महीने का वजीफा मिलता था। जब मैंने हरिश्चन्द्र स्कूल छोड़ा तो एक साथ 36 रुपये मुझे मिले तो मैंने और लालबहादुर दोनों ने आन्दोलन में भाग लने का तय किया। वह भी दूसरे के आश्रित थे। उनको भी उनके नातेदारों ने बहुत समझाया, लेकिन लालबहादुर डिगे नहीं। फिर हम दोनों ने सोचा कि हम लोग विद्यापीठ में ही रहेंगे।

काशी विद्यापीठ की असहयोग आन्दोलन को एक निश्चित देन थी। जब विद्यापीठ में हम लोग पढ़ने लगे तो हम लोगों की टोलियां बनारस के गांवों में जाती थी। हमारे अध्यापक भी जाते थे। हम लोग गांवों में कहते थे कि ताड़ के पेड़ लोग न उगावें और जो हैं उन्हें काट दें। ताड़ी न बनाई जाए और न शराब बने। इसके लिये हम लोगों से प्रतिज्ञा पत्र लेते थे। लोगों से विलायती कपड़े का बहिष्कार करने को भी कहते थे। एक तीसरा कार्यक्रम भी था। गांधी जी ने उस वक्त कहा कि हम लोगों को रचनात्मक कार्य के लिए एक करोड़ रुपया इकट्ठा करना है। इसका नाम तिलक स्वराज्य फण्ड रखा गया। हम लोग इस काम को भी करते थे। हम लोग टोलियां बनाकर छुट्टियों के दिनों में भी गांवों में काम करते थे और ज्यादातर हम लोगों की सेवा-सुश्रुषा और उन्हें गांधी के उपदेश सुनाने का काम करते थे। मेरा ख्याल है कि विद्यापीठ के विद्यार्थियों ने काफी अच्छा काम किया। हम बनारस और चन्दौली तहसीलों की कांग्रेस कमेटियों में भी हो गए थे। हम लोगों की उम्र 18 वर्ष की नहीं थी, लेकिन जोश इतना था कि हम लोगों ने अपनी उमर बढ़ाकर 18 वर्ष बताई और सभी कांग्रेस के सदस्य बन गए। लोगों के घर जा-जाकर हम कांग्रेस के सदस्य बनाते थे और उसका प्रचार करते थे।

हम लोग ज्यादातर बनारस तहसील के गांवों में घूमे। इस पर भारी बहस छिड़ती थी कि हम लोग हिंसात्मक ढंग से अंग्रेजी राज को हटा सकते हैं या नहीं। सब लोग इस बात को मानने को तैयार नहीं थे कि गांधी जी ने असहयोग आन्दोलन से कोई सफलता मिलेगी। गांव वाले कहते थे कि अंग्रेजों के पास सेनाएं है सब कुछ है, तुम क्या कर सकते हो। गांवों के बुजुर्ग हमसे घण्टों बातें करते थे। हम उनसे कहते कि देश का इतिहास बड़ा

गौरवपूर्ण रहा है। स्वराज्य के लिये हम लोग हमेशा लड़ाई करते रहे और कभी विदेशियों का शासन नहीं माना। सन् 1857 के विद्रोह के समय बनारस में भी विद्रोह हुआ था। यह सब बातें हम लोग कहते थे। उससे उनको हमारे साथ स्नेह हो गया और वे हमको बहुत इज्जत की नजर से देखने लगे। लेकिन शुरू में हम लोग जाते थे तो काफी विरोध हुआ और कई जगह लोगों ने मारे डर के हमको पानी पिलाने से भी इन्कार कर दिया। लेकिन हम लोग फिर वहीं जाते और लोगों पर हमारा असर बढ़ता गया। हम लोग स्वदेशी और चर्खे का प्रचार करने के साथ-साथ गांव के बढ़ई को चर्खा बनाना और उसकी मरम्मत का काम भी सिखाते थे। इसके अलावा जब कभी गांव में बीमारी हो जाती थी, हम वहां पहुंच जाते थे। इन सब बातों का उन पर असर पड़ता गया। और उन्हीं गांवों में, जहां शुरू में पीने का पानी मिलना मुश्किल था, हमारा स्वागत होने लगा।

रामायण पाठ आदि के लिए जब लोग शाम को चौपाल पर जमा होते, वहीं हम लोग पहुंचे जाते थे और आन्दोलन की बात छिड़ जाती थी। बाद में जब सभाएं की जाने लगीं तो उनकी सूचना हर गांव में स्कूल के पढ़ने वाले किसी लड़के को पर्चा देकर पहुंचा दी जाती थी। हर गांव में एक पर्चा पहुंच जाता था और वह पर्चा सबको पढ़ा दिया जाता था। गांवभर को खबर मिल जाती थी। लोग आते थे और तरह-तरह के सवाल पूछते थे। व्याख्यान कम ही होते थे।

मेरे साथ करीब-करीब एक हजार वालंटियर उस समय काम करते थे। एक दिन करीब 100 वालंटियरों के साथ हमने ताड़ी के पेड़ों को घेर लिया और कहा कि आज ताड़ी नहीं बनने देंगे। हर पेड़ के पास आदमी खड़े कर दिये। पहले तो उनकी हिम्मत नहीं पड़ी। लेकिन उसके बाद तीन चार आदमी आये। उन्होंने ताड़ी के बर्तनों में ही ताड़ी पड़ी हुई पाई। उसे पी लिया उसके बाद कुछ नशा हुआ, क्योंकि गांधी जी का ऐसा ही आदेश था। गांव के आदमी इकट्ठे हो गये। गांधी जी कहा करते थे कि शान्तिमय आन्दोलन चलाना कोई आसान बात नहीं है। हम लोग अगर बीच में न पड़ जाते तो वहां काफी खासी फौजदारी हो जाती, कई लोग मारे जाते। कुछ लाठियां चलीं लेकिन हम लोगों के आ जाने से लोग रुक गये। मुकदमा

चलाने की कोशिश की गई, लेकिन वह चला नहीं। किसी तरह से गवाह नहीं मिले। हम लोग शराब की दुकानों पर भी जाकर धरना देते थे। शराब की दुकानें खुलती थी और पुलिस आकर हम लोगों को गिरफ्तार कर लेती थी। इस तरीके से नशाबन्दी का आन्दोलन चला और जहां-जहां हम गये वहां हमको कम से कम औरतों और माताओं का आशीर्वाद तो मिला ही।

17 जनवरी, 1922 को जब प्रिंस ऑफ वेल्स बनारस आये तो सारे शहर में हड़ताल रही। गांधी जी का हुक्म था कि उनको काले झण्डे दिखाये जाएं और उनके जाने का मार्ग सुनसान हो। काशी विद्यापीठ में बड़ी बहस के बाद तय हुआ कि हम लोग हड़ताल करायेंगे। उस समय आचार्य कृपलानी, विचित्रनारायण शर्मा, मनजीतसिंह, कालिका सिंह आदि कई लोग थे। ये लोग और हम चौक में गये और मुझे वह दृश्य अच्छी तरह याद है कि चौक की गलियों से हम लोग निकलते थे और कहते थे कि यहां अगर प्रिंस ऑफ वेल्स की सवारी आयेगी तो हम आने नहीं देंगे और रोककर सत्याग्रह करेंगे। बनारस में एक दो जगह बेंत और लाठियां चलीं। माला पहनकर जब हम लोगों ने सत्याग्रह शुरू किया तो देखा कि साधारण आदमी जो वहां गलियों में तमाशा देख रहे थे उनको जोश आ जाता था। उनमें हम लोगों पर डण्डे पड़ते देखकर और भी जोश आ गया। वे लोग भी आकर हममें मिल गये। पुलिस और फौज का कड़ा प्रबन्ध था। सरकार ने अपने थोड़े से वफादार आदमियों को इधर-उधर फैला रखा था। लेकिन हम सत्याग्रही लोग अधिक थे और उनको सड़क पर आने नहीं देते थे। पुलिस ने 'कार्डन' बना रखा था। इसमें लालबहादुर जी और कमलापति त्रिपाठी भी थे। हम सब लोगों को, जिनके पास काले झण्डे थे, पकड़ लिया गया। हमने 'प्रिंस ऑफ वेल्स गो बैक' के नारे लगाये। कमलापति जी पहले पकड़े गये और जेल गये। हम लोगों को पकड़ कर बहुत दूर चुनार की तरफ ले जाकर छोड़ दिया गया। हमें यह अनुमान नहीं था कि बनारस के मजदूर और छोटे-छोटे दुकानदार माला पहनकर और टीका लगाकर बड़ी संख्या में हमारा साथ देंगे। इनमें से कुछ बाद में कांग्रेस के बड़े अच्छे कार्यकर्ता हुए। इनमें ज्ञानचन्द्र जी भी थे जो आज दुनिया में नहीं रहे। इनकी एक छोटी-सी मुरब्बे की दुकान थी। वह अपने घर गये। मां के पैर छुए, आशीर्वाद लिया और

माला पहनकर हममें शामिल हो गये। वे बाद में बनारस के बड़े अच्छे नेता हुए। तो इस तरह के लोग शरीक हुए जो पहले अनुमान भी नहीं कर सकते थे कि वे आन्दोलन में जाएंगे।

उत्तर प्रदेश और बिहार में जहां गांधी जी गए, भोजपुरी बोली में राष्ट्रीय गीत बन गये थे जिसे लोग और विशेषकर विद्यार्थी गांव-गांव में गाते थे।

बाजारों में, बागों में, दुकानों पर, घाटों पर, जहां कहीं आदमी बैठ जाते थे, यही चर्चा छिड़ जाती थी कि लड़कों को स्कूल छोड़ देना चाहिए या नहीं और अदालतों के बायकाट करने से कैसे काम चलेगा। असहयोग आन्दोलन एक शास्त्रार्थ का विषय हो गया। कोई कहता, बिना तलवार के स्वराज्य नहीं मिल सकता। अहिंसा की बात गलत है। एक अजीब जागृति थी जैसी मैंने कभी नहीं देखी। उस जागृति को देखकर जो कुछ मैंने फ्रांस की क्रान्ति के बारे में पढ़ा था कि वहां पेरिस में गलियों में बुद्धिजीवी लोग बहस करते थे, उसकी याद आई। जगह-जगह सत्याग्रह की चर्चा होने लगी। यह एक हवा थी जैसी मैंने अपने देश में कभी नहीं देखी। ऐसा मालूम होता था कि अब विद्रोह हो रहा है और उसके लिए तैयार होना है।

बनारस में लोगों के जमा होने के दो बड़े केन्द्र थे। एक तो दशाश्वमेध घाट जहां पुलिस के आदमी और सी.आई.डी. के लोग भी बहुत रहा करते थे। राजेन्द्र लाहिड़ी, बख्शी, सान्याल और लाहिड़ी जी के बड़े भाई, जो पहले बनारस कांस्पिरेसी केस में पकड़े गये थे, ये सब लोग वहां रहते थे। और इनसे नौजवानों का खास तौर से सम्पर्क रहता था। सन् 1905 में बनारस में कांग्रेस का अधिवेशन होने के बाद से आन्दोलन के लिए वातावरण तैयार हुआ। स्वदेशी के प्रचार की शुरुआत वहीं से हुई और बाद में बंगाल बन्द भी हुआ। ऐसा लगता था कि बनारस का वायुमण्डल राजनीतिक क्रान्ति के लिए उपयुक्त था। दशाश्वमेध घाट के अलावा हरिश्चन्द्र स्कूल, कम्पनी बाग और नागरी प्रचारिणी पुस्तकालय में बहुत से लोग मिलते थे। सेवा-समिति, आर्य समाज और अन्य संगठन भी थे।

बनारस में जो लोग असहयोग आन्दोलन में खिंचे, उनमें अधिकतर छोटे दुकानदार थे। कांग्रेस कमेटी का हुक्म हुआ। वालंटियर बनो और

बनाओ। वालंटियर बनने का एक अजीब तरीका था। पुलिस घेरे रहती थी, फिर भी लोग कांग्रेस कमेटी के दफ्तर के पास जाकर माला पहन कर, टीका लगवा कर जेल चले जाते थे। इस तरह रोज हजारों आदमी स्वयंसेवक बनते और जेल चले जाते थे। कृपलानी जी और डॉ. भगवानदास गिरफ्तार हो चुके थे। लालबहादुर, हरिहर शास्त्री, कमलापति त्रिपाठी और हम बचे थे। बाद में जब 500-600 आदमी रोज जेल जाने लगे और जेल में जगह नहीं रही, तो लोग खेमों में रखे जाने लगे। हमको भी पकड़ा, लेकिन हम सब 15-16 वर्ष के लड़के थे। इसलिए हमें लारी पर बैठाकर सात-आठ मील की दूरी पर छोड़ आते थे। हम पैदल लौट आते और दूसरे दिन फिर पकड़े जाते। इसके बाद कड़ाके के जाड़े में हमें ठण्डे पानी से नहलाते। शाम को हवालातों में रखते और सवेरे उठाकर नहलाते और नहलाकर भीगे कपड़ों में छोड़ देते। कभी-कभी रात को 8-9 बजे नहलाकर छोड़ते थे। गलियों में लोग गाते, "हम तो चरखे से लेंगे स्वराज्य।" मैंने सन् 30, 32 और 42 के आन्दोलन देखे। लेकिन जो वातावरण सन् 1920-21 में मैंने देखा, दुकानों पर, बाजारों में, गलियों में, सड़कों पर, गांवों में, वे दृश्य न कभी देखे गए और न देखने को मिलेंगे। हम लोग 'विजयी विश्व तिरंगा प्यारा' और 'बन्देमातरम्' गाते थे। पुलिस हम लोगों को गिरफ्तार कर लेती थी। उस वक्त वन्देमातरम् गाना गुनाह था।

हमारे बनारस के नेताओं में कई तो अब दुनिया में नहीं हैं। हमारे एक भाई डॉक्टर अबुल करीम थे। वह और उनकी बहन दोनों इस आन्दोलन में आए। छोटी-सी डॉक्टरी की दुकान थी। सारे जीवन तकलीफ सही। दूसरे शिवविनायक मिश्र जी ने जिन्हें कोई जानता न था। बड़ों में जिनका नाम बाद में सुनने में आया, उनमें श्री शिवप्रसाद गुप्त, श्री सम्पूर्णानन्द, श्री प्रकाश जी, डॉ. रामदास गौड़, पं. कृष्णचन्द्र शर्मा, और एच.एन. मुट्टू थे। थियोसाफिकल सोसायटी के कई सदस्य भी पकड़े गये जिनमें डॉ. गोकुलनाथ मिश्र थे। श्री शिवप्रसाद गुप्त बड़े भारी जमींदार थे। वे बिल्कुल सादा जीवन बिताने लगे थे। सन् 1930 में वे मेरे साथ जेल में थे। जेल में बर्तन मांजने की बात चलने पर एक दिन श्री प्रकाश ने कह दिया कि यहां कैदी और नेता सभी बराबर हैं। कैदियों से बर्तन क्यों मंजवाते

हो? उनसे माफी मांगों और अपने हाथ से मांजो। तब गुप्त जी ने अपने हाथ से बर्तन मांजना शुरू किया। ये ऐसे लोग थे जिन्होंने अपनी जिन्दगी उसी तरह बदल दी थी, जैसा आपने पण्डित मोतीलाल नेहरू के विषय में सुना होगा। श्री सम्पूर्णानन्द जी और हम लोग तो उस वक्त बड़ी गरीबी में थे ही।

सन् 1920-21 और 30 के आन्दोलनों में अगर किसी भी शहर से ज्यादा आदमी सत्याग्रह में गये और कैद हुए तो बनारस की आबादी के अनुपात में उसका नम्बर पहला था। उस समय आर्य समाज ने भी देश की जागृति में एक महत्वपूर्ण भूमिका अदा की। बनारस में सत्याग्रह में भाग लेने वाले अधिकतर व्यक्ति मिडिल और लोअर मिडिल क्लास के थे। सभी पढ़े-लिखे लोग थे। मैंने देखा कि साक्षर होने से समाज कैसे आगे बढ़ता है।

उस समय काशी विद्यापीठ और अन्य स्कूलों की पढ़ाई में बुनियादी फर्क था, जैसे अर्थशास्त्र के विषय को लीजिए। विद्यापीठ में हमें पढ़ाया जाता था कि हमारे देश का कैसे शोषण हुआ। हर विषय पर राष्ट्रीय दृष्टिकोण से किताबें लिखी जाने लगीं। गांधी जी उस वक्त 'यंग इण्डिया' निकालते थे। अब वह हमारे लिए वेद था। हम उसको पढ़ते थे और गांवों की सभाओं में चर्चा करते थे। लोग हमसे सवाल पूछते थे और उसका हम जवाब देते थे। विद्यापीठ में रहने के कारण व्याख्यान देने की आदत हो गई थी। हमारे साथ काशी विद्यापीठ के अध्यापक भी जाते थे। सम्पूर्णानन्द जी हमारे देहातों में काफी घूमते थे और बड़ी दिलचस्पी लिया करते थे। नरेन्द्र देव जी को भी हम लोग कई बार ले गये। श्री रामदास गौड़, श्री कृष्णचन्द्र शर्मा और शिव विनायक जी–यह सब लोग सभाओं में जाते थे।

गांव में एक तबका ऐसा था जो हमारे बारे में पुलिस में रिपोर्ट किया करता था। लेकिन ज्यादातर आदमी ऐसे थे जो रिपोर्ट नहीं करते थे। कुछ पुलिस वाले भी हमसे सहानुभूति रखते थे। मेरे ऊपर एक मरतबा वारंट निकला था, उन्होंने आकर कह दिया था कि आपके नाम वारंट निकला है। आप कहीं हट जाये। हम रिपोर्ट कर देंगे कि नहीं मिले।

वह भी एक जमाना था

—शंकरराव देव

अपना सार्वजनिक जीवन मैंने गांधी जी के पथ-प्रदर्शन में सन् 1919 में चम्पारन (बिहार) में शुरू किया।

दक्षिण अफ्रीका से लौटने पर यद्यपि गांधी जी को दिल ही दिल में इस बात का पूर्ण विश्वास था कि देश का उद्धार और स्वाधीनता केवल सत्याग्रह द्वारा ही सम्भव है, परन्तु वह अपने विचारों का कार्यरूप देने की जल्दी में नहीं थे। वह भारतीयों और उनके नेताओं को सत्याग्रह की उपयोगिता दिखाने के लिए अधीर नहीं, तो उत्सुक अवश्य थे। ब्रिटिश सरकार द्वारा सन् 1919 के शुरू में रौलट ऐक्ट के, जिसे भारतीय इतिहास में 'काले कानून' की संज्ञा दी जाती है, पास होने से गांधी जी को अखिल भारतीय स्तर पर सत्याग्रह के प्रयोग का पहला अवसर मिला। गांधी जी के विचार में कोई भी स्वाभिमानी राष्ट्र ऐसे निकृष्ट कानून को मानने के लिए तैयार नहीं होता। शुरू में उन्होंने सारे देशवासियों से 6 अप्रैल को एक दिन की हड़ताल करने का आह्वान किया और कहा कि वे इस दिन उपवास रखें और प्रार्थना करें। सरकार के विरुद्ध राजनैतिक लड़ाई छेड़ने का यह एकदम नया और अनुपम तरीका था तथा इस काम के लिये प्रयोग होने वाले सभी उपायों से बिल्कुल भिन्न। परन्तु गांधी जी के अनुसार, सत्याग्रह आत्म-शुद्धि का एक तरीका था, इसलिए इसके आरम्भ में स्वयं को ही शुद्ध करना परमावश्यक था। गांधी जी के इस आह्वान पर देशवासियों की ओर से अभूतपूर्व प्रतिक्रिया हुई जिसकी उल्लेखनीय बात थी हिन्दुओं और मुसलमानों में भ्रातृभाव का पैदा होना। उपवास और प्रार्थना में करोड़ों लोगों ने भाग लिया। लेकिन गांधी जी का राष्ट्रीय स्तर पर किया गया सत्याग्रह का यह

प्रथम प्रयास बुरी तरह असफल रहा, क्योंकि देश में कई स्थानों, विशेषकर पंजाब और गांधी जी के सूबे गुजरात में, दंगे भड़क उठे। इससे गांधी जी बहुत संतप्त हुए और उन्होंने खुलेआम स्वीकार किया कि बिना पूर्व तैयारी के लोगों को सत्याग्रह के लिए कहकर उन्होंने पहाड़ जैसी बड़ी भूल की है। इसलिये उन्होंने सत्याग्रह आन्दोलन रोक दिया। इसी आन्दोलन से वे घटनाएं सम्बद्ध थीं जिन्हें 'पंजाब में की गई ज्यादतियां' कहा जाता है।

दिसम्बर में कांग्रेस के वार्षिक अधिवेशन में प्रेक्षक के रूप में भाग लेने के लिए मैं अपने मित्रों के साथ बिहार से अमृतसर गया। अमृतसर अधिवेशन राष्ट्र के स्वाभिमान की विजय का सूचक होने के साथ ही राष्ट्रीय समस्याओं के हल करने के परम्परागत तरीकों पर गांधी जी के नए तथा नैतिकतापूर्ण तरीके की विजय का भी द्योतक था। यद्यपि इस अमृतसर कांग्रेस में दोनों वर्गों में एक तरह का समझौता ही हुआ था, तथापि गांधी जी ने विभिन्न लोगों को समझाने और विभिन्न समस्याओं को हल करने के अनुपम ढंग को देखकर नेताओं तथा आम लोगों को यह विश्वास हो गया था कि भविष्य में गांधी जी एक शक्ति की तरह उभरेंगे और देश के स्वाधीनता आन्दोलन में एक महत्वपूर्ण भूमिका निभाएंगे।

अमृतसर कांग्रेस एक और दृष्टि से भी बड़ा महत्वपूर्ण था। गोरी सरकार के अमानवीय अत्याचार और दमन के बावजूद, लोगों का मनोबल टूटा नहीं था और वे बड़े विश्वास और आशा के साथ हजारों की संख्या में अपने नेताओं के विचार सुनने के लिए उमड़ पड़े थे। कांग्रेस के अधिवेशन के दौरान जेल से छूटे अपने नेताओं का लोगों ने जो स्वागत किया, वह अविस्मरणीय तथा अभूतपूर्व था। इस कथन में तनिक भी अतिशयोक्ति नहीं है। नये चांद के निशान वाली ऊंची रोयेंदार टोपियां पहने अली बन्धुओं को मंच पर आते हुए और लोगों को उनका जोरदार स्वागत करने की तस्वीर आज भी मेरी आंखों के सामने सजीव हो उठती है।

जब मैं चम्पारन से वापस पूना पहुंचा तो असहयोग आन्दोलन शुरू हो चुका था और गांधी जी, और विशेषकर, मुस्लिम नेता, इसका सर्वत्र प्रचार कर रहे थे। पूना पहुंचने पर मैंने पत्रकार के रूप में कार्य करना शुरू कर दिया। प्रथम विश्वयुद्ध के अन्त में तुर्की साम्राज्य को तथा तुर्की के

सुलतान की खलीफा के रूप में प्रभुता को बनाए रखने के वायदों को तोड़कर ब्रिटिश मंत्रिमण्डल ने भारतीय मुसलमानों के साथ धोखाधड़ी की। इसके परिणामस्वरूप गांधी जी भारतीय राजनीति में प्रमुख नेता के रूप में सामने आये। ब्रिटिश सरकार के इस विश्वासघात ने गांधी जी जैसे देशभक्त सहयोगी को भी एक पक्के असहयोगी में बदल दिया था। भारतीय मुसलमानों के अनुसार तुर्की के सम्राट का प्रशासकीय तथा आध्यात्मिक संस्था के रूप में बने रहना उनके धर्म का मूल तत्व था। अंग्रेजों की चालाकी ने मुसलमानों को ऐसी स्थिति में डाल दिया था, जिसमें उनके सामने अंग्रेजों के विरुद्ध धर्मयुद्ध के अतिरिक्त कोई चारा नहीं रह गया था। यद्यपि इस्लाम के अनुसार, धर्म की रक्षा में हथियार उठाना उचित है, परन्तु अहिंसा किसी प्रकार वर्जित नहीं है। इस बात से गांधी जी को अवसर मिला। उन्होंने मुसलमान भाइयों से अनुरोध किया वे हिंसा के बजाय असहयोग करें। गांधी जी हिंसा को बर्बरतापूर्ण और अमानवीय मानते थे। उनके मतानुसार, किसी सद्-उद्देश्य के लिए जान देना किसी की जान लेने से कहीं बेहतर है, और अन्ततः इस मार्ग से हिंसा की अपेक्षा हजार गुना सफलता मिलती है।

जैसा कि ऐसे सिद्धान्तों के विषय में होता है असहयोग का विचार भी आत्मा की प्रेरणा थी। गांधी जी कहते हैं, जब मैं दिल्ली में हिन्दू और मुसलमानों के संयुक्त सम्मेलन में मौलाना हसरत मोहानी का भाषण सुन रहा था, तब मेरे मन में विचार आया कि सरकार का विरोध करने का सबसे बढ़िया और प्रभावशाली तरीका यह है कि उससे किसी भी प्रकार का सहयोग न किया जाए; इस तरह मैंने 'असहयोग' का शब्द अपनाया। जून, 1920 में इलाहाबाद में हुई खिलाफत कमेटी की बैठक ने भी असहयोग के सिद्धान्त को एकमत से अपनी स्वीकृति प्रदान की थी, और असहयोग आन्दोलन का विधिवत् आरम्भ पहली अगस्त से किया गया।

पंजाब में खलीफा के विरुद्ध सरकार द्वारा किये गये अत्याचारों के निवारण तथा स्वराज्य प्राप्ति के लिए कांग्रेस असहयोग को अपनी आम नीति के रूप में स्वीकार करे या नहीं, यह प्रश्न सितम्बर, 1920 में कलकत्ता में आयोजित विशेष अधिवेशन में उठाया गया।

पूना की राजनीति में नवागन्तुक होने तथा कांग्रेस में कोई विशेष

स्थान या पद न प्राप्त करने के कारण मैं अधिवेशन में नहीं गया फिर भी मैं असहयोग के सिद्धान्त तथा कार्यक्रम को पूर्णतया उचित मानता था, यहां तक कि मैंने अपने मैनेजर से शर्त तक लगा ली थी कि गांधी जी सफल होंगे। उस समय देश के करीब-करीब सभी वयोवृद्ध और अनुभवी नेता तथा बुद्धिमान व्यक्ति गांधी जी की योजना से सहमत नहीं थे। विषय समिति में गांधी जी की बहुत कम मतों से जीत हुई थी; यद्यपि खुले अधिवेशन में प्रतिनिधियों के एक बड़े बहुमत ने उनका साथ दिया। कलकत्ता अधिवेशन इस दृष्टि से महत्वपूर्ण था कि इसमें देश ने गांधी जी के नेतृत्व में असहयोग का कठिन मार्ग अपना कर आजादी का आन्दोलन शुरू किया जिससे अन्ततः 1947 में देश स्वाधीन हुआ।

कलकत्ता कांग्रेस के बाद मैंने अकेले ही महाराष्ट्र में असहयोग आन्दोलन की तैयारी का काम शुरू किया। परन्तु कलकत्ता कांग्रेस में गांधी के विरोधियों की प्रशंसा में यह कहना पड़ेगा कि उनकी कांग्रेस तथा अनुशासन के प्रति श्रद्धा इतनी प्रबल थी के सभी ने विभिन्न प्रान्तीय विधान-मण्डलों के चुनावों से अपने नाम वापस ले लिए, यद्यपि दिल ही दिल में वह इस नए परिवर्तन से खुश न थे। सबसे अधिक विरोध करने वाले महाराष्ट्र के थे। आगे चलकर गांधी जी को अपने अहिंसात्मक असहयोग आन्दोलन के अभियान में लोकमान्य तिलक के समर्थकों के भारी विरोध का सामना करना पड़ा परन्तु आम जनता गांधी जी के साथ थी। लोगों ने राजनीतिक संघर्ष के पुराने तरीकों से मुंह मोड़ लिया था और सारे देश का वातावरण क्षुब्ध हो गया था। मुझ जैसे लोगों के भाग्य से, महाराष्ट्र के लोग भी इसमें देश के अन्य भागों से पीछे नहीं रहे। यद्यपि गांधी जी की कार्य शैली और कार्यक्रम नए ढंग के थे, फिर भी उनमें कुछ ऐसी स्फूर्ति थी जिससे लोगों में साहस और बलिदान की भावना भर गई। लोगों ने इसे अपनी लड़ाई समझा। अभी तक वे स्वाधीनता आन्दोलन की ओर से उदासीन थे, परन्तु अब पहली बार इसमें सक्रिय रूप से भाग ले रहे थे।

असहयोग में आस्था रखने वाला महाराष्ट्र का संभवतः मैं पहला युवक था। मैंने पूना में इस नए आन्दोलन का झण्डा फहराया और इस तरह सभी अर्थों में मेरा राजनीतिक जीवन शुरू हुआ। पूना में एक असहयोग

समिति बनाई गई थी, जिसके सचिवों में मेरा भी नाम था। महाराष्ट्र में भी चुनावों के बहिष्कार का आन्दोलन बहुत सफल हुआ था, किन्तु दूसरी चीजों के बहिष्कार में तेजी नहीं आई थी। शायद इसका कारण यह था कि लोग अभी स्थिति का अध्ययन कर रहे थे। अभी नागपुर कांग्रेस को इस अहिंसात्मक असहयोग कार्यक्रम का अन्तिम रूप से स्वीकृति देना था। इस अधिवेशन में मैंने महाराष्ट्र के एक प्रतिनिधि के रूप में भाग लिया। कांग्रेस के इतिहास में किसी अधिवेशन में इतनी अधिक संख्या में प्रतिनिधि उपस्थित नहीं हुए। जिस प्रकार सभी दिशाओं से नदियां सागर में आकर मिलती हैं, देश के सभी भागों से हजारों प्रतिनिधि विशेष रेलगाड़ियों से नागपुर पहुंचे थे। प्रतिनिधियों में मुसलमान और महिलाएं काफी बड़ी संख्या में थे। कांग्रेस की विषय समिति में देश के बड़े-बड़े नेता थे। उनमें से उल्लेखनीय हैं विजय राघव चारियर, मनोनीत अध्यक्ष चित्तरंजनदास, मातीलाल नेहरू, राजगोपालाचारी, अलीबन्धु, पट्टाभि सीतारामय्या आदि। पाश्चात्य वेशभूषा में सजे इकहरे बदन के, अभिमानी श्री जिन्ना और दुबले-पतले खादी पहने विनयशील गांधी को पास-पास बैठे देखते ही बनता था। दोनों में कितनी विविधता थी। इंग्लैण्ड की लेबर पार्टी के प्रतिनिधि कर्नल वेजवुड, मि. होलफोर्ड नाईट और मि. बेन्स्पूर की उपस्थिति से अधिवेशन की शोभा बढ़ गई थी। कर्नल वेजवुड ने असहयोग का मार्ग न अपनाने की जोरदार अपील की, परन्तु इसका कोई प्रभाव न हुआ। यदि मुझे ठीक से याद आ रहा है तो मेरे विचार में कर्नल वेजवुड के तुरन्त बाद एक कोने में बैठे डॉ. पट्टाभि उठ खड़े हुए थे। जिस शानदार तरीके से सबसे पहले डॉ. पट्टाभि ने भारतीयों के दृष्टिकोण की व्याख्या की, उससे अधिवेशन में उपस्थित सभी अत्यन्त प्रभावित हुए थे। तीन-चार दिनों तक इस विषय पर बहस चलती रही। महात्मा गांधी के पीछे खड़े मौलाना मोहम्मद अली ने, जिनके सामने श्री जिन्ना बैठे थे, चुभते हुए तर्कों से भरा और आंधी सा जोशीला भाषण दिया। एक बार तो ऐसा लगा कि श्री जिन्ना उखड़ गये मोहम्मद अली का भाषण उच्चकोटि का था और इसमें उन्होंने कमाल का वाक्यचातुर्य दिखाया। हर सायंकाल सम्मेलन के बाद हजारों प्रतिनिधियों और अन्य लोगों को सम्मेलन की कार्रवाई के बारे में बतलाने और उनके विभिन्न प्रश्नों का उत्तर

देने की जिम्मेदारी मुझे सौंपी गई थी। नागपुर कांग्रेस ने अहिंसात्मक असहयोग आन्दोलन शुरू करने के कार्यक्रम को अपनी पूर्ण स्वीकृति दे दी।

नागपुर कांग्रेस द्वारा पास प्रस्तावों तथा कार्यक्रमों का सभी ओर स्वागत किया गया, परन्तु महाराष्ट्र में हमारे साथ परेशानी यह थी कि असहयोग के समर्थक सभी युवा थे और सार्वजनिक जीवन में अभी नए थे। और जो जोग इसके विरोधी थे, वे लोकमान्य तिलक के नेतृत्व में रहकर बड़े अनुभवी हो चुके थे। आरम्भ में जनसामान्य, विशेषकर पढ़े-लिखे मध्यम वर्ग में, उनका आदर तथा सम्मान भी था। महाराष्ट्र के केवल एक-दो प्रतिष्ठित वकीलों ने ही कांग्रेस की अपील पर काम किया। इसके मुकाबले, छात्रों में प्रतिक्रिया उत्साहवर्द्धक थी। महाराष्ट्र में कई एक राष्ट्रीय स्कूल खुल गए। तिलक विद्यापीठ की स्थापना की गई। मैं स्वयं पूना में स्थापित एक स्कूल में कुछ समय के लिए अध्यापक रहा। देश के हजारों विद्यार्थियों ने कॉलेज छोड़ दिए और परीक्षाओं का बहिष्कार किया। बंगाल में देशबन्धु चित्तरंजनदास के आह्वान पर लोगों तथा विद्यार्थियों ने भारी संख्या में असहयोग आन्दोलन में भाग लिया।

सफलताओं-असफलताओं के बीच जूझता असहयोग आन्दोलन कोई एक-डेढ़ बरस तक चला। कभी तो लोगों की आशा-आकांक्षाएं आकाश को छूने लगती, तो कभी घोर निराशा उन्हें घेर लेती। इस दौरान बम्बई में विदेशी वस्त्रों की होली जलाने जैसे उत्साहबर्द्धक दृश्य भी देखने को मिले और मोपला दंगों जैसे शर्मनाक नजारे भी। इन घटनाओं से उत्साह कभी बढ़ता कभी गिरता। परन्तु वह भी एक जमाना था—उत्साह, हिम्मत और दिलेरी से भरा और जीने में एक अनुपम सुख था।

1921 का अहमदाबाद कांग्रेस का पंडाल पूरी तरह सफेद खादी का बनाया गया था—शुद्धता और बलिदान का प्रतीक, जो कि गांधी जी स्वयं भी थे। पश्चिमी रहन-सहन के प्रतीक कुर्सी-मेजों को हटा दिया गया था। प्रतिनिधि खादी बिछी जमीन पर बैठै और उन्होंने खादी की चप्पलें पहनी थीं। मैं इन प्रतिनिधियों में से एक था। कांग्रेस की आत्मा भी इसके बाह्य रूप के पूर्णतः अनुकूल ही थी। सरदार वल्लभभाई पटेल ने हिन्दी में सबसे संक्षिप्त भाषण दिया। इस अधिवेशन ने कांग्रेस की बागडोर पूर्णरूप से

गांधी जी के हाथों में सौंप दी।

अधिवेशन के बाद सारे राष्ट्र का ध्यान बारडोली तालुके की ओर खिंच गया जिसे गांधी जी ने गोरी सरकार को आखिरी चुनौती देने के उद्देश्य से सविनय अवज्ञा आन्दोलन के लिये, जिसमें कर न देना भी शामिल था, चुना था। गांधी जी ने पहली फरवरी को सरकार को एक सप्ताह का नोटिस दिया। हम सभी आजादी के उस महवपूर्ण दिन की बड़ी उत्सुकता से इन्तजार कर रहे थे कि चौरी चौरा में हुए दंगों ने सारे देश की अन्तरात्मा को बुरी तरह झकझोर दिया। गांधी ने बारडोली में किये जाने वाले सविनय अवज्ञा आन्दोलन को स्थगित कर दिया, जिससे लोगों को बड़ी निराशा हुई। उनके कई सहयोगियों ने इस कार्रवाई के लिए उनकी भारी आलोचना भी की, लेकिन गांधी जी टस से मस न हुए। 10 मार्च को उन्हें गिरफ्तार कर लिया गया और अहमदाबाद में हुए ऐतिहासिक मुकदमे के बाद उन्हें 6 साल कैद की सजा सुनाई गई। इस प्रकार भारतीय स्वाधीनता संग्राम के, जिस की परिणति 27 वर्ष बाद भारत और पाकिस्तान की स्वाधीनता के रूप में हुई, प्रथम अंक का पटाक्षेप हुआ।

1921 की क्रान्ति

—अप्पासाहेब पटवर्द्धन

असहयोग आन्दोलन को अच्छा समझने के लिए गांधी जी के आमतौर पर ब्रिटिश सरकार के साथ हार्दिक सहयोग करने के दृष्टिकोण में हुए परिवर्तन का अध्ययन करना होगा। 1918 में तो गांधी जी ब्रिटिश सरकार के लिए रंगरूट भरती कराने के अभियान में लगे थे और अगले ही साल उन्होंने रौलट एक्ट के विरोध में सत्याग्रह शुरू कर दिया। सत्य के पुजारी होने के कारण गांधी जी अपने सभी व्यवहार में, यहां तक कि राजनीतिक मामलों में ही ईमानदार और निष्कपट होने में विश्वास करते थे, उन्होंने कहा था, "जब तक हम ब्रिटिश आधिपत्य को स्वीकार करते हैं तब तक हमें इसे सच्चे दिल से और ईमानदारी से करना चाहिए।" यही कारण था कि प्रथम विश्वयुद्ध (1914-18) के दौरान उन्होंने ब्रिटिश सरकार को अपना सहयोग दिया और खेड़ा जिले के किसानों को ब्रिटिश सेना में भरती होने के लिए कहा। उन्होंने बम्बई विश्वविद्यालय के छात्रों से भी अनुरोध किया कि वे सैनिक प्रशिक्षण देने के उद्देश्य से स्थापित बम्बई विश्वविद्यालय शिक्षार्थी दल में स्वयं सेवक के रूप में भरती हों। मैंने भी इस दल में भरती होकर तीन महीने का सैनिक प्रशिक्षण लिया था; इसमें बन्दूक चलाना भी शामिल था। युद्ध के दौरान ब्रिटिश सरकार ने भारतीयों को बड़े-बड़े आश्वासन दिए थे कि लड़ाई खत्म होने पर वह भारत की समस्याओं और मांगों पर 'एक नए तथा बदले हुए' दृष्टिकोण से विचार करेगी—भारत को एक उपनिवेश मात्र मान कर नहीं बल्कि ब्रिटिश साम्राज्य में बराबर का भागीदार मानकर। परन्तु गांधी जी को बड़ी निराशा हुई जब सरकार ने अपने आश्वासनों के विपरीत देश में रौलट कानून लागू कर दिया उसका

उद्देश्य लड़ाई से लौटे भारतीय सिपाहियों में सम्भावित विद्रोह को दबाना था।

गांधी जी ने तुरन्त इस 'काले कानून' के विरोध में सारे भारतभर में सत्याग्रह अभियान छेड़ने का आह्वान किया और सभी भारतीयों से सत्याग्रह में शामिल होने के लिए कहा। उस समय मेरी एम.ए. की परीक्षा शुरू होने वाली थी। मैं गांधी जी की अपील से बहुत प्रभावित हुआ। जैसे-तैसे पर्चे खत्म किये और उसी शाम सत्याग्रहियों में अपना नाम लिखा दिया।

परन्तु ऐसा अहिंसात्मक आन्दोलन करने के लिए राष्ट्र अभी पूरी तरह प्रशिक्षित व तैयार न था। इसीलिए देश के कई भागों में दंगे भड़क उठे और इससे पहले कि मैं आन्दोलन में भाग लेने बम्बई पहुंचता, गांधी जी को विवश होकर असहयोग आन्दोलन रोक देना पड़ा।

ब्रिटिश सरकार गांधी जी के साथ व्यक्तिगत रूप से तो शिष्टतापूर्ण व्यवहार करती थी, परन्तु देश के अन्य भागों में सत्याग्रहियों पर बड़े जुल्म ढाए गए। अमृतसर के बहुत से निरपराध नागरिकों को मौत के घाट उतार दिया गया। पूरे पंजाब में सैनिक शासन लागू हो गया और समाचार-पत्रों में सरकारी नीति की आलोचना बन्द कराने के लिए कड़ी सजाएं दी गई। पंजाब की जनता ने इस दुख की घड़ी में गांधी जी से सहायता की अपील की, लेकिन पंजाब के सैनिक प्रशासन ने गांधी जी को पंजाब में प्रवेश करने से रोक दिया।

इस पर गांधी जी ने अपनी जान की परवाह न कर अपने कुछ ऐसे सहयोगियों के साथ इस निषेधाज्ञा की अवहेलना करके पंजाब में प्रवेश करने का निश्चय किया जो अपने उद्देश्य के लिए हंसते-हंसते सीने पर गोलियां खाने को तैयार थे। ऐसी चुनौतियों से मनुष्य में साहस पैदा होता है, इसीलिए मैंने भी गांधी जी के साथ जाने का निर्णय किया। पूरी तरह परखने के बाद गांधी जी ने मुझे अपने साथ ले जाना स्वीकार कर लिया। इस प्रकार मैं गांधी जी के निकट सम्पर्क में आया।

परन्तु प्रतिष्ठित नरम विचारों वाले मित्रों की सलाह पर तथा पूरे मामले पर पुनः विचार करने पर गांधी जी ने इस आन्दोलन को कुछ समय तक स्थगित करने का निश्चय किया।

लगभग उन्हीं दिनों गांधी जी ने असहयोग आन्दोलन के मुख पत्र 'यंग इण्डिया' नामक साप्ताहिक का संपादन कार्य अपने हाथों में लिया था। उनके सचिव श्री महादेव देसाई को उनके अपने काम के अलावा इस पत्र के सम्पादन तथा प्रकाशन में गांधी जी की सहायता देने का काम भी सौंपा गया था। परन्तु उन्हें यह दोहरी ड्यूटी निभाने में काफी कठिनाई होती थी, अतः उनके कहने पर गांधी जी ने मुझे अतिरिक्त सचिव के रूप में अपने साथ रखने की इच्छा प्रकट की। मैंने तुरन्त इसे स्वीकार कर लिया और कई मास तक यह दोनों काम किए। गांधी जी वास्तव में बड़ी कड़ाई से काम लेते थे। इसके अतिरिक्त प्रकाशन की तिथि की पूर्वरात्रि में छापे-खाने की कम रोशनी में साप्ताहिक 'यंग इण्डिया' के प्रूफ पढ़ने के लिए पूरी रात जगना मेरे लिए बहुत कष्टकारी था। इसलिए गांधी जी ने मुझे साबरमती के अपने सत्याग्रह आश्रम में बुला लिया।

मैं सितम्बर, 1919 में आश्रम में आया था। इस समय गांधी जी ब्रिटिश सरकार में असहयोग की योजना बना रहे थे। सरकार ने सत्याग्रह आन्दोलन के बारे में रिपोर्ट देने और इससे निपटने के उपाय सुझने के लिए हंटर कमेटी की नियुक्ति की थी। यह तो स्पष्ट था कि यह कमेटी सरकारी कार्रवाई को ही उचित ठहराएगी और जनता द्वारा अनुचित बल प्रयोग को बढ़ा-चढ़ाकर वर्णन करेगी। इसीलिए गांधी जी ने इस कमेटी की जांच का बहिष्कार किया और इसके बदले उन्होंने जनता की ओर से एक कमेटी नियुक्त की। इस कमेटी के सदस्य बैरिस्टर जयकर, पण्डित मोतीलाल नेहरू, देशबंधु चित्तरंजनदास और विट्ठलभाई पटेल जैसे जाने-माने विधिवेत्ता और जन-नेता थे। इस कमेटी ने सरकार और जनता दोनों द्वारा की गई ज्यादतियों का निष्पक्ष उल्लेख किया, लेकिन साथ ही इस नतीजे पर पहुंची कि सरकार ने जरूरत से कहीं अधिक कड़ाई से काम लिया। कमेटी ने यह भी मांग की कि सरकार अपनी गलतियों से हुई क्षति को पूरा करें। परन्तु सरकार का रवैया नहीं बदला। गांधी जी ने तब कमेटी के सदस्यों से कहा कि वह सरकार के इस रवैये के विरोध में अदालतों का बहिष्कार करे। स्वयं गांधी जी ने 'कैसरे हिन्द' स्वर्णपदक लौटा दिया, जो उन्हें दक्षिण अफ्रीका में किए गए सराहनीय कार्य के लिए ब्रिटिश सरकार द्वारा दिया गया था

और साथ ही अन्य लोगों से भी ऐसा करने का अनुरोध किया। जहां तक मुझे याद आता है गांधी जी के आह्वान पर अपनी उपाधियां लौटाने वालों में प्रथम थे सर रवीन्द्रनाथ ठाकुर, जिन्होंने 'सर' की उपाधि त्याग दी। यह असहयोग आन्दोलन की शुरुआत थी।

अहमदाबाद में एक भूतपूर्व जज अब्बास तैयब जी की अ ध्यक्षता में गुजरात प्रदेश असहयोग सम्मेलन हुआ। इसमें बहुत अधिक संख्या में लोग उपस्थित थे। इस सम्मेलन में सर्वसम्मति से एक प्रस्ताव पास किया जिसमें विशिष्ट वर्गों के लोगों से–विशेषकर 1. सरकारी उपाधि-प्राप्त लोगों से अपनी उपाधियां त्यागने, 2. वकीलों से अदालतों का बहिष्कार करने, 3. छात्रों से स्कूलों और कॉलेजों का बहिष्कार और राष्ट्रीय संस्थानों के स्थापित होने पर उनमें प्रवेश लेने, और 4. आगामी चुनावों का बहिष्कार करने की अपील की गई। ब्रिटिश भारत में ऐसे चुनाव पहली बार हो रहे थे।

कलकत्ता में हुए भारतीय राष्ट्रीय कांग्रेस के विशेष अधिवेशन में भी इसी आशय का प्रस्ताव स्वीकार किया गया। 1920 के अन्त में नागपुर में हुए वार्षिक अधिवेशन में भी ऐसा ही प्रस्ताव पास हुआ, परन्तु इस बार प्रस्ताव में कड़े शब्दों का प्रयोग किया गया।

इस प्रकार यह कहा जा सकता है कि सही अर्थों में असहयोग आन्दोलन 1920 में शुरू हुआ, यद्यपि देश में इसका प्रसार 1921 में हुआ और उसी साल संसार के राष्ट्रों का इसकी ओर ध्यान गया।

गांधी जी ने पहली अगस्त, 1920 को असहयोग आन्दोलन की योजना की घोषणा करने का निश्चय किया था। परन्तु उसी दिन एक ऐसी घटना घटी जिससे गांधी जी को इस विषय पर नए सिरे से विचार करने की प्रेरणा मिली। देश के वरिष्ठ नेता लोकमान्य तिलक का बम्बई के सरदारगृह में, जहां बम्बई में वह अक्सर ठहरते थे, थोड़े दिन बीमार रहने के बाद देहान्त हो गया। उनकी शवयात्रा में बम्बई और सैकड़ों मील आसपास के लाखों लोग उपस्थित थे। गांधी जी इस विशाल जनसमूह की उपस्थिति से अद्‌भुत रूप से प्रभावित हुए। इससे उन्हें पता लगा कि तिलक के स्वराज्य के सन्देश का जनसामान्य के मस्तिष्क पर कितना गहरा प्रभाव पड़ा था। गांधी जी ने अभी तक तो मन ही मन यह योजना बनाई थी कि असहयोग

आन्दोलन स्वराज्य प्राप्ति के लिए एक कार्यक्रम होगा परन्तु पहली अगस्त के अभूतपूर्व दृश्य ने उन्हें खुले रूप से यह घोषणा करने को प्रोत्साहित किया कि स्वराज्य की प्राप्ति ही असहयोग आन्दोलन का उद्देश्य है। 'एक वर्ष में स्वराज्य' अब गांधी जी का राष्ट्र के लिए स्फूर्तिदायक नारा बन गया, उन्होंने कहा, "हमें चाहिए कि हम सच्चे दिल से असहयोग कार्यक्रम को पूरा करें, विदेशी तानाशाही सरकार को पूरी तरह ठप्प कर दें और उसे स्वराज्य की मांग स्वीकार करने पर विवश करें। आइए, आज हम यह निश्चय करें कि तिलक की पहली पुण्यतिथि स्वतंत्र भारत में मनाई जाएगी।" गांधी जी के इस प्रेरक संदेश का देशवासियों पर तत्काल गहरा प्रभाव पड़ा और 1920-21 के वर्ष गांधी जी और सारे देश के लिए भारी राजनीतिक हलचल के रहे।

असहयोग तो एक तरह से इस कार्यक्रम का कम महत्वपूर्ण पक्ष था। इसका रचनात्मक पक्ष, जो गांधी जी के विचार में अधिक महत्वपूर्ण था, देश के नागरिकों में सद्भावना और सहयोग की सक्रिय भावना पैदा करना था।

सद्भावना पैदा करने के उद्देश्य से गांधी जी ने भारतीय राष्ट्रीय कांग्रेस का नए सिर से गठन किया, जिसके परिणामस्वरूप कांग्रेस का नेतृत्व पूर्णतया उनके हाथों में आ गया। उन्होंने कांग्रेस का नया संविधान तैयार किया जिसमें यह स्पष्ट निर्देश किया गया कि आगे से कांग्रेस का सारा कामकाज अंग्रेजी की बजाय लोगों की अपनी भाषाओं में किया जाए। भाषा के आधार पर देश को विभिन्न प्रांतों में बाँटा गया और प्रत्येक प्रांत की अपनी प्रांतीय कांग्रेस कमेटी और उसके नीचे जिला और तहसील कांग्रेस कमेटियां गठित की गईं। गांधी जी ने देशवासियों के नाम एक जोशभरी अपील की जिसमें उन्होंने तीन महीने के अन्दर कांग्रेस के एक करोड़ सदस्य बनाने का अनुरोध किया, और प्रत्येक सदस्य से चार आना वार्षिक चन्दा देने को कहा। इसके बाद गांधी जी ने कहा कि देश के अधिक-से-अधिक घरों में लोग चरखा कातें। इसके लिए उन्होंने 20 लाख चरखों का लक्ष्य रखा। प्रत्येक प्रांत का कोटा निर्धारित कर दिया गया। उन्होंने लोगों को हाथ का बुना खादी का कपड़ा–जिसे वह 'स्वतंत्र भारत की वर्दी' कहते थे–पहनने के लिए कहा। साथ ही, उन्होंने 'तिलक स्वराज्य कोष' में एक

करोड़ रुपया इकट्ठा करने, छुआछूत को पूर्णतया समाप्त करने और पारसियों, ईसाइयों और यहूदियों समेत, हिन्दू-मुस्लिम एकता की स्थापना करने का कार्यक्रम बनाया। यह सभी कार्य तीन महीने में पूरा करने का निश्चय किया गया। गांधी जी ने स्वयं इस कार्यक्रम का कड़ाई से पालन कर एक अनुकरणीय उदाहरण प्रस्तुत किया और इसका अभीष्ट प्रभाव भी हुआ। इस 'रचनात्मक कार्यक्रम' के लक्ष्य जिन्हें मार्च, 1921 में अखिल भारतीय कांग्रेस कमेटी ने निश्चित किया—जहां तक सदस्यों तथा चरखों की संख्या का प्रश्न है, जून के अंत तक पूरे कर लिए गए। इस सफलता से राष्ट्र का आत्म-विश्वास बढ़ा। हजारों राष्ट्रीय स्कूल, बीसियों कॉलेज, 6 'तिलक विश्वविद्यालय' तथा सैकड़ों खादी केन्द्र देश के कोने-कोने में खुल गए और ऐसा आभास होता था कि कांग्रेस की एक समानान्तर सरकार कायम हो गई है। बीसियों स्वयंसेवक संघ, जिनमें प्रत्येक की सदस्य संख्या सैकड़ों में थी, देश में जहाँ-तहाँ स्थापित हो गए। इससे गोरी सरकार बहुत चिढ़ गई। देश में तनाव बढ़ गया।

शक्ति परीक्षण का समय तब आया जब ब्रिटेन के युवराज भारत यात्रा पर आए। औपचारिक रूप से तो सरकार का मनोरथ उनसे मिंटो-मारले सुधारों का उद्घाटन कराना था। इन सुधारों में प्रांतीय और केन्द्रीय विधान मंडलों में गैर-सरकारी सदस्यों के चुनाव की व्यवस्था की। मताधिकार देने में नाममात्र की उदारता बरती गई थी। परन्तु युवराज की यात्रा का वास्तविक ध्येय भारतीय लोगों में ब्रिटिश सम्राट के प्रति वफादारी को उभारना और उसका प्रदर्शन था। कांग्रेस पहले ही चुनावों के पूर्ण बहिष्कार की घोषणा कर चुकी थी। इसी जोश से उसने युवराज के स्वागत का बायकाट किया और इसमें भारी सफलता मिली। लोगों का आत्म-विश्वास और उत्साह आसमान को छू रहा था। स्वयंसेवक संघ सविनय अवज्ञा आंदोलन के केन्द्र बन गए थे। उधर, गांधी जी ने बड़े साहस से अपनी इस योजना का ऐलान किया कि वे वर्ष के अन्त में बारदोली तालुके की ओर से ब्रिटिश शासन से मुक्ति की घोषणा करेंगे।

परन्तु भाग्य में कुछ और ही बदा था। जब वर्ष के अन्त तक स्वराज्य प्राप्त होता दिखाई न दिया, तो आम जनता का उत्साह कुछ ठंडा पड़ गया।

सरकार ने झट मौके का लाभ उठाया और देशद्रोह के आरोप में गांधी जी को गिरफ्तार कर उन्हें छः साल कड़ी कैद की सजा सुना दी। इससे असहयोग आंदोलन कुछ समय के लिए कुछ रुक-सा गया।

1919 से 1921 तक के महत्वपूर्ण वर्ष मैंने अपने आदरणीय साथियों के साथ चरखा कातने, खादी बुनने और आश्रम के बालक-बालिकाओं के तथा कुछ समय के लिए गुजरात विद्यापीठ में, अध्यापन में व्यतीत किए। वास्तव में, गांधी जी हम लोगों का एक ऐसा दल बनाना चाहते थे, जो उनके जेल जाने या अनुपस्थित रहने पर कार्य चालू रख सके। 1921 के अन्त में, मैं गांधी जी की अनुमति तथा आशीर्वाद लेकर अपने रत्नागिरी जिले में लौट आया और तब से उनके दिखाए गए मार्ग तथा आदर्शों पर चल रहा हूं।

गांधी जी के आदर्श—हम भूल न जाएं

—श्री प्रकाश

देश की स्वतन्त्रता के लिए महात्मा गांधी ने पहली बार सन् 1921 में असहयोग अथवा सविनय अवज्ञा आन्दोलन छेड़ा। इसका श्रीगणेश इंग्लैण्ड के युवराज के भारत भ्रमण के बहिष्कार से हुआ। इस समय की घटनाओं को समझने और उनका सही मूल्यांकन करने के लिए यह आवश्यक है कि उससे कुछ वर्ष पहले की परिस्थिति को समझा जाये जबकि महात्मा गांधी दक्षिण अफ्रीका में बसे भारतीयों को वहां के नागरिक होने के नाते जो अधिकार मिलने चाहिए थे। उनके समर्थन में लम्बे और सफल संघर्ष के बाद भारत लौटे थे।

महात्मा गांधी 1915 के आरम्भ में भारत आए। उन्होंने श्री गोपालकृष्ण गोखले को हमेशा अपना राजनीतिक गुरु माना, इसलिए भारत आते ही अपने भावी कार्यक्रम के सम्बन्ध में गांधी जी ने उनसे विचार-विमर्श किया। कहते हैं कि श्री गोखले ने गांधी जी से बहुत साफ कहा कि भारत दक्षिण अफ्रीका नहीं है और वहां जो तरीके कारगर साबित हुए वे भारत में सफल नहीं होंगे। श्री गोखले ने महात्मा गांधी को यह भी राय दी कि वे एक साल चुपचाप देश की स्थिति का अध्ययन करें और तब अपना कार्यक्रम निश्चित करें।

चुप रहने की अवधि की समाप्ति 1916 के आरम्भ में बनारस हिन्दू विश्वविद्यालय की स्थापना के अवसर पर हुई। विश्वविद्यालय की आधारशिला तत्कालीन वाइसराय लार्ड हार्डिंग ने रखी थी और उसके संस्थापक पण्डित मदनमोहन मालवीय ने उस अवसर पर आए हुए प्रख्यात व्यक्तियों के भाषणों का कार्यक्रम रखा था। इस भाषण शृंखला में एक शाम महात्मा

गांधी बोले। एक साल पहले भारत लौटने के बाद उनका यह पहला सार्वजनिक भाषण था।

महात्मा गांधी ने अपने भाषण में कई बातों पर नाराजगी जाहिर की इनमें से एक थी हमारे शहरों की गन्दगी। उसी दिन सुबह वे विश्वनाथ मन्दिर गए थे और मन्दिर के अन्दर तथा आस-पास की गन्दगी देखकर वे बहुत खिन्न हुए थे। गांधी जी को सफाई का बहुत अधिक ध्यान था इसलिए गन्दगी देखकर उनका नाराज होना स्वाभाविक ही था। भाषण के आरम्भ में ही उन्होंने इस बात का जिक्र किया। फिर उन्होंने कहा कि अंग्रेज लोग अपने देश में बहुत भले और शिष्ट होते हैं, परन्तु इस देश में आकर वे घमण्डी हो जाते हैं और बड़ी रुखाई से पेश आते हैं। उनके स्वभाव में इस परिवर्तन के लिए हम लोग ही जिम्मेदार हैं, क्योंकि निश्चय ही हमारे सम्पर्क में आने के बाद ही वे खराब हुए। इसके अतिरिक्त, साधारण जनता की गरीबी से गांधी जी बहुत दुखी थे।

जब महात्मा जी बोल रहे थे, उस समय मंच पर बहुत से राजा-महाराजा हीरे-जवाहरात से सजे बैठे थे। गांधी जी ने उनसे कहा कि उन्हें अपने हीरे-जवाहरात बेचकर उससे प्राप्त धन को गरीबों की भलाई में लगाना चाहिए। इस बात से वहां सनसनी फैल गई। अपने भाषण के अन्त में गांधी जी ने वाइसराय की रक्षा के लिए अधिकारियों द्वारा किए गए बहुत ही कड़े प्रबन्ध का उल्लेख किया। बनारस हिन्दू विश्वविद्यालय के शिलान्यास के लिए लार्ड-हार्डिंग के आने पर ऐसा लगता था मानो नगर पर पुलिस और सेना का घेरा पड़ा हो। सामाजिक तथा आर्थिक जीवन अस्त-व्यस्त हो गया था। गाधीजी ने इस बात पर बहुत क्षोभ प्रकट किया और यहां तक कहा कि अगर वाइसराय को कोई गोली ही मार देता तो भी वह इस तरह से सारे नगर को आतंकित करने से अच्छा होता। इतना सुनते ही सभाध्यक्ष और राजे-महाराजे तथा आगे बैठे हुए अन्य गण्यमान्य अतिथि उठ खड़े हुए और इसी गड़बड़ी में सभा भंग हो गई। इस घटना से आने वाली घटनाओं के आसार दिखाई पड़े।

बाद में उसी साल दिसम्बर में महात्मा गांधी ने लखनऊ में भारतीय राष्ट्रीय कांग्रेस के वार्षिक अधिवेशन में भाग लिया। कांग्रेस की विषय-समिति

की बैठक जिस पण्डाल में हो रही थी उसके चारों ओर लगातार 'महात्मा गांधी की जय' के नारे उठ रहे थे। मुझे याद है कि इससे श्री एस. सत्यमूर्ति ने चिढ़ कर कहा था कि बेहतर हो कि महात्मा जी बाहर जाकर लोगों को दर्शन दें जिससे बैठक की कारवाई चल सके। पण्डाल के बाहर के भीतरी शोर से निस्सन्देह बैठक की कार्रवाई में बाधा पड़ रही थी। कांग्रेस के इस अधिवेशन के अध्यक्ष श्री अम्बिकाचरण मजूमदार थे और कई दृष्टियों से यह अधिवेशन अद्वितीय था। इसी अधिवेशन में कांग्रेस के नरम और गरम दलों में पुनः एकता हुई, समान उद्देश्य के लिए संगठित रूप से संघर्ष करने के लिए कांग्रेस और मुस्लिम लीग में समझौता हुआ और इसी अधिवेशन में कांग्रेस का संविधान बना। गत 30 वर्षों में कांग्रेस का कोई संविधान नहीं था।

इस अधिवेशन में बिहार के कुछ लोग महात्मा जी से मिले और निलहे गोरों के अत्याचार की बात बताई। महात्मा जी बिहार गए और चम्पारन में जिला मजिस्ट्रेट की (शहर छोड़ने की) आज्ञा का उल्लंघन करके उन्होंने देश में पहली बार अपने सविनय अवज्ञा के सिद्धान्त का प्रयोग किया। उनके आन्दोलन के फलस्वरूप समझौता हुआ और गांधी जी सफल हुए। देश में सविनय अवज्ञा या असहयोग आन्दोलन यहीं पहली बार अमल में लाया गया।

इसके बाद के कुछ वर्षों में महात्मा गांधी अपने भावी कार्यक्रम की रूपरेखा पर विचार करते रहे। उस समय पहला विश्वयुद्ध चल रहा था और हमारे देश में राजनीतिक सुधारों के लिए श्रीमती एनीबेसेंट के नेतृत्व में हलचल मची थी। उनका नारा था कि इंग्लैण्ड की कठिनाई ही भारत के लिए सुअवसर है। श्रीमती बेसेंट को 1917 की गर्मियों में नजरबन्द कर दिया गया। इसके बाद ही भारत सचिव श्री ई.एस. मांटेग्यू इस देश में आए और उन्होंने अपनी रिपोर्ट में विधान सभाओं के सदस्यों की संख्या बढ़ाए जाने की सिफारिश की। प्रथम विश्वयुद्ध 1919 में समाप्त होने पर पंजाब में सैनिक शासन लागू किया गया जिसकी परिणति जलियांवाला बाग हत्याकाण्ड में हुई। विश्वयुद्ध के दौरान पंजाब ने अंग्रेजी साम्राज्य की धन और जन से जो सेवाएं की थीं उसका बदला विजयोल्लास से उन्मत्त अंग्रेजों

ने इस क्रूरता से दिया। उन दिनों जो दुखद घटनाएं हुई, उनकी गैर-सरकारी जांच में महात्मा गांधी ने प्रमुख भाग लिया। जांच के बाद जो रिपोर्ट तैयार हुई उस पर मेरे शहर बनारस में ही हस्ताक्षर किए गए और पण्डित मोतीलाल नेहरू और देशबन्धु चित्तरंजनदास जैसे दिग्गज नेता, महात्मा गांधी से इसलिए रुष्ट थे कि इतनी दुखद घटनाओं के बाद भी वे सरकार से बहुत साधारण मांगें कर रहे थे। इसके जवाब में महात्मा गांधी का कहना था कि हमें ऐसी मांगें करनी चाहिए कि यदि सरकार उन्हें न माने तो हम उसे उन्हें मानने पर मजबूर कर सकें। बहुत बड़ी-बड़ी मांगें करने के बाद चुप होकर बैठ जाने से कोई लाभ नहीं। इससे महात्मा जी की विचारधारा का पता चलता है। अपनी साधारण मांगें ठुकराये जाने के बावजूद जलियांवाला बाग हत्याकाण्ड के कुछ मास बाद ही दिसम्बर, 1919 में अमृतसर में कांग्रेस अधिवेशन हुआ। महात्मा जी का रुख इस अधिवेशन में नरम ही रहा। मांटेग्यू चेम्सफोर्ड सुधारों के अन्तर्गत प्रथम आम चुनाव दिसम्बर, 1920 में होने वाले थे। इस आम चुनाव में कांग्रेसजनों का क्या रुख हो, यह तय करने के लिए सितम्बर मास में कलकत्ते में कांग्रेस का विशेष अधिवेशन बुलाया गया। लोकमान्य बाल गंगाधर तिलक अधिवेशन का सभापतित्व करने वाले थे परन्तु अगस्त में ही उनकी मृत्यु हो गई। अतः इस अधिवेशन का सभापतित्व लाला लाजपतराय ने किया। यह विशेष अधिवेशन बुलाना आवश्यक था क्योंकि कांग्रेस का साधारण वार्षिक अधिवेशन आम चुनाव के बाद होने वाला था। इस अधिवेशन में कांग्रेस ने चुनावों के बहिष्कार का निश्चय किया। इसके बाद दिसम्बर, 1920 में कांग्रेस का वार्षिक अधिवेशन नागपुर में हुआ जिसका सभापतित्व श्री सी. विजयराघवाचारी ने किया। इस अधिवेशन में महात्मा गांधी कांग्रेस के सर्वोच्च मुखिया और देश के नेता के रूप में सामने आए। उन्होंने हिन्दू-मुस्लिम एकता, अछूतोद्धार, खादी का प्रचार और मद्यनिषेध का रचनात्मक कार्यक्रम सामने रखा। इसके साथ ही उन्होंने असहयोग के कार्यक्रम के अन्तर्गत विदेशी सरकार द्वारा प्रदत्त उपाधियों के त्याग तथा विधानसभाओं, अदालतों और सरकारी शिक्षा संस्थाओं के बहिष्कार का आह्वान किया।

नागपुर अधिवेशन के दूसरे ही दिन 1921 का वर्ष आरम्भ हुआ। यह

हमारे स्वाधीनता संग्राम का एक अतिमहत्वपूर्ण वर्ष है—इस साल न केवल हमारा स्वाधीनता संग्राम वास्तविक रूप में आरम्भ हुआ बल्कि उसका एक लक्ष्य निर्धारित किया गया और उस तक पहुंचने का रास्ता बताया गया। महात्मा गांधी निष्क्रिय बैठने वाले व्यक्ति नहीं थे। नागपुर कांग्रेस में उन्होंने जो कार्यक्रम निर्धारित किया था उसके अनुसार तुरन्त ही काम शुरू कर दिया गया। एक उल्लेखनीय बात यह हुई कि सप्ताह के अन्दर ही महात्मा गांधी ने मेरे शहर बनारस में काशी विद्यापीठ नामक एक महान राष्ट्रीय शिक्षा संस्था का उद्घाटन किया। इस शिक्षा संस्था के लिए महान देशभक्त और लखपती समाजसेवी श्री शिवप्रसाद गुप्त ने उदारता से दस लाख रुपया दान दिया।

उद्घाटन समारोह के अवसर पर महात्मा गांधी अली बन्धुओं—मौलाना शौकत अली और मुहम्मद अली के साथ बनारस आए। जिस रेलगाड़ी में उन्होंने यात्रा की, उसके डिब्बे तो खचाखच भरे थे ही, छतों पर भी भारी भीड़ भी। रेलवे प्लेटफार्म पर ठसाठस भीड़ थी। हर वर्ग के लोग महात्मा जी का स्वागत करने के लिए आए थे। कहीं तिल धरने की भी जगह नहीं थी। बलिष्ठ और भीमकाय मौलाना मुहम्मद अली ने भीड़ में से गांधी जी के लिए बड़ी मुश्किल से रास्ता बनाया। भदैनी में उद्घाटन समारोह हुआ था और उस अवसर पर इतनी भीड़ हुई थी कि भदैनी के सारे इलाके में आदमी ही आदमी दिखाई पड़ रहे थे। विद्यापीठ बहुत दिनों तक भदैनी में ही चलता रहा, लेकिन बाद में बनारस छावनी रेलवे स्टेशन के पास की सड़क पर एक भवन में आ गया। विद्यापीठ के नाम पर ही अब इस सड़क का भी नामकरण हो गया है।

उद्घाटन के सभा मंच पर महात्मा जी के अलावा पण्डित मोतीलाल नेहरू अली बन्धु, मौलाना अबुल कलाम आजाद जैसे बड़े-बड़े नेता भी उपस्थित थे। इस अवसर पर विद्यापीठ के प्रथम कुलपति डॉ. भगवानदास ने एकत्रित जनसमूह का स्वागत करते हुए एक प्रेरक भाषण दिया, जिसमें कहा गया कि देश की पुरानी परम्पराओं और आधुनिक युग की आवश्यकताओं का समन्वय ही शिक्षा का उद्देश्य होना चाहिए।

बाबा रामचन्द्र की गिरफ्तारी भी उस समय की एक उल्लेखनीय

घटना थी। बाबा रामचन्द्र जौनपुर, सुल्तानपुर और प्रतापगढ़ जिलों के गांवों के एक साहसी कार्यकर्ता थे जिन्होंने अपने ओजस्वी भाषणों से देहातों की जनता को जगा दिया था। उन्होंने निस्सहाय किसानों की तकलीफों को लोगों के सामने रखा। बाबा रामचन्द्र बहुत लोकप्रिय थे। वास्तव में वे लोगों के लिए देवतुल्य हो गए थे—और यही कारण था कि वे अंग्रेजों के लिए कंटक बन गए थे और वे उनके खून के प्यासे थे। उद्घाटन के समय उनकी गिरफ्तारी से स्वभावतः लोगों में बड़ी उत्तेजना हुई। इस अवसर पर जवाहरलाल नेहरू ने बहादुरी से काम किया। उन्होंने लोगों को समझा बुझा कर शान्त किया और उन्हें अपने नेता की गिरफ्तारी में बाधा देने से रोका। उन्होंने समझाया कि हमारा आन्दोलन अहिंसात्मक है और हमें महात्मा जी की बात अवश्य माननी चाहिए।

स्वाधीनता-संग्राम में काशी विद्यापीठ का महत्वपूर्ण योगदान रहा। विद्यापीठ के छात्र और अध्यापक असहयोग आन्दोलन के सिलसिले में गिरफ्तार होते और जेल जाते रहे और वर्षों तक विद्यापीठ के भवन में पुलिस ने ताला लगा रखा था। यहां के अध्यापकों में आचार्य नरेन्द्रदेव और सम्पूर्णनन्द जैसे विद्वान थे। स्वतन्त्रता के बाद यहां के बहुत से छात्रों ने, जैसे लालबहादुर शास्त्री, त्रिभुवन नारायण सिंह, कमलापति त्रिपाठी आदि ने केन्द्र और राज्यों के मंत्रियों के रूप में महत्वपूर्ण कार्य किया है।

1921 का वर्ष इसलिए भी याद किया जाएगा कि इसी साल महात्मा गांधी ने तिलक स्वराज्य निधि के लिए एक करोड़ रुपया एकत्र करने तथा कांग्रेस के एक करोड़ सदस्य बनाने का सफल आह्वान किया। इस वर्ष काशी विद्यापीठ के अलावा पटना, अहमदाबाद, अलीगढ़, लाहौर, पूना और अन्य कई जगहों पर भी राष्ट्रीय शिक्षा संस्थाएं स्थापित की गईं। इसी साल बाद में ड्यूक ऑफ कनाट और इंग्लैंड के युवराज (प्रिंस ऑफ वेल्स) भारत आये। महात्मा गांधी के निर्देशानुसार इनके भारत आगमन का बहिष्कार किया गया। यह बहिष्कार देश की स्वाधीनता के लिए महात्मा गांधी द्वारा छेड़े गए असहयोग आन्दोलन का पहला कदम था। लोगों ने एक विलक्षण दृश्य देखा। जहां कहीं भी युवराज गए वहां सूनी सड़कों ने ही उनका स्वागत किया। परन्तु जब महात्मा गांधी आते तो सड़क के दोनों ओर एकत्र विशाल

जनसमूह तुमुल हर्ष-ध्वनि से उनका स्वागत करता। प्रिंस ऑफ वेल्स के बहिष्कार में भाग लेने के कारण देश के बड़े-बड़े नेता और कांग्रेस कार्यकर्ता गिरफ्तार कर लिए गए। पण्डित मोतीलाल नेहरू, देशबन्धु चित्तरंजनदास, लाला लाजपतराय, डॉ. भगवानदास और हजारों छोटे और बड़े कार्यकर्ताओं को जेल में बन्द कर दिया गया।

पण्डित मदनमोहन मालवीय ने प्रिंस को हिन्दू विश्वविद्यालय की डॉक्टर की मानपदवी से विभूषित किया। बहिष्कार के कारण इस समारोह के लिए लोगों को एकत्र करना मालवीय जी के लिए मुश्किल हो गया। अधिकांश कांग्रेसी शराब और विदेशी कपड़ों की दुकानों पर धरना देने के कारण गिरफ्तार हो चुके थे। उत्तर प्रदेश कांग्रेस कमेटी की इलाहाबाद में हो रही बैठक में भाग लेने वाले सभी 55 सदस्य गिरफ्तार करके जेल भेज दिए गए। सारे देश में विद्रोह की स्थिति थी और सरकार को युवराज के भारत भ्रमण का प्रबन्ध करने में बड़ी कठिनाई हुई। मेरा विचार है कि सरकार को अन्दाज न था कि बहिष्कार इतना सफल होगा वरना युवराज को भारत बुलाने का खतरा अंग्रेजी सरकार नहीं उठाती।

ऊपर जिन घटनाओं का मैंने उल्लेख किया है वे 1921 के दिसम्बर मास तक हो चुकी थी और इसके बाद कांग्रेस का वार्षिक अधिवेशन अहमदाबाद में होने वाला था जो उन दिनों महात्मा गांधी का मुख्यालय था। जहां तक मुझे याद है, इस अधिवेशन की अध्यक्षता देशबन्धु चित्तरंजनदास करने वाले थे परन्तु वे उस समय जेल में थे। अतः हकीम अजमल खां इस अधिवेशन के अध्यक्ष हुए। महात्मा गांधी और सरदार वल्लभभाई पटेल ने इस अधिवेशन के तुरन्त बाद ही गुजरात के बारडोली ताल्लुके में पूर्ण असहयोग का आन्दोलन करने की तैयारी कर रखी थी। महात्मा गांधी ने वाइसराय को एक पत्र भी लिख दिया था कि इस तरह का आन्दोलन शुरू किया जाएगा। परन्तु आन्दोलन शुरू होने के ठीक पहले ही उत्तर प्रदेश के गोरखपुर जिले में चौरी चौरा नामक स्थान पर एक दुर्घटना हो गई। वहां की पुलिस चौकी पर लोगों ने आक्रमण कर दिया जिसमें कई पुलिस वाले मारे गए। महात्मा गांधी ने तुरन्त ही बारडोली में प्रस्तावित असहयोग आन्दोलन को स्थगित कर दिया और कहा कि देश ने अभी अहिंसा का पाठ नहीं

सीखा है और जनता अहिंसात्मक असहयोग के लिए तैयार नहीं है। गांधी जी के इस निर्णय पर देश में, विशेषकर कांग्रेस में, बहुत रोष पैदा हुआ परन्तु वह अपने निश्चय पर दृढ़ रहे और सभी को उनका निर्णय स्वीकार करना पड़ा। पण्डित मोतीलाल नेहरू और दूसरों ने जेल में गांधी जी को क्रोध भरे पत्र लिखे, जिनमें उनके निर्णय को अनुचित बताया गया था। ये पत्र जेल से तिकड़म से भेजे गए थे।

इसके कुछ ही दिनों बाद महात्मा गांधी भी गिरफ्तार कर लिए गए और उन्हें 6 साल की सजा हुई। जिस जज ने मुकदमे की सुनवाई की थी उसने गांधी जी की प्रशंसा करते हुए कहा था कि मेरे सामने गांधी जी जैसे आदमी का मुकदमा न तो पहले आया था और न ही भविष्य में आएगा। महात्मा गांधी ने भी जज के साथ आदर्श शिष्टता का व्यवहार किया। इसके कुछ समय बाद युवराज का चार महीने का भारत भ्रमण का कार्यक्रम पूरा हो गया और वे इंग्लैण्ड लौट गए। महात्मा गांधी की लम्बी सजा से देश के राजनीतिक आन्दोलन में शिथिलता आ गई।

1922 के उत्तरार्द्ध में जेलों में बन्द नेता बाहर आए और दिसम्बर में गया में कांग्रेस अधिवेशन में शरीक हुए। इस अधिवेशन के अध्यक्ष देशबन्धु चित्तरंजनदास थे और इसी अधिवेशन में कांग्रेस में एक बड़ी फूट पड़ी। देशबन्धु चित्तरजनदास, विट्ठल भाई पटेल और हकीम अजमल खां विधान सभाओं के लिए चुनाव लड़ने के पक्ष में थे, जिससे कि असहयोग की लड़ाई विधान सभाओं में भी लड़ी जा सके। परन्तु श्री राजगोपालचार्य, सरदार वल्लभ भाई पटेल, सेठ जमनालाल और अन्य लोग चुनाव लड़ने के खिलाफ थे और चाहते थे कि महात्मा गांधी द्वारा कार्यक्रम के अनुसार ही काम किया जाए।

कांग्रेस ने औपचारिक रूप से विधान सभाओं के चुनाव न लड़ने का फैसला किया जिसके कारण चुनाव के पक्ष वालों ने स्वराज पार्टी की स्थापना की। यहां इस बात का भी उल्लेख जरूरी है कि प्रथम विश्वयुद्ध में विजय प्राप्ति के बाद अंग्रेज तथा उनके साथियों के तुर्की के खलीफा की गद्दी के खत्म करने के निश्चय पर इस देश के मुसलमानों में काफी रोष था। महात्मा गांधी और कांग्रेस खिलाफत अर्थात् खलीफा के बने रहने के पक्ष में

थे और इस विषय में भारत के मुसलमानों का समर्थन कर रहे थे। गया कांग्रेस में बहुत से मौलाना आए थे और यह कहा जा सकता है कि इस अधिवेशन में हुए निर्णयों पर इन मौलवियों का काफी प्रभाव पड़ा। परन्तु बाद में तुर्की के नेता अतातुर्क कमाल पाशा ने खलीफा का पद समाप्त कर दिया। मौलानाओं ने कांग्रेस को छोड़ दिया और खलीफा को भूल कर कमाल पाशा को गाजी और नेता मानने लगे।

विधान सभाओं के चुनाव कांग्रेस के अगले अधिवेशन के पहले ही 1923 के दिसम्बर में होने वाले थे। अतः स्वराज्य पार्टी के प्रयास से 1923 के मध्य में कांग्रेस का एक विशेष अधिवेशन हुआ जिसमें यह निर्णय हुआ कि जो कांग्रेसी विधान सभा का चुनाव लड़ना चाहें वे स्वराज्य पार्टी के टिकट पर लड़ सकते हैं। विधान सभाओं के चुनाव लड़ने और न लड़ने के पक्ष में जो लोग थे उनका विरोध 1934 तक चलता रहा। 1934 में कांग्रेस ने विधान सभाओं के चुनाव में भाग लेने का बाकायदा निर्णय किया।

यह बात उल्लेखनीय है कि महात्मा गांधी सभी वर्गों और जातियों के बीच एकता और स्वावलम्बन पर विशेष जोर देते थे। वह हमारे दिलों में सच्ची देशभक्ति और आत्म-विश्वास जगाना चाहते थे जिससे हम अपने पैरों पर खड़े हो सकें और अपनी आवश्यकताओं के लिए किसी विदेशी सरकार पर निर्भर न रहें। उनकी यह भी बड़ी इच्छा थी कि उनके देशवासियों का जीवन शुद्ध हो वे सत्य और शान्ति के मार्ग पर चलें। राजनीति साधारणतः गन्दी समझी जाती है परन्तु गांधी जी राजनीति में भी आध्यात्मिकता लाना चाहते थे।

महात्मा गांधी साम्प्रदायिक सद्‌भाव पर बहुत जोर देते थे। हिन्दू-मुस्लिम एकता की खातिर उन्होंने खिलाफत आन्दोलन का समर्थन किया। हिन्दू समाज से अस्पृश्यता की कुप्रथा मिटाने के लिए उन्होंने अपने प्राणों तक की बाजी लगा दी। इससे पता चलता है कि देश के छोटे-बड़े हर जाति और मजहब के लोगों की एकता के लिए उनमें कितनी उत्कट इच्छा थी।

उन्होंने खादी के प्रचार और घरेलू उद्योगों के प्रोत्साहन पर भी बहुत जोर दिया जो इस बात का द्योतक है कि वे गांवों और शहरों के बीच विषमता कम करना चाहते थे और लोगों को आत्म-विश्वासी और आत्म-निर्भर

बनाना चाहते थे। वह शराब और नशीली वस्तुओं को छोड़ने को कहते थे। जिससे हमारा जीवन शुद्ध और सात्विक हो। यद्यपि 50 साल बीत चुके हैं जबकि महात्मा जी ने इन उच्च आदर्शों को हमारे सामने रखा, यद्यपि बीस से अधिक वर्षों से हम स्वतन्त्र हैं–हर तरह से हम अपने भाग्य-विधाता हैं–फिर भी इस बात की अब भी जरूरत है कि महात्मा जी के बताए हुए महान सत्यों को हम जीवन में उतारें। इन्हें बार-बार दुहराएं क्योंकि मानव स्वभाव की कमजोरी के कारण हम गांधी जी के बताए रास्ते से भटक सकते हैं। यदि 1921 के सबक को हम याद रखेंगे तो 1971 भी आनन्दमय होगा और हमारी बढ़ती होगी।

लेखक श्री प्रकाश जी ने यह लेख 1971 में 'असहयोग आन्दोलन' के 50 वर्ष पूरे होने पर लिखा था।

–सम्पादक

असहयोग आन्दोलन में गुजरात का योगदान

—इन्दुलाल याज्ञिक

आज 50 वर्ष बाद भी 1920-21 में महात्मा गाधी द्वारा चलाए गए असहयोग आन्दोलन की कई सुखद समृतियां सजीव हो उठती है।

नवम्बर, 1919 के शुरू में दिल्ली में हुए खिलाफत सम्मेलन में पहली बार गांधी जी ने असहयोग आन्दोलन छेड़ने का विचार प्रगट किया था। इस सम्मेलन में, जिसमें मुस्लिम उलेमाओं और धार्मिक नेताओं ने बड़ी संख्या में भाग लिया था, आम राय थी कि ब्रिटिश सरकार के विरुद्ध अभियान छेड़ा जाए क्योंकि उसने इन वायदों के बावजूद कि अरबों की प्रभुसत्ता को अक्षुण्ण रखा जाएगा, कई मुस्लिम क्षेत्रों पर बलपूर्वक अधिकार कर लिया है। मुसलमानों की यह उत्कट इच्छा थी कि तुर्की के अशक्त सुलतान का राजनीतिक और धार्मिक प्रभुत्व मुस्लिम जगत पर बनाए रखा जाए।

सम्मेलन में यह फैसला किया गया कि सरकार को खलीफा के अधिकारों को पूर्ववत बनाए रखने पर बाध्य करने के लिए प्रचार जारी रखा जाए। सम्मेलन ने यह भी निश्चय किया कि हिन्दू और मुसलमान दोनों स्वदेशी वस्तुओं के इस्तेमाल और विदेशी वस्तुओं के बहिष्कार की शपथ लें। गांधी जी द्वारा दिए गए असहयोग के नारे के कारण यह सम्मेलन ऐतिहासिक महत्व का सिद्ध हुआ। गांधी जी ने लिखा था, “मैंने इसे ‘असहयोग’ का नाम दिया। यह नाम मैंने इस बैठक में पहली बार दिया। ऐसी सरकार से, जिसके साथ वह सहयोग कर रहे हों, प्रभावकारी विराधी बात करना निरर्थक है, जबकि शस्त्रों का उपयोग असम्भव या अवांछनीय हो। इसलिए मेरी समझ में आया कि सरकार का सही प्रतिरोध उसे सहयोग न देकर ही किया जा सकता है। इस प्रकार मैंने ‘असहयोग’ शब्द अपनाया।”

क्योंकि गांधी जी उस समय पंजाब उपद्रव जांच समिति के काम में व्यस्त थे, इसलिए उन्होंने दिसम्बर, 1919 में अमृतसर में हुए कांग्रेस के अधिवेशन में प्रमुख भाग लिया। इस अधिवेशन के अध्यक्ष थे पण्डित मोतीलाल नेहरू। इस अधिवेशन में पण्डित मालवीय जैसे नरम दल के और लोकमान्य तिलक और देशबंधु गुप्त जैसे गरम दल के नेताओं के बीच बहुत बहस-मुबाहसा हुआ। गरम दल के नेता चाहते थे कि सुधारों को अस्वीकार कर दिया जाए। आखिरकार गांधी जी के सुझाव पर कांग्रेस ने एक प्रस्ताव पास किया जिसमें सुधारों को असंतोषजनक बताया गया था परन्तु साथ ही लोगों से आग्रह किया गया था कि देश की उन्नति के लिए इनसे अधिकतम लाभ उठाएं। इसी अधिवेशन में कांग्रेस का नया संविधान तैयार करने के लिए गांधी जी की अध्यक्षता में एक छोटी-सी समिति बनाई गई।

1920 की शरद् ऋतु में गांधी जी पंजाब की राजनीतिक स्थिति पर रिपोर्ट तैयार करने में व्यस्त थे। जब मैं किसी काम के लिए उनके पास गया तो उन्होंने मुझे बतलाया कि वे दिन में 20 घण्टे काम कर रहे थे क्योंकि रिपोर्ट को यथासम्भव शीघ्र प्रकाशित करने के लिए ऐसा करना अनिवार्य था। जब मैंने उनसे पूछा कि इतना कम समय आराम करके वह कैसे काम कर पाते हैं तो उन्होंने कहा कि यह तो इतना आसान है कि तुम्हें शायद विश्वास ही न हो। तुम जितना कम खाओगे, उतनी ही कम नींद आएगी, और उतना ही अधिक कार्य तुम कर सकोगे। गांधी जी ने उस समय अपने पत्रों 'यंग इण्डिया' और 'नवजीवन' में खिलाफत आन्दोलन के सम्बन्ध में असहयोग के प्रचार के लिए भारी अभियान चला रखा था। परन्तु फिर भी गुजरात में अधिकांश बड़े-बड़े कार्यकर्ता गांधी जी के खिलाफत सम्बन्धी प्रचार में उत्साह नहीं ले रहे थे। सरदार पटेल को भी इसके विषय में शंकाएं थीं। एक बार उन्होंने कहा था, 'सोचो, अरबों फिलस्तीन, सीरिया और मेसोपोटामिया के लोगों की आजादी के लिए हमारे लड़ने में भला क्या तुक है, जब हम स्वयं अपने ही देश में अंग्रेजी संगीनों के साए में गुलामी की जंजीरों में जकड़े हुए हैं।"

अप्रैल, 1920 में गांधी जी ने पंजाब की घटनाओं पर अपनी रिपोर्ट प्रकाशित कर दी। इस रिपोर्ट में सही माने में सारे देश में सनसनी फैला दी

क्योंकि इसमें पहली बार पंजाब में सरकारी अधिकारियों द्वारा लोगों पर किए गए अति भयानक और बर्बर अत्याचारों का ब्यौरा दिया गया था। समिति ने भारत से वाइसराय को वापस बुलाने तथा पंजाब के गवर्नर और जलियांवाला बाग हत्याकाण्ड का आदेश देने वाले जनरल डायर को नौकरी से हटाने की मांग की।

मई, 1920 में तुर्की के साथ सेवरे की संधि की शर्तें प्रकाशित कर दी गई। जिससे इस देश के लोग अतीव क्षुब्ध हुए। सरकार द्वारा नियुक्त हंटर समिति की रिपोर्ट भी करीबन इसी समय प्रकाशित हुई। इसमें पंजाब में सरकार की कार्रवाई को उचित बताया गया था। सेवरे संधि की शर्तों पर विचार करने के लिए खिलाफत समिति की बैठक 28 मई को बम्बई में हुई। गांधी जी ने इस बैठक में असहयोग आन्दोलन को चार-सूत्री रूपरेखा रखी–1. उपाधियों और सम्मानार्थ दिए गए पदों का त्याग, 2. सरकारी नौकरियां छोड़ना, 3. पुलिस और सैनिक सेवाओं को छोड़ देना और 4. करों की अदायगी बन्द करना। इस समिति द्वारा नियुक्त एक उपसमिति ने फैसला किया कि सरकार को एक महीने का नोटिस दिया जाए और यदि खिलाफत के प्रश्न पर कोई सन्तोषजनक उत्तर न मिले, तो भारत के मुसलमान 1 अगस्त, 1920 से असहयोग शुरू करने पर मजबूर हो जाएंगे।

हंटर कमेटी और तुर्की संधि की शर्तों पर विचार करने के लिए 30 मई को अखिल भारतीय कांग्रेस समिति की बैठक बनारस में हुई। काफी देर बहस के बाद, गांधी जी द्वारा रखे गये असहयोग के कार्यक्रम पर विचार करने के लिए कांग्रेस का एक विशेष अधिवेशन बुलाने का निर्णय किया गया। इसी बीच गांधी जी ने अपने चार-सूत्री असहयोग कार्यक्रम के लिए प्रचार जारी रखा, जिसका गुजरात में हम पर कोई विशेष प्रभाव नहीं पड़ा।

परन्तु जुलाई, 1920 के आरम्भ में हमें नई प्रेरणा मिली। अपने उर्दू पत्र 'वंदेमातरम्' में लाला लाजपतराय ने विधान परिषदों का पूर्ण बहिष्कार करने का आह्वान किया क्योंकि उनके मतानुसार अभी ऐसा समय नहीं आया था कि देश की भलाई के लिए भारतीय और यूरोपीय मिलकर काम कर सकते। उन्होंने यह नारा दिया कि कोई भारतीय किसी अंग्रेज अधिकारी से हाथ न मिलाए क्योंकि इन अधिकारियों के हाथ भारतीयों के भाई-बहनों

के खून से रंगे हैं। गांधी जी ने तुरन्त लाला जी के आह्वान का प्रत्युत्तर दिया और विधान परिषदों के बहिष्कार को अपने असहयोग कार्यक्रम का अंग बना लिया। और तो और उन्होंने निम्न कार्यक्रमों को घोषणा की–

1. सरकार के लिए चंदा इकट्ठा करने के काम में भाग न लेना, 2. सुधारों के अन्तर्गत बनने वाली परिषदों का बहिष्कार, 3. वकीलों और मुवक्किलों द्वारा अदालतों का बहिष्कार और दीवानी मामलों का पंच फैसलों से निर्णय, 4. सरकारी स्कूलों का अभिभावकों तथा विद्यार्थियों द्वारा बहिष्कार, 5. सरकारी समाराहों में भाग न लेना और 6. स्वदेशी का प्रचार।

इस पूर्ण राजनीतिक कार्यक्रम से हमें नए आन्दोलन में उत्साहपूर्वक भाग लेने की प्रेरणा मिली। मैंने जल्दी ही गुजरात राजनीतिक समिति की बैठक बुलाई जिसमें सारे असहयोग कार्यक्रम का पूरा-पूरा समर्थन करने का प्रस्ताव पास किया गया। गांधी जी पूर्ण असहयोग कार्यक्रम का प्रस्ताव स्वीकृत कराने के लिए शेष भारत से पहले गुजरात में एक विशेष सम्मेलन आयोजित करना चाहते थे। अब्बास तैयब जी की अध्यक्षता में अहमदाबाद में यह सम्मेलन हुआ। श्री तैयब जी पंजाब जांच समिति के एक सदस्य थे। तालियों की गड़गड़ाहट के बीच इस सम्मेलन में असहयोग का प्रस्ताव उत्साहपूर्वक पास हो गया। सम्मेलन में यह फैसला किया गया कि गुजरात में एक राष्ट्रीय विश्वविद्यालय की स्थापना की जाए, जो प्रदेश में राष्ट्रीय स्कूलों व कॉलेजों की स्थापना का कार्य करे।

सितम्बर के शुरू में कलकत्ता कांग्रेस का एक विशेष अधिवेशन हुआ जिसकी अध्यक्षता महान देशभक्त लाला लाजपतराय ने की। गांधी जी ने असहयोग पर अपने प्रस्ताव का मसौदा विशेष रेलगाड़ी में, जिस पर हम कलकत्ता जा रहे थे, तैयार किया था। पहले मसौदे में पंजाब में किए गए अत्याचारों और खिलाफत सम्बन्धी ज्यादतियों की भरपाई करने को कहा गया था। परन्तु हम में से बहुतों का विचार था कि स्वराज्य की महत्वपूर्ण मांग इस प्रस्ताव में जरूर शामिल हो जाए। गांधी जी ने ऐसा करना स्वीकार कर लिया। कलकत्ता कांग्रेस में गांधी जी ने एक वर्ष के अन्दर स्वराज्य प्राप्त करने की घोषणा की और यह माग की कि लोग स्वदेशी सूती वस्त्र पहनें, जिसका अर्थ था विदेशी कपड़े का पूर्ण बहिष्कार। उन्होंने प्रस्ताव में

आजादी के इच्छुक लोगों की आत्मशुद्धि के लिए छुआछूत समाप्त करने के विषय में एक धारा और जोड़ दी।

इस युगांतरकारी प्रस्ताव को लेकर गांधी जी का कांग्रेस कमेटी में वरिष्ठ नेताओं ने भारी विरोध किया। यह घोषणा करके कि कांग्रेस इस पर चाहे कोई फैसला दे, उन्होंने और मुसलमानों ने असहयोग कार्यक्रम का आरम्भ करने का निर्णय कर लिया है, गांधी जी ने एक प्रकार से आक्रामक रवैया अख्तियार किया।

समिति की बैठक का वातावरण उत्तेजना से भरा हुआ था। अलीबंधु, पण्डित मोती लाल नेहरू और हकीम अजमल खां गांधी जी की ओर थे। परन्तु कांग्रेस के वरिष्ठ नेता, जिनमें देशबन्धु चित्तरंजनदास, विपिनचंद्र पाल, पण्डित मालवीय, जिन्ना और श्रीमती बेसेंट आदि शामिल थे, उनका विरोध कर रहे थे। बहस लम्बी, गम्भीर तथा गर्मागर्म थी। परन्तु गांधी जी ने बड़े विद्वत्तापूर्ण तरीके से अपने विरोधियों के तर्कों का उत्तर देकर उन्हें निरुत्तर कर दिया। उनके इस भाषण को मैं अब भी उनका सबसे अधिक विद्वत्तापूर्ण, युक्तियुक्त तथा उनकी वक्तृता का सर्वश्रेष्ठ नमूना मानता हूं। कमेटी के असहयोग प्रस्ताव स्वीकार कर लिया। इसके बाद कांग्रेस के खुले अधिवेशन में भी एक लम्बी बहस के बाद यह भारी बहुमत से जयजयकार के साथ पास हो गया।

इस अधिवेशन के कुछ समय के बाद चुनाव होने वाले थे और इस अवसर पर कांग्रेस द्वारा परिषदों के बहिष्कार सम्बन्धी प्रस्ताव की लोगों तथा सरकार द्वारा कड़ी परीक्षा होनी थी। सौभाग्य से श्री चित्तरंजनदास तथा विरोधी दल के थोड़े से अन्य वरिष्ठ नेताओं ने, एक घोषणा-पत्र प्रकाशित करके सभी को सुखद आश्चर्य में डाल दिया। इसमें कहा गया था कि उनका परिषदों के चुनावों में भाग लेने का कोई इरादा नहीं है। विट्ठलभाई पटेल जैसे अन्य असन्तुष्ट नेताओं ने इसका तुरन्त अनुसरण किया। इस प्रकार चुनावों के बहिष्कार के कार्यक्रम का प्रथम चरण अत्यन्त सफल रहा।

मोतीलाल नेहरू और देशबन्धुदास जैसे चोटी के वकीलों ने अदालतों का बहिष्कार करने की घोषणा की। गांधी जी ने कहा था कि सरकार से सबसे अधिक सहयोग करने वाले वकील ही होते हैं और इसीलिए उन्हें

अदालत के अधिकारी भी कहा जाता है।

लोगों से सरकारी स्कूलों और कॉलेजों का बहिष्कार करने का आग्रह करने के लिए गांधी जी ने देश का दौरा किया। उन्होंने अलीगढ़ मुस्लिम विश्वविद्यालय और बनारस हिन्दू विश्वविद्यालय के छात्रों के समक्ष भाषण दिए। परन्तु इस विषय में उनकी उपलब्धि यही रही कि भारत में कुछ स्थानों पर राष्ट्रीय विद्यालय खोले गए। लेकिन गुजरात में नवम्बर में राष्ट्रीय विश्वविद्यालय की स्थापना की गई और इससे सम्बद्ध एक राष्ट्रीय कॉलेज भी खोला गया। यद्यपि गुजरात में कुछ हाईस्कूल इस विश्वविद्यालय से सम्बद्ध हो गए, फिर भी इस कार्यक्रम को देशव्यापी सफलता न मिल सकी।

इस तीन-सूत्री बहिष्कार कार्यक्रम को सफल बनाने के उद्देश्य से हमने गुजरात का दौरा किया। हम विशेष रूप से स्कूलों को सरकार तथा बम्बई विश्वविद्यालय से असंबद्ध कराने और नवस्थापित गुजरात विश्वविद्यालय से सम्बद्ध विद्यालय खोलने का प्रयत्न कर रहे थे। हमें कुछ हद तक सफलता मिली, यद्यपि इसे बहुत सन्तोषजनक नहीं कहा जा सकता।

जनवरी, 1921 के शुरू में हम कांग्रेस के नए संविधान के अधीन गुजरात प्रदेश कमेटी का गठन करने में व्यस्त थे। हम अभी तक बम्बई कमेटी से सम्बद्ध थे, अतः अब हम अपना अलग कांग्रेस संगठन पाकर निस्सन्देह बड़े प्रसन्न हुए। मैं सरदार पटेल और दादासाहेब मावलंकर के साथ मिलकर गुजरात कांग्रेस का संविधान तैयार करने में जुट गया। शीघ्र ही गुजरात के विभिन्न भागों में लोग बड़ी संख्या में कांग्रेस के सदस्य बन गए। दादासाहेब मावलंकर और मैं गुजरात कांग्रेस के सचिव और सरदार पटेल इसके अध्यक्ष चुने गए।

श्री गिडवानी से, जो हमारे नए राष्ट्रीय कॉलेज के प्रिंसीपल नियुक्त किए गए थे, मेरी मित्रता हो गई जिसे मैं बड़ी मूल्यवान मानता हूं। वह अक्सर साबरमती नदी के किनारे सभाओं में भाषण करते थे और अपने भाषणों में गांधी जी और लेनिन को विश्व के दो सबसे महान व्यक्ति बताना कभी न भूलते थे। प्रिंसीपल गिडवानी, जो बड़े विद्वान तथा समाजवादी विचारों के थे, गुजरात के दौरे पर अक्सर मेरे साथ रहते थे। औपचारिक रूप से गुजरात राष्ट्रीय विश्वविद्यालय से सम्बद्ध होने के कारण, मैंने उनके साथ,

व्यापारियों से विश्वविद्यालय में एक अच्छे पुस्तकालय की स्थापना के लिए धन एकत्र किया। उनके साथ बम्बई के एक दानवीर श्री एस.आर. बोमन के घर जाना मुझे अब भी अच्छी तरह याद है। श्री बोमन जी ने हमें 10 हजार रुपये दिए थे जिसका अधिकांश श्री गिडवानी ने समाजवाद-विषयक तथा अन्य नई पुस्तकें खरीदने पर खर्च किया।

जब इस प्रकार गिडवानी जी तथा अन्य माननीय मित्रों के साथ मैं गुजरात में सुदृढ़ राष्ट्रीय शिक्षा पद्धति का विकास करने लगा था, तो जनवरी, 1921 में गांधी जी द्वारा प्रकाशित एक वक्तव्य को पढ़कर मैं स्तब्ध रह गया। एक वर्ष में स्वराज्य प्राप्त करने के तर्क के बल पर गांधी जी ने छात्रों से एक वर्ष के लिए पढ़ाई छोड़ देने के लिए कहा, जैसा कि युद्ध के समय में होता है, और कहा कि वे यह समय चरखा कातने में लगाएं। अभी दो मास पूर्व उन्होंने हमारे सामने ऐसे राष्ट्रीय विश्वविद्यालयों की स्थापना की योजना रखी थी, जो न केवल भारतीय भाषाओं तथा साहित्य को नष्ट होने से बचायेंगे बल्कि भारतीय संस्कृति के पुनर्जागरण के साथ-साथ एशियाई संस्कृतियों के सुनियोजित अध्ययन के भी केन्द्र बनेंगे, जो कि पूर्ण शिक्षित होने के लिए पाश्चात्य विज्ञान के अध्ययन से कम महत्वपूर्ण नहीं था। राष्ट्रीय शिक्षा संस्थानों को चरखा कातने के कारखानों का रूप देने से हमें स्वभावतः बहुत धक्का लगा। भाग्य से प्रिंसीपल गिडवानी ने एक नई युक्ति निकाली। उन्होंने ऐसे विद्यार्थियों के लिए जो गांवों में जाकर काम करने और चरखा कातना सीखकर गांवों में राष्ट्रीय स्थापित करने के इच्छुक थे, एक विशेष पाठ्यक्रम की व्यवस्था की। इस नए कार्यक्रम के लिए छात्रों को प्रशिक्षित करने में मैंने गिडवानी जी का बड़ी खुशी से साथ दिया। कुछ ही महीनों में इस पाठ्यक्रम में मुझे इतने स्वयंसेवी मिल गए कि मैं गुजरात के कई क्षेत्रों में शिक्षा तथा कांग्रेस कार्यक्रम सुचारु रूप से चला सका।

यद्यपि मैंने गांधी जी के आदेश का सहर्ष पालन किया, फिर भी विद्यालयों को बुनकर संस्थानों में बदल देने का उनका यह आदेश मुझे कचोटता रहा। यह देखकर मुझे दुख हुआ कि चरखा कातने के इस नए कार्यक्रम के अन्तर्गत कई स्कूलों में काता जाने वाला सूत रद्दी और एक सार न होने से बुनाई के योग्य न था। कुछ ही महीनों में ये स्कूल बन्द होने लगे

और चरखे गोदामों में पहुंचने लगे। गुजरात विद्यापीठ के इस मुख्य कार्य से सहमत न होने के कारण मैंने इसकी सीनेट की सदस्यता से इस्तीफा देने का फैसला किया।

इस बीच गांधी जी पूरी शक्ति से काम में जुटे थे क्योंकि वे असहयोग आन्दोलन को, जिसका उद्देश्य 31 दिसम्बर से पहले स्वराज्य प्राप्ति था, सफल बनाने में कटिबद्ध थे। अखिल भारतीय कांग्रेस कमेटी की एक बैठक मार्च में विजयवाड़ा में बुलाई गई ताकि आगामी तीन महीनों का कार्यक्रम तैयार किया जा सके। कांग्रेस कमेटी ने निर्णय किया कि–

1. स्वराज कोष में 1 करोड़ एकत्र रुपया करे, 2. कांग्रेस के एक करोड़ सदस्य बनाए और 3. 30 जून से पहले-पहले देश में 20 लाख चरखे बांटे जाएं और उन पर कताई शुरू हो जाए। प्रत्येक प्रदेश कांग्रेस कमेटी के लिए कोष की राशि का भाग, सदस्य और चरखों की संख्या का कोटा निश्चित कर दिया गया। गुजरात प्रदेश की कांग्रेस कमेटियों को विभिन्न जिलों और रियासतों से 15 लाख रुपये एकत्र करने को कहा गया। हमारे मित्र मणिलाल कोठारी चंदा इकट्ठा करने के काम में बड़े माहिर समझे जाते थे। चंदा जमा करने के लिए मैं उनके साथ कई क्षेत्रों में जाता था। सरदार पटेल और अन्य कार्यकर्ताओं ने चंदा जमा करने में कोई कसर उठा न रखी। इस सबका परिणाम यह हुआ कि हम कोष में अपने प्रदेश के लिए निर्धारित राशि जमा करने में सफल हुए।

जब हम विजयवाड़ा कार्यक्रम पूरा करने में लगे हुए थे, हमने मई के अंत में भडोच में गुजरात प्रदेश कांग्रेस सम्मेलन आयोजित किया। गांधी जी के साथ-साथ श्रीमति सरोजनी नायडू तथा मौलाना मोहम्मद अली भी इसमें उपस्थित थे। सम्मेलन को मेरा उल्लेखनीय योगदान था। कांग्रेसजनों से एक जोरदार अपील की कि वे युवकों को देशसेवा का व्रत लेने के लिए प्रेरित करें।

भड़ोच से लौटने पर मुझे कई कठिनाइयां झेली पड़ी क्योंकि सरदार पटेल और मेरे बीच कुछ मतभेद हो गए। चालीस के लगभग कार्यकर्ता जिन्हें मैंने विभिन्न जिलों में कार्य के लिए छोड़ रखा था, वर्षा ऋतु आरम्भ होने से पहले मुझे इस आशय की रिपोर्ट भेजने लगे कि वहां आंशिक दुर्भिक्ष

जैसी स्थिति पैदा हो रही है। इन इलाकों में राहत पहुंचाने के लिए धन भेजने के मेरे निवेदन की ओर सरदार पटेल ने विशेष ध्यान न दिया। जून के शुरू में ग्रामीण क्षेत्रों से सहायता की मांग बहुत बढ़ गई। मैंने भड़ोच और पंचमहल जिलों का दौरा किया और राहत कार्यों के लिए प्रदेश कांग्रेस कमेटी से 1,17,000 रुपये की राशि मांगी। अध्यक्ष से कोई उत्तर न पाकर मैंने गांधी जी से सहायता करने का निवेदन किया। उनके कहने पर समिति ने कुछ व्यवहार कुशल नेताओं के बयान सुनने के बाद यह राशि मंजूर की और मुझे अपनी इच्छानुसार इसे खर्च करने की पूरी इजाजत दी।

30 जून तक एक करोड़ रुपये की राशि एकत्र करने के बाद गांधी जी आराम से नहीं बैठ गए। करांची में हुए खिलाफत सम्मेलन में एक प्रस्ताव पास किया गया जिसमें उस दिन से ब्रिटिश सेना में नौकरी करना या भरती होना धर्म विरुद्ध बतलाया गया था। गांधी जी ने शीघ्र ही विदेशी कपड़े के बहिष्कार करने के नए कार्यक्रम–उनकी होली जलाने–की घोषणा कर दी। इस निराले कार्यक्रम ने देशवासियों को बहुत प्रभावित किया। जुलाई के अंत में हुई अखिल भारतीय कांग्रेस कमेटी ने इस कार्यक्रम को विधिवत् स्वीकृति दे दी यद्यपि यह शुरू जुलाई से ही चलाया जा चुका था। इस बैठक में यह भी फैसला किया गया कि शान्तिपूर्ण बहिष्कार द्वारा शराब आदि मादक पदार्थों की बिक्री के विरोध में भी अभियान छेड़ा जाए। परन्तु इससे अधिक महत्वपूर्ण था प्रिंस ऑफ वेल्स की भारत यात्रा का प्रस्तावित बहिष्कार।

इस बीच बम्बई में विदेशी कपड़ों की पहली होली जलाने की बड़ी तैयारियां की गई। कांग्रेस कार्यकर्ताओं ने राष्ट्रीय स्कूलों के विद्यार्थियों के साथ मिलकर अमीर-गरीब, सभी से विदेशी कपड़ों के ढेर जमा किए। यूरोपीय सूट, हैट, कालर, टाइयां बड़ी संख्या में इकट्ठे किए गए। स्त्रियों के कपड़े भी, जिनमें रंग-बिरंगी सुन्दर साड़ियां भी थीं, सभी का एल्फिस्टन मिल के अहाते में ढेर लगा दिया गया। 31 जुलाई को विदेशी कपड़ों की पहली तथा शायद सबसे बड़ी होली देखने लाखों लोग जमा हुए। जैसे ही लपटें उठीं, चारों ओर तुमुल हर्षनाद हुआ। लाखों लोगों ने आजादी का स्फुरण अनुभव किया।

बम्बई के वापस आने पर मैं सरदार पटेल और दूसरे मित्रों के साथ मिलकर गुजरात के विभिन्न इलाकों का दौरा करने और कांग्रेस का नया सन्देश लोगों तक पहुंचाने में लग गया। मैं विदेशी कपड़ों को बड़ी संख्या में जमा करने और कई नगरों में उनकी होली जलाने के कार्यक्रम में लगा रहा।

अगस्त के आरम्भ में पुनः मेरे सरदार पटेल के बीच मतभेद पैदा हो गए। गांधी जी ने सन्देश के अनुसार, मैं तब तक अछूत तथा आदिवासी बच्चों के लिए बहुत से स्कूलों तथा छात्रावासों की व्यवस्था कर चुका था। मैंने अगले वर्ष के लिए इन संस्थानों के लिए 25 हजार रुपये का बजट प्रस्तुत किया। सरदार पटेल स्वाधीनता आन्दोलन के दौरान ऐसा खर्चीला कार्यक्रम चलाने के लिए मुझ पर बहुत नाराज हुए। उन्होंने मेरे बजट सम्बन्धी कागजात गुजरात विद्यापीठ को भेज दिए, जिसने आखिरकार इन सभी संस्थाओं के लिए 5 हजार की छोटी-सी राशि की स्वीकृति दी। मैंने यह राशि लेने से इन्कार कर दिया और इस विषय में गांधी जी से अपील की।

सरदार पटेल जानते थे कि गांधी जी से मुझे अवश्य न्याय मिलेगा। इसलिए उन्होंने मुझसे पूछा कि इस तरह तुम कब तक हर मामले को गांधी जी के पास ले जाते रहोगे। उनकी बात मुझे बहुत बुरी लगी और मैंने गुजरात प्रदेश कांग्रेस कमेटी के सचिव पद से इस्तीफा दे दिया।

अब मैं कांग्रेस के मामलों को निर्लिप्त दृष्टि से देख सकता था। दिसम्बर में दिल्ली में अखिल भारतीय कांग्रेस समिति की बैठक हुई। तब तक गोरी सरकार ने देश के विभिन्न प्रान्तों में दमनचक्र शुरू कर दिया था और सदस्यों के मन में सरकारी आदेशों की अवहेलना करने का प्रश्न सर्वोपरि था। समिति ने कुछ परिस्थितियों में सत्याग्रह आन्दोलन को आगे बढ़ाने के लिए प्रान्तीय समितियों को आवश्यक अधिकार देने का निश्चय किया।

नवम्बर में प्रिंस ऑफ वेल्स के बम्बई में गेटवे ऑफ इण्डिया पर उतरने पर शहर में उपद्रव हुए। लोगों को शान्त करने के लिए गांधी जी ने उपवास किया। गुजरात में हम लोग कांग्रेस के वार्षिक अधिवेशन की तैयारी कर रहे थे, जो कि क्रिसमस सप्ताह के दौरान होने को था।

दिसम्बर के शुरू ही में लाजपत राय, अहमदाबाद कांग्रेस के मनोनीत

अध्यक्ष देशबन्धुदास, मौलाना अबुलकलाम आजाद आदि नेताओं तथा देश के विभिन्न भागों में हजारों कार्यकर्त्ता गिरफ्तार कर लिए गए। उस समय सरकार 24 दिसम्बर को, जिस दिन प्रिंस ऑफ वेल्स कलकत्ता पहुंचने वाले थे, होने वाली आम हड़ताल को रोकने के लिए व्यग्र थी। कांग्रेसी नेताओं और कार्यकर्त्ताओं को इस बड़े पैमाने पर गिरफ्तारियों से भी शायद सरकार सन्तुष्ट न हुई थी। अतः कलकत्ता में श्रीमती दास, श्री दास की विधवा बहन और भतीजी को भी गिरफ्तार कर लिया गया। यह समाचार पाकर गांधी जी बड़े प्रसन्न हुए। उन्होंने कहा कि स्त्री और पुरुष में कोई भेद न करने की धुन में बंगाल सरकार ने इन तीनों महिलाओं को गिरफ्तार करके उन्हें एक तरह से सम्मानित ही किया है। उन्होंने आशा व्यक्त की कि सारा देश इसका स्वागत करेगा क्योंकि इससे देश की महिलाओं के लिए भी अब स्वतंत्रता संग्राम में सक्रिय भाग लेने का द्वार खुल गया है। अन्त में उन्होंने बड़े प्ररेक शब्दों में कहा, "स्वराज्य अब समीप है। हमें इसे हाथ से जाने नहीं देना चाहिए।"

मुझे याद है कि गांधी जी को जब इन महिलाओं की गिरफ्तारी का समाचार मिला उन्हीं दिनों मैं उनसे मिला। यह समाचार पाकर वह जितने आनन्दित हुए थे उतने पहले कभी नहीं। उन्होंने वास्तव में अनुभव किया कि उस वर्ष के लिए रखा गया और लक्ष्य पूरा हो गया है और स्वराज्य मिलने ही वाला है। दरअसल, कुछ ही समय बाद कांग्रेस अधिवेशन की कार्रवाई के दौरान उन्होंने इस सम्बन्ध में कोई निराशा प्रकट नहीं की कि वर्ष के अन्त तक स्वराज नहीं मिलेगा। उन्होंने अनुभव किया कि बंगाल में इन आदरणीय महिलाओं को गिरफ्तारी से स्वराज का सारतत्व प्राप्त हो गया है।

इन शब्दों के साथ मैं असहयोग आन्दोलन के अपने संस्मरण समाप्त करता हूं। 1921 के अन्त और 1922 के आरम्भ में मैं अन्य गतिविधियों में व्यस्त था। इन्हीं दिनों गांधी जी ने वाइसराय को बारदोली में इन सत्याग्रह शुरू करने का अल्टीमेटम दिया था। लेकिन कुछ ही दिनों बाद उन्होंने इसे वापस ले लिया। इसके बाद 'यंग इण्डिया' में कुछ लेख प्रकाशित करने के आरोप में उन्हें छः वर्ष कैद की सजा दी गई।

नये युग का आरम्भ

–आर.आर. दिवाकर

आज से 50 साल पहले, 1921 में भारतीय राष्ट्रीय कांग्रेस ने महात्मा गांधी के अनुपम नेतृत्व में अहिंसात्मक असहयोग आन्दोलन छेड़ा था। इस आन्दोलन का आसानी से सही मूल्यांकन करने के लिए इसे भारत के पूरे स्वाधीनता संग्राम के सन्दर्भ में देखना होगा। उदाहरणार्थ, इस आन्दोलन को सिर्फ 'असहयोग' कहना भी कुछ गलत होगा। गांधी जी ने 1922 में बारडोली में पूर्ण आन्दोलन स्थगित कर दिया था क्योंकि वहां से बहुत दूर चौरी चौरा में कुछ कांग्रेसजनों ने हिंसा की थी। इस आन्दोलन के नेता और प्रेरक गांधी जी का यह विश्वास था कि असहयोग आन्दोलन का अहिंसात्मक

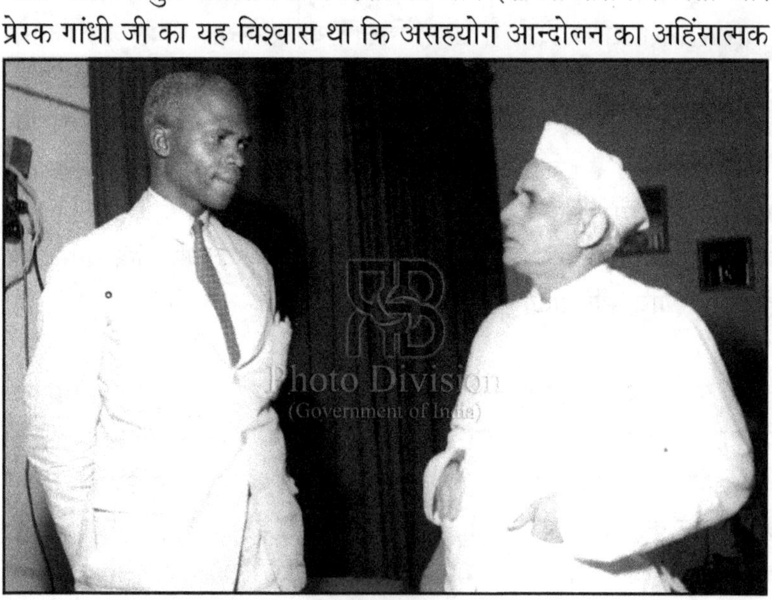

आर.आर. दिवाकर

होना ही इसकी प्रधानता है। यह आन्दोलन अब देश के आधुनिक इतिहास का अंग बन चुका है और हमें इसे खूब अच्छी तरह समझना चाहिए।

सन् 1905-6 का स्वदेशी आन्दोलन विदेशी शासन के विरुद्ध पहली वास्तविक राष्ट्रव्यापी जागृति का प्रतीक था। तत्कालीन वाइसराय लार्ड कर्जन द्वारा बंगाल के विभाजन ने जन-आन्दोलन की ज्वाला दहकाने में चिनगारी का काम किया। इसी जमाने में तिलक, श्री अरविन्द, लाला लाजपतराय, विपिनचन्द्र पाल और अन्य नेताओं के भाषणों ने लोगों में उत्कृष्ट देशभक्ति और निडर होकर अत्याचार सहने की भावना को जगा दिया था। दादा भाई नौरोजी की अध्यक्षता में हुए कांग्रेस के 20वें अधिवेशन ने एक ऐतिहासिक प्रस्ताव स्वीकार किया। इसमें देश के लिए चार-सूत्री कार्यक्रम तय किया गया–स्वदेशी वस्तुओं का उत्पादन एवं प्रयोग, अंग्रेजी वस्तुओं का बहिष्कार, राष्ट्रीय शिक्षा संस्थाएं चलाना, और भारत के लिए स्वराज्य की मांग।

1905-06 के स्वदेशी आन्दोलनों और 1921 के असहयोग आन्दोलन के बीच की अवधि में भारत में तिलक और श्री अरविन्द के नेतृत्व में गरम दल का उदय हुआ। 1914-18 में तिलक और एनीबेसेंट के नेतृत्व में होमरूल आन्दोलन चला। फिर 1919 में रौलट एक्ट के विरोध में आन्दोलन की प्रेरणा गांधी जी ने अंग्रेजों से लड़ने का एक नया तरीका बता कर दी। इसी जमाने में गोखले, श्रीनिवास शास्त्री जैसे नरम दल के भी नेता थे जो इतने उग्र विचारों और कार्यों के समर्थक नहीं थे। देश के पुनरुत्थान और स्वतंत्रता के लिए जिन लोगों ने अथक काम किया उनमें वे क्रान्तिकारी भी हमारी श्रद्धांजलि के पात्र है जिन्होंने उग्र भावनाओं से प्रेरित होकर अनेकों साहसिक कार्य किए और प्राणों तक का बलिदान किया। अंग्रेज साम्राज्यवादी अनिच्छापूर्वक कुछ झुके और उन्होंने सुधार अधिनियम 1919 लागू किया। परन्तु साथ ही वाइसराय की कार्यकारिणी परिषद् को रौलट एक्ट द्वारा ऐसे अधिकार दिए गए जिनसे नागरिकों के सभी हम छीने जा सकते थे। लेकिन सबसे बड़ी घटना थी जलियांवाला बाग का नृशंस हत्याकाण्ड, जिसकी अंग्रेजों द्वारा प्रशंसा और हत्यारों का पुरस्कृत किया जाना जले पर नमक छिड़कने जैसा था।

गांधी जी, जो अब तक अंग्रेजी सरकार पर विश्वास करते थे, अब यह कहने को मजबूर हो गए कि भारत में अंग्रेजी राज एक अभिशाप है और इससे

तनिक भी सहयोग नहीं करना चाहिए। गांधी जी के लिए बुराई से असहयोग का अर्थ था अच्छाई से सहयोग। गांधी जी समझ गए थे कि झूठ बोलने से लेकर निर्मम हत्या तक हर तरह की हिंसा ही विदेशी शासकों का मुख्य हथियार होता है। गांधी जी उनसे ऐसे क्षेत्र में लड़ाई लड़ना चाहते थे जिसमें शासक कमजोर थे—यानी नैतिक स्तर पर। गांधी जी का यह भी विश्वास था कि अंग्रेजों का मुकाबला हिंसा से हो ही नहीं सकता। निहत्थे लोग कैसे एक सैन्य-शक्ति-सम्पन्न साम्राज्य से हिंसात्मक युद्ध कर सकते हैं? गुप्त रूप से कुछ सशस्त्र लोगों द्वारा जहां-तहां अंग्रेजी साम्राज्य पर चोरी-छिपे आक्रमण करने का फल केवल यह होगा कि विदेशी शासक सामूहिक रूप में बदला लेंगे। इससे गुप्त आक्रमणकारियों और साधारण जनता, दोनों का ही मनोबल क्षीण होगा। गांधी जी का उद्देश्य था एक विशाल अहिंसक जन-आन्दोलन जिसमें जनता अंग्रेज शासकों से अधिक असहयोग करे।

इसीलिए गांधी जी के आन्दोलन के प्रधान अंग थे असहयोग और अहिंसा। दिसम्बर, 1920 में कांग्रेस के नागपुर अधिवेशन में एक प्रस्ताव पास करके यह आन्दोलन शुरू किया गया। इस प्रस्ताव में अंग्रेजी सरकार का कई क्षेत्रों में बहिष्कार करके असहयोग का आह्वान था। यह था सरकार द्वारा प्राप्त उपाधियों और पारितोषिकों का त्याग तथा स्कूलों और अन्य शिक्षा संस्थाओं, अदालतों सरकारी नौकरियों आदि का बहिष्कार। यद्यपि प्रस्ताव में शराब की दुकानों पर धरना देने का उल्लेख नहीं किया गया था परन्तु यह अपने आप देशभर में आन्दोलन का अभिन्न ढंग बन गया।

जहां तक मुझे याद है, मैं हमेशा उग्रवादी राजनीति में विश्वास करता रहा हूं। मेरा जन्म 1894 में हुआ था और 1905-06 में जब देश में स्वदेशी आन्दोलन की लहर चली उस समय मेरी उम्र मुश्किल से 11 साल थी। मेरे पिताजी रेलवे कर्मचारी थे। वे तिलक द्वारा सम्पादित मराठी साप्ताहिक 'केसरी' और मोतीलाल घोष द्वारा सम्पादित बंगला पत्र 'अमृत बाजार पत्रिका' लिया करते थे। बाद में मैं 'कर्मयोगिन' और 'वन्देमातरम्' पढ़ा करता था जिसमें श्री अरविन्द के लेख छपते थे। कांच का स्वदेशी कारखाना लगाने के लिए मैंने 'पैसा कोष' में धन जमा करने का काम किया। मैं धरना देने के कार्यक्रम में भी शामिल हुआ और बेलगाम तथा शाहपुर में तिलक

के भाषण भी सुने। उस समय, तथा बाद में गांधी जी के नेतृत्व में भी गंगाधर राव देशपाण्डे कर्नाटक के नेता थे।

स्वदेशी आन्दोलन तथा तिलक और श्री अरविन्द जैसे नेताओं के प्रभाव में आकर मैंने सरकारी नौकरी न करने का फैसला कर लिया था। 1916 में स्नातक होने पर मैं एक प्राइवेट स्कूल में अध्यापक हो गया। राष्ट्रीय भावनाओं और उद्देश्यों के प्रसार के लिए मैं एक साप्ताहिक पत्र निकालने का विचार कर रहा था। गरम-दली लोकमान्य तिलक मृत्युपर्यन्त, अर्थात 1920 तक, बढ़ते हुए राष्ट्रीय आन्दोलन के शीर्षस्थ नेता थे। इस समय तक गांधी जी जनता के हृदय-सम्राट बन चुके थे। जिस दिन तिलक की बम्बई में मृत्यु हुई उसी दिन अर्थात् 1 अगस्त, 1920 को गांधी जी ने घोषणा की कि अंग्रेजों से अहिंसात्मक असहयोग ही खलीफा के विरुद्ध हुए ज्यादतियों का एकमात्र उपाय है। खिलाफत अधिवेशन ने गांधी जी के सुझाव पर अहिंसात्मक असहयोग का प्रस्ताव स्वीकार कर लिया। इस प्रकार गांधी जी के नए तरीकों को सबसे पहले अपनाने वाले भारतीय मुसलमान थे, परन्तु उनका उद्देश्य धार्मिक था। इसके बाद सितम्बर, 1920 में कलकत्ते में कांग्रेस का विशेष अधिवेशन और दिसम्बर में नागपुर में वार्षिक खुला अधिवेशन हुआ।

इस समय में धारवाड़ के आर्ट्स कॉलेज के प्राध्यापक पद से इस्तीफा दे चुका था और कन्नड भाषा में 'कर्मवीर' नामक एक साप्ताहिक पत्र निकालने की तैयारी कर रहा था। पत्र का नाम मेरे विचारों का प्रतीक था। तिलक अपने उग्रपंथी विचारों, कानूनी तथा संवैधानिक तरीकों, और अंग्रेजी सरकार से 'बदले में सहयोग' के सिद्धान्त के बावजूद पीछे रह गए और मैं अनजाने ही गांधी जी के सामाजिक, राजनीतिक और नैतिक विचारों को मानने लग गया था जो अपने आप में उग्रवादी थे।

दिसम्बर, 1920 के अन्तिम सप्ताह में नागपुर में हुए कांग्रेस के अधिवेशन में मैं गया और वहां स्वीकृत हुए कार्यक्रम का पूरा समर्थक बन कर लौटा। गंगाधर राव सहित कर्नाटक में तिलक के लगभग सभी साथी महात्मा गांधी के अनुयायी बन गए और स्वाधीनता संग्राम की समाप्ति तक बने रहे, यहां तक कि कर्नाटक को गांधी जी का प्रान्त कहा जाने लगा। दुर्भाग्यवश मद्रास की जस्टिस पार्टी ने कर्नाटक में ब्राह्मण-अब्राह्मण आन्दोलन

को प्रेरणा दी जिससे अधिकांश अब्राह्मण नेता गांधी जी के आन्दोलन से दूर रहें परन्तु खिलाफत के कारण मुसलमान कांग्रेस के साथ थे। अतः यह कहा जा सकता है कि 1921-22 के आन्दोलन में ब्राह्मणों और मुसलमानों ने मिलकर उत्साहपूर्वक काम किया। उनका साथ कुछ ही अब्राह्मण नेताओं और उनके अनुयायियों ने दिया।

मैं कांग्रेस में सम्मिलित हो गया था और धारवाड़ की जिला कांग्रेस समिति का सचिव बना। अपने घनिष्ठ मित्रों की सहायता से मैंने फरवरी, 1921 में साप्ताहिक 'कर्मवीर' निकालना शुरू कर दिया था। मार्च में गांधी जी ने एक त्रिसूत्री कार्यक्रम सामने रखा जिसे बेजवाड़ा कार्यक्रम कहा जाता है। इस कार्यक्रम को तीन महीनों में, जून, 1921 के अन्त तक पूरा करना था। इस त्रिसूत्री कार्यक्रम में कांग्रेस के एक करोड़ सदस्य बनाना, तिलक स्वराज्य निधि के लिए एक करोड़ रुपया जमा करना, और देश में एक करोड़ चरखे प्रचलित करना शामिल थे।

समस्त कन्नड़-भाषी इलाका, जिसमें देशी रियासतें भी थीं, कर्नाटक प्रान्तीय कांग्रेस समिति का कार्यक्षेत्र था, परन्तु आन्दोलन सम्बन्धी प्रभावशाली कार्य उन्हीं क्षेत्रों में किए जाते थे, जहां अंग्रेजी शासन था। कर्नाटक में कांग्रेस का मुख्यालय गडग में था और धारवाड़ तथा बेलगाम में बड़ी तेजी से काम हुआ।

इन सब कठिनाइयों के बावजूद भी देश की पुकार पर कर्नाटक की प्रतिक्रिया सन्तोषप्रद थी। सौ से ज्यादा वकीलों ने वकालत छोड़ दी, हजारों विद्यार्थियों ने सरकारी स्कूलों में जाना बन्द कर दिया, करीब चालीस राष्ट्रीय विद्यालय खोले गए, और न्याय कार्य करने के लिए कई जगह पंचायतों का संगठन किया गया। बेजवाड़ा कार्यक्रम काफी हद तक पूरा हुआ। आन्दोलन की समाप्ति पर, अर्थात् 1922 में जबकि गांधी जी ने बारडोली सत्याग्रह रोक दिया, तब गंगाधर राव, श्रीनिवास राव को जालगी, भाजली, हनुमन्त राव कौजालगी आदि प्रमुख राजनैतिक कार्यकर्ता जेलों में थे। मार्च, 1922 में गांधी जी 6 साल कैद की सजा होने पर यरवदा जेल में लाए गए। उस समय वहां मैं और दूसरे जो लोग थे उन्हें गांधी जी से मिलने का अवसर मिला। अनुमान है कि इस आन्दोलन में लगभग 30 हजार राजनैतिक बन्दी बनाए गए थे।

अब मैं 1921 के अन्त में और उसके बाद की घटनाओं का उल्लेख करूंगा। धारवाड़ में कुछ बड़ी दिलचस्प घटनाएं हुईं जिन्होंने सारे देश का ध्यान आकर्षित किया और लाजपतराय तथा मौलाना शौकत अली जैसे अखिल भारतीय नेता हम से जेल में मिलने आए।

धारवाड़ के एक प्रमुख वकील श्री एम.बी. कब्बूर, साप्तहिक 'कर्मवीर' निकालने में मेरे सहयोगी थे। उस समय श्री पेण्टर धारवाड़ के कलक्टर और जिला मजिस्ट्रेट थे। 'कर्मवीर' को छपते हुए अभी कुछ महीने ही हुए थे कि तुनकमिजाज और पक्के नौकरशाह श्री पेण्टर ने मुझे और कब्बूर को अपने कमरे में बुलवा कर अशिष्ट भाषा में धमकी दी। उसने कहा कि "मैं तुम्हारे खून का प्यासा हूं" और हमें चेतावनी दी कि हम आलोचनाएं लिखने में सावधानी बरतें। हमने सिर्फ यह कहा, "आपकी जो मर्जी" और चले आए। इस घटना से शिक्षित वर्ग और सामान्य जनता में काफी उत्तेजना फैली।

इसी बीच खिलाफत और कांग्रेस स्वयंसेवकों ने सारे कर्नाटक और विशेषकर धारवाड़ में शराब की दूकानों पर बड़े जोश-खरोश से धरना देना शुरू कर दिया था। 30 जून की बात है, जो बेजवाड़ा कांग्रेस कार्यक्रम के पूरा होने का अन्तिम दिन था। जिला कांग्रेस समिति के सचिव के रूप में मैं सायंकाल एक बड़ी आम-सभा में इस कार्यक्रम के सम्बन्ध में एक प्रतिवेदन पढ़ रहा था। इसी बीच थोड़ी दूर से गोलियां चलने की तेज आवाज से वातावरण गूंज उठा। यह आवाज स्पष्टतः शराब की दूकानों की ओर से आई थी। उसी दिन सुबह शराब की दुकान पर धरना देने के आरोप में दो स्वयंसेवकों को 6-6 महीनों की सजा हुई थी। एक बड़ा जुलूस उनको जेल तक पहुंचाने गया और उसके बाद जुलूस के लोग उस दूकान पर धरना देने गए। पुलिस को शायद ऐसे ही अवसर की खोज थी। भीड़ में किसी बदमाश ने या लोगों ने भड़काने वाले सरकार के एजेण्ट ने दूकान के बाहर बांस की टट्टी में आग लगाने की कोशिश की। शायद कुछ लोगों ने दूकान के अन्दर घुसकर शीशे के गिलास और फर्नीचर तोड़ डाले। ऐसी दुकानों के मालिकों से पुलिस से सांठ-गांठ तो होती ही थी। इसके पहले एक दूसरी दुकान पर धरना देते समय गुट्टल नामक एक वकील पर किराए के गुण्डों ने आक्रमण किया जिससे उनके हाथ की हड्डी टूट गई थी। 30 जून की शाम

को ऐसे वातावरण में शराब की दूकान पर एकत्रित भीड़ की ओर सब-इंस्पेक्टर शिवलिंगप्पा के नेतृत्व में पुलिस का एक जत्था बढ़ा और उसने भीड़ पर गोली चला दी जिससे 3 आदमी मारे गए और लगभग 20 घायल हुए। गोलियों की आवाज के बाद घायलों की चीख भी सुनाई पड़ी और हममें से बहुत से लोग उनकी सहायता के लिए घटना स्थल की ओर दौड़े। पुलिस ने मुख्य सड़क का रास्ता बन्द कर रखा था और जितने लोगों को हम पा सके उन्हें डॉक्टरों के पास ले गए।

यह तो 'खून की प्यास' के भयानक नाटक की शुरुआत ही थी। अगले ही दिन 1 जुलाई, 1921 को मुझे और कब्बूर को जेल में बन्द कर दिया गया। हमारे बाद और 26 लोग आए जिनमें गुट्टल वकील भी थे जो अपने घर टूटा हाथ लिए बिस्तरे पर पड़े थे। दो ऐसे लोग भी थे जो पुलिस की डायरी के अनुसार धारवाड़ से बाहर थे। इनमें से एक को तो मुकदमे की पेशी के पहले ही छोड़ देना पड़ा। गोलियां लगे तीन कैदियों में से एक के जबड़े में गोली लगी थी। ऐसा लगता था कि कांग्रेस और खिलाफत समितियों में जो लोग सक्रिय थे उन्हें मानो इसलिए गिरफ्तार कर लिया गया कि वे आराम से बात-चीत कर सकें और भविष्य की योजना बन सकें। हम सभी अभियुक्तों पर आगजनी, डाका और हत्या के प्रयत्न के आरोप लगाए गए थे।

सारे देश की सहानुभूति हमारे साथ थी क्योंकि मामला सरासर झूठा था। मुकदमा तीन महीने चला। हमें अपने बचाव में कुछ न करने की राय दी गई। हमने सिर्फ अपने बयान ही दिए। मैं उन चार लोगों में से एक था जिन्हें अदालत ने छोड़ दिया, परन्तु मेरे खिलाफ पुलिस के पास वारण्ट तैयार था और देश-द्रोहात्मक भाषण देने के आरोप में दण्ड संहिता की निषेधात्मक धारा 108 के अन्तर्गत मुझे 3 महीने की सजा हुई। साथ ही 'कर्मवीर' में एक जोरदार लेख के लिए भी मुझे सबसे खतरनाक धारा 124-ए के अन्तर्गत फंसाया गया परन्तु सरकार के पास कोई प्रमाण नहीं था। मुझे पता चला कि जो अधिकारी मेरे 'खून का प्यासा' था और जो जिला मजिस्ट्रेट था, उसने कहा था कि दिबाकर सच बोलेगा और यह स्वीकार कर लेगा कि लेख उसी का लिखा है। परन्तु सरकार का दुर्भाग्य था कि वह लेख मैंने नहीं लिखा था और मैंने यही कहा। जज के लिए कोई चारा नहीं था और मुझे छोड़ देना पड़ा।

इस लेख को समाप्त करने के पहले मैं इस आन्दोलन और उसके परिणाम के बारे में स्वयं गांधी जी के दृष्टिकोण का उल्लेख करूंगा। जब वह कर्नाटक आए तो उन्होंने अब्राह्मण आन्दोलन के सबसे बड़े नेता से कुछ देर तक परामर्श किया। गांधी जी उनकी बात धैर्य से सुनते रहे और उनसे कहा कि स्थानीय शिकायतों और मनमुटाव पर ध्यान न देकर प्रत्येक भारतीय को स्वराज्य के संघर्ष में भाग लेना चाहिए। दिसम्बर, 1921 में अहमदाबाद कांग्रेस की पूर्वसंध्या में साबरमती की प्रार्थना सभा में मुझे गांधी जी से मिलने का अवसर मिला। कलकत्ता से एक तार आया कि चित्तरंजनदास को स्वयंसेवी संस्थाओं के विरुद्ध निकाले गए नए अध्यादेश के अन्तर्गत गिरफ्तार कर लिया गया है। ऐसा लगा कि गांधी जी इससे बहुत खुश हुए और श्रीमती दास को बधाई का तार भेजा। गांधी जी पहले से ही इस अध्यादेश की चुनौती स्वीकार करके 50,000 स्वयंसेवकों की भरती करने का विचार कर रहे थे। कांग्रेस अधिवेशन में इस प्रस्ताव पर बोलते हुए गांधी जी ने कहा कि अंग्रेजी सरकार घमण्ड से चूर है और अहिंसक सेनानियों को सीने तान कर खुली संगीनों का मुकाबला करने को तैयार रहना चाहिए।

यरवदा जेल में हम सभी राजनैतिक कैदियों को एक दिन यूरोपियन यार्ड में रखा गया था तो हमने गांधी जी को बताया कि चौरी चौरा में हिंसा के कारण बारडोली में सविनय अवज्ञा और असहयोग आन्दोलन रोक देने पर लोगों में उनके खिलाफ कितना रोष था। उन्होंने शान्तिपूर्वक हमको समझाया कि अगर वे ऐसा नहीं करते तो सारा आन्दोलन गलत रास्ते पर चल पड़ता और स्थिति नियंत्रण से बाहर हो जाती। उन्होंने बड़े विश्वास से कहा कि एक साल के आन्दोलन से जितनी उपलब्धि हुई उतनी आन्दोलन के सामान्य तरीकों से 30 वर्षों में भी नहीं हो सकती थी। इसमें कोई सन्देह नहीं कि भविष्य के आन्दोलनों के बीज 1921-22 के आन्दोलन में पड़ गए थे।

टिप्पणी :–

यह लेख 'असहयोग आन्दोलन' के पचास वर्ष बाद लिखा गया था।

–सम्पादक

त्याग और समर्पण की चरमसीमा

—कस्तूरीरंगम सन्तानम

मैंने प्रथम बार महात्मा गांधी के दर्शन 1920 में किए। वह दो-तीन बार पहले भी मद्रास आ चुके थे, परन्तु तब मैं अध्ययन में व्यस्त था और मुझे राजनीति और सार्वजनिक जीवन में दिलचस्पी नहीं थी। 1919 में मेरे कुछ मित्रों ने एक युवक सभा संगठित की और उनके कहने से मैं इसमें शामिल हो गया। इस सभा में हम लोग तत्कालीन राजनीतिक प्रश्नों पर विचार-विमर्श करते थे, परन्तु तब इन बातों में मेरी दिलचस्पी सैद्धान्तिक ही थी।

जब लोकमान्य तिलक की मृत्यु की पूर्व संध्या में महात्मा गांधी ने बम्बई में असहयोग की घोषणा की, तो मैं बहुत उत्तेजित हो गया था, पर साथ ही मेरे मन में बड़ी शंकाएं थीं। मेरा विचार था कि चार-सूत्री बहिष्कार कार्यक्रम बहुत सफल नहीं होगा और यदि स्कूल-कॉलेजों, अदालतों और नौकरियों के बहिष्कार का कार्यक्रम सफल हो भी गया और अंग्रेजी सरकार समाप्त हो गई, तो स्वाधीन भारत में व्यवस्था न होकर पूर्ण दुर्व्यवस्था फैल जाएगी। इसके बाद 1920 में अगस्त के शुरू में गांधी जी मद्रास आए।

ट्रिप्लीकेन से समुद्र तट पर उनका भाषण सुनते ही मैं उसके प्रभाव में बह गया, परन्तु मेरी शंकाएं दूर नहीं हुईं। दूसरे दिन मद्रास के खिलाफत कार्यालय में एक सभा हुई जिसमें माननीय वी.एस. श्रीनिवास शास्त्री, जी. ए. नटेशन, याकूब हसन और राजाजी जैसे जाने-माने लोग उपस्थित थे। इस सभा में जो चाहे आ सकता था, अतः मैं भी अपने कुछ ऐसे मित्रों के साथ वहां गया, जिन्हें गांधी जी के असहयोग आन्दोलन में मेरी ही तरह दिलचस्पी थी। गांधी जी ने अपना कार्यक्रम अपने तरीके से संक्षेप में और

जितने दृढ़ विश्वास के साथ समझाया कि जब भाषण की समाप्ति पर उन्होंने लोगों से सवाल पूछने को कहा तो वहां केवल खामोशी ही छाई रही। सिर्फ मैंने साहस करके पूछा कि क्या आप वास्तव में यह आशा करते हैं कि विद्यार्थी, वकील और सरकारी कर्मचारी बड़ी संख्या में स्कूलों, अदालतों और नौकरियों का बहिष्कार करेंगे। मुझे लगा कि वहां उपस्थित गुरुजनों ने मेरा प्रश्न पसन्द नहीं किया, परन्तु गांधी जी के नेत्रों में ऐसे किसी भाव की झलक तक न थी। उन्होंने गम्भीरता तथा शान्तिपूर्वक उत्तर दिया। उनका उत्तर तो अब अक्षरशः याद नहीं है, परन्तु उसका आशय यह था, "मैं नहीं जानता। जैसा भगवान चाहेगा होगा, लेकिन दो बातें निश्चित हैं। यदि ज्यादा लोग असहयोग में शामिल हुए तो अंग्रेज झुकेंगे और हमारा उद्देश्य प्राप्त हो जायेगा। कुछ भी हो, हमारे कार्यक्रम में ऐसी कोई अव्यावहारिकता नहीं है जिससे कोई उसे स्वीकार न कर सके। उदाहरण के लिए, तुमने अभी वकालत शुरू नहीं की है, और इस आन्दोलन में तुम्हारे सम्मिलित होने में तुम्हारी अनिच्छा के अलावा और क्या बाधक है?" गांधी जी के उत्तर से मैंने आन्दोलन में भाग लेने का दृढ़ निश्चय कर लिया। मेरे कुछ मित्रों ने भी ऐसा ही किया।

उसी दिन बाद में हममें से कुछ लोग मिले और हमने असहयोग आन्दोलन में भाग लेने का निर्णय किया। हम गांधी जी के पास गये और उन्हें अपना निश्चय बताया। गांधी जी ने हमारा प्रस्ताव तुरन्त स्वीकार नहीं किया। उन्होंने कहा कि यदि सात दिन बाद भी हमारा निर्णय नहीं बदला तो वे खुशी से आन्दोलन में शामिल कर लेंगे। राजाजी को हमारे ऊपर विश्वास था और उन्होंने हमसे गांधी जी के दल के साथ मालाबार यात्रा पर चलने को कहा। हम लोगों ने तीसरे दर्जे में यात्रा की और इससे मुझे गांधी जी को निकट से अध्ययन करने का अच्छा अवसर मिला। उसी समय मुझे यह विश्वास हो गया कि गांधी जी सभी समकालीन नेताओं से भिन्न थे और हमारे पुराणों में वर्णित ऋषियों और अवतारों की तरह थे। उनका प्रत्येक काम और प्रत्येक शब्द स्वाभाविक, सुनिश्चित तथा संयत होता था। उनका कोई भी शब्द या चेष्टा बेकार नहीं थी। वह चलती हुई गाड़ी में साधारण उस्तरे से बिना आईने के हजामत बना लेते थे। खाने के समय

स्टेशन के पास के कार्यकर्ता उनके लिए बकरी का दूध ले आते उनके साथ मौलाना शौकत अली भी यात्रा कर रहे थे और उनके लिए गोश्त आता था। मैं एक कट्टर दक्षिण भारतीय वैष्णव परिवार में पला था और मैंने किसी को गोश्त खाते नहीं देखा था। अतः मुझे आघात पहुंचा और मैं तुरन्त सबसे दूर के कोने में चला गया। गांधी जी यह देखकर मुस्कराए। पास बैठे एक मजाकिए ने कहा, "वे बकरी खरीदकर दूध महात्मा जी को देते हैं और उसका गोश्त बड़े भाई को।"

प्रत्येक स्टेशन पर रात में भी बड़ी भीड़ जमा रहती थी, परन्तु गांधी जी निश्चित समय पर सो जाते थे और गाड़ी के शोर तथा भीड़ के कोलाहल से भी वे जगते नहीं थे।

मुझे केवल कालीकट और मंगलोर में अपना ठहरना अच्छी तरह याद है। कालीकट हम शाम को पहुंचे थे। हम लोग एक धनी गुजराती व्यापारी के यहां ठहरे थे जिसने हमें शानदार भोज दिया। जब हम खाना खा रहे थे तभी गांधी जी कार्यकर्ताओं के बीच आए, जहां केले के पत्तों पर विविध व्यंजन रखे थे। उन्होंने हंसते हुए कहा, "ओह, तो आप लोग इस तरह से लड़ाई के लिए तैयार हो रहे हैं।"

कालीकट और मंगलोर से लोग गांधी जी के दर्शनों के लिए पागल हो रहे थे। विशेषकर मुसलमान तो यह सोचकर आश्चर्यचकित थे कि गांधी जी खिलाफत आन्दोलन का नेतृत्व कर रहे हैं। जब हम मद्रास लौटे तो मैं, एस. रामनाथन और के. राजगोपालन गांधी जी के पास गए और उनसे कहा कि असहयोग आन्दोलन में भाग लेने के लिए निश्चय पर हम दृढ़ हैं। वे बहुत प्रसन्न हुए और हमारा स्वागत करते हुए कहा, "मुझे आशा है कि आप सच्चे सिपाही सिद्ध होंगे।" उन्होंने हमसे विशेष रूप से आग्रह किया कि हम खादी का प्रयोग करें।

गांधी जी के चले जाने के बाद हमने मद्रास के खिलाफत कार्यालय में काम शुरू कर दिया। राजा जी हमारे नेता थे। उन दिनों जो लोग गांधी जी द्वारा चलाए गए आन्दोलन से सहानुभूति रखते थे, उनकी राजा जी में बड़ी श्रद्धा थी। परन्तु जो लोग इस आन्दोलन के खिलाफ थे, वे राजा जी को उतना ही नापसन्द करते थे। हमारा तत्काल काम था सितम्बर में

कलकत्ते में होने वाले कांग्रेस के विशेष अधिवेशन की तैयारी करना। असहयोग आन्दोलन शुरू करने के लिए गांधी जी ने कांग्रेस की अनुमति का इन्तजार नहीं किया। वह खिलाफत समिति की ओर से आन्दोलन चलाने के तैयार थे। परन्तु उनमें यह राजनीतिक सूझ थी कि यदि कांग्रेस इस आन्दोलन को अपना ले, तो इसे बहुत प्रेरणा प्राप्त होगी और यह एक राष्ट्रीय आन्दोलन बन जायेगा।

राजा जी स्वभावतः कार्यकुशल थे और कांग्रेस के विशेष अधिवेशन के लिए उन्होंने जिलों के प्रतिनिधियों को एकत्र करना शुरू किया। जिन वकीलों ने वकालत छोड़ दी थी और ऊंची कक्षाओं के जिन विद्यार्थियों ने कॉलेजों का बहिष्कार किया था, वे तो प्रतिनिधि बने ही। खिलाफत समिति में शामिल प्रभावशाली मुसलमान कलकत्ता जाने को तैयार थे परन्तु राजाजी ऐसे लोगों को ले जाने के ज्यादा इच्छुक थे जो आंदोलन से सहानुभूति रखते थे और अप्रत्यक्ष सहायता भी देते थे, परन्तु किन्हीं कारणों से आन्दोलन में शामिल नहीं हुए थे उन्होंने 200 से अधिक व्यक्ति एकत्र कर लिए जो करीब-करीब पूरे तमिलनाडु का प्रतिनिधित्व करते थे। उनके लिए एक विशेष रेलगाड़ी का प्रबन्ध किया गया और कलकत्ते में वे सभी प्रतिनिधियों के शिविर में ठहरे।

उन दिनों कांग्रेस का संगठन बहुत ढीला-ढाला था। प्रतिनिधियों के चुनाव के लिए कोई विशेष नियम नहीं थे। जो भी 10 रुपया प्रतिनिधि शुल्क देने और कांग्रेस अधिवेशन में जाने तथा वहां खाने का खर्चा करने को तैयार होता, वह प्रतिनिधि बन सकता था। कांग्रेस अधिवेशन के एक-दो दिन पहले ये प्रतिनिधि एकत्र होकर विषय समिति के सदस्य चुनते थे जो विचार-विमर्श करके अधिवेशन में पेश किए जाने वाले प्रस्ताव तय करते थे। प्रत्येक प्रान्त से जनसंख्या के अनुपात में विषय समिति के लिए कुछ सदस्य चुने जाते थे। हमारे प्रान्त से 25 सदस्य जाते थे। जब हम कलकत्ता पहुंचे तो पता चला कि उस समय के सभी प्रसिद्ध राजनीतिक नेता गांधी जी और उनके असहयोग आन्दोलन के खिलाफ थे। बम्बई के जिन्ना, पंजाब के लाला लाजपतराय, उत्तर प्रदेश के मोतीलाल नेहरू और मालवीय, कलकत्ता के चित्तरंजनदास, मद्रास के ए. रंगास्वामी आयंगार और सत्यमूर्ति विरोधियों

के नेता थे। रंगास्वामी आयंगार के साथ मद्रास से तो बहुत कम लोग आए थे परन्तु कलकत्ता में उन्होंने फर्मों और कारखानों में काम करने वाले बहुत से मद्रासियों को जमा कर लिया था। उनका प्रतिनिधि शुल्क देकर उन्हें प्रतिनिधि बना लिया गया था। अतः विषय समिति के चुनाव के लिए एकत्र होने पर वहां इन मद्रासियों को सभा में भाग लेते देखकर हमें बड़ी हैरानी हुई। जब हमने उनके पास जाकर पूछा कि आप क्यों महान राष्ट्रीय आन्दोलन का विरोध कर रहे हैं, तो उनमें से कई घबरा गए और बोले कि हम तो केवल कांग्रेस अधिवेशन देखना चाहते हैं। उनमें से कुछ तो चुपचाप खिसक गए और बाकी ने वोट नहीं दिया। राजाजी ने विषय समिति के लिए हमारे शिविर के कुछ उम्मीदवारों की सूची बनाई थी। यह सूची हरे रंग के कागज पर छपी थी। रंगास्वामी और सत्यमूर्ति ने अपने उम्मीदवारों की सूची सफेद कागज पर छपवाई थी। हमारी तरफ के बहुत से मुसलमान अंग्रेजी पढ़ना नहीं जानते थे परन्तु जब किसी नाम का प्रस्ताव और समर्थन किया जाता था तो वे केवल यह पूछते थे कि यह नाम हरी सूची का है या सफेद सूची का। जब उनसे कहा जाता था नाम हरी सूची का है तो वे हाथ उठा देते थे और अगर सफेद सूची का होता तो वे चुप बैठे रहे। हमारी सूची पूरी स्वीकृत हो गई। एस. श्रीनिवास आयंगार भी, जो उस समय एडवोकेट जनरल थे और बाद में इस्तीफा देकर एक प्रमुख कांग्रेसी नेता बन गए, कार्रवाई देखने आए थे। 'हिन्दू' के सम्पादक कस्तूरी रंगा आयंगार यह तय नहीं कर पा रहे थे कि गांधी जी का विरोध करें या नहीं।

विषय समिति की बैठक होने से पहले ही गांधी जी ने निर्देश दे दिया था कि हमारी तरफ से कोई नहीं बोलेगा और वही एकमात्र प्रवक्ता होंगे। उन्होंने असहयोग का प्रस्ताव पेश किया। सभी बड़े नेताओं ने इसका कड़ा विरोध किया, परन्तु विषय समिति के सदस्यों के बड़े बहुमत ने इसका समर्थन किया। फिर भी यह शंका बनी रही कि खुले अधिवेशन में बहुमत मिल सकेगा या नहीं, क्योंकि कहा जाता था कि उत्तर प्रदेश और बंगाल के बहुत से प्रतिनिधि मोतीलाल नेहरू और चित्तरंजनदास के निर्देशानुसार वोट देंगे। अतः जब मोतीलाल नेहरू ने अपना विचार बदलकर महात्मा गांधी का समर्थन करने का निश्चय किया तो हमें महान आश्चर्य के साथ प्रसन्नता भी

हुई। हमें पता चला कि परिवर्तन का मुख्य कारण युवा जवाहरलाल नेहरू थे जो शुरू से ही गांधी जी के समर्थक थे। मोतीलाल नेहरू दृढ़-संकल्प व्यक्ति थे, परन्तु जवाहरलाल के प्रेम और गांधी जी के प्रति महान श्रद्धा तथा गांधी जी के द्वारा असहयोग आन्दोलन की अद्भुत व्याख्या से प्रभावित होकर वे इसके पक्ष में हो गए। इससे यह निश्चित हो गया कि खुले अधिवेशन में क्या होगा। पक्ष में हो गए। इससे यह निश्चित हो गया कि खुले अधिवेशन में क्या होगा। विरोधी नेताओं ने धुआंधार भाषण दिए परन्तु उनका कोई प्रभाव न पड़ा। परन्तु जब जिन्ना ने 'श्री गांधी' कहा तो श्रोताओं ने बहुत जोर-शोर से इसका विरोध किया और मांग की कि वे 'महात्मा गांधी' कहें, परन्तु गांधी जी ने श्रोताओं का खूब लताड़ा और कहा कि 'महात्मा' की उपाधि मुझे पसन्द नहीं और दूसरों को इसका प्रयोग करने के लिए बाध्य करना बिल्कुल गलत और बेवकूफी है। असहयोग का प्रस्ताव लम्बा था, परन्तु उसमें मूल रूप से ठोस कार्यक्रम पर जोर दिया गया था। इसमें उपाधि-प्राप्त लोगों से उन्हें त्यागने, वकीलों से अदालतों, विद्यार्थियों से विद्यालयों, और सभी व्यक्तियों से विदेशी कपड़ों का बहिष्कार करने और चरखा चलाने को कहा गया था। यद्यपि गांधी जी ने इसे बहुत प्रसन्न नहीं किया फिर भी खिलाफत के पुर्नस्थापना और पंजाब में हुए अत्याचार का प्रतिकार करने की मांग के अलावा, इस प्रस्ताव में स्वराज्य प्राप्ति भी शामिल कर लिया गया। इस प्रस्ताव में लोगों से 1919 के ऐक्ट के अन्तर्गत होने वाले चुनावों का बहिष्कार करने को भी कहा गया था।

कलकत्ता से लौटने पर हमने तुरन्त चुनावों के बहिष्कार के लिए काम शुरू कर दिया। हमने मद्रास की गली-गली में जोर-शोर से प्रचार किया। एस. रामनाथन ने, जो प्रचार कार्य करते थे, बड़े-बड़े और आकर्षक पोस्टर छपवा कर सारे शहर में लगवा दिए थे। चुनाव खत्म होते ही हमें नागपुर कांग्रेस में सम्मिलित होना था जिसकी अध्यक्षता सी. विजयराघवाचारियर ने की, जो एक बड़े वकील और विधानशास्त्री थे। अधिवेशन शुरू होने के ठीक पहले चित्तरंजनदास और लाला लाजपतराय गांधी जी के समर्थक बन गए। अतः अधिवेशन में नाममात्र के वाद-विवाद के बाद असहयोग पर एक विस्तृत प्रस्ताव प्रायः सर्वसम्मति से स्वीकृत हो गया, जिसमें स्वराज्य प्राप्ति

को सर्वप्रथम स्थान दिया गया था और साथ ही रचनात्मक कार्यक्रम भी शामिल किए गए थे।

नागपुर अधिवेशन से लौटकर मैं सोच रहा था कि क्या करूं। सरकारी और सरकारी सहायता प्राप्त विद्यालयों के बहिष्कार के आह्वान पर अलीगढ़ मुस्लिम विश्वविद्यालय के बहुत से विद्यार्थियों ने पढ़ाई छोड़ दी थी। चूंकि इनकी संख्या करीब 150 थी, अतः अली बन्धुओं ने गांधी जी के परामर्श से जामिया मिल्लिया नाम की एक संस्था स्थापित करने का निश्चय किया जहां से विद्यार्थी राष्ट्रसेवा के लिए जीवन समर्पित करने के पहले अपनी पढ़ाई पूरी कर सकें। नये विद्यालय के लिए अध्यापकों की जरूरत थी। मैंने इसे राष्ट्रीय शिक्षा की सेवा के लिए सुअवसर समझा। मेरे साथी के.जी. सुब्रह्मण्यम और जी.वी. कृपानिधि, जिन्होंने कानून की परीक्षा पास करके उच्च-न्यायालय में वकालत करने के लिए नाम लिखवाने के बाद न्यायालय का बहिष्कार कर दिया था, अध्यापक बनना चाहते थे। हम तीनों के प्रार्थना-पत्र तुरन्त ही स्वीकृत हो गए। अतः हम 1921 के शुरू में दिल्ली होते हुए अलीगढ़ पहुंच गए। हमारा वहां जोरदार स्वागत हुआ और हमें ख्वाजा के घर ठहराया गया जो वहां के बड़े जमींदार और अखिल भारतीय खिलाफत समिति के एक प्रमुख नेता थे। हमारे लिए शाकाहारी भोजन का प्रबन्ध किया गया।

नया राष्ट्रीय विश्वविद्यालय एक बड़ी कोठी में था। विद्यार्थी मेधावी और देशभक्त थे। डॉ. जाकिर हुसैन भी, जिन्होंने हाल ही में अलीगढ़ से डिग्री ली थी, इस विद्यालय में अध्यापक थे। मैं विद्यार्थियों को गणित, सुब्रह्मण्यम इतिहास और कृपानिधि अंग्रेजी साहित्य पढ़ाते थे। हमें 150 रुपया महीना मिलता था और हम लोग बिल्कुल सन्तुष्ट थे।

हम विद्यार्थियों और अन्य बातों से खुश थे, अली बन्धु, जो इस संस्था के संचालन में सर्वोच्च अधिकार रखते थे, इस प्रयोग को महत्व नहीं देते थे। वे विद्यालय आते और विद्यार्थियों से कहते थे कि उनकी शिक्षा औपचारिक मात्र है और उन्हें यथाशीघ्र राजनीतिक प्रचार और रचनात्मक कार्य शुरू करना चाहिए। इससे विद्यार्थी शिक्षा की ओर से उदासीन और कुछ असन्तुष्ट रहने लगे। इस दशा में हमने अनुभव किया कि हमारा इतनी

दूर से अलीगढ़ आकर समय बरबाद करना बेकार है। इसलिए तीन महीने बाद हमने अध्यापन कार्य छोड़ दिया।

अलीगढ़ से लौटने के बाद शीघ्र ही मुझे मेरे मित्र एस. रामनाथन का आवश्यक सन्देश मिला कि उन्हें कुछ और जरूरी काम करना है, अतः दक्षिणी आरकाट जिले के कलाकुरिची में उन्होंने जो खादी का काम शुरू किया उसे मैं कुछ समय के लिए सम्हालूं। अतः मैं कलाकुरिची चला गया और खादी का काम सीखने लगा। कलाकुरिची के पास के गांवों में पुराने कताई और धुनाई करने वाले मौजूद थे और रुई भी उपलब्ध थी। वहां स्थानीय बुनकर भी थे। अतः वहां खादी का काम आसान था परन्तु वहां रहने और खाने-पीने का प्रबन्ध बहुत असन्तोषजनक था। मुझे रहने के लिए कोई कमरा नहीं मिल सका, अतः मुझे खादी भवन में ही रुई और धागों के बीच रहना पड़ता था। मैं कलाकुरिची के पास एक नदी में नहाता और एक होटल में खाना खाता था। खाना खराब होता और उसमें बहुत मिर्च होती थी। उन दिनों त्याग और सेवा की ऐसी उच्च भावनाएं भरी हुई थी कि इस तरह की कठिनाइयों से मैं लेशमात्र भी निरुत्साहित न हुआ। खादी का काम सन्तोषप्रद रूप में चल निकला और भाग्यवश बर्मा का एक व्यापारी भारत आया और उसने खादी के काम से मुझे मुक्त करने का इच्छा व्यक्त की। अहमदाबाद में हुए प्रसिद्ध कांग्रेस अधिवेशन में भाग लेने के लिए मैं इस काम से बड़े समय से छुट्टी पा गया।

जितने अधिवेशनों में मुझे भाग लेने का सुअवसर मिला, उनमें यह मेरे विचार से सबसे महत्वपूर्ण था। त्याग और समर्पण की भावना चरम सीमा पर थी। प्रतिनिधियों के ठहरने और खाने-पीने के प्रबन्ध को गांधी जी यथासम्भव अच्छा बनाना चाहते थे। खद्दरधारी स्वयंसेवक सफाई का सारा काम कर रहे थे। सबके लिए एक ही भोजनालय था जहां सादा परन्तु अच्छा भोजन मिलता था। अखिल भारतीय कांग्रेस समिति में गांधी जी ने जब लोगों से जाग उठने और एक वर्ष में स्वराज्य प्राप्त करने का प्रस्ताव पेश किया, तब हम में असीम उत्साह भर गया। गांधी जी सभी शिविरों में गए और प्रतिनिधियों से मिले। जब वे तमिलनाडु शिविर में आए तो हमने पूछा कि एक साल में स्वराज्य प्राप्ति का नारा क्या कल्पना मात्र नहीं है? वे ऐसा

नहीं सोचते थे। उन्हें विश्वास था कि प्रस्ताव में जिस सत्याग्रह की योजना है उस तरह की पूर्ण सत्याग्रह यदि बारडोली में चलाया जा सका तो उसका देश के अन्य भागों और सम्पूर्ण विश्व पर ऐसा प्रभाव पड़ेगा कि अंग्रेजी सरकार तुरन्त समझौता करने को मजबूर हो जाएगी। उनकी इस बात से हमें अभी भी सन्तोष नहीं हुआ, फिर भी गांधी जी के विश्वास से हमें बहुत प्रेरणा मिली और हमने उन्हें आत्मसमर्पण करने का निश्चय किया। योजना बड़ी सरल थी। देशभर में कांग्रेस कार्यकर्ताओं को शान्तिपूर्वक रचनात्मक कार्य करना था, परन्तु आम सभाओं में जनता को स्वराज्य का सन्देश पहुंचाने पर रोक लगाने वाली आज्ञाओं का उल्लंघन करना था। वल्लभभाई पटेल और अन्य कार्यकर्ताओं के साथ गांधी जी बारडोली में पूर्ण जन-सत्याग्रह का संचालन करने वाले थे। सभी सरकारी कर्मचारियों को इस्तीफा देना था और कर देना बन्द करा के, प्रशासन का सारा भार कांग्रेस संगठन और इसके कार्यकर्ताओं द्वारा शान्तिपूर्वक अपने हाथ में ले लेना था। गांधी जी का विचार था कि अंग्रेजी सरकार भयंकरतम दमन करेगी, जैसे गोली चलाना और बहुत से लोगों को जेल में बन्द करना, लेकिन जब देखेगी कि इसका कोई प्रभाव नहीं हो रहा है और सत्याग्रह अन्य भागों में भी फैल सकता है तो इसके पास समझौता करने के सिवा कोई चारा नहीं रह जाएगा।

जब मैं अहमदाबाद कांग्रेस अधिवेशन से लौटा उस समय तमिलनाडु कांग्रेस का मुख्यालय तिरुचिरापल्लि में था और मैंने इसी कार्यालय में काम करना शुरू कर दिया। अहमदाबाद कांग्रेस के निर्णयों की व्याख्या के लिए हमने आम सभाओं का आयोजन किया। जैसी आशंका थी, जिलाधिकारियों ने सभाओं पर प्रतिबंध लगा दिया। इस आज्ञा का उल्लंघन करके एक सभा की गई जिसमें मैं प्रथम वक्ता था। मेरे भाषण में मुख्यतः इस बात पर जोर दिया था कि पुलिस अधिकारियों के उत्तेजित करने के बावजूद हमें पूरी अहिंसा बरतनी है और निषेधात्मक आज्ञाओं का तब तक उल्लंघन करते रहना है जब तक कि उन्हें रद्द न कर दिया जाए। जैसे ही मैंने भाषण खत्म किया, मुझे गिरफ्तार कर लिया गया और एक सब-मजिस्ट्रेट के सामने पेश किया गया जो इसी काम के लिए शाम 8 बजे अदालत लगाए था। जैसा

कि हमें निर्देश था, मैंने बचाव का कोई प्रयत्न नहीं किया और अपराध स्वीकार कर लिया। मैजिस्ट्रेट के यह पूछने पर कि मेरे भाषण में क्या कहा गया था, पुलिस इंस्पेक्टर घबड़ा गया, क्योंकि वह यह नहीं कहना चाहता था कि भाषण में मुख्यतः अहिंसा पर जोर दिया गया था। उसने सिर्फ यह कहा कि मैंने लोगों से आज्ञाओं का उल्लंघन करने के लिए कहा। मजिस्ट्रेट के लिए इतना काफी था और उसने मुझे 6 माह कड़े करावास की सजा दे दी। मुझे त्रिची सेण्ट्रल जेल में अलग कोठरी में बन्द कर दिया गया। दूसरे दिन सुबह जब मैं उठा तो मुझे जेल के कपड़े दिए गए और हाथ-मुंह धोने के बाद जेल की दिनचर्या के अनुसार काम करने और चावल का दलिया खाने को कहा गया। चावल बिल्कुल निस्वाद था और एक-दो चम्मच लेने के बाद मैंने छोड़ दिया। फिर मुझे एक दल के साथ पत्थर तोड़ने के लिए भेजा गया जहां वार्डन ने मुझसे काम करने का बहाना करते रहने को कहा। कुछ दिनों में और बहुत से लोग जेल में आए जिनमें थे आर. कृष्णमूर्ति जो बाद में 'कल्कि' के सम्पादक और तमिल के महान लेखक हुए तथा टी. सदाशिवम्, जो अब इसी साप्ताहिक के प्रबन्ध सम्पादक हैं। (यह लेख लेखक ने सन् 1970 में लिखा था।—**सम्पादक**) बहुत से आन्ध्र देशभक्त भी त्रिची जेल में लाए गए थे। मेरी बगल की कोठरी में रायलासीमा के कल्लूरी सुब्बाराव थे। वे मेरी तरह हर बात में नैतिकता अनैतिकता का विचार नहीं करते थे। वह अपने साथ कुछ पैसा लाए थे। वार्डरों के जरिए वह बाहर से मिठाई और बीड़ी मंगाया करते थे। शर्त यह थी कि वार्डर दुगुने पैसे लेगा। बीड़ियों के बदले जेल में तेल, नमक, मसाला आदि कुछ भी प्राप्त किया जा सकता था। सुब्बाराव मुझे जबर्दस्ती मिठाई दिया करते थे और क्योंकि मैं हर वक्त भूखा रहता था, मैं अपने को यह समझा कर मिठाई खा लेता था कि जिस गलत तरीके से वे प्राप्त की जाती है, उन्हें मैं स्वयं तो नहीं अपनाता।

शीघ्र ही जेल सुपरिन्टेंडेंट के विचार मेरी ओर से बहुत अच्छे हो गए क्योंकि मैं किसी चीज की मांग नहीं करता था, कोई उपद्रव नहीं करता था, और अपना सारा समय पढ़ने में लगाता था। उसे यह बताया गया कि प्याज नापसंद होने के कारण मैं खाना नहीं खाता। प्याज तमिलनाडु के कट्टर

बैष्णव परिवारों में नहीं खाया जाता था। जब वह हमारी कोठरी का निरीक्षण करने आया तो उसने मुझ से कहा कि प्याज स्वास्थ्य के लिए बहुत अच्छा होता है और मैं प्याज न खाकर मूर्खता कर रहा हूं। मैंने कहा कि प्याज अच्छा हो या बुरा, मुझे उसकी दुर्गन्ध नहीं बर्दाश्त होती। उसने आज्ञा दी कि मुझे बिना प्याज का रसा दिया जाए, और उसके बाद मुझे खाने के बारे में कोई परेशानी नहीं हुई, यद्यपि खाना स्वादिष्ट नहीं होता था। मेरे साथ के दूसरे सत्याग्रही कैदी हमेशा ही खाने के बारे में शिकायत करते रहते थे। मेरा ख्याल था कि इस तरह की शिकायत करना गलत और अशोभनीय है, परन्तु उनकी शिकायतों के कारण भोजन में सुधार से मुझे खुशी होती थी। अच्छी सब्जियां मिलने लगी। यद्यपि मुझे 6 माह की सजा हुई थी, परन्तु प्रेसीडेंसी और लॉ कॉलेजों में 7 साल तक मेरे साथ पढ़ने वाले, स्वर्गीय के. वी. राजगोपालन के प्रयत्नों से मेरी सजा 2 माह कम हो गई। वह मेरे भाषण की रिपोर्ट लेकर प्रसिद्ध वकील श्री के. श्रीनिवास आयंगार के पास गए जो गवर्नर की कार्यकारी कौंसिल के पार्षद बना दिया गए थे। भाषण की रिपोर्ट पढ़कर उन्होंने मुझे तुरन्त रिहा करने का हुक्म दिया। मैं अपने गांव चला गया और इसके बाद जल्दी ही मैंने गया कांग्रेस में भाग लिया जहां राजाजी के नेतृत्व में गरम दल वालों ने चित्तरंजनदास और मोतीलाल नेहरू के नेतृत्व में पेश किए गए विधान सभाओं में प्रवेश के प्रस्ताव को पास नहीं होने दिया, परन्तु यह विजय विफल सिद्ध हुई क्योंकि इसके बाद स्वराज्य पार्टी की स्थापना हुई और सारे देश में कांग्रेसजन दो दलों में बंट गए।

मेरे कारावास के दौरान राजनीतिक स्थिति में आमूल परिवर्तन हो गया था। जब गांधी जी बारडोली में जन-सत्याग्रह की तैयारी कर रहे थे, तभी उत्तर प्रदेश के चौरी चौरा में एक हिंसात्मक घटना हुई। कुछ पुलिस के सिपाही थाने में जिन्दा जला दिए गए। गांधी जी ने तुरन्त सत्याग्रह आन्दोलन स्थगित कर दिया। जेल और जेल के बाहर सारे देश के कांग्रेस कार्यकर्ताओं में इसकी कटु आलोचना हुई और असन्तोष फैला। इस प्रतिक्रिया का लाभ उठाकर सरकार ने गांधी जी पर देशद्राह का मुकदमा चलाया और अहमदाबाद के प्रसिद्ध मुकदमे में, जिसमें गांधी जी और जज के बीच शिष्टाचार की जैसे होड़ लगी थी, गांधी जी को 6 साल की सजा

हुई, पहले उन्हें 2 साल बाद छोड़ दिया गया था। राजाजी, राजेन्द्रप्रसाद और सरदार पटेल आदि अधिकांश मुख्य नेताओं और कार्यकर्ताओं ने गांधी जी का साथ दिया। इन्हें अपरिवर्तनवादी कहा गया, लेकिन देशबन्धुदास और मोतीलाल नेहरू जैसे नेता यह सोच कर कि सत्याग्रह अब नहीं चल सकता था, विधानसभाओं में प्रवेश को प्रभावी राजनीतिक कार्यक्रम मानने लगे थे।

आन्दोलन का प्रथम चरण

–प्रफुल्लचन्द्र घोष

सितम्बर, 1920 में कलकत्ते में हुए कांग्रेस अधिवेशन में महात्मा जी द्वारा पेश किया गया कई चरणों में असहयोग का प्रस्ताव पास हुआ था। उस समय मैं भारत सरकार का एक अधिकारी था। कांग्रेस संगठन से सम्बन्धित मेरे एक मित्र ने मुझे एक विशिष्ट दर्शक का पास दिया और एक दिन कुछ समय तक मैं कांग्रेस अधिवेशन देखता रहा। असहयोग सम्बन्धी उस प्रस्ताव में पंजाब में हुई गलतियां दूर करने, खिलाफत आन्दोलन की मांगें पूरी कराने और स्वराज्य की प्राप्ति की बात थी। प्रस्ताव में सरकारी खिताबों को वापस करने, स्कूलों, कॉलेजों, अदालतों, विधान परिषदों को छोड़ने, विदेशी माल का बहिष्कार करने और अन्त में कर न देने तक का कार्यक्रम रखा गया था। यद्यपि यह प्रस्ताव भारी बहुमत से पास हो गया और इसके समर्थन में लगभग दो-तिहाई प्रतिनिधियों ने वोट डाले थे फिर भी इस पर अन्तिम निर्णय दिसम्बर, 1920 के अन्तिम सप्ताह में नागपुर में आयोजित होने वाले कांग्रेस के अधिवेशन तक स्थगित कर दिया गया था। इस प्रस्ताव के समर्थक और

प्रफुल्लचन्द्र बोस

विरोधी दोनों देशभर में अपना-अपना प्रचार करने लगे। 1920 में महात्मा जी ढाका गये जहां उन्होंने अपने एक भाषण में कहा, "आप लोग कहते हैं, 'भगवान सम्राट् की रक्षा करें। हमारे सम्राट् दीर्घजीवी हों' किन्तु इसका मतलब क्या है? इसका मतलब यह नहीं है कि सम्राट् व्यक्तिगत रूप से दीर्घजीवी हों। इसका मतलब तो यह है कि ब्रिटिश साम्राज्य बना रहे जबकि मेरी दिन-रात यही प्रार्थना रही है कि ईश्वर या तो इस साम्राज्य को शुद्ध बनाए या इसे नष्ट कर दे। हां, अगर जार्ज एक अंग्रेज व्यक्ति के रूप में दीर्घजीवी हों, जो मुझे कुछ भी आपत्ति नहीं है।" इस भाषण का हम लोगों पर गहरा असर पड़ा।

नागपुर जाते हुए ढाका से गांधी जी कलकत्ता आए। उनके शिविर में काम करने वाले एक युवक के जरिए कलकत्ता में मैंने उनसे मिलने की व्यवस्था कर ली। यह मुलाकात लगभग 45 मिनट तक चली जिस बीच काफी समय तक मौलाना मोहम्मद अली और अन्त तक महादेव भाई देसाई वहां मौजूद रहे। इस मुलाकात के परिणामस्वरूप मैंने अनुभव किया कि अहिंसा कायरता छिपाने का बहाना नहीं बन सकती और वीर व्यक्ति ही अहिंसा का पालन कर सकता है। मैंने यह भी समझा की गांधी जी एक महान आदर्श से अनुप्राणित हैं। हालांकि मुझे यह विश्वास नहीं था कि एक वर्ष के भीतर स्वराज्य मिल जाएगा फिर भी यह मैंने जरूर सोचा कि इस आन्दोलन से देश निश्चय ही स्वतंत्रता की ओर आगे बढ़ेगा।

नागपुर में असहयोग सम्बन्धी प्रस्ताव सर्वसम्मति से पास हो गया। कलकत्ता में कांग्रेस के जिन धुरन्धर नेताओं ने इसका विरोध किया था उन सभी ने इसका समर्थन किया। श्री चित्तरंजनदास ने यह प्रस्ताव पेश किया और लाला लाजपतराय ने इसका समर्थन किया जबकि कलकत्ता में इन्हीं दोनों नेताओं ने इस प्रस्ताव की व्यावहारिकता पर सन्देह व्यक्त किया था और इसका विरोध किया था। प्रस्ताव की स्वीकृति से सारे देश में उत्तेजना की लहर दौड़ गई। हममें से अधिकांश इस आन्दोलन में शामिल हो गए। चित्तरंजनदास, मोतीलाल नेहरू, राजगोपालाचारी, राजेन्द्रप्रसाद, वल्लभ भाई पटेल आदि जैसे बहुत से प्रमुख वकीलों ने अपनी वकालत छोड़ दी। इससे आन्दोलन को और भी बल मिला। उस समय श्री दास की वकालत चमक

रही थी और इससे उन्हें बहुत अधिक पैसे मिल रहे थे। इस बहुत बड़े त्याग के कारण उन्हें 'देशबन्धु' की उपाधि से विभूषित किया गया। श्री अरविंद के एक साथी श्री श्यामसुन्दर चक्रवर्ती भी इस आन्दोलन में शामिल हो गए। बहुत बड़ी संख्या में छात्र भी इस आन्दोलन में आ जुटे। देश के कई हिस्सों में जैसे–बंगाल, बिहार, गुजरात, बम्बई, यू.पी. और दिल्ली में राष्ट्रीय विश्वविद्यालय खोले गए। इनमें से कुछ विद्यार्थी तो भारतीय स्वतंत्रता संग्राम के ऐसे योद्धा बन गए जिन पर विश्व के किसी भी राष्ट्र को गर्व हो सकता है। लेकिन दुर्भाग्यवश उनकी भौतिक आवश्यकताओं पर काफी ध्यान नहीं दिया गया। अगर ऐसा हुआ होता तो वे और अच्छे नतीजे हासिल कर सकते थे। नागपुर में कांग्रेस का लक्ष्य बदलकर शान्तिपूर्ण और वैध तरीकों से स्वराज्य प्राप्ति कर दिया गया और कांग्रेस का विधान पूरा-पूरा बदल दिया गया जिससे फलस्वरूप ऐसा कोई भी साक्षर या निरक्षर व्यक्ति जो संगठन के सिद्धान्तों को माने और जिसकी उम्र 21 वर्ष या इससे अधिक हो, चार आने सालाना चन्दा देकर कांग्रेस का सदस्य बन सकता था। यह पहला अवसर था जब कांग्रेस प्रतिनिधियों के चुनाव का एक आधार तैयार किया गया। कांग्रेस की सर्वोच्च संस्था–कार्य समिति–का यह काम था कि वह संगठन की रोजमर्रा की गतिविधियों का संचालन करे। साथ ही पहली बार गांवों में भी कार्य समितियां गठित की गई।

राष्ट्रीय विश्वविद्यालय का उद्घाटन करने के लिए महात्मा जी कलकत्ता आए जहां अपने भाषण में उन्होंने कहा, "मैं आज जितना अधिक भयभीत और चिन्तित हूं, उतना पहले कभी नहीं रहा हूं,।" उन्होंने छात्रों की तर्कशील की अपेक्षा भावुक अधिक पाया। हिन्दू-मुस्लिम एकता का वातावरण तैयार हो गया था क्योंकि हिन्दू-मुस्लिम स्वयंसेवक दोनों ही एक साथ 'वन्देमातरम्' और 'अल्ला-हो-अकबर' के नारे लगा रहे थे।

दूसरा महत्वपूर्ण कदम 31 मार्च और 1 अप्रैल की बेजवाड़ा में हुई अखिल भारतीय कांग्रेस समिति की बैठक में उठाया गया जो बेजवाड़ा कार्यक्रम के नाम से मशहूर है। इस कार्यक्रम में एक करोड़ सदस्य बनाने और 20 लाख चरखों के लिए एक करोड़ रुपये जमा करने का निश्चय किया गया। एक करोड़ रुपया इकट्ठा भी हो गया, 20 लाख चरखे चलने भी लगे लेकिन

एक करोड़ सदस्य नहीं बनाए जा सके क्योंकि सदस्य बनाना कठिन कार्य था। गांव वालों को राजनीतिक विचारों की कोई भी जानकारी नहीं थी। वे बिल्कुल अनभिज्ञ थे। सदस्य बनाते समय मैंने स्वयं कई स्थानों पर इसे अनुभव किया। मैंने 50 साल के एक व्यक्ति से कांग्रेस का सदस्य बनने को कहा और उसने मुझे जवाब दिया, "आप मेरे बड़े भाई से कहिए। मैं छोटा हूं।"

इसके बाद जुलाई में खिलाफत कमेटी ने एक प्रस्ताव में मुसलमानों से यह अपील की कि वे फौज की नौकरी छोड़ दें। सरकार ने इस आह्वान को सैनिकों के वफादारी नष्ट करने का प्रयत्न समझा और खिलाफत कमेटी के सदस्यों के साथ-साथ उन मौलानाओं को भी गिरफ्तार कर लिया जिन्होंने इस प्रस्ताव के पक्ष में अपने फतवे दिए थे। जब महात्मा जी को यह मालूम हुआ तो उन्होंने तुरन्त केवल कार्य समिति की ही नहीं बल्कि अन्य प्रमुख लोगों की भी एक बैठक बुलाई। बैठक ने एक प्रस्ताव स्वीकार किया जिसमें करांची प्रस्ताव को दुहराया गया था और देशभर के सभी प्रमुख सदस्यों के साथ-साथ अखिल भारतीय कार्य-समिति के सदस्यों से कहा गया कि वे सार्वजनिक सभाएं करें और उनमें इस प्रस्ताव पर जोर दें। नवम्बर प्रस्ताव को कार्य रूप देना हमारे सामने सबसे महत्वपूर्ण बात थी। इस प्रस्ताव में व्यक्तिगत और सामूहिक सविनय अवज्ञा आन्दोलन की एक योजना थी लेकिन हर कार्यकर्ता को एक शपथ लेनी पड़ती थी जिसका पहला वाक्य था–'मैं प्रतिज्ञा करता हूं, मैं भगवान की शपथ लेता हूं।' तब बहुत से लोगों ने भगवान की शपथ लेने पर आपत्ति की और इस वाक्य को बदलने की मांग की, लेकिन न तो महात्माजी और न ही देशबन्धु दास इस वाक्य को बदलने पर सहमत हुए। वे सब यह मानते थे कि भगवान में विश्वास ही अहिंसक व्यक्ति की शक्ति का स्रोत है, केवल इस प्रतिज्ञा से काम नहीं चलेगा कि मेरा हिन्दू-मुस्लिम एकता में विश्वास है। शपथ में यह भी था कि अगर मैं हिन्दू हूं तो अपने जीवन में अस्पृश्यता को कोई स्थान नहीं दूंगा अर्थात् छुआछूत का भेदभाव नहीं बरतूंगा तथा यह कि मुझे चर्खा चलाना भी आता है और मैं हर रोज सूत कातता हूं इसका कारण यह था कि महात्माजी केवल शासन में परिवर्तन नहीं चाहते थे, वह केवल राजनीतिक स्वतंत्रता ही नहीं चाहते थे, बल्कि सबसे लिए राजनीतिक, आर्थिक और

सामाजिक स्वतंत्रता चाहते थे।

इसके बाद अंग्रेजी सरकार ने युवराज को भारत बुलाने का निश्चय किया क्योंकि उसका विचार था कि भारतीयों में राजाओं के प्रति स्वभावगत भक्ति है जिसके कारण युवराज का भारत में हर जगह स्वागत होगा। दूसरी ओर कांग्रेस कार्य समिति ने एक प्रस्ताव पास करके देशवासियों से युवराज की भारत यात्रा का बहिष्कार करने की अपील की जिससे युवराज जहां कहीं भी गए उन्हें हर शहर वीरान मिला। तब सरकार ने नए कानून बनाए जिनके अन्तर्गत कार्यकर्ताओं को गिरफ्तार किया गया और उनके संगठन को गैर-कानूनी करार दिया गया। फिर महात्माजी ने सरकार को अल्टिमेटम दे ही दिया कि अगर वह स्वराज्य की मांग पूरा नहीं करती तो 11 फरवरी को सत्याग्रह आरम्भ किया जाएगा। लेकिन 11 फरवरी के बहुत पहले ही वाइसराय का जवाब उन्हें मिल गया–"इस मांग को स्वीकार करने का सरकार का कोई विचार नहीं है।" इसके बाद महात्माजी सत्याग्रह की तैयारी कर ही रहे थे कि इसी बीच 5 फरवरी को एक दुर्भाग्यपूर्ण घटना हो गई जो चौरी चौरा काण्ड के नाम से मशहूर है। लोग वहां पुलिस वालों से भिड़ गए और 21 पुलिस वालों को जिन्दा जला डाला। इन लोगों में कांग्रेस और खिलाफत कार्यकर्ता भी शामिल थे। फिर महात्माजी ने उस बारदोली कार्यक्रम को रोक दिया। जो बारडोली प्रस्ताव के नाम से विख्यात है। फिर भी दिल्ली में स्वीकृत इस बारदोली प्रस्ताव को महात्मा जी ने सत्याग्रह की दिशा में एक महान योगदान माना। तब यह देखकर कि महाराष्ट्र से लेकर बंगाल तक गांधी जी का जहां-तहां थोड़ा विरोध है सरकार ने समझा कि उन्हें गिरफ्तार करने का यह अच्छा मौका है। "अगर मैं गिरफ्तार हो जाऊं तो लोगों को इसके विरोध में जुलूस नहीं निकालना चाहिए और किसी भी प्रकार का प्रदर्शन नहीं करना चाहिए। उन्हें शान्त रहना चाहिए और रचनात्मक कार्यक्रम को आगे बढ़ाना चाहिए।" उनका विचार था कि रचनात्मक कार्यक्रम एक अर्थ में अपने आप में स्वराज्य है। 'यंग इण्डिया' में छपे तीन लेखों के कारण महात्मा जी 10 मार्च को गिरफ्तार कर लिए गए और उन्हें 18 मार्च, 1922 को 6 साल के कठोर कारावास की सजा दी गई। इस प्रकार असहयोग आन्दोलन का प्रथम चरण समाप्त हो गया।

बंगाल में आन्दोलन का जोर

–श्री सुरेन्द्रमोहन घोष

सन् 1920 का वर्ष था। इसमें से कुछ, जो प्रथम विश्वयुद्ध के दौरान रेगुलेशन तीन के कैदी थे, छोड़ दिए गए थे। मैं बंगाल के एक वयोवृद्ध नेता ढाका के श्री श्रीशचन्द्र चटर्जी से मिला, जो कांग्रेस के गरम दल के थे जिसका नेतृत्व तिलक, व्योमवेश चक्रवर्ती, चित्तरंजनदास, लाला लाजपतराय आदि करते थे। श्रीश बाबू ने मुझे कलकत्ता में कांग्रेस के विशेष अधिवेशन में प्रतिनिधि बनाकर भेजा और मैंने अधिवेशन में भाग लिया।

उन दिनों केवल असहयोग आन्दोलन ही नहीं बल्कि असहयोग के साथ-साथ खिलाफत आन्दोलन भी चालू था। कांग्रेस अधिवेशन में महात्मा गांधी के अलावा अली बन्धु–मुहम्मद अली और शौकत अली, जिन्ना, मोतीलाल नेहरू और कई अन्य अखिल भारतीय ख्याति के नेता भी थे। लाला लाजपतराय ने अधिवेशन की अध्यक्षता की। चित्तरंजनदास गांधी जी के कार्यक्रम के एक अंग 'कौंसिलों के बहिष्कार' का विरोध कर रहे थे।

गांधी जी का कार्यक्रम उसी वर्ष होने वाले कौंसिल के चुनावों का बहिष्कार करने का था। चित्तरंजनदास वैसे तो असहयोग आन्दोलन के पूरे कार्यक्रम का समर्थन कर रहे थे, पर वह कौंसिलों का बहिष्कार करने के पक्ष में नहीं थे। उनका मत था कि कौंसिलों में अवश्य जाना चाहिए और दोहरे शासन वाले संविधान को भंग कराने के लिए वहां जाकर असहयोग करना चाहिए अन्यथा अंग्रेज सरकार अधिकारों का दुष्प्रयोग करके और हमारे विरोधियों को संरक्षण देकर हम लोगों में फूट डाल देगी। कुछ भी हो गांधी जी का कार्यक्रम भारी बहुमत से पास हो गया और जनता में एक अभूतपूर्व जागृति आई।

जब हम जेल में थे तो हमारा ध्यान बाहर की राजनैतिक हलचलों और यूरोप में हो रहे घटनाचक्र–जर्मनी की हार, रूस की क्रान्ति, इटली और यूरोप के कई अन्य भागों में अराजकता की स्थिति की ओर बराबर बना रहा। यह इसलिए भी था क्योंकि भारतीय सेना की सहायता से एक सशस्त्र विद्रोह करने का हमारा अपना प्रयास फिलहाल विफल हो चुका था और हम सोच रहे थे कि अगला कदम क्या हो?

अविनाश चक्रवर्ती भी जो श्री अरविन्द घोष के प्रमुख समर्थकों में से थे, रेगुलेशन तीन के कैदी थे। मुझे उनके साथ दो बार जेल में रहने का सौभाग्य मिला। पहले मेदिनीपुर जेल में और फिर हजारीबाग केन्द्रीय जेल में। गांधी जी के आन्दोलन के बारे में अविनाश बाबू मुझसे कहा करते थे कि यह वह आन्दोलन है जिसके बारे में श्री अरविन्द ने राजनीत से संन्यास लेने से पूर्व अपने देशवासियों के नाम लिखे अन्तिम पत्र में भविष्यवाणी की थी, कि यह आन्दोलन सारे देश में छा जाएगा। हम सामान्य कैदियों तथा कुछ राजनैतिक कैदियों के साथ, जो कि मुख्यतः पंजाब के थे, मिल सकते थे इसलिए हमें आपस में भविष्य की योजनाओं पर विचार करने का अवसर मिला। आम राय यह थी कि यदि हम छोड़ दिए गए तो हमें भी कांग्रेस में ही सम्मिलित होना होगा और साधारण जनता के बीच काम करने के लिए आन्दोलन में कूदना होगा।

उन दिनों की घटनाओं के बारे में हम क्या सोचा करते थे यह आज भी मुझे अच्छी तरह याद है। गांधी जी को ब्रिटिश साम्राज्य पर विश्वास था। उन्होंने प्रथम विश्वयुद्ध के प्रारम्भ में सर पी.सी. लायन्स, आई.सी.ए., द्वारा आयोजित एक सभा में हमारी आलोचना की थी। तिलक युद्ध कार्यों में अंग्रेजों की सहायता इस शर्त पर करने को तैयार थे कि पहले हमें होमरूल दे दिया जाए और नहीं तो कम-से-कम इसका वायदा कर दिया जाए। परन्तु गांधी जी ने कहा कि हमें अंग्रेजों पर आए इस गम्भीर संकट के समय उनकी सहायता बिना किसी शर्त के करनी चाहिए। गांधी जी ने अपने ढंग से काम जारी रखा और अंग्रेजों की सहायता के लिए सेना में सिपाही भरती करने के कार्य में अत्यधिक मेहनत करते हुए करीब-करीब अपने प्राणों को भी संकट में डाल दिया था।

परन्तु लड़ाई समाप्त हो जाने पर ब्रिटिश सरकार ने क्रान्तिकारियों को कुचलने के लिए रौलट एक्ट बनाया। तब अकस्मात गांधी जी की नींद खुली और उन्होंने इस काले कानून का, जो नाम नेताओं ने इसे दिया था, सत्याग्रह के हथियार द्वारा विरोध करने का निर्णय किया था। सारे देश में इसके विरोध में सभाएं हुईं और अमृतसर के जलियांवाला बाग में ऐसी ही एक सभा का अन्त भयंकर नरसंहार में हुआ। आग जल चुकी थी। गांधी जी ने अंग्रेज सरकार को 'शैतानी सरकार' की संज्ञा दी।

एक दूसरी आग आमतौर पर मुसलमानों में और विशेषकर कुछ राजनैतिक विचारकों के दिलों में धधक रही थी। यह थी तुर्की के विभाजन की, यद्यपि इसके परिणामस्वरूप कमाल पाशा के नेतृत्व में युवा तुर्कों ने खिलाफत को समाप्त ही कर दिया। अंग्रेजों ने अपने साम्राज्य को सुरक्षित करने की नीति के अन्तर्गत तुर्की का विभाजन किया था। मौलाना मुहम्मद अली और उनके भाई मौलाना शौकत अली न मुसलमानों के नेताओं के रूप में अंग्रेजों की चुनौती को स्वीकार किया और वे गांधी जी के साथ उनके अहिंसक असहयोग आन्दोलन में भाग लेने को उतर पड़े। इस तरह से वह सारा आन्दोलन 'असहयोग और खिलाफत' आन्दोलन कहलाया।

जेल से छूटने के बाद हमारे कुछ साथियों ने कांग्रेस के विशेष सम्मेलन के साथ राजनैतिक पीड़ितों के एक सम्मेलन की योजना बनाई। इसमें पंजाब और बंगाल के साथियों के अलावा एक पुराने क्रान्तिकारी, रमेश आचार्य ने महत्वपूर्ण भाग लिया। इस सम्मेलन का प्रमुख उद्देश्य था अंडमान में और अन्य जेलों में बन्द सारे राजनैतिक कैदियों को छुड़ाना। लाला लाजपतराय ने इस सम्मेलन की अध्यक्षता करना स्वीकार किया।

मुझे और बंगाल के एक और पुराने क्रान्तिकारी पूर्णदास को इस सम्बन्ध में गांधी जी से मिलने का काम सौंपा गया। वह अली बन्धु और कुछ अन्य लोगों के साथ बैठे हुए थे। जब हमने अपने विचार उनको बताए तो उन्होंने एकदम इनकार करते हुए कहा, "मैं लोगों को जेल जाने के लिए तैयार कर रहा हूं और आप लोग मुझे उनको छुड़ाने की मांग कराने आए हैं। नहीं, मैं इस मांग में आपका साथ नहीं दूंगा।" फिर उन्होंने हमसे पूछा, "क्या आप बता सकते हैं कि बंगाल का नेता कौन है?" हमने उत्तर दिया,

"सी.आर. दास।" उन्हें जरा आश्चर्य हुआ और बोले, "ए. चौधरी नहीं?" (जैसा मुझे याद पड़ता है ए. चौधरी स्वागत समिति के अध्यक्ष थे) हमने कहा, "नहीं, अगर सी.आर. दास आपके साथ है तो सारा बंगाल आपके साथ रहेगा।" इसमें कोई सन्देह नहीं कि गांधी जी के साथ हुई अपनी पहली मुलाकात से हम सब बहुत प्रभावित हुए और इसकी याद हमारे मन में बनी रही।

विशेष अधिवेशन के बाद सी.आर. दास आदि जिन लोगों ने चुनावों के लिए नामांकन पत्र भरे थे, उन्हें वापस ले लिया। बंगाल में ये लोग 'जन सभा' के नाम से काम कर रहे थे। बंगाल के एक और महान क्रान्तिकारी नेता सत्येन्द्रचन्द्र मित्र और एक अन्य बैरिस्टर आई.बी. सेन ने भी इस आन्दोलन में पूरे दिल से भाग लिया। सभी ने सी.आर. दास के नेतृत्व में काम किया। वैसे पार्टी के नेता बी. चक्रवर्ती थे। इन 'जन सभा' की शाखाएं सभी जिलों में थी। कांग्रेस की ऐसी कोई शाखाएं नहीं थीं। मेरे जिले में भी कांग्रेसजन 'जनसभा' के नाम से काम कर रहे थे। जनसभा का एक छोटा-सा दफ्तर मैमनसिंह कस्बे में था।

अपनी पार्टी के नेताओं से बातचीत कर मैंने कलकत्ता में ही रहने का निर्णय किया। सुप्रसिद्ध क्रान्तिकारी नेता हरिकुमार चक्रवर्ती, नरेश चौधरी और कुछ अन्य लोगों ने कलकत्ता में हमारा काम करना शुरू किया। कांग्रेस के नागपुर अधिवेशन से पूर्व अचानक ही मैमनसिंह से अपने साथियों का मुझे तार मिला कि तत्काल वहां पहुंचो। कलकत्ता में नागपुर जाने की सारी तैयारियां हो चुकी थी। हमारे कई साथी जा रहे थे पर मुझे तो मैमनसिंह जाना था।

वहां पहुंचने पर मैंने देखा कि स्कूल और कॉलेजों के लड़के अपनी पढ़ाई छोड़ चुके हैं तथा वकील अपनी वकालत छोड़कर मैदान में आ चुके हैं। जिले के नेता बिपिनबिहारी सेन, मनमोहन नियोगी और सूर्यसेन ने शाम को एक मीटिंग बुलाई थी। मैं मीटिंग में गया और एक किनारे पर बैठा भाषण सुनने लगा। अचानक मैंने सुना कि मनमोहन नियोगी भाषण देते-देते मेरा नाम पुकार कर मुझे मंच पर आने के लिए कह रहे हैं। उन्होंने मेरा परिचय कराया और वह घोषणा की कि 'जनसभा' के दफ्तर में ग्राम समिति

और स्वयंसेवकों आदि को संगठित करने का काम मेरे जिम्मे रहेगा। अगले दिन से ही मैंने अपना काम संभाल लिया। हमारी पार्टी के क्षितीश बोस स्वयंसेवकों के संयोजक थे और मैं सारे जिले की ग्राम समितियों के संगठन की देखभाल कर रहा था।

खिलाफत के कार्यकर्ताओं ने भी हमारे साथ मिलकर काम करना शुरू कर दिया। नागपुर अधिवेशन के बाद हमने कांग्रेस का विधान अपना लिया और 'जनसभा' के नाम को बदल कर कांग्रेस कर दिया। सी.आर. दास बंगाल के एक बड़े दल के साथ, जिसमें हमारी पार्टी के अधिकांश प्रमुख सदस्य थे, कौंसिलों का बहिष्कार करने के प्रस्ताव का विरोध करने नागपुर गए। परन्तु जब गांधी जी ने उनसे कहा कि कौंसिलों के चुनाव हो तो चुके हैं और अब अगले पांच वर्ष बाद ही होंगे इसलिए अब इस मामले पर लड़ना बेकार है, तो सी.आर. दास ने अपना विरोध छोड़ दिया और पूरे के पूरे कार्यक्रम को यथावत स्वीकार कर लिया।

बंगाल में मानो तूफान आ गया था। वायुमण्डल "वन्देमातरम्! अल्लाहो अकबर! महात्मा गांधी की जय! देशबन्धु चित्तरंजनदास की जय! स्वराज, खिलाफत, गुलामी छोड़ो। विलायती माल हटाओ। अदालत में मत जाओ। आपस में सब तय करो।" आदि नारों से गूंज उठा। इनके अलावा 'चरखा चलाओ, तांत चलाओ, अहिंसा, भाई-भाई, हिन्दू-मुस्मिम भाई-भाई' आदि नारे सुनाई पड़े। कांग्रेस के दफ्तर में हिन्दू-मुस्लिम वृद्ध महिलाएं अपने पुराने टूटे-फूटे चरखे लेकर बनवाने आतीं।

एक बार मैमनसिंह में हमने जिला मजिस्ट्रेट द्वारा लगाई गई धारा 144 को तोड़कर कांग्रेस कार्यालय के बाहर एक सभा की। सशस्त्र पुलिस ने हमें चारों ओर से घेर लिया। इस सभा में अनंतगोपाल सेन और अजीत घोष जैसे वकीलों ने, जो कि अदालत का बहिष्कार कर रहे थे, एक साधु और कुछ अन्य लोगों ने एक के बाद एक भाषण किया और इन सभी को पकड़ कर जेल भेज दिया गया। लोगों का हौंसला उस समय इतना बुलन्द था कि इस सारी घटना की चर्चा कलकत्ता के अखबारों ने विस्तार से की।

जिले के एक सब-डिवीजन नेत्रकोना में एक स्थानीय साधु भारत ब्रह्मचारी का आश्रम था। उनके शिष्यों में हिन्दुओं की उच्च और निम्न

जाति–दोनों के लोग थे। ब्रह्मचारी जी के अधिकांश प्रमुख कार्यकर्ता हमारी क्रान्तिकारी पार्टी के सदस्य थे जो कि गिरफ्तारी से बचने के लिए अपने नाम बदल कर साधु के वेश में रहते थे। उनमें से एक आजकल पांडिचेरी में श्री अरविन्द द्वारा दिए गए नाम 'योगानन्द' के नाम से रहते हैं। भारत ब्रह्मचारी ने अपने शिष्यों को, जिन्हें वे बढ़ई और तांती (बुनकर) आदि नामों से पुकारा करते थे चरखा और हथकरघे बनाने का आदेश दिया। उसके बाद उन्होंने उन चरखों और करघों को अपने शिष्यों में बांट दिया। आश्रम में एक प्रशिक्षण केन्द्र खोला गया जिसके लिए उन्हें कांग्रेस की ओर से 10,000 रुपये मिले।

प्रो. धीरेन दत्त को जिन्हें रायचन्द प्रेमचन्द छात्रवृत्ति मिलती थी और जो घुटनों तक की धोती पहनने लगे थे। साबरमती में कातने और बुनने का प्रशिक्षण प्राप्त करने के लिए भेजा गया। उनके लौटने पर जिला कांग्रेस कार्यालय के अहाते में एक प्रशिक्षण केन्द्र खोला गया। गांवों में घर-घर जाकर, पड़ताल करने से हमें पता चला कि एक औसत परिवार के कर्ज की राशि मोटेतौर पर उतनी ही थी, जितनी कि वह हर वर्ष विदेशी कपड़े पर खर्च करता था। चरखे के पक्ष में यह एक महत्वपूर्ण दलील थी।

घटनाचक्र बड़ी तेजी से चल रहा था। इन सबके पीछे डॉ. बिपिन बिहारी सेन का ओजस्वी व्यक्तित्व था और उनके साथ सैकड़ों सिद्धहस्त क्रान्तिकारी कार्यकर्ता थे। एक दिन पुलिस बैरकों से समाचार मिला कि सैकड़ों सशस्त्र सिपाहियों, सूबेदारों और हवलदारों ने इस्तीफा दे दिया है और अपने शस्त्र और वर्दियों पुलिस सुपरिंटेंडेंट के आगे रख दी है। अगले दिन डी.आई.जी., सी.आई.डी., लोमैन आया। काफी कोशिश करने पर भी वह सिपाहियों को मना न सका। तब उसने इसे सरकारीतौर पर उनकी छुट्टी मान लिया और सबसे घर पर छुट्टी बिताकर आ जाने को कहा। सब चले गए पर उनका एक हवलदार जो बिहार का मुसलमान था और चार-पांच अन्य लोग कांग्रेस के दफ्तर में आए और आन्दोलन में सम्मिलित हो गए। 1922 में जब आन्दोलन समाप्त हो गया तो हमने उन्हें कलकत्ता निगम में रखवा दिया। उन दिनों इसके महापौर सी.आर. दास और मुख्य कार्यकारी सुभाष बोस थे।

सन् 1921 में नागपुर अधिवेशन के बाद जब आन्दोलन तेजी पकड़ रहा था, देशबन्धु चित्तरंजनदास दो बार मैमनसिंह आए। पहली बार जब वह यहां आए तो उन्हें जिला मजिस्ट्रेट का एक नोटिस मिला कि वे यहां किसी सार्वजनिक सभा में भाषण आदि न करें। वह स्टेशन से बाहर ही नहीं आए। जब यह समाचार फैला तो सारे शहर में तहलका मच गया। स्टेशन पर हजारों आदमी जमा हो गए और भीड़ बढ़ती ही जा रही थी। देशबन्धु भीड़ को शान्त करने और दर्शन देने आना पड़ा। यह घोषणा की गई कि शान्ति भंग नहीं करनी है क्योंकि महात्मा जी और कांग्रेस का यह आदेश है कि निषेधाज्ञा को न तोड़ा जाए। हर एक व्यक्ति शान्तिपूर्वक वापस चला जाए। भीड़ ने 'वन्देमातरम्', 'अल्लाह हो अकबर', 'देशबन्धु की जय', 'महात्मा गांधी की जय' के नारे लगाए और सी.आर. दास मैमनसिंह से लौट गए। मुझे याद पड़ता है सी.आर. दास दुबारा तिलक स्वराज्य कोष के लिए रुपया इकट्ठा करने आए। एक करोड़ रुपया जमा करने का लक्ष्य था और एक वर्ष के भीतर स्वराज्य प्राप्त करने का प्रण था। लोगों में कातने के लिए कुछ चरखे बांटने का भी प्रस्ताव था। जिला स्तर के नेता सूर्यसेन जिनके साथ सी.आर. दास रह रहे थे, उनको लोगों से मिलाने के लिए ले गए। सूर्य बाबू उन्हें जिस घर में सबसे पहले ले जाना चाहते थे वह राय बहादुर का था। वह वकील थे और अभी भी वकालत कर रहे थे और न ही उन्होंने अपनी उपाधि लौटाई थी। सी.आर. दास ने सूर्य बाबू से पूछा, "तब आप उनसे क्यों अनुरोध करना चाहते हैं? इस तरह तो सरकारी खजाने में भी करोड़ों रुपये पड़े हैं?"

तीसरे पहर मैं और डॉ. बिपिनबिहारी सूर्यबाबू के घर सी.आर. दास से मिलने गए। हमें उनसे यह सुनकर बहुत दुख हुआ कि वह उसी रात लौट रहे हैं क्योंकि वह बहुत ही थोड़ा धन इकट्ठा कर पाए थे। उन्होंने बड़े गुस्से में हमसे कहा कि यहां के व्यापारी, वृदावन मण्डल ने, जो कि जिले में सबसे अधिक आयकर देता है, सिर्फ दस रुपये दिखाए परन्तु मैंने लेने से इनकार कर दिया और चला आया। तब गिरीश चक्रवर्ती की स्वदेशी कपड़े की दुकान पर गया। उसने भी दस रुपये ही देना चाहा। इसलिए मैं जा रहा हूं। हमने उनसे एक दिन और रुकने की प्रार्थना की और पूछा कि तीस हजार

आबादी वाले मैमनसिंह जैसे छोटे से कस्बे से आप कितनी राशि की उम्मीद करते हैं। उन्होंने कहा दस हजार रुपया काफी है। हमने उनसे वायदा किया कि अगले दिन 10 बजे सुबह तक इतनी राशि जमा कर दी जाएगी। आपको कहीं जाने की जरूरत नहीं, सिर्फ दफ्तर में बैठे रहें और रुपया वहीं आ जाएगा। वह मान गए।

व्यापारी और लेन-देन करने वाली साह जाति का एक वकील, सी. आर. दास के पास आया। उन दिनों इस जाति के लोगों से उच्च जाति के हिन्दू सामाजिक सम्बन्ध नहीं रखते थे। उसने देशबन्धु से कहा कि हम लोग क्यों कुछ दें जबकि हमें हिन्दू समाज में अछूत माना जाता है। हमारे हाथ का कोई पानी नहीं पीता, कोई हमारे साथ खाना नहीं खाता। सी.आर. दास ने कहा, "खान-पान दोनों ओर से होना चाहिए। मान लो मैं सौ आदमियों को दावत दूं जिसमें आधे ऊंची जाति के हों और आधे तुम्हारी।" उसने तुरन्त कहा, "कल ही रखिए।" देशबन्धु ने हमसे कहा कि हम कल पचास आदमियों को तैयार रखें और साथ ही कहा, "मैं जानता हूं, वह पचास आदमी नहीं ला सकेगा।" अगले दिन जब हम चंदा करने जा रहे थे, उससे पहले ही वह सज्जन आए और उन्होंने अपनी असफलता स्वीकार कर ली। उसके जात वालों ने यह कहकर ऐसे भोज में शामिल होने से इन्कार कर दिया कि उनकी चौदह पीढ़ियों को नरक मिलेगा। उसके बाद देशबन्धु एक जूट व्यापारी के दफ्तर में बैठ गए। हम सब लोग वहां जमा हुए और 13 हजार रुपये की राशि दस बजने से पहले-पहले जमा हो गई।

उसके बाद स्वयंसेवक भरती करने का आह्वान आया। फार्म छापे गए। नेता, कार्यकर्ता और जनसाधारण सब फार्म भर रहे थे। कांग्रेस कार्यालय में गाड़ियां भर-भरकर हस्ताक्षर किए फार्म आ रहे थे। नेताओं के नाम अखबारों में छापे जा रहे थे। अंग्रेजी सरकार ने इसे गैरकानूनी करार दिया था। अचानक कांग्रेस कार्यालय पर छापे मारे गए और इन बंडलों को पुलिस ले गई। तब उन्होंने नेताओं की धरपकड़ शुरू की। धरना देने के लिए भी रोज गिरफ्तारियां हो रही थीं।

जेल भर गया। हमने अखबारों में पढ़ा कि सी.आर. दास भी गिरफ्तार हो गए हैं क्योंकि उनका नाम भी स्वयंसेवकों की सूची में था। हमारे जिले

के नेताओं में मैमनसिंह में केरोतिया के एक मुसलमान जमींदार चांद मियां, नेत्रकोमा के मनमोहन नियोगी और अमर चक्रवर्ती, तंगैल के अमरेन्द्रनाथ घोष, किशोरगंज के चन्द्रकुमार विश्वास और अन्य कई हिन्दू और मुस्लिम नेता पकड़े गए और उन्हें सजा हुई। इनमें थे नूरुल अमीन और रंगपुर के अबू हसन सरकार जो बाद में पूर्वी पाकिस्तान के मुख्यमंत्री बने, मैमनसिंह, जमालपुर के गयासुद्दीन अहमद, जो पूर्वी पाकिस्तान में मंत्री बने, अब्दुल मंसूर जो पाकिस्तान में केन्द्रीय सरकार में उद्योगमंत्री बने, नोआखाली के मौलाना कारी अजीजुर रहमान, हेमेन्द्रकिशोर आचार्य, आनन्दकिशोर मजूमदार, मोहिनी सरकार राय, कामिनी मोहन घोष (मेरे पिता), मोतीलाल पुरकायस्थ, ज्ञानेन्द्रचन्द्र मजूमदार, तय्यबुद्दीन अहमद, बजीतपुर के नरेशचन्द्र चौधरी, मौलवी अब्दुल हमीद देवपुरी, मौलवी मुजीबुर रहमान, फूलपुरी, मौलवी अब्दुल वाहिद, बोकई नगवी, श्रीशचन्द्र धर गुप्त, सुधेन्दुकुमार, मजूमदार, मनोरंजन धाड़, जो पूर्वी पाकिस्तान में मंत्री बने, विनोद चक्रवर्ती, डॉ. प्रफुल्ल वीर, पृथ्वीश बोस, सतीश ठाकुर, श्यामानन्द सेन, कुशा राय और नगेन्द्र शेखर चक्रवर्ती आदि। मौलाना अबुल कलाम आजाद और मौलाना अकरम खां को श्रद्धांजलि अर्पित करना मैं अपना परम कर्तव्य समझता हूं जो असहयोग आन्दोलन प्रारम्भ होने से पहले सक्रिय रूप से गुप्त क्रान्तिकारी कार्रवाइयों में लगे थे।

सी.आर. दास और बसन्तीदेवी की गिरफ्तारियों के बाद (जो बाद में छोड़ दी गई) आन्दोलन अपनी चरमसीमा पर पहुंच गया। लओटिया यूनियन बोर्ड में कर न देने का आन्दोलन चलाया गया जो सफल रहा। भैरव में जन अदालतों की स्थापना की गई जिनमें जमीन की खरीद व बिक्री के दस्तावेजों आदि के लिए रजिस्ट्री दफ्तर खोला गया। बांस की चाहरदीवारी की एक जेल बनाई गई जहां बाकायदा सिपाही आदि रखे गए। दीवानी और फौजदारी के मुकदमों के फैसले खुलेआम किये गए। इनमें दोनों पक्षों के वकील भी होते थे। शिवगंज के निकट एक छोटी-सी नदी में व्यापारिक नौकाएं मैमनसिंह से ढाका धान व अन्य वस्तुएं लेकर चला करती थी। कोई भी नाव एक जिले से दूसरे जिले को बिना टैक्स दिए नहीं जाने पाती थी। इस किनारे से उस किनारे तक बांस की एक रोक लगा दी गई थी। जिला

कांग्रेस कार्यालय से ली गई आज्ञा दिलाने पर ही सामान आने दिया जाता था। हमने एक विशेष मोहर और आज्ञा-पत्र का मसौदा बनाया। व्यापारी हमें चावल व धान पर प्रति मन आधा पैसा शुल्क देने को राजी हो गए। सारे जिले में ऐसा हो रहा था। मांडले जेल से अपनी रिहाई के बाद, जहां मैं रेगुलेशन तीन का कैदी था, कुछ व्यापारियों ने हमें 1928 तक एकत्रित राशि देने की बात की।

अब मैं अहमदाबाद कांग्रेस पर आता हूं जिसमें मैंने अखिल भारतीय कांग्रेस कमेटी के एक सदस्य और प्रतिनिधि के रूप में भाग लिया। मैमनसिंह से काफी लोग गये। इनमें मोतीलाल पुरकायस्थ, हमारी क्रान्तिकारी पार्टी के नेता डॉ. यदुगोपाल मुकर्जी, पार्टी के सदस्य कलकत्ता के अमर बोस, और एक अन्य संन्यासी जो यदुदा के नाम से जाने जाते थे, हमारे साथ थे। यदुदा ने गांधी जी से वायदा किया कि हमारा दल एक वर्ष तक कोई भी हिंसात्मक काम नहीं करेगा। यह वर्ष अहमदाबाद कांग्रेस अधिवेशन के अवसर पर समाप्त होने वाला था।

यदुदा की गांधी जी से गुप्त वार्ता हुई। अहमदाबाद अधिवेशन की अध्यक्षता सी.आर. दास को करनी थी, पर वह जेल में थे। हकीम अजमल खां ने अध्यक्षता की और आसफ अली ने उनके उर्दू भाषण का अंग्रेजी में तर्जुमा किया। मैंने उन्हें पहली बार देखा—वह बुद्धिमान, प्रभावशाली और सुन्दर नौजवान थे। हमने मौलाना हसरत मोहानी पर दबाव डाला कि वह स्वराज्य की जगह पूर्ण स्वतंत्रता का प्रस्ताव रखें। प्रस्ताव अस्वीकृत हो गया।

कांग्रेस अधिवेशन के बाद यदुदा, अमर बोस और मैंने बारडोली में जहां सत्याग्रह प्रारम्भ होने वाला था, गांधी जी का संगठन देखा। हम बड़ौदा राज्य के आणंद तालुका, करमसद और कुछ अन्य गांवों में भी गए। हम बंगाल लौटे और तभी चौरी चौरा काण्ड का समाचार मिला। गांधी जी ने यह घोषणा करते हुए कि उन्होंने पहाड़ जैसी बड़ी गलती की है आन्दोलन स्थगित कर दिया।

सी.आर. दास ने हमें जेल से मिलने के लिए बुलाया। वह जेल में जिससे चाहे मिल सकते थे। जेल सुपरिंटेंडेंट के कार्यालय में हम उनसे

मिले। जे.एम. सेन गुप्त हमारे साथ थे। सी.आर. दास ने हमें समझाया कि क्यों दिल्ली में अखिल भारतीय कांग्रेस कमेटी में आन्दोलन स्थगित करने का तगड़ा विरोध करना चाहिए। हम जे.एम. सेन गुप्त के नेतृत्व में अखिल भारतीय कांग्रेस कमेटी की मीटिंग में भाग लेने दिल्ली गए। हमने विरोध किया, पर मालवीय जी ने बड़े ही आग्रहपूर्ण भाषण में गांधी जी का पक्ष लिया। हमारी हार हुई। इस प्रकार असहयोग आन्दोलन का एक दौर समाप्त हुआ।

भारतीयों का विद्रोह

—अजितप्रसाद जैन

1919 का वर्ष न केवल भारत के बल्कि सारे विश्व के इतिहास में एक महत्वपूर्ण वर्ष था। अंग्रेज और उनका साथ देने वाले राष्ट्र प्रथम विश्वयुद्ध में विजयी होने के बाद अब यूरोप के नक्शे में फेर-बदल करने में व्यस्त थे। उन्होंने विश्वशान्ति बनाए रखने, संसार के सभी परतन्त्र राष्ट्रों को आत्म-निर्णय (अपना भविष्य स्वयं निश्चित करने) का अधिकार देने और ऐसे ही अन्य महान आदर्शों की बातें की थीं। लेकिन जब इन उच्च आदर्शों को व्यवहार में लाने का प्रश्न उठा तो ये राष्ट्र बड़ी कठिनाई में पड़ गए। क्या अलसास-लौरें को जर्मनी का अंग बना रहने दिया जाए या फ्रांस को सौंप दिया जाए जिसे युद्ध में ब्रिटेन और उसके मित्र राष्ट्रों की तुलना में सबसे अधिक क्षति उठानी पड़ी थी। कुछ लोग क्षति की पूरी-पूरी भरपाई की बात कर रहे थे। अमरीकी राष्ट्रपति वुडरो विल्सन ने 'लीग ऑफ नेशंस' की स्थापना की बात की थी, परन्तु अमरीकी सीनेट ने यह स्वीकार नहीं किया कि राष्ट्र उसका सदस्य बने। जब लीग की बैठक हुई तो अमरीका उसका सदस्य नहीं था। वर्साई की संधि वार्ता से इटली बहुत निराश और दुखी था

अजितप्रसाद जैन

और देश में सभी ओर निरुत्साह का वातावरण था।

ब्रिटिश साम्राज्य में मुसलमान काफी बड़ी संख्या में थे और जब तुर्की जर्मनी की ओर से युद्ध में शामिल हो गया तब ब्रिटिश प्रधानमंत्री लायड जार्ज ने इन मुसलमानों को यह आश्वासन दिया था कि उनके पवित्र स्थानों पर आक्रमण नहीं किया जाएगा और तुर्की के एशिया माइनर और थेसू के उपजाऊ और तुर्क बहुल इलाके उससे नहीं छीने जाएंगे। परन्तु अंग्रेज और उनके मित्र राष्ट्र युद्धकाल में किए गए इस वायदे को भूल गए और अंग्रेज और अमरीका अब यूरोप का बीमार आदमी–जैसा कि वह तुर्की के खलीफा को कहते थे–को बोरी बिस्तर समेत यूरोप से हटाना चाहते थे। कस्तुन्तुनिया नगर को रूस के जार को सौंप देने का गुप्त वायदा भी कर दिया गया था और यदि बोलशेविक पार्टी इस सन्धि को अस्वीकार न कर देती तो यूरोप के नक्शे पर तुर्की होता ही नहीं। तुर्की के कुछ इलाकों का प्रलोभन देकर यूनानियों और इटालियनों को भी युद्ध में अपनी ओर मिला लिया गया था।

इस प्रकार सेवरे सन्धि वार्ता एक प्रकार से तुर्की के टुकड़े-टुकड़े करने के लिए कसाई की पटिया के समान बन गई। स्वयं लायड जार्ज का यह मत था कि यहूदियों का जेरुसलेम प्रदेश में वापस लौटना एक ईश्वरीय आदेश है। सन्धि में फिलस्तीन यहूदियों की मातृभूमि मानी गई। यह तय हुआ कि बास्फोरस जलडमरू-मध्य तथा इससे लगे क्षेत्रों को अन्तर्राष्ट्रीय इलाके मान कर इनका प्रशासन अंग्रेज और उसके मित्र राष्ट्रों के एक संयुक्त आयोग द्वारा होगा। कस्तुन्तुनिया नगर को तुर्कों के सद्व्यवहार के बन्धक के रूप में रखा जाएगा। यदि उन्होंने यूनानी, आर्मीनियन या ईसाई अल्पसंख्यकों से दुर्व्यवहार किया तो यह नगर उनसे छीन लिया जाएगा। यूनान को थेसू दिए जाने का निर्णय किया गया और अनातोलिया को यूनानियों, कुर्दों, फ्रांस और इटली में बांटने का। इसी बीच कमाल अतातुर्क का उदय हुआ और सेवरे सन्धि स्वीकृत न हो सकी।

विश्वयुद्ध के दौरान भारत ने अंग्रेजों के प्रति अभूतपूर्व वफादारी का परिचय दिया और सैनिक भर्ती और आर्थिक सहायता के रूप में भी अत्यधिक योगदान किया था। मांडले जेल से रिहा होने पर लोकमान्य तिलक ने ब्रिटिश सरकार के प्रति विरोध का रवैया छोड़ दिया था। वे

भारतीयों को ब्रिटिश सेना में भर्ती कराने को तैयार थे बशर्ते उन्हें किंग्स कमीशन का दर्जा मिले। गांधी जी ने, जो उन दिनों गुजराती किसानों जैसी पोशाक पहनते थे, न कि लंगोटी, ब्रिटिश सरकार का पूर्ण तथा बिना किसी शर्त के समर्थन किया। वे जगह-जगह गए और लोगों से सेना में भर्ती होने का आग्रह किया। ब्रिटिश सेना में भर्ती होने को उन्होंने स्वराज्य की ओर बढ़ने का निश्चित कदम बताया। कई लोग इस बात पर उनसे सहमत न थे, विशेष रूप से श्रीमती बेसेंट, अली बन्धु और मौलाना आजाद। परन्तु इन नेताओं को नजरबन्द या बन्दी बना दिया गया।

मेरे अपने जिले सहारनपुर में एक तिहाई जनसंख्या मुसलमानों की थी और यह मौलवियों और उलेमाओं का गढ़ था। मुसलमानों के विश्वप्रसिद्ध दो धार्मिक विद्यालय—देवबन्द का दार-उल-अलूम और मजहर-उल-अलूम के अरबी मदरसे भी इसी जिले में थे। देवबन्द मदरसे के अध्यक्ष मौलाना महमूद-उल-हसन पर ब्रिटिश सरकार कुपित थी। वह हेजाज चले गए और कहा जाता है कि वहां ब्रिटिश सरकार के विरुद्ध षड्यन्त्र रचते रहे। मौलाना हुसैन अहमद मदनी भी, जिनके साथ बाद में कार्य करने का सौभाग्य मुझे मिला, मौलाना महमूद के साथ ही माल्टा में कैद थे। परन्तु जिले में कोई हलचल नहीं थी। बाद में हिन्दू और मुस्लिम राजभक्तों ने युद्ध में भर्ती होने के समर्थन में एक सभा का आयोजन किया। इसकी अध्यक्षता की थी एक बड़े जमींदार खान बहादुर नईम खां ने। सभा में कुछ युवा वकील भी आए और जब उन्होंने स्वायत्त शासन की मांग के औपचारिक प्रस्ताव में संशोधन रखना चाहा, तो सरकार के समर्थक क्रुद्ध होकर सभा से उठकर चले गए। इस प्रकार सरकार समर्थक यह सभा स्वयायत्त शासन के पक्ष में हो गई और जवाहरलाल जी को, जो इंग्लैण्ड से बैस्स्टिरी पास करके लौटे थे, इसका अध्यक्ष चुना गया। इसके बाद इस शहर को खिलाफत आन्दोलन ने झकझोर दिया।

प्रान्तीय कांग्रेस का वार्षिक अधिवेशन किसी भी जिले के लिए बड़े सम्मान का विषय था। 1917 में, संयुक्त प्रान्तीय कांग्रेस का अधिवेशन सहारनपुर में हुआ। इसकी अध्यक्षता लखनऊ के विख्यात डाक्टर एम.एन. ओहदेदार ने की थी। अभी खादी का जमाना नहीं आया और डॉ. ओहदेदार

भी पाश्चात्य वेशभूषा में ही थे। इस अधिवेशन में सबसे महत्वपूर्ण व्यक्ति थे श्री गोकरणनाथ मिश्र जिन्होंने छः महीनों से अपनी चलती हुई वकालत छोड़ रखी थी। बाद में श्री मिश्र लखनऊ चीफ कोर्ट के जज बने। श्री वी. आर. बोमन जी स्वागत समिति के प्रधान थे। वह पारसी थे और उन्होंने एक एंग्लोइंडियन पार्वेल परिवार में विवाह किया था। जब उन्होंने श्री मिश्र की वक्तृता की प्रशंसा करते हुए उसकी तुलना एक गधे की मेहनत से की तो श्रोतागण ठहाका मार कर हंसे। बोमन जी हिन्दी अच्छी तरह नहीं जानते थे। उनका मिश्रजी का अपमान करने का कोई उद्देश्य न था। इस अधिवेशन में जवाहरलाल, खली कुज्जमा और हरकरणनाथ मिश्र जैसे होनहार युवक भी उपस्थित थे। जवाहरलाल लखनवी अचकन और विदेशी मलमल की दुपल्ली टोपी पहने हुए थे। श्रोताओं से जवाहरलाल का परिचय कराते हुए बोमन जी ने कहा था कि मैं ईश्वर से प्रार्थना करता हूं कि मुझे भी मोती के जवाहर जैसा सपूत मिले। जवाहरलाल अटक-अटक कर बोले और उनका भाषण प्रभावहीन रहा। इस अधिवेशन में मैं स्वयंसेवक था और मुझे इन तीनों युवकों की सेवा का भार सोंपा गया था। इस प्रकार श्री जवाहरलाल से मित्रता का वह सिलसिला शुरू हुआ जो उनकी मृत्युपर्यन्त रहा।

मेरे जिले में ऐसी जातियों के लोग बड़ी संख्या में रहते थे जिन्हें उन दिनों लड़ाकू जातियां कहा जाता था जैसे राजपूत, गूजर और जाट। यहां भर्ती का काम बड़े जोरों से शुरू किया गया था। एक नाटे कद के भद्दे से कुबड़े युवक ने, जो एक अपराध के सम्बन्ध में पुलिस की नजरों में था, सजा से बचने के लिए सेना में रंगरूट भर्ती कराने शुरू कर दिए। हर रंगरूट भर्ती कराने के एवज में कुछ रुपये मिलते थे। एक दिन दोपहर बाद जब मैं स्कूल से वापस लौट रहा था तो मैंने देखा कि वह एक अपने से दुगने लम्बे, गठे जिस्म के ग्रामीण से भिड़ा हुआ है इतने में दो पुलिस वाले आए और ग्रामीण युवक को घेरकर ले गये और बाद में उसका कोई पता न लगा। इस घटना का मेरे दिल का गहरा प्रभाव पड़ा और 50 वर्ष से अधिक बाद आज भी उस युवक की कातर दृष्टि, उसकी करुण पुकार तथा बेबसी की तस्वीर मेरी आंखों के सामने नाच उठती है। इस प्रकार की यह अकेली घटना नहीं थी। पंजाब में हुए अत्याचार की जांच करने पर पता चला था कि जबरन

फौज में भर्ती और चंदे की वसूली उपद्रव के मुख्य कारण थे।

ब्रिटिश शासक भारत में साम, दाम और दण्ड की नीति अपना रहे थे। दाम या प्रलोभन था भारत सचिव मांटेग्यू की अगस्त, 1917 की घोषणा। जिसमें उचित समय पर भारतीयों को शासन का उत्तरदायित्व सौंपने के उद्देश्य से उन्हें शासन में अधिकाधिक भाग देने की प्रतिज्ञा की गई थी। और दण्ड था राजद्रोह के प्रश्न पर रौलट की रिपोर्ट जो इस बात की परिचायक थी कि भारतीयों के गड़बड़ी करने पर उन्हें क्या सजाएं दी जा सकती है। इसमें सन्देह नहीं कि विश्वयुद्ध के पूर्व के वर्षों में बंगाल में समाज के संभ्रान्त युवा वर्ग के नेतृत्व में एक हिंसात्मक क्रान्तिकारी गुप्त आन्दोलन शुरू हो चुका था। बहुत से अधिकारियों तथा पुलिस वालों को जान से हाथ धोना पड़ा था और कई स्थानों पर सम्पत्ति भी लूटी गई थी। परन्तु भारत रक्षा कानून में संशोधन होने से अफसरों को बहुत अधिक अधिकार मिल गये और इस आन्दोलन को कुचल दिया गया। कैलिफोर्निया से भारत लौटे गदर पार्टी के सिख प्रवासी भारतीयों को भी दबा दिया गया और इस प्रकार पंजाब में अंग्रेजों को किसी किस्म का खतरा न रहा। उत्तर-पश्चिमी भारत तथा बंगाल में उपद्रव भड़काने या भारत में शस्त्र पहुंचाने के प्रयत्न विफल रहे।

उस समय भारतीय राष्ट्रीय कांग्रेस भारत की मुख्य राजनीतिक संस्था थी और इसे स्थापित हुए लगभग 30 वर्ष हो चुके थे। युद्ध से पूर्व इसके कर्णधार गोखले तथा फिरोजशाह मेहता जैसे महान भारतीय नेता थे, यद्यपि इसकी सफलता सभी नगण्य थी। भारतीय संभ्रान्त वर्ग, जिनमें अधिकतर वकील थे, क्रिसमस के दौरान छुट्टी मनाने के मूड में जमा होते और शानदार शब्दों से सुसज्जित कुछ प्रस्ताव पास करने के बाद अपने घरों को लौट जाते और अगले अधिवेशन तक लगभग निष्क्रिय रहते। अधिवेशन की कार्रवाई महामहिम ब्रिटिश सम्राट के प्रति निष्ठा ज्ञापन के बाद आरम्भ होती। यह था तब की कांग्रेस का रूप। लेकिन धीरे-धीरे लोग अब निवेदनों और प्रतिनिधि मण्डलों की राजनीति से तंग आते जा रहे थे। नई कांग्रेस भी, जिसका नेतृत्व अब नरम दल के हाथों से निकलकर गरम दल के हाथों में आ गया था और जिसका मुस्लिम लीग से कुछ समझौता भी हो गया था,

लोगों की आशाएं-आकांक्षाएं पूरी न कर सकी। लोग अब अपनी मांगों के लिए कोई ऐसा प्रभावशाली कदम उठाना चाहते थे जो शासकों को मजबूर कर सके। पर वे यह नहीं समझ पाते थे कि इसका क्या रूप हो।

गांधी जी का भारतीय राजनीति में पदार्पण सर्वाधिक महत्वपूर्ण घटना थी। दक्षिण अफ्रीका में अपने सफल संघर्ष के कारण वह बड़े प्रसिद्ध हो चुके थे और लोगों को उनकी क्षमता तथा योग्यता में बड़ा विश्वास था। उन्होंने अपने अनुयायियों से भय त्यागने, बुराई का मुकाबला करने और इससे आने वाले कष्टों को सहन करने को कहा। गांधी जी ने अहिंसात्मक शान्तिपूर्ण विरोध का ऐसा अस्त्र खोज निकाला था जिसे स्त्री-पुरुष, अमीर-गरीब, पढ़े-लिखे तथा अनपढ़ सभी समान रूप से इस्तेमाल कर सकते थे। गांधी जी बड़ी धार्मिक वृत्ति के थे। उन्होंने भारतीयों के जीवन में धर्म का पुट दिया। गांधी जी को देश की राजनीति में कूदने की जल्दी नहीं थी और अफ्रीका से लौटने के बाद उन्होंने दो वर्ष से अधिक समय तक भारत के विभिन्न भागों का दौरा किया। उन्होंने भारतीय जनमानस को समझा और इसका अध्ययन किया कि लोग उनके कार्यक्रम का कैसा स्वागत करेंगे। गांधी जी जन आन्दोलन और लोगों को प्रेरित करने वाले कार्यक्रम निश्चित करने में अद्वितीय थे। वह भाषण न देकर, व्यक्तिगत उदाहरण के द्वारा सिखाने में अधिक विश्वास रखते थे। चंपारन और खेड़ा सत्याग्रह के अनुभवों से गांधी जी ने आत्म-विश्वास प्राप्त किया। परन्तु गांधी जी आध्यात्मिक भी थे और कई बार उनके तरीके तर्कसंगत नहीं होते थे। फिर भी दूसरों में विश्वास जगाने का उनका ढंग अपूर्व था।

गांधी जी को अधिक समय तक इन्तजार नहीं करना पड़ा क्योंकि इसी बीच सरकार ने उन्हें चुनौती दे दी। वह अभी हाल ही में एक भयानक बीमारी से उठे थे, जो घातक हो सकती थी, जबकि गोरी सरकार ने रौलट रिपोर्ट की सिफारिशों के अनुसार राजद्रोह की कार्रवाइयों रोकने के लिए दो विधेयक प्रस्तुत करने की घोषणा की। विश्वयुद्ध के 6 मास बाद भारत रक्षा कानून खत्म होने वाला था, परन्तु सरकार अधिकारियों को वह सारे कठोर अधिकार पुनः देना चाहती थी जो युद्धकाल के दौरान इनके पास थे। युद्ध के दौरान जो कानून उचित माने जा सकते थे, उन्हें शान्ति के दौरान कदापि

सहन नहीं किया जा सकता था। लेकिन इसकी सरकार के परवाह नहीं थी। गांधी जी ने इन दोनों विधेयकों को भारतीयों के राष्ट्रीय सम्मान पर आघात माना, जिन्होंने युद्ध के दौरान अंग्रेजों की इतनी मदद की थी। उन्होंने वाइसराय से यह अपील की कि वह बिल पास न किए जाएं, परन्तु इन दोनों में से अधिक सख्त बिल को कानून बना दिया गया। जब गांधी जी समझा बुझाकर हार गये तो उन्होंने सत्याग्रह सभा का गठन किया। जिसके सदस्यों ने शपथ ली कि वे रौलट एक्ट तथा अन्य कानूनों का उल्लंघन करेंगे। उन्होंने लोगों से रौलट एक्ट के विरोध में प्रदर्शन करने का आह्वान किया। इस बीच शिक्षा प्राप्त करने के उद्देश्य से मैं और मेरे मित्र खुरशेद लाल चंदौसी चले गए और 'स्कूल लीविंग' परीक्षा के अन्तिम वर्ष के लिए एस. एम. हाई स्कूल में भर्ती हो गए। यद्यपि चंदौसी में राजनीतिक सरगर्मी बिल्कुल ही न थी, फिर भी 7 अप्रैल, 1919 की सुबह, जिस दिन के लिए गांधी जी ने सत्याग्रह की अपील की थी, चंदौसी के वातावरण में कुछ गर्मी थी। स्कूल के विद्यार्थियों और ऊंची कक्षा के छात्रों का एक जत्था बाजार में गया और उनके कहने मात्र में दुकानें बन्द कर दी गईं। हमने 24 घण्टे का उपवास रखा, एक बड़ा जुलूस निकाला और एक प्रस्ताव पास किया जिसमें कहा गया कि भारत सचिव दमनकारी रौलट एक्ट वापस ले लें। यह सब शरारती स्कूली बच्चों का काम था।

इस तरह के समाचार मिले थे कि दिल्ली में सत्याग्रहियों के एक जुलूस पर गोली चलाई गई, जिसमें कई सत्याग्रही मारे गए थे। स्वामी श्रद्धानन्द ने, जो इस जुलूस का नेतृत्व कर रहे थे, और जिन्हें बाद में एक मतांध मुसलमान ने मार डाला था, अपनी छाती गोरे सिपाहियों की संगीनों के आगे तान दी थी। सामान्यतः सारे देश में गड़बड़ी और उग्र प्रदर्शन का रूप लगभग एक सा था। निहत्थी भीड़ पत्थर फेंकती थी या छुटपुट आगजनी या लूटपाट की वारदातें करती थी, बस पुलिस को गोली चलाने का बहाना मिल जाता था। बम्बई और अहमदाबाद दंगे भी इसी प्रकार हुए थे। गांधी जी, जो अहमदाबाद में शान्ति स्थापना में लगे थे, अपना कार्य बीच में ही छोड़कर दिल्ली चल पड़े। परन्तु उन्हें दिल्ली के निकट पलवल में ही गिरफ्तार करके वापस भेज दिया गया। अमृतसर की एक गली में कुछ

लोगों ने मिस शेरवुड नाम की अंग्रेज लड़की को पीटा। यह कार्य निस्सन्देह निदनीय था, परन्तु इसका बदला गोराशाही ने बड़ी निर्ममता तथा बर्बरतापूर्ण ढंग से लिया। जहां कुमारी शेरवुड पर हमला किया गया था, उस गली में से गुजरने वाले सभी भारतीयों को पेट के बल रेंग कर जाना पड़ता था।

1919 में बैशाखी के दिन लगभग 20 हजार लोग अमृतसर में कांग्रेसी नेताओं के भाषण सुनने जलियांवाला बाग में एकत्र हुए। यह स्थान कभी बाग था पर अब इसके चारों ओर मकान बन चुके थे। इसी समय जनरल डायर अपने सिपाहियों सहित वहां पहुंचा और उसने निहत्थे लोगों पर गोली चलाने का हुक्म दिया। जब तक पूरा स्टाक खत्म नहीं हो गया गोलियां चलती ही रहीं। बाग से बाहर निकलने का एकमात्र मार्ग एक संकरा-सा गलियारा था जिसे डायर ने बन्द कर रखा था। बेबस लोग इधर-उधर भागे। सैकड़ों मारे गए। लाहौर, कसूर, गुजराँवाला और अन्य बहुत से स्थानों पर लोगों का रोष दंगों के रूप में उबल पड़ा। पंजाब में सैनिक शासन लागू कर दिया गया और लोगों को अपमानित कर उन पर अकथनीय अत्याचार किए गए। कई सप्ताह तक राज्य पर पूर्ण सेंसर लगा रहा और कोई समाचार बाहर नहीं जा सका। ऐसा कोई प्रमाण नहीं था कि वह दंगे पूर्व निश्चित थे, पर इस बात का पूरा-पूरा सबूत था कि पंजाब के लेफ्टिनेट गवर्नर सर माइकल ओ. डायर की कार्रवाइयों का ध्येय केवल भारतीयों को 'सबक' सिखाया और उन्हें सदा के लिए दबाना और चुप करना था। देश पंजाब में हुए अत्याचार की क्षतिपूर्ति चाहता था, परन्तु उसे जो मिला वह था हंटर कमीशन।

सेवरे में तुर्की के साथ हुए दुर्व्यवहार से भारतीय मुसलमान बड़े क्षुब्ध थे। वह ब्रिटिश प्रधानमंत्री श्री लायड जार्ज द्वारा दिए गए आश्वासनों से एकदम विपरीत था। भारतीय मुसलमानों ने खिलाफत कमेटियों का गठन किया। यद्यपि वे अहिंसा को आदर्श के रूप में स्वीकार न कर सकते थे, परन्तु गांधी जी की इच्छाओं का सम्मान करते हुए उन्होंने इसे हथियार के रूप में ग्रहण किया। अपनी अंतरात्मा की आवाज पर गांधी जी खिलाफत आन्दोलन में कूद पड़े। उनका उद्देश्य था हिन्दू और मुसलमानों को एक राष्ट्र में संगठित करना। कुछ लोगों को यह जानकर आश्चर्य होगा कि

असहयोग का आरम्भ खिलाफत कमेटी ने किया और कांग्रेस ने केवल इसका अनुकरण किया। गांधी जी जन-आन्दोलन शुरू करने के लिए अधीर हो रहे थे। वह खिलाफत के उद्देश्यों के औचित्य से इतना प्रभावित थे कि उन्होंने कुछ महीने बाद होने वाले कलकत्ता कांग्रेस अधिवेशन की भी प्रतीक्षा नहीं की। बाद में नागपुर में कांग्रेस के पूर्ण अधिवेशन में खिलाफत को राष्ट्रीय कार्यक्रम के रूप में स्वीकार किया गया और पंजाब तथा खलीफा के साथ किए गए अत्याचारों तथा स्वराज्य प्राप्ति के लिए असहयोग आन्दोलन शुरू हुआ।

असहयोग अहिंसात्मक होगा ऐसा संकल्प किया गया। यह निष्क्रिय प्रतिरोध नहीं, एक सक्रिय आन्दोलन था। उपाधिधारियों से उपाधियां त्याग देने का अनुरोध किया गया। अदालतों, स्कूलों व कॉलेजों तथा विधान परिषदों का बहिष्कार आन्दोलन के अंग थे। भारतीयों को अब विदेशी कपड़े का बहिष्कार करके हाथ की बुनी और कती खादी पहनना था। भविष्य में, कर न देना भी इस आन्दोलन में शामिल किया जा सकता था। मेरे जिले में एक भी व्यक्ति ने अपनी उपाधि सरकार को न लौटाई, यद्यपि बहुत से हिन्दू व मुस्लिम उपाधिधारी थे। कुछ वकीलों ने वकालत छोड़ दी—मेलाराम ने एक वर्ष के लिए और झुम्मनलाल ने सदा के लिए। दोनों ने शेष जीवन कांग्रेस की सेवा में लगा दिया। मेलाराम जिले के नामी वकीलों में से थे, परन्तु वह जेल जाने से घबराते थे। जब लखनऊ में प्रान्तीय कांग्रेस कमेटी के सभी सदस्यों को गिरफ्तार कर लिया गया, तो केवल मेलाराम ही बचे रहे। अपनी इस कमजोरी के कारण वह बड़े नेता न बन पाए।

भारत एक वर्ष में स्वराज प्राप्त न कर सका जैसा कि गांधी जी ने वायदा किया था। परन्तु देश ठीक दिशा में ठीक रास्ते पर चल पड़ा था। नागपुर में एशिया का सोता हुआ शेर जाग उठा, जो 1947 में देश की स्वाधीनता प्राप्त करके ही शान्ति से बैठा।

लेखक प्रधानमंत्री जवाहरलाल नेहरू की सरकार में केन्द्रीय खाद्य मन्त्री रहे।

—सम्पादक

स्वाधीनता संग्राम की आधारशिला

–रघुकुल तिलक

जिन घटनाओं ने असहयोग आन्दोलन की भूमिका तैयार की और जिनकी याद अब भी ताजी बनी है उनमें सर्वप्रथम दिसम्बर, 1919 में अमृतसर में हुआ कांग्रेस अधिवेशन है। उसी साल मैंने इलाहाबाद विश्वविद्यालय से बी.ए. की डिग्री ली थी और आगे पढ़ने के लिए इंग्लैण्ड जाने की तैयारी में था। जिन कारणों से मैंने विदेश जाने का विचार छोड़ दिया उनमें देश में होने वाली गम्भीर घटनाएं भी थी। इंग्लैण्ड जाने के बजाय मैं मेरठ के प्रतिनिधि के रूप में अमृतसर चला गया। उन दिनों कांग्रेस प्रतिनिधियों का चुनाव नहीं होता था और सामान्यतः कोई भी निर्धारित की गई थोड़ी-सी फीस देकर प्रतिनिधि बन सकता था और उसे अधिवेशन में वोट देने का अधिकार मिल जाता था।

अमृतसर की यात्रा राजनीतिक सभा में भाग लेने से अधिक तीर्थ यात्रा के रूप में थी। जहां तक हमें याद है पंजाब में जलियांवाला बाग हत्याकाण्ड और अन्य अत्याचारों ने देश को जितना उत्तेजित कर दिया था उतना इससे पहले अन्य किसी घटना में नहीं किया था। लेकिन सैनिक शासन हट जाने के बाद भी इन घटनाओं के सम्बन्ध में छुट-पुट खबरें ही आती रही और शायद केवल बड़े-बड़े नेताओं को ही वस्तु स्थिति का पता था। हण्टर समिति और कांग्रेस द्वारा नियुक्त समिति ने अभी अपनी रिपोर्ट नहीं दी थी। अतः उस दुखद घटना की भयानकता और व्यापकता का अनुमान हमें तब लगा जब हमने जलियांवाला बाग जाकर आस-पास के मकानों और चहारदीवारी पर खून के दाग और गोलियों के निशान देखे, तथा उस गली से गुजरे जिसमें आन्दोलन से असम्बद्ध अनेकों निर्दोष लोगों

को पेट के बल रेंगने के लिए मजबूर किया गया था। वहां जाकर यह सब देखने से कांग्रेस प्रतिनिधियों में प्रतिरोध की प्रबल भावना पैदा हुई। कांग्रेस अधिवेशन के दौरान बड़ी ठण्ड थी। मूसलाधार वर्षा हुई और कांग्रेस प्रतिनिधियों के खेमों में पानी भर गया। परन्तु हमारे दिमाग में देश को गम्भीर समस्याएं ऐसी छाई हुई थी कि इन सबकी किसी ने कुछ भी परवाह नहीं की।

इसी अधिवेशन में एक नए युग का आरभ हुआ। यह प्रथम अधिवेशन था जिसमें गांधी जी सर्वोच्च नेता के रूप में सामने आए। तिलक, मालवीय, ऐनीबेसेंट, चित्तरंजनदास, मोतीलाल नेहरू, जिन्ना और अन्य पुराने दिग्गज भी वहां थे, परन्तु गांधी जी सब पर छाए रहे। सभी नेता तो मंच पर बैठे थे परन्तु अपने स्वभाव के अनुरूप गांधी जी प्रतिनिधियों के साथ नीचे बैठे थे। जब अध्यक्ष ने उनका नाम पुकारा और धोती-कुर्ता पहने तथा कम्बल लपेटे गांधी जी मंच की ओर बढ़े तो सभी आंखें उनकी ओर उठ गई और

कांग्रेस मण्डल में पहली बार 'महात्मा गांधी की जय' का नारा गूंज उठा जो जल्दी ही भारत के कोने-काने में बारम्बार गूंजने वाला था। कांग्रेस के मंच से पहली बार हिन्दुस्तानी में भाषण दिए, परन्तु जहां तक मुझे याद है गांधी जी का प्रमुख भाषण अंग्रेजी में था। तब लाउडस्पीकार नहीं थे और गांधी जी का भाषण उन गिने-चुने भाषणों में से था जो कि साफ-साफ सुने जा सके, क्योंकि उनके भाषण के समय सभा में पूर्ण शान्ति थी। इस अधिवेशन की दूसरी महत्वपूर्ण बात यह थी कि इसमें लगभग 2,000 कृषक प्रतिनिधि आए थे।

पंजाब में हुए अत्याचार के सम्बन्ध में जो प्रस्ताव स्वीकृत हुआ, उस पर भी गांधी जी का प्रभाव स्पष्ट था। जबकि सब लोग निर्दोष मर्दों, औरतों और बच्चों की पूर्व नियोजित नृशंस हत्या की निन्दा, डायर की बर्खास्तगी और लॉर्ड चेम्सफोर्ड को वापस बुलाए जाने की मांग करना चाहते थे, अकेले गांधी जी ने ही इस बात पर जोर दिया कि हमें अपनी गलतियों को भी नहीं भूलना चाहिए। अन्त में गांधी जी की बात मानी गई और उन्होंने साहसपूर्वक घोषणा की कि गोलियों की बौछार होने पर भी बदला न लेना ही असली पौरुष है और पागलपन का जवाब पागलपन नहीं बल्कि समझदारी है।

कांग्रेस अधिवेशन के सामने प्रमुख समस्या यह थी कि सरकार द्वारा घोषित नए सुधारों के सम्बन्ध में क्या निर्णय लिया जाए। इस विषय में भी गांधी जी के विचार दूसरों से भिन्न थे। चित्तरंजनदास, जिन्होंने प्रस्ताव लिखा और पेश किया, तथा लोकमान्य तिलक का यह विचार था कि इन सुधारों के लागू होने में बाधा पहुंचाई जाए और उन्हें अस्वीकार कर दिया जाए। उन्होंनें सुधार के इन प्रस्तावों को 'अपर्याप्त' असन्तोषप्रद और निराशाजनक' बताया। परन्तु गांधी जी और मालवीय जी सुधार के प्रस्तावों को स्वीकार कर लेने के पक्ष में थे। गांधी जी का कहना था कि यदि हमें सुधारों को स्वीकार करके उनके अनुसार आचरण करना है तो इन सुधारों को निराशाजनक कहना अवास्तविकता और अनुदारता होगी। उन्होंने प्रस्ताव में से 'निराशाजनक' शब्द हटाने पर बहुत जोर दिया। कुछ समय तक तो ऐसा लगता रहा कि दास और गांधी जी के बीच मुकाबला होगा, परन्तु अन्त में जयरामदास दौलतराम द्वारा प्रस्तावित एक संशोधित प्रस्ताव दोनों ने स्वीकार कर लिया और यह प्रस्ताव पास हो गया।

स्वदेशी से सम्बन्धित प्रस्ताव में भी गांधी जी का प्रभाव स्पष्ट था क्योंकि इसमें हाथ से कताई-बुनाई को फिर से चालू करने की सिफारिश की गई थी।

अमृतसर अधिवेशन के बाद घटनाचक्र तेजी से चला। पंजाब में हुए अत्याचार के लिए सरकार को बिल्कुल ही पश्चात्ताप नहीं हुआ। बहुत से अंग्रेजों ने डायर और ओ डायर को शूरवीर कहकर उनका सम्मान किया। इधर अंग्रेजी सरकार तुर्की से संधि के सम्बन्ध में दिए गए आश्वासनों को मानने में कतई दिलचस्पी नहीं दिखा रही थी, इसलिए खिलाफत का प्रश्न भी उठ रहा था। इसका असर यह हुआ कि गांधी जी, जिन्होंने अंग्रेजी सेना में सैनिकों की भरती के लिए अपनी जान जोखिम में डाली थी और सुधारों का इतना जोरदार समर्थन किया था, पूरी तरह निराश हो गए और धीरे-धीरे वे 'विद्रोही' बनते गए। सीधे संघर्ष के अलावा दूसरा कोई रास्ता नहीं दिखाई पड़ता था।

खिलाफत के प्रश्न पर विचार करने के लिए मौलाना आजाद, हकीम अजमल खां और अली बन्धु आदि मुसलमान नेता दिल्ली में मिले। गांधी

जी ने भी उनके विचार-विमर्श में भाग लिया। जब एक प्रतिनिधि मण्डल वाइसराय से कोई सन्तोषप्रद आश्वासन पा सकने में विफल हो गया, तब गांधी जी ने असहयोग आन्दोलन की अपनी योजना नेताओं के सामने रखी, जिसे कुछ सन्देह और हिचकिचाहट के बाद, अन्तिम रूप से स्वीकार कर लिया गया।

जनवरी, 1920 के उत्तरार्द्ध में मेरठ में हुए महत्वपूर्ण खिलाफत अधिवेशन में भाग लेने का सौभाग्य मुझे मिला था। इसी अधिवेशन में पहली बार गांधी जी ने अपनी असहयोग योजना जनता के सामने रखी थी। इस योजना के अनुसार सम्मानित या सवेतन पदों का त्याग पहला कदम था। इसके अलावा विदेशी कपड़े का पूर्ण बहिष्कार करना और कताई-बुनाई को हर तरह से प्रोत्साहन देना था। आन्दोलन की सफलता के लिए पूर्ण अहिंसा का पालन आवश्यक था। गांधी जी के भाषण के दौरान मौलाना शौकत अली ने बड़े नाटकीय ढंग से गांधी जी के विचारों से पूर्ण सहमति व्यक्त करते हुए अपनी नेकटाई फाड़ कर फेंक दी।

मई, 1920 में तुर्की पर लादी जाने वाली शर्तें तथा जलियांवाला बाग की घटनाओं पर लीपापोती करने वाला हंटर समिति का प्रतिवेदन प्रकाशित हुआ। इससे लोगों में निराशा तथा रोष और बढ़ा और उस मास के अन्त में बनारस में हुए अखिल भारतीय कांग्रेस समिति के अधिवेशन में गांधी जी ने प्रस्ताव रखा कि कांग्रेस को देश में तुरन्त असहयोग शुरू करने का कार्यक्रम बनाना चाहिए। परन्तु सुधारों के सम्बन्ध में अमृतसर अधिवेशन के निर्णय में रद्दोबदल करने के मामले में अखिल भारतीय कांग्रेस समिति ने अपने को असमर्थ बताया और यह तय किया कि इस पर विचार करने के लिए कलकत्ते में कांग्रेस का विशेष अधिवेशन बुलाया जाए।

इस बीच गांधी जी 'यंग इण्डिया' के पृष्ठों में प्रत्येक सप्ताह अपने विचार व्यक्त करते रहे जिनमें वे अहिंसा, हिन्दू-मुस्लिम एकता, कताई, अंग्रेजी की जगह भारतीय भाषाओं का प्रयोग, श्रमिक कल्याण, ग्राम सुधार, आदि पर जोर देते थे, ताकि लोग आने वाले संघर्ष के लिए तैयार रहे।

उपाधियों और अवैतनिक पदों को छोड़ने का आरम्भ 1 अगस्त, 1920 से होने वाला था। इसी दिन लोकमान्य तिलक की मृत्यु हो गई। उनके अन्तिम

शब्द थे, 'जब तक स्वराज्य नहीं मिलेगा, भारत की प्रगति नहीं होगी। स्वराज्य हमारे अस्तित्व के लिए आवश्यक है।' इसी दिन गांधी जी ने वाइसराय को एक ऐतिहासिक पत्र लिखकर अपनी पदवियों और अलंकरणों का परित्याग करके असहयोग आन्दोलन के आरम्भ का संकेत दिया।

कांग्रेस का विशेष अधिवेशन सितम्बर के आरम्भ में कलकत्ते में हुआ जिसकी अध्यक्षता लाला लाजपत राय ने की। गांधी जी ने असहयोग की अपनी पूरी योजना कांग्रेस के सामने स्वीकृति के लिए रखी। इस योजना में अदालतों, विधान सभाओं, सरकारी शिक्षा संस्थाओं और विदेशी कपड़े का बहिष्कार शामिल था। असहयोग के दो उद्देश्य थे—स्वराज्य प्राप्त करना, और खलीफा के अधिकारों की रक्षा। इस प्रस्ताव का चित्तरंजनदास और विपिनचन्द्र पाल ने विरोध किया परन्तु अन्त में यह बड़े बहुमत से पास हो गया। नागपुर कांग्रेस अधिवेशन ने और भी बड़े बहुमत से इसकी पुष्टि की।

1921 में मैं कलकत्ता विश्वविद्यालय में प्राचीन भारतीय इतिहास और संस्कृति में स्नातकोत्तर उपाधि के लिए अध्ययन कर रहा था और मूलचन्द्र अग्रवाल द्वारा संस्थापित और संपादित राष्ट्रीय हिन्दी दैनिक 'विश्वमित्र' के अंशकालिक सहायक सम्पादक के रूप में काम भी कर रहा था। यह पत्र कांग्रेस का पूरी तरह समर्थन कर रहा था।

उत्तर प्रदेश की तरह बंगाल में भी आन्दोलन बड़े जोर-शोर से चल रहा था। चित्तरंजनदास के आह्वान पर कॉलेजों के 3,000 विद्यार्थियों ने हड़ताल कर दी और हजारों लड़कों और लड़कियों ने सरकारी विद्यालय छोड़ दिए। बंगाल और देश के दूसरे भागों में राष्ट्रीय विद्यालय स्थापित किए जा रहे थे। कलकत्ते में नेशनल कॉलेज का उद्घाटन करने गांधी जी स्वयं फरवरी में वहां गए। चित्तरंजनदास, मोतीलाल नेहरू, वल्लभभाई पटेल, राजेन्द्रप्रसाद और राजगोपालाचारी जैसे चोटी के वकीलों ने वकालत को छोड़ दिया था और अपना सारा समय देश-सेवा में लगा रहे थे।

1921 में मेरे कलकत्ता प्रवास के दौरान हुई दो बातें मुझे अच्छी तरह याद हैं—कांग्रेस और खिफाफत से सम्बन्धित स्वयंसवेक संगठनों पर प्रतिबन्ध लगाने के बाद देशभर में हुई गिरफ्तारियां और दमन, तथा बाद में उसी साल इंग्लैण्ड के युवराज (प्रिस ऑफ वेल्स) का कलकत्ता आगमन।

स्वयंसेवक संगठनों पर प्रतिबन्ध शायद इस उद्देश्य से लगाया गया था कि युवराज के आगमन पर शान्ति रहे परन्तु इसका प्रभाव ठीक इससे उल्टा हुआ। सारे देश में इस प्रतिबन्ध का जबरदस्त विरोध किया गया। चित्तरंजनदास, लाजपतराय, मोतीलाल नेहरू, आजाद और जवाहरलाल नेहरू सहित हजारों लोग गिरफ्तार कर लिए गए। अन्य कई हजारों लोग अपने को गिरफ्तार कराने के लिए सामने आए। स्वयंसेवकों पर अत्याचार के पुलिस ने नए तरीके निकाले थे जिसमें उन्हें मारना-पीटना, नंगा करना और तालाबों में डुबकियां लगाना शामिल थे। पुलिस कांग्रेस और खिलाफत कार्यालयों के ताले तोड़कर कभी-कभी उनमें आग लगा देती थी और उनके कागज-पत्र नष्ट हो जाते थे। औरतों के शीलभंग और जबरन उनके गहने छीने जाने की घटनाएं भी हुईं।

इन सब बातों से कलकत्ता के अंग्रेजों में अपने को दोषी मानने की भावना आ गई थी। मैंने स्वयं एक घटना देखी थी जिससे यह पता चलता है कि अंग्रेज इस आन्दोलन से कितना डरते थे और उसके बारे में उनके कितने गलत ख्याल थे। एक दिन कुछ यूरोपियन पुरुष और स्त्रियां स्टुअर्ट हाग मार्केट (जिसका नाम अब न्यू मार्केट है) में खरीदारी कर रहे थे। दूसरी ओर से स्वयंसेवकों का एक जत्था 'भारत माता की जय' और 'महात्मा गांधी की जय' के नारे लगाता हुआ आया। बाजार के ऊपर छत होने से नारों की गूंज बहुत बढ़ गई और दो महिलाएं डरकर अचेत हो गईं। परन्तु जब स्वयंसेवक आए तो उन्होंने उनकी हर सम्भव सहायता की और उन महिलाओं को सुरक्षित घर पहुंचाया।

ऐसे वातावरण में मेरे लिए वहां अध्ययन जारी रखना मुश्किल हो गया। कलकत्ता विश्वविद्यालय बुरी तरह अस्त-व्यस्त हो गया था परन्तु वह सर आशुतोष मुकर्जी के व्यक्तिगत प्रभाव और प्रतिष्ठा के कारण उसी प्रकार चलता रहा जैसे पण्डित मदनमोहन मालवीय के प्रभाव से बनारस विश्वविद्यालय चल रहा था। फिर भी बहुतों ने विश्वविद्यालय छोड़ दिया था। मैंने स्वयं भी कक्षाओं में जाना छोड़ दिया और अपना सारा समय 'विश्वमित्र' में लगाने लगा 'विश्वमित्र' के सम्पादक मूलचन्द जी कभी भी गिरफ्तार हो जाने की आशंका कर रहे थे। अतः उन्होंने मुझसे कहा कि यदि

वे गिरफ्तार हो जाएं तो उनके बाद मैं सम्पादक का काम करूं और अपनी बारी पर गिरफ्तार होने के लिए तैयार रहूं।

परन्तु उसी समय सरकार ने चाल बदल दी। यह सोच कर कि जहां दमन असफल रहा वहां शायद समझौते से काम चल जाए वाइसराय ने मदनमोहन मालवीय द्वारा कांग्रेस और सरकार में समझौते के लिए आरम्भ की गई बातचीत की सफलता की कामना की। पण्डित मालवीय ने कलकत्ता आकर प्रेंसीडेंसी जेल में चित्तरंजनदास और आजाद से भेंट की। परन्तु गांधी जी अड़ गए। वह सरकार से स्वराज्य, पंजाब में हुए अत्याचार और खलीफा के सम्बन्ध में दिए आश्वासनों के बारे में निश्चित वायदे चाहते थे। इसलिए बातचीत असफल रही।

बर्षान्त में इंग्लैण्ड के युवराज (प्रिंस ऑफ वेल्स) कलकत्ता आए। कांग्रेस ने प्रिंस के आगमन का बहिष्कार करने की अपील की थी और साथ ही यह भी कहा था कि प्रिंस से व्यक्तिगत रूप से हमें कोई शिकायत नहीं है। मेरा विचार है कि प्रिंस का जितना सफल बहिष्कार कलकत्ते में हुआ, उतना और कहीं शायद ही हुआ हो। शान्त प्रतिरोध का इतना विशाल प्रदर्शन इस महानगर में कभी नहीं हुआ था। शहर में पूर्ण हड़ताल रही। यूरोपियनों की कुछ दुकानों को छोड़, एक भी दुकान नहीं खुली थी। सड़कों पर आना-जाना बन्द था और मुख्य सड़कें सुनसान थी। प्रिंस को चुपचाप पूर्वनिश्चित रास्ते की बजाय दूसरे रास्ते से राजभवन ले जाया गया। अधिकारियों ने स्टेशन पर मिठाइयों और कम्बलों का ढेर इस आशा से जमा कर रखा था कि कम-से-कम भिखारियों की ही भीड़ युवराज के स्वागत के लिए आ जाए परन्तु सारी मिठाइयां और कम्बल पड़े ही रह गए। कलकत्ता में कोई हिंसात्मक घटना नहीं इुई।

1922 की फरवरी के शुरू में जब बारडोली में सत्याग्रह की सारी तैयारियां हो चुकी थीं, तभी चौरी-चौरा काण्ड हुआ जिससे अचानक आन्दोलन रोक दिया गया। कांग्रेस के जुलूस के कुछ लोगों और पुलिस के बीच झगड़ा होने पर गोरखपुर जिले के चौरी चौरा गांव की पुलिस-चौकी को एक भीड़ ने आग लगा दी जिससे कुछ पुलिस वाले जिन्दा जल गए। गांधी जी ने कहा कि इस घटना से इस बात का संकेत मिलता है कि यदि बहुत सावधानी नहीं

बरती गई तो भारत आसानी से किस दिशा में जा सकता है, और उन्होंने आन्दोलन स्थगित कर दिया। उनके इस निर्णय पर मिश्रित प्रतिक्रिया हुई। जो नेता जेल में थे, वे नाराज हुए और उन्होंने गांधी जी को इस बात के लिए दोषी ठहराया कि भारत के एक कोने के कुछ लोगों की गलती के लिए उन्होंने सारे देश को सजा दी है। परन्तु जो लोग जेल से बाहर थे और आन्दोलन के सतत सम्पर्क में थे, उनमें से अधिकांश का मत था कि आन्दोलन धीरे-धीरे कमजोर और बेकाबू होता जा रहा था। उनका विचार था कि आन्दोलन स्थगित करना जरूरी और बुद्धिमानी का काम था। देश को अगले संघर्ष की तैयारी के लिए कुछ समय की आवश्यकता थी।

असहयोग आन्दोलन का क्या परिणाम हुआ? स्वराज्य अभी भी बहुत दूर था। खलीफा को अपने अधिकार वापस दिलाने में कोई सफलता नहीं मिली और पंजाब में हुए अत्याचार का कोई उपचार नहीं हुआ। अदालतें, विधान सभाएं और सरकारी स्कूल चलते रहे। परन्तु यह छोटी बात नहीं है कि 30,000 से अधिक पुरुष और स्त्रियों ने अपने को गिरफ्तार कराया और हजारों लोगों ने बहादुरी से पुलिस की लाठी और गोली सही। बहुत से चोटी के वकीलों ने राजाओं जैसी आय और आराम का त्याग करके प्रसन्नतापूर्वक गरीबी का वरण किया। सैकड़ों विद्यार्थियों ने सरकारी संस्थाएं छोड़कर राष्ट्रीय विद्यालयों में नाम लिखाया। लाखों लोगों ने सूत कातना और बुनाई शुरू कर दिया था। सबसे बड़ी बात यह हुई कि लोगों ने अपने दिल से भय निकाल दिया था और उनमें आशा और आत्मविश्वास का संचार हुआ। अंग्रजों की ताकत और उनके इस देश पर हमेशा शासन करने के अधिकार और क्षमता का भ्रम हमेशा के लिए दूर हो गया। मूलतः इस आन्दोलन ने भविष्य में होने वाले इससे भी बड़े आन्दोलनों की भूमिका तैयार की जिनका सफल अन्त पूर्ण स्वाधीनता के रूप में हुआ और जिससे नई समस्याएं और उत्तरदायित्व पैदा हुए।

अन्त में यह कहा जा सकता है कि यह आन्दोलन एक उल्लास भरा अनुभव था और सत्य में हम कवि वर्ड्सवर्थ के शब्दों में कह सकते हैं कि उस सुप्रभात में जीवित रहना ही परमानन्द था और उस समय युवक होना तो स्वर्ग ही था।

लड़ाई का पहला दौर

—शंकरलाल बैंकर

अमृतसर कांग्रेस से पहले खिलाफत के बारे में विचार करने के लिए 23 नवम्बर की हिन्दू और मुसलमान नेताओं की बैठक हुई। विशेष निमंत्रण पर गांधी जी ने उसमें भाग लिया। इस बैठक में इस बात पर विचार हुआ कि यदि सरकार इस प्रश्न पर न्याय न करे तो कौन से कदम उठाए जा सकते हैं।

स्वदेशी के अंगीकार और विदेशी कपड़े के बहिष्कार का प्रस्ताव आया। इसका विरोध करते हुए मौलाना हसरत मोहानी ने ब्रिटिश माल के बहिष्कार की बात पेश की। परन्तु ब्रिटिश माल का बहिष्कार सम्भव नहीं था और उससे वैर वृत्ति भी उभरेगी, यह बात गांधी जी ने समझाई और विदेशी कपड़े के बहिष्कार का प्रस्ताव सुझाया। उनकी इच्छा के अनुसार वैसा ही प्रस्ताव बैठक में पास हुआ। परन्तु हसरत मोहानी को इससे सन्तोष नहीं हुआ। उन्होंने अपना असन्तोष व्यक्त करते हुए कहा कि सरकार पर सीधा असर डालने वाला कोई कदम उठाना चाहिए।

जब गांधी जी मौलाना का भाषण सुन रहे थे, तब उनके मन में एकाएक असहयोग का विचार स्फुरित हुआ। उन्होंने सोचा कि सरकार के साथ असहयोग करते हुए उस पर असर डालने वाली किसी कार्रवाई का विचार निरर्थक है। ऐसा विरोध सरकार के साथ सहयोग बन्द करके ही हो सकता है। इसलिए मौलाना का भाषण खत्म होने पर गांधी जी ने उसके जवाब में यह विचार पेश किया। "मुसलमान भाइयों ने एक और भी महत्वपूर्ण निश्चय किया है। ईश्वर ऐसा न करें, परन्तु यदि कदाचित सुलह की शर्तें उनके विरुद्ध जाएं तो वे सरकार को सहायता देना रोक देंगे। मेरा

ख्याल है कि यह प्रजा का हक है।" असहयोग के विचार के जन्म से सम्बन्धित यह तथ्य महत्वपूर्ण और उल्लेखनीय है।

सन् 1920 के अन्त में मैं लाहौर में गांधी जी से मिलने गया और उनसे अनुरोध किया कि वे होमरूल लीग में अध्यक्ष-पद स्वीकार करे। गांधी जी ने इस बार होमरूल लीग में शामिल होना मंजूर कर लिया। वे उसके अध्यक्ष चुने गए और संस्था का नाम स्वराज्य सभा रख दिया गया।

कलकत्ता कांग्रेस से पहले गांधी जी ने असहयोग कार्यक्रम राष्ट्र के सामने रख दिया था और बम्बई में 'स्वराज्य सभा' ने यह काम हाथ में ले लिया था। कलकत्ता कांग्रेस में बम्बई से बड़ी संख्या में प्रतिनिधि गए और उस प्रस्ताव को बहुमत से पास कराने में सहायक हुए। इसमें 'स्वराज्य सभा' का योगदान तो था ही, परन्तु कलकत्ते के असहयोग प्रस्ताव के बाद जिन्ना तथा कुछ दूसरे लोग उससे अलग हो गए। नागपुर अधिवेशन में कांग्रेस ने गांधी जी का अहिंसात्मक असहयोग कार्यक्रम पूरी तरह अपना लिया और गांधी जी के नेतृत्व में कांग्रेस की तरफ से ही उसके सम्बन्ध में काम होने लगा। इसलिए बाद में 'स्वराज्य सभा' की ओर से इस सम्बन्ध में कोई खास काम करने को नहीं रहा।

होमरूल लीग और स्वराज्य सभा के कार्यक्रम से बम्बई के लोग इस प्रकार की लड़ाई के लिए तैयार हो चुके थे। बम्बई की समिति की बागडोर उस समय नरम दलीय नेताओं के हाथ में थी और यह कार्यक्रम उन्हें पसन्द नहीं था, परन्तु स्वराज्य सभा द्वारा इस कार्यक्रम के लिए पूरे जोश से प्रचार कार्य चल रहा था। इसके लिए आयोजित सभाओं में गांधी जी और अली भाइयों के अलावा, सरोजिनी नायडू, हार्निमैन, विट्ठलभाई पटेल, खाडिलकर आदि, लोगों को अपने विचार समझाते थे जिससे वातावरण उत्साहप्रद बन गया था।

उस समय कांग्रेस संविधान में प्रतिनिधियों के लिए कोई खास नियम नहीं थे। ऐसी व्यवस्था नहीं थी कि किस प्रान्त से कितने प्रतिनिधि आएं और वे किस प्रकार चुने जाएं। हमारी मण्डली ने बम्बई में असहयोग के पक्ष में विचार रखने वाले कांग्रेसजनों से आग्रह किया कि वे यथासम्भव अधिक-से-अधिक संख्या में कलकत्ता अधिवेशन में चले और इसके लिए

विशेष रेलगाड़ी की व्यवस्था भी की। इस प्रकार असहयोग के पक्ष में मत देने वाले प्रतिनिधि बड़ी संख्या में कलकत्ता गए।

असहयोग का प्रस्ताव कलकत्ते की कांग्रेस में गांधी जी ने पेश किया। उसका कड़ा विरोध करने वालों में दास बाबू जैसे गरम और कई नरम वृत्ति वाले नेता भी थे, फिर भी वह पास हो गया। बम्बई के प्रतिनिधियों की जो बड़ी संख्या कलकत्ता गई थी, वह इस प्रस्ताव के पास होने में निमित्त बनी।

कलकत्ता के विशेष अधिवेशन के बाद असहयोग की हवा भारत की दसों दिशाओं में फैल गई, परन्तु विशेष अधिवेशन के प्रस्ताव पर नागपुर में मुहर लगनी थी। असहयोग का प्रस्ताव दास बाबू ने रखा और सर्वसम्मति से पास हुआ। इस अधिवेशन में कांग्रेस का ध्येय 'शान्ति और सत्य के साधनों से स्वराज्य' प्राप्त करना निश्चित किया गया।

बम्बई में प्रान्तीय समिति का पुनर्गठन हुआ। श्रीमती नायडू उसकी अध्यक्ष बनीं, उमर सुभानी, डॉ. साठे तथा मैं मंत्री, और लक्ष्मीदास सरेसी खजांची बने। नागपुर की कांग्रेस में त्रिविध बहिष्कार का प्रस्ताव हुआ था। इस बहिष्कार का काम प्रान्तीय समिति ने हाथ में लिया।

अदालतों का बहिष्कार दो तरह से करना था–एक तो, लोग अपने झगड़े अदालतों में न ले जाकर पंच द्वारा उनका निपटारा कराएं, और दूसरे, वकील वकालत करना बन्द कर दें। अदालतों के बहिष्कार का यह कार्यक्रम महत्वपूर्ण था। बम्बई के वकील-बैरिस्टरों की असहयोग के इस अंग के प्रति विशेष सहानुभूति नहीं थी। इसलिए जयकर, विट्ठलभाई, जमनादास मेहता जैसे इने-गिने वकील-बैरिस्टरों ने ही वकालत बन्द की। दूसरे लोग अपना धंधा करते रहे और उनसे उसे छोड़ने का आग्रह करना उचित भी नहीं लगा। अहमदाबाद में वल्लभभाई, कृष्णलाल देसाई (वचभाई), कालिदास झवेरी, भोगीलाल लाला, मावलंकर इत्यादि अग्रगण्य वकीलों ने अदालतों का बहिष्कार किया। इसी तरह गुजरात के अन्य स्थानों में भी कुछ वकीलों ने ऐसा किया। इस प्रकार का बहिष्कार करने वाले वकील कांग्रेस के कार्यक्रमों के अगुआ बनाकर उसके संचालन में मदद करने लगे।

बम्बई शहर में सरकारी शिक्षा संस्थाओं के बहिष्कार के सिलसिले में विशेष उल्लेखनीय काम हुआ। सरोजिनी नायडू, विट्ठलभाई पटेल, गंगाधर

राव देशपांडे, खाडिलकर, जमनादास मेहता आदि नेताओं के भाषणों का विद्यार्थियों पर अच्छा असर होता था। विद्यार्थियों का बड़ा भाग राष्ट्रीय भावना में रंगा हुआ था और उन्होंने बड़ी संख्या में स्कूल कॉलेज छोड़े। जो विद्यार्थी स्कूल-कॉलेजों में पढ़ाई जारी रखना चाहते थे, उन पर स्कूल-कॉलेज छोड़ने के लिए किसी भी तरह का दबाव नहीं डाला जाता था। और वे निःसंकोच वहां जा सकते थे। इस प्रकार बहिष्कार का काम पूर्ण शान्ति से हुआ।

गुजरात विद्यापीठ के आचार्य प्रो. गिडवानी अहमदाबाद से बार-बार बम्बई आकार विद्यार्थियों में प्रचार कार्य करते थे। विद्यार्थी स्कूल-कॉलेज न छोड़ें, इसके लिए शिक्षकों और प्राध्यापकों की तरफ से उन्हें बहुत समझाया जाता था, परन्तु विद्यार्थियों में देशभक्ति की ज्वाला इतनी उग्र हो चुकी थी कि ऐसी सूफियानी सलाह की परवाह न करके वे बड़ी संख्या में बाहर आ गए। इनमें से कुछ तो ऐसे भी थे, जिन्हें कॉलेज के अन्तिम वर्ष की परीक्षा ही देना बाकी थी। तेजस्वी और प्रथम पंक्ति के विद्यार्थी होते हुए भी उन्होंने डिग्री का मोह छोड़ दिया।

बम्बई में राष्ट्रीय महाविद्यालय शुरू किया गया और उसके संचालक असहयोग करके आए हुए प्रो. पुन्ताम्बेकर बनाए गए। इसी अर्से में प्रो. मलकानी ने दिल्ली कॉलेज छोड़ दिया था। उन्हें गांधी जी ने महाविद्यालय के काम में मदद देने को भेज दिया। लखनऊ कॉलेज की ओर से भाई गुलजारीलाल नन्दा शोध-कार्य कर रहे थे। उन्होंने बाद में गांधी जी की प्रेरणा से असहयोग किया और विद्यालय के काम में भी शरीक हुए। भाई भंसाली सेंट जेवियर्स कॉलेज में थे। वे भी अध्यापक बन गए।

माध्यमिक पाठशालाओं के विद्यार्थियों के लिए विनय मन्दिर खोला गया था। जिसका संचालन उछरंगराय ओझा को सौंपा गया। उसमें खंडुभाई देसाई, दिलखुश दीवानजी, गोकुलभाई भट्ट आदि उच्च भावनाशील व्यक्ति शिक्षकों का काम करने लगे। ये सब सरकारी कॉलेज छोड़कर आए हुए प्रतिभाशाली विद्यार्थी थे। कन्याओं के लिए भी राष्ट्रीय पाठशाला की व्यवस्था की गई। स्कूल-कॉलेजों की व्यवस्था का काम बबनराव गोखले ने संभाल लिया था। उनकी पत्नी अवन्तिकाबाई गोखले गांधी जी की भक्त थी।

जो विद्यार्थी रचनात्मक कार्य में लगना चाहते थे, उनके लिए अंधेरी के साधक आश्रम में व्यवस्था की गई थी। इस आश्रम के संचालन का काम बड़ौदा राज्य के भूतपूर्व सूबेदार श्री केशवराव देशपांडे करने लगे। इस आश्रम में भाई गुलजारीलाल तथा गंगाधर राव देशपांडे के साथी पुंडलीक जी भी रहते थे और उस काम में सहायता देते। इस आश्रम में शरीक होने वाले विद्यार्थियों में प्रबल अध्यात्मिक भावना थी और वे रचनात्मक कार्य के विकास के लिए यथाशक्ति प्रयत्न करते थे।

सन् 1921 के मार्च में बेजवाड़ा में कांग्रेस की कार्यसमिति में गांधी जी की प्रेरणा से लोकमान्य तिलक के स्मारक का प्रभाव हुआ था। गांधी जी यह काम यथासम्भव जल्दी पूरा कर देने को उत्सुक थे।

एक करोड़ रुपये की रकम में से 30 लाख रुपये बम्बई शहर से जमा करने का विचार हुआ। बम्बई के लोग स्वराज्य की लड़ाई में उत्साहपूर्वक भाग लेते थे और इतनी रकम जमा करना सम्भव था। बेजवाड़ा से लौटने पर तुरन्त ही बम्बई में इस काम पर विचार हुआ। भाई उमर सुभानी, जमनालाल जी और कांग्रेस के कामों में सक्रिय भाग लेने वाले व्यापारी भाइयों की सलाह के अनुसार थोड़े ही समय बाद बाजार की स्थिति को देखकर यह काम हाथ में लेने का निश्चय हुआ। इस बीच बम्बई के छोटे-बड़े बाजारों के अग्रगण्य व्यापारियों द्वारा चन्दे की वसूली का कार्यक्रम बना लिया गया।

छोटे-बड़े सब अपने-अपने बूते के अनुसार धन देकर स्वराज्य आन्दोलन के साथ ऐक्य साधने लगे और इस प्रकार आन्दोलन का सन्देश घर-घर पहुंच गया। अलग-अलग वार्डों की, मुहल्लों की और मजदूर-वर्ग की संस्थाएं भी अपने अल्प चन्दे इकट्ठा कर कांग्रेस कार्यालय में देने लगी। स्त्रियों और बच्चियों ने भी अपने जेवर देने शुरू किए। चंदे के लिए जो सभाएं होतीं, उनमें भी चंदे जमा होने लगे। व्यापारी वर्ग और आम जनता के पूरे सहयोग और सहायता से 30 लाख रुपये से अधिक रकम आ गई।

इस प्रकार 30 जून का दिन आ पहुंचा। उस दिन हिसाब देखने पर मालूम हुआ कि चन्दे की रकम 98 लाख रुपये तक पहुंच गई थी। गांधी जी का आग्रह था कि उसी दिन शाम से पहले एक करोड़ रुपये पूरे करके

घोषणा की जाए। उमर सुभानी और जमनालाल बजाज ने उनकी यह बात मान ली और उसी दिन एक-एक लाख की अधिक रकम कोष में देकर गांधी जी की इच्छा पूरी की और शाम से पहले एक करोड़ की रकम जमा हो जाने की घोषणा हो गई।

विदेशी कपड़ों की होली के बारे में वाद-विवाद के बावजूद यह काम देशभर में जोश के साथ होता रहा। पहले तो मुख्य कार्यकर्ताओं और उनके परिवार वालों के पास से कपड़े आने लगे और इससे कार्य का वेग मिला। मेरी भाभी लीलावती बहन सार्वजनिक कार्य में सक्रिय भाग लेती थीं। उन्होंने अपनी साड़ियां निकाल दीं और अपनी परिचित महिलाओं से भी कहने लगीं। इस प्रकार शहर की अनेक प्रतिष्ठित बहनों ने इस काम में सहयोग दिया। बम्बई का व्यापारी-वर्ग कांग्रेस के काम में उत्साहपूर्वक भाग लेता था और उनमें से बहुतों ने स्वदेशी व्रत लिया था। उनसे भी कपड़े मिलने लगे। राष्ट्रीय विद्यालयों-महाविद्यालयों में भरती होने वाले विद्यार्थी तथा आचार्य भी इस काम में मदद करते रहे। महासमिति की बैठक बम्बई में हुई और पहली अगस्त को विदेशी वस्त्रों का सर्वथा त्याग करने का ऐलान हुआ। इससे भी इस कार्यक्रम में तेजी आई और विदेशी कपड़ों की होली के लिए काफी कपड़े मिलने लगे।

बम्बई शहर में शराब का अधिकांश धन्धा पारसी भाई करते थे। उन्हें यह पेशा छोड़ने को समझाने का प्रयत्न किया गया। भाई बरजोर जी भरुचा इस काम के रुचि लेते और धन्धे में लगे हुए पारसी भाइयों से सम्पर्क करने में मदद देते थे। ऐसे लोगों की खास सभा करके उनसे इस काम में सहयोग देने का अनुरोध किया जाता था, परन्तु यह काम बड़ा मुश्किल था। वर्षों से इस काम में लगे होने के कारण उनके लिए यह धन्धा छोड़ना असम्भव-सा था। उनके जीवन-निर्वाह का आधार इसी पर था। इसके स्थान पर दूसरा धन्धा सुझाना भी कठिन था, फिर भी इस दिशा में प्रयत्न होते रहे।

महासमिति की बैठक ग्रांट रोड स्थित मुजफ्फर हाल में रखी गई थी। इस बैठक के लिए सदस्य अच्छी संख्या में आए और बैठक का काम उत्साहपूर्वक हुआ। बेजवाड़ा की कार्य-समिति में जो कार्यक्रम बनाया गया

था वह बहुत अच्छी तरह पूरा हुआ था। इससे सब बहुत खुश थे। तिलक स्वराज्य-कोष में एक करोड़ रुपये 30 जून तक इकट्ठे करने थे और यह रकम उस तारीख तक आ गई थी। इतना ही नहीं बल्कि असल में पन्द्रह लाख रुपये अधिक आए थे।

कांग्रेस के एक करोड़ सदस्य बनाने थे। कोष जमा करने की अपेक्षा यह काम कठिन था। कोष में तो अमीर लोग बड़ी-बड़ी रकमें दे दें। तो तुलना में कम आदमियों से सम्पर्क होने पर भी रकम पूरी हो जाए। कोष में बम्बई शहर की रकम 30 लाख रुपये, बंगाल की 25 लाख रुपये और गुजरात की 10 लाख रुपये थी। इस प्रकार बम्बई शहर और इन दो प्रान्तों से पचास प्रतिशत रकम आई थी। एक करोड़ मनुष्यों से सम्पर्क होने पर ही इतने सदस्य बनते और चूंकि देश की अधिकांश आबादी गांवों में है इसलिए इतनी संख्या तक पहुंचने का काम बहुत मुश्किल था। फिर भी लक्ष्य के आधे से अधिक सदस्य बन गए थे। यह कार्यकर्ताओं और दूसरे लोगों द्वारा प्रदर्शित दिलचस्पी और उत्साह का ही परिणाम था।

सरकार ने ब्रिटिश युवराज के आगमन के सम्बन्ध में कार्यक्रम बनाया था। उसके अनुसार युवराज 17 नवम्बर की सुबह बम्बई में उतरने वाले थे। उनके सम्मान में सरकार ने अपोलो बन्दर पर भव्य समारोह की व्यवस्था की थी। युवराज के प्रति सम्पूर्ण सम्मान की भावना तो थी, पर जनता अन्याय के विरुद्ध लड़ाई लड़ रही थी। ऐसे अवसर पर लोक-भावना का विचार किए बिना यह कार्यक्रम निश्चित करने में सरकार की नीयत लोगों को न्याय के लिए लड़ने से विचलित करने की थी। इसलिए 28, 29 और 30 जुलाई को महासमिति ने इस समारोह का बहिष्कार करने का ऐलान किया। इसके अनुसार बम्बई कांग्रेस समिति ने बम्बई की जनता को आदेश दिया कि युवराज के आगमन सम्बन्धी समारोह में किसी भी प्रकार से भाग न ले।

युवराज जिस समय भारत के समुद्र-तट पर उतरने वाले थे, उसी समय लोगों के लिए उस स्थान से उल्टी दिशा में परेल स्थित सुभानी की एल्फिन्स्टन मिल के मैदान में विदेशी कपड़े की होली का कार्यक्रम कांग्रेस की ओर से रखा गया था। उसमें एक विचार यह भी था कि युवराज के सत्कार-समारोह से वह स्थान दूर हो तो संघर्ष के लिए कोई गुंजाइश न रहे।

इस कार्यक्रम के लिए सबेरे से ही कार्यकर्ता और स्वयंसेवक परले की सभा की व्यवस्था करने और होली के लिए एकत्रित कपड़ों का ढेर जमा करने में लगे हुए थे। गांधी जी ने विदेशी कपड़ों की होली जलाते हुए कहा कि पूर्ण शान्ति रखी जाए और उत्तेजना का कारण होने पर भी किसी भी हालत में उससे प्रभावित न होकर जरा भी हिंसा न की जाए। विदेशी कपड़े की होली का यह कार्यक्रम लोगों ने पूर्ण उत्साह और शान्ति के साथ अच्छी तरह पूरा किया। प्रिंस ऑफ वेल्स के सम्मान समारम्भ में पारसियों ने अग्रिम भाग लिया। इससे हिन्दू-मुसलमान नाराज हुए और कौमी दंगे शुरू हो गए। गांधी जी के उपवास करने पर आखिर में शान्ति हुई।

बारडोली सत्याग्रह के बारे में यह विचार हुआ था कि वह गांधी जी की सीधी देख-रेख में हो तो अच्छा; और ऐसी आम राय थी कि यदि गुजरात में लड़ाई लड़ी जाए तो गांधी जी उसे सीधा नेतृत्व प्रदान कर सकेंगे। इसलिए सत्याग्रह गुजरात में छेड़ना तय हुआ। गुजरात में आणन्द तालुके और बारडोली तालुके के बीच चुनाव करना था। खेड़ा जिले में सन् 1918 में एक बार करबंदी की लड़ाई लड़ी जा चुकी थी। इसलिए उस जिले के लोगों को उसकी कुछ-न-कुछ कल्पना और अनुभव था। उस जिले के लोग लड़ाकू भी थे। बारडोली के लोग मजबूत होते हुए भी शान्तिप्रिय और जैसे चलाया जाए, वैसे चलने वाले थे। इसलिए ऐसा ख्याल हुआ कि वे सामूहिक सत्याग्रह की सब शर्तें अच्छी तरह पालन कर सकेंगे, अतः वह तालुका पसन्द किया गया।

इस तैयारी के बाद सारी परिस्थिति की छानबीन करके 29 जनवरी सन् 1922 को विट्ठलभाई पटेल की अध्यक्षता में बारडोली तालुका-परिषद की बैठक हुई। उसमें गांधी जी ने फिर से सत्याग्रह सम्बन्धी तमाम महत्व के मामलों का साफ-साफ स्पष्टीकरण किया। सत्याग्रह के लिए प्रस्ताव पेश किया और लोगों ने हर्षपूर्वक अपनी जिम्मेदारी अच्छी तरह समझकर, सर्वसम्मति से उसे पास किया।

इतने में भूकम्प होने या बिजली गिरने की तरह चौरी चौरा के हत्याकाण्ड के समाचार आए। उत्तर प्रदेश के गोरखपुर जिले में चौरी चौरा एक गांव है। वहां राष्ट्रीय आन्दोलन के सिलसिले में एक जुलूस निकाला

गया था। वहां के लोगों को पुलिस वालों ने तंग किया, गोली चला दी, तो लोग पलट कर पुलिस पर टूट पड़े। जान बचाने को पुलिस वाले चौकी में घुस गए तो लोगों ने चौकी को आग लगा दी। वे बाहर निकले तो उन्हें काट कर आग में फेंक दिया। इस प्रकार 21 पुलिस वालों को मार डाला गया। यह बात सुनकर गांधी जी को सख्त धक्का लगा और उन्होंने तुरन्त ही बारडोली सत्याग्रह रोक देने का निर्णय किया, "बारडोली के शुभारम्भ के लिए यह अपशकुन है। इस तरह शान्ति और अशान्ति के दो प्रयोग साथ-साथ नहीं चलेंगे।" अपना अपार दुःख प्रकट करते हुए उन्होंने लिखा, "हमारे आदमी मरते हैं, तब तेरा दिल नहीं धड़कता। परन्तु जब एक भी सरकारी आदमी की हत्या हो जाती है, तब मैं लज्जित होता हूं।"

11 तारीख को बारडोली में कार्यसमिति की जो बैठक हुई, उसमें गांधी जी ने सबको अपने-अपने विचार स्पष्ट रूप में प्रस्तुत करने को कहा था। गांधी जी ने सत्याग्रह मुल्तवी कर देने का जो निर्णय लिया, उससे आम लोगों और बारडोली की जनता पर गहरा आघात पहुंचा। नेता भी निराश हुए और चिढ़े। मालवीयजी, जयकर वगैरह नरम दल वालों ने तो गांधी जी के इस कदम की प्रशंसा की, परन्तु कट्टर असहयोगी नाराज हुए। अन्त में कार्यसमिति ने बारडोली सत्याग्रह के स्थगन का प्रस्ताव पास किया और इस प्रस्ताव का अनुमोदन करने के लिए बम्बई या दिल्ली में महासमिति की बैठक करना तय हुआ।

बारडोली का सत्याग्रह स्थगित कर दिया गया। रचनात्मक कार्य की ओर मुड़ जाने का अनुरोध किया गया, परन्तु सरकार के विरुद्ध लड़ाई तो चालू रखनी ही थी। इसलिए गांधी जी ने बताया कि शान्त और अनुकूल वातावरण पैदा होने पर, आवश्यकता हुई तो वे अवश्य असहयोग आन्दोलन फिर से शुरू करेंगे। समझौते की सम्भावना नहीं थी। बर्कनहेड और मांटेग्यू विलायत से बड़ी धमकियां दे रहे थे। उनके साहस का गौरवपूर्ण स्मरणीय उत्तर गांधी जी ने 'हुंकार' (शेकिंग दि मेन्स) लेख में दे दिया, "ब्रिटिश लोगों को भी एक बार अन्तिम रूप में जान लेना जरूरी है कि सन् 1920 में आरम्भ की गई भारत की यह लड़ाई का अब आखिरी जंग है। फिर भले ही यह महीनाभर चले, वर्षभर चले या बहुत महीनों चले या सालों तक चले।

या फिर चाहे ब्रिटेन के प्रतिनिधि सन् सत्तावन के विद्रोह के समय के तमाम अकथनीय खेल खेलें या उन्हें भी भुला देने वाले दूसरे सितम ढूंढ़-ढूंढ़ कर ढाएं या कुछ न करें। मैं तो दिन-रात ईश्वर से इतना ही मांगा करता हूं कि हे प्रभो, इस भारत को अन्त तक अनन्य भाव से अहिंसा-परायण और नम्र बने रहने का बल देना। वैसे, प्रसंग देखकर समय-समय पर समुद्र पार से भेजी जाने वाली ऐसी उद्धत धमकियों के आगे गुलाम बनकर रहना तो भारत के लिए अब केवल असम्भव वस्तु है।" 'पतंग नृत्य' लेख में भी गांधी जी सरकार के बेलगाम दमन के विरुद्ध उबल पड़े थे।

बारडोली सत्याग्रह के स्थगन के बाद गांधी जी सरकार के दमन के विरुद्ध उग्र बनते जा रहे थे और इस परिस्थिति में कदाचित उनकी गिरफ्तारी होने की सम्भावना भी थी, इसलिए उन्होंने अनुरोध किया कि वे पकड़े जाएं तो लोग पूरी शान्ति रखें और कांग्रेस के बताए हुए रचनात्मक कार्य को आगे बढ़ाएं।

चौरीचौरा के दंगों के बाद गांधी जी ने बारडोली का सत्याग्रह स्थगित कर दिया था और उसके कारण कांग्रेस में खलबली मच गई थी। उनके प्रति विरोध का तूफान उठा था। फरवरी में दिल्ली में महासमिति की बैठक हुई, तब यह विरोध व्यक्त हुआ था। परन्तु सिद्धान्त की दृष्टि से इस खलबली में भी वे अचल थे। उन्हें पता लग गया था कि देर-सबेर उनकी गिरफ्तारी होगी और मैं पकड़ा जाऊं तब क्या करें? इसके बारे में उन्होंने लोगों को आदेश भी दे दिए थे। पकड़े जाने की बात हवा में थी। गांधी जी दिल्ली से अहमदाबाद आ रहे थे, तब हमने भी इसकी भनक सुनी थी और इसलिए भाई गुलजारीलाल और मैं उनसे मिलने महैसाना गए और उन्होंने सारी खबर दी। फिर स्टेशन से मैं गांधी जी के साथ आश्रम गया और 10 मार्च को साबरमती आश्रम से घर लौटा रहा था, तब पुलिस सुपरिंटेंडेंट मुझे रास्ते में मिले और मुझसे कहा कि "आपको गिरफ्तार किया जाता है।" वहां से मुझे लेकर वे सत्याग्रह आश्रम गए और वहां गांधी जी को भी गिरफ्तार किया। उन्हें तैयार होने के लिए समय दिया गया। आश्रम में सबने मिलकर प्रार्थना की, वैष्णव जन वाला भजन गाया और गांधी जी ने विदा ली। आश्रम से हमें सीधे साबरमती जेल में ले जाया गया।

हमें वहां अभियुक्त (अंडर ट्रायल) कैदी के रूप में रहना था। उस समय जेल सुपरिंटेंडेंट वाच्छा थे। वे पहले शिक्षा विभाग में थे। वे हमारे साथ बहुत अच्छा बर्ताव करते थे। हमारा अहाता अलग था और उसमें कोठरियों की लम्बी कतार के बीच में एक कोठरी में गांधी जी को रखा गया था और पास की दूसरी कोठरी में मुझे। हमारा खाना बाहर से आता था और रात को खुले में सोने की छूट दी गई थी।

साबरमती में कातना तो होता ही था। पढ़ने के लिए पुस्तकें भी जितनी चाहे रख सकते थे। हमें वहां सब तरह की सुविधा थी। जेल में बाहर से अनेक लोग मिलने आते थे। सारा दिन उनसे मिलने-जुलने और जरूरी मामलों पर विचार-चर्चा करने में चला जाता था।

विट्ठलभाई पटेल और दूसरे नेता भी आकर गांधी जी से मिल गए थे। उन्हें सजा हो जाने के बाद क्या करें, इस बारे में चर्चा हुई थी। गांधी जी का स्पष्ट मत यह था कि उनके बाद किसी को सत्याग्रह नहीं करना है। उन्होंने कहा कि “जो सच्चा सत्याग्रही हो वही सत्याग्रह कर सकता है और ऐसा सत्याग्रही तो मैं ही हूं। मेरे बाद अब किसी के सत्याग्रह करने की बात नहीं रह जाती।” इसके बाद विट्ठलभाई ने पूछा कि “हम क्या करें?” इस सम्बन्ध में गांधी जी ने सालाह दी कि “आपको पूरी शक्ति से खादी-कार्य करना चाहिए।”

बाद में उन्होंने जो लिखित बयान दिया, उसमें अपने हृदय की व्यथा व्यक्त करके यह बताते हुए कि कैसे वे पक्के सहयोगी से कट्टर असहयोगी बने, उन्होंने कहा, “एक पक्का राजभक्त और सहयोगी नागरिक न रहकर मैं एक कट्टर राजद्रोही और असहयोगी कैसे बना, इसका स्पष्टीकरण करना मेरा कर्तव्य है।”

यह स्पष्टीकरण उन्होंने विस्तार से किया और अन्त में कहा, “जिस सरकार ने पहले के अन्य किसी भी राज्यतंत्र की अपेक्षा कुल मिलाकर भारत का अहित ही अधिक किया है, उसके विरुद्ध अप्रीति होना तो मैं सद्गुण ही समझता हूं। ब्रिटिश हुकूमत के अधीन भारत में पौरुष का अभूतपूर्व नाश हुआ है। मेरी ऐसी मान्यता होने के कारण ऐसे राज्यतंत्र के प्रति मन में प्रीति होना मैं पाप मानता हूं। और इसलिए मेरे विरुद्ध सबूत के तौर पर

पेश किए गए भिन्न-भिन्न लेखों में मैंने जो लिखा है, उसे लिखना अपना सौभाग्य मानता हूं।"

अपने अहिंसक असहयोग की लड़ाई का रहस्य समझाते हुए उन्होंने कहा, "मेरे नम्र मतानुसार तो बुराई से असहयोग करना भी मनुष्य का उतना ही आवश्यक कर्तव्य है जितना नेकी के साथ सहयोग करना। परन्तु बुराई करने वाले के विरुद्ध जान-बूझकर हिंसा का उपयोग करके ही ऐसा असहयोग प्रदर्शित करने की प्रथा अब तक दुनिया में चली आ रही है। मैं अपने देशवासियों से यह बताने के लिए व्यग्र हूं कि हिंसा-वृत्ति से किया गया असहयोग अन्त में दुनिया से बुराई को हटाने के बजाय बढ़ाने में ही सहायक होता है। बुराई को टिकाने का एकमात्र साधन हिंसा होने के कारण, अपनी ओर से उसे मिलने वाला समर्थन वापस लेना चाहने वाले को हिंसा का सर्वथा त्याग करना होगा। ऐसी अहिंसा-वृत्ति में से बुराई के साथ असहयोग करते हुए आने वाले दुःखों को स्वेच्छापूर्वक शिरोधार्य कर लेने की बात आ जाती है। इसलिए कानून की नजर में जो मेरा संकल्पपूर्ण अपराध माना जाएगा और फिर भी मेरी अपनी दृष्टि से, जो नागरिक के नाते मनुष्य का सर्वोपरि धर्म है, उसके लिए कड़ी-से-कड़ी सजा मांग लेने और उस सजा का आनन्दपूर्वक शिरोधार्य करने के लिए मैं यहां खड़ा हूं।"

मुझे तो कुछ कहना ही नहीं था। पूछे जाने पर मैंने अपराध स्वीकार कर लिया। गांधी जी के बयान से न्यायाधीश और न्यायालय में उपस्थित सभी पर गहरा असर हुआ।

फिर न्यायाधीश ने अपना फैसला दिया। उसमें उन्होंने गांधी जी के प्रति बहुत आदर और सद्भाव प्रकट किया। परन्तु गांधी जी ने अपराध स्वीकार कर लिया था। इसलिए यह बताकर कि न्यायाधीश की हैसियत से सजा देना उनका तटस्थ कर्त्तव्य है, जैसे लोकमान्य तिलक को राजद्रोह के अपराध में छः वर्ष की सजा हुई थी, उसी तरह गांधी जी को छः साल की सजा दी गई। और मुझे दो अपराधों पर छः-छः मास की अर्थात् कुल एक वर्ष की सादी कैद की और तीसरे अपराध के लिए एक हजार रुपये जुर्माने की और जुर्माना न देने पर छः मास की सादी कैद की सजा सुनाई गई।

इस मुकदमे की कार्रवाई बहुत गम्भीरतापूर्वक हुई। गांधी जी अपने

बयान में और न्यायाधीश अपने फैसले में क्या कहते हैं, इसकी ओर प्रेक्षकों का मन लगा हुआ था। परन्तु उसके परिणाम के बारे में सबके मन में एक प्रकार की निश्चितता थी। सबको यकीन था कि सजा भले कम ज्यादा हो, परन्तु होगी अवश्य। इसलिए कानूनी कार्रवाई के बारे में किसी प्रेक्षक के मन में कोई बहुत उत्सुकता नहीं थी। सजा होने के बाद हमें सबके साथ स्वतंत्रतपूर्वक मिलने-जुलने दिया गया और उसके बाद हमें साबरमती जेल वापस ले गए।

सजा होने के बाद हमें साबरमती से यरवदा ले जाना तय हुआ। परन्तु यह बात बिल्कुल गुप्त रखी गई थी। साबरमती में हमें रेलगाड़ी के एक डिब्बे में बिठा दिया गया और उस बन्द डिब्बे को डाक गाड़ी में जोड़ दिया गया। बम्बई पहुंचने पर यह डिब्बा दादर स्टेशन से काटकर पूना की गाड़ी में लगा दिया गया। पुलिस सुपरिंटेंडेंट हेली हमें पूना की गाड़ी तक छोड़ने आए थे। उन्हें गांधी जी के प्रति सद्भाव था और उन्होंने हमारे लिए डिब्बे में फलों का टोकरा रख दिया था। डाकगाड़ी शाम को यरवदा पहुंचती थी। सांझ पड़ने पर मैंने तो रेल में ही खा लिया परन्तु गांधी ने कहा कि जेल में जाने के बाद खाऊंगा। हमें सायंकाल पांच-छः बजे के करीब यरवदा जेल में पहुंचे।

मैदान में प्रवेश

—गोकुलभाई भट्ट

राजपूताना के दक्षिण-पश्चिम में सिरोही (अर्बुददेश) नाम की छोटी-सी रियासत है। मैं इस क्षेत्र के हरदिया हाथल गांव का रहने वाला हूं। उन दिनों बम्बई में मेरा मैट्रिक का अध्ययन चल रहा था। एक दिन सुबह मैं समुद्र के किनारे दौड़ लगाकर घर लौट रहा था कि एक घटना घटी। चर्नी रोड रेलवे स्टेशन के सामने पश्चिम दिशा में एक बाग था, जो सुबह देर से खुलता था। बाग के उत्तर की ओर के दरवाजे में ताला लगा रहता था। एक गोरा साहब घूमने के लिए बाग में जाना चाहता था पर दरवाजा बन्द देखकर झल्लाया और गुस्से में आकर अपनी पूरी ताकत से दरवाजे को लातें मारकर खोल दिया। माली दौड़ता आया तो माली को डांटा-धमकाया, और उसे एक चांटा भी लगा दिया। यह मैं देखता रहा और सोचने लगा कि ऐसा उसने क्यों किया। मैं दरवाजे के पास पहुंचा और उस पर लगे हुए सूचनापट को पढ़ा। दरवाजा खुलने के समय में अभी देर थी। इसलिए माली ने दरवाजा नहीं खोला था। उसका कोई दोष नहीं था। वह बेचारा घबराया हुआ था।

वह साहब कौन थे, इसका पता नहीं चला। पर भारत में अंग्रेजी राज्य है इसलिए कोई भी परदेशी हम पर रोब जमा सकता है। हम गुलाम हैं, हमारे परतंत्र होने के नाते उनकी इतनी हिम्मत होती है कि वे काले हिन्दुस्तानी को बिना गुनाह मार सकें। ऐसे विचार मेरे विद्यार्थी मानस पर पड़े। मैं क्या करता? लड़ाई मोल लेने की हिम्मत तो थी नहीं पर मैंने बम्बई के एक निर्भीक राष्ट्रीय अंग्रेजी अखबार 'बाम्बे क्रानिकल' में सम्पादक के नाम एक पत्र लिख कर सारी घटना पर प्रकाश डाला। पत्र दूसरे ही दिन छप गया और जिन-जिन मित्रों ने पढ़ा वे लेखक को धन्यवाद देने लगे। मैंने

सम्पादक जी से अनुरोध किया था कि पत्र उपनाम से छापें। तीसरे रोज मैंने उस बागवान को भी छपा हुआ पत्र पढ़ाया।

यह मेरे जीवन की एक प्रेरक घटना है। सुप्त राष्ट्र-प्रेम अंकुरित होने लगा। घटना सन् 1917-18 की है। मैं बम्बई के एक छोटे उपनगर विले पार्ले में (अब तो यह दो-अढ़ाई लाख की आबादी वाला नगर बन गया है) रहता था। जब दादाभाई नौरोजी वरसोवा से विले पार्ले तक अपनी सिकरम में सैर करते थे तब उनके दर्शन होते थे। दादाभाई की जीवनी मैंने पढ़ी थी। उनके लेखों का और भाषणों का संग्रह भी मैंने पढ़ा था। "स्वराज्य मेरा जन्मसिद्ध अधिकार है और उसे लेकर ही रहेंगे" इस स्वराज्यमंत्री के ऋषि लोकमान्य तिलक महाराज की सिंह-गर्जना भी मैंने सुनी थी, डॉ. एनीबेसेंट के होमरूल का भी जोर था। मालवीय जी महाराज के पावन दर्शन और वक्तव्य से प्रभावित, मैं महात्मा गांधीजी के अहिंसात्मक असहयोग के शंखनाद से जाग उठा। हलचल मचने लगी।

मैं रौलट कानून के विरोध में उपवास, हड़ताल, प्रतिबंधित साहित्य की बिक्री आदि कार्यक्रमों में शामिल होने लगा। लोकमान्य तिलक महाराज का बम्बई में स्वार्गारोहण सरदारगृह में हुआ। उनकी शवयात्रा में गांधी जी के दर्शन हुए। बम्बई के जेवियर्स कॉलेज के आचार्य फादर ब्लेडर ने लोकमान्य को कॉलेज की सभा में श्रद्धांजलि अर्पित की जिसमें उन्होंने लोकमान्य को लोह मानस पुरुष कहा था। अदालतों, विद्यालयों और सरकारी नौकरियों का बहिष्कार करने का जो कार्यक्रम देश के सामने रखा गया था उसने मुझे बहुत प्रभावित किया।

विद्याभ्यास, विदेशगमन आदि का मेरा कार्यक्रम स्थगित हो गया। देश को स्वतंत्र करना चाहिए। पैरों की परोक्ष जंजीरें असह्य होने लगीं। कॉलेज में मैं राष्ट्रवादी माना जाता था। असहयोग की गूंज हलचल मचा रही थी। मैंने कॉलेज त्याग दिया। बम्बई की राष्ट्रीय शिक्षण संस्था में अध्यापक बन आगे अध्ययन करने का मेरा इरादा था। प्यारी माताजी, पिताजी और मेरे बन्धुओं की भावना को ठेस पहुंची पर मेरा सौभाग्य था कि देश को स्वाधीन बनाने के मेरे प्रयत्नों में वे बाधक नहीं बने और हमारे परिवार में से एक व्यक्ति भले ही राष्ट्रसेवा में लगे ऐसा आशीर्वाद पाकर मैं काम में

जुट गया।

उन दिनों मैं असहयोग आन्दोलन का प्रचार करता था। चरखा चलाना, चलवाना, खादी पहनना और दूसरों को पहनाना, तिलक स्वराज्य कोष में धन जमा करना, कांग्रेस सदस्य बनाना, छुआछूत मिटाना, विदेश वस्त्रों की होली करवाना, खिलाफत आदि कार्यक्रमों में अपनी निष्ठा से मैं आनन्द अनुभव करने लगा।

सन् 1921 को अहमदाबाद कांग्रेस के लिए मैं प्रतिनिधि चुना गया था इसलिए मेरी जिम्मेदारी बढ़ गई। महात्माजी और सरदार वल्लभ भाई से मेरा सम्पर्क हुआ। स्वराज्य के सिपाही के रूप में मैं काम करने लगा। बारडोली सत्याग्रह का ऐलान हो चुका था। तमन्नाएं उमड़ रही थीं। एक साल में स्वराज्य लेना है यही ध्येय सामने था। मैंने जेल में जाने का, गोली चले तब सीना तान कर खड़ा रहने का निश्चय किया। बंकिम बाबू का क्रान्तिकारी उपन्यास 'आनन्दमठ' मैं बंगला भाषा में पढ़ चुका था। वंदेमातरम् की और बंगाल विभाजन के बाद चलाए गए भारतव्यापी स्वदेशी आन्दोलन के फलस्वरूप उत्पन्न कुरबानी की लहर दिल में दौड़ रही थी। कब मुक्त हो जाएंगे? कब अंग्रेजी राज्य खत्म हो जाएगा। कई राष्ट्रगीत हम गाते थे, कई तुकबंदियां बनाते थे और नारे भी लगवाते थे।

तेरे लिए ही जीना
तेरे लिए ही मरना
ये जान मेरी माता
कुरबान आज करना

"सरफरोशी की तमन्ना अब हमारे दिल में है
देखना है जोर कितना, बाजुए कातिल में है।"

"वक्त आने दे बता देंगे, तुझे ऐ आसमां
हम अभी से क्या बतायें, क्या हमारे दिल में है।"

"ऐ मातृभूमि तेरे चरणों में शीष नमाऊं
तेरे ही काम आऊं तेरे ही गीत गाऊं।"

"मेरी माता के सिर पर ताज रहे।"

ऐसी पंक्तियां हम जुलूसों में गाते रहते थे। मस्ती थी। "अब सत्याग्रही बन जाएंगे, आजादी घर लाएंगे।" इन अरमानों के साथ झूमता रहता था। चरखा चलाते थे, विद्यार्थियों को पढ़ाते थे। पर एक ही लक्ष्य था—गांधी जी के नेतृत्व में जीना या मरना।

चौरी-चौरा काण्ड हुआ और गांधी जी ने सत्याग्रह स्थगित कर दिया। सब निराश हो गए। यह नेता कैसा? चर्चाएं बहुत चली। पर गांधी जी तो सत्य और अहिंसा पर अडिग थे। वे नेता थे और अपने प्रयोग को वे राष्ट्रीय पैमाने पर करना चाहते थे। गांधी जी की यह दलील सही लगी कि अभी और तैयारी करनी चाहिए। इसलिए राजाजी, सरदार, राजेन्द्र बाबू, कृपलानी जी, गंगाधर राव देशपांडे, शंकर राव देव, जमनालाल बजाज आदि विधानसभाओं में जाने का विरोध कर रहे थे। पर गांधी जी ने स्वराज्य पक्ष बनने दिया। वे उसमें बाधक नहीं बने क्योंकि वे व्यावहारिक थे।

हम लोग रचनात्मक कार्य में लगे थे। गांवों में कार्यकर्तागण खादी, ग्रामोद्योग, अस्पृश्यता निवारण शराबबंदी, मजदूर संगठन आदि कार्य करते थे। अभी तक कांग्रेस ने पूर्ण स्वराज्य के लक्ष्य की घोषणा नहीं की थी। रावी नदी के किनारे लाहौर में दिसम्बर, 1929 की एक रात को जब हमारे लाडले नेता पण्डित जवाहरलाल ने पूर्ण स्वराज्य के लक्ष्य का ऐलान किया तब वह काली रात जगमगा उठी, मूकों के कंठ से आवाज निकली 'इन्कलाब जिन्दाबाद'। मुरझाए पौधे चेतन हो गए। हम उछलने लगे। वह घड़ी भुलाई नहीं जाती। लाहौर के जाड़े का प्रभाव ही नहीं रहा, बदन में इतनी गरमी आ गई। एक नई चेतना जाग उठी। हमने पूर्ण स्वराज्य प्राप्त करने की प्रतिज्ञा ली।

यह सब गांधी जी के मार्गदर्शन में, उनके सान्निध्य में और उनके शुभाशीर्वाद से हुआ।

अद्भुत जागृति

—नारायण सुब्बाराव हर्डीकर

"जनता के दृष्टिकोण में अद्भुत परिवर्तन हुआ है जो हर क्षण और हर जगह देखा जा सकता है। सबसे उल्लेखनीय परिवर्तन तो आम आदमी के सोचने के तरीके में आया है, कितनी जल्दी उसमें राजनीतिक चेतना आई है। देश की युवा पीढ़ी महत्वाकांक्षाओं और जोश से भर गई है। अभी कुछ समय तक नेताओं का कर्तव्य यह होगा कि युवकों के इस उत्साह को नियंत्रण में रखें और उसका उपयोग रचनात्मक कार्यों में करें," ये शब्द लाला लाजपतराय ने मुझे लाहौर से भेजे 10 मार्च, 1920 के अपने पत्र में लिखे थे। उस समय मैं न्यूयार्क में था। उन्होंने यह भी लिखा था कि "मैं यह बहुत चाहता हूं कि तुम यहां महत्वपूर्ण कार्य कर सकोगे। तुम्हें अपने सहायक के रूप में पाकर मैं बड़ा प्रसन्न्न होऊंगा।" साथ ही उन्होंने यह भी लिखा था—"मुझे डर है कि अमरीका में अपने संगठन के सुदृढ़ होने तक शायद तुम्हें वापस बुलवाना सम्भव न होगा।"

इंग्लैण्ड और अमरीका के 5 साल के प्रवास के बाद फरवरी, 1920 के अन्त में स्वदेश लौटते ही 'शेरे पंजाब' लालाजी ने मुझे न्यूयार्क में उपरोक्त पत्र लिखा था। उस समय मैं वहां इण्डियन होमरूल लीग के महासचिव के रूप में कार्य कर रहा था और साथ ही 'यंग इण्डिया' मासिक भी चला रहा था। स्थिति का सही-सही अनुमान लगाने के लिए लालाजी देशभर का तेजी से दौरा कर रहे थे। वह विभिन्न नेताओं से मिलकर जनता की मनःस्थिति का अन्दाजा लगा रहे थे। आम लोगों को अपनी जिम्मेदारियों का अहसास कराकर और गोरी सरकार के अत्याचारों को सहते हुए सम्मानपूर्वक खड़े होने, और वीरता और साहस के काम करने की प्रेरणा

देकर लालाजी गांधी जी की सहायता कर रहे थे। समय के साथ-साथ राष्ट्रीय आन्दोलन भी जोर पकड़ता गया और नेता जनता को संगठित करने में लग गए। सितम्बर, 1920 के पहले सप्ताह में कलकत्ता में हुए विशेष कांग्रेस अधिवेशन के बाद लालाजी असहयोग आन्दोलन को सफल बनाने के लिए लोगों को इसमें शामिल करने के काम में जुट गए। इसलिए 11 नवम्बर, 1920 को लालाजी ने मुझे पुनः पत्र लिखा, जिसमें उन्होंने जोर देकर कहा था, "तुम और राव दोनों स्वदेश लौट आओ और यहां जो महान आन्दोलन चल रहा है, उसमें भाग लो। यह ऐसा समय है, जब प्रत्येक भारतीय को अपने देश में होना चाहिए।....स्थिति यह है कि इस समय देश का नेतृत्व गांधी जी के हाथ में है। विदेशों में कार्य हो इसकी उन्हें चिंता नहीं है। उनकी पार्टी विदेशों में प्रचार पर धन व्यय करने के विरुद्ध है। देश बड़े संघर्ष के दौर से गुजर रहा है और विदेश भेजने के लिए आदमी या पैसा फालतू नहीं है।"

लालाजी मेरे भारत लौट आने के लिए बहुत उत्सुक थे। अतः उन्होंने पूना में इण्डियन होमरूल लीग के श्री एन.सी. केलकर को लिखा कि वह मुझे लौटने के लिए आवश्यक धन भेजें। कुछ महीनों बाद, नवम्बर, 1921 में मैं स्वदेश लौट आया और यहां मैंने एक अजीब दृश्य देखा। सारे देश का वातावरण पूरी तरह बदला और एक विशेष प्रकार की उत्तेजना से भरा हुआ था। आखिर यह सब कैसे हुआ? मेरी स्थिति डब्ल्यू. इर्विंग की कहानी के नायक रिप वान विकिंल के समान हो गई थी जो 20 वर्ष तक सोने के बाद जब जागा, तो अपने को एकदम बदले हुए संसार में पाया। नवम्बर, 1913 में मैंने भारत छोड़ा था और पूरे आठ वर्ष बाद नवम्बर, 1921 में स्वदेश लौटा था।

जिस समय मैंने भारत छोड़ा था उस समय लोग एक तरह से नींद में थे, यद्यपि उस समय बंगाल के विभाजन के कारण देश के नेता बड़े क्षुब्ध थे और देश के लोगों को कुछ करने के लिए प्रेरित कर रहे थे। बंगाल में विपिनचन्द्र पाल और सुरेन्द्रनाथ बनर्जी, पंजाब में लाला लाजपतराय, बम्बई प्रान्त में लोकमान्य तिलक और मद्रास में चिदंवरम् पिल्लै और अन्य नेता सरकारी अफसरों के दुर्व्यवहार तथा सरकार की दमन की नीति के बावजूद

लगातार देश का दौरा कर रहे थे। अमरीका में अपने लम्बे प्रवास के बाद स्वदेश लौटने पर मैंने पाया कि सभी देशवासी जाग उठे थे और अपनी मातृभूमि के उत्थान के लिए कार्य कर रहे हैं। तन पर हाथ के बुने खादी के कपड़े और सिर पर सफेद टोपी पहने, हाथों में राष्ट्रीय झण्डे लिए और होंठों पर 'स्वराज्य हमारा जन्मसिद्ध अधिकार है और हम इसे ले के रहेंगे' का नारा लगाते लोग बड़े साहस से राष्ट्रीय आन्दोलन में भाग ले रहे थे। सड़कों तथा रास्तों के धूल, कांटों की परवाह न करते हुए लोग स्थान-स्थान पहुंचते और देशवासियों को गोरी सरकार से किसी भी प्रकार का सहयोग न करने और बड़े शान्तिपूर्ण, अहिंसात्मक तरीके से राष्ट्रीय कार्यों में लगने की प्रेरणा देते। मैंने देखा कि लोग अत्यन्त निर्भय हो गये हैं और उन्हें न तो पुलिस की धमकियों, यातनाओं या कोड़ों का कोई डर था और न ही सरकारी अधिकारियों का, जो उनसे बड़ी कड़ाई और अमानवीय ढंग से पेश आते थे। कितना आश्चर्यजनक परिवर्तन था यह! सहमे-सहमे रहने वाले, कमजोर, दलित और निर्जीव पराधीन लोगों में इतना बड़ा तथा प्रभावशाली परिवर्तन। गोराशाही को चुनौती देने का भाव उनके चेहरों पर स्पष्ट था। उनका मनोबल आकाश को छू रहा था और वे अपने लक्ष्य की प्राप्ति के लिए सर्वस्व लुटा देने को तैयार थे।

लोगों में यह परिवर्तन कैसे आया? लोगों में इतना उत्साह कैसे जगा और इस उत्साह का संचार करने वाला जादूगर कौन था? लोगों में यह महान परिवर्तन लाने वाले थे महात्मा गांधी, जिन्होंने पराधीनता का जुआ उतार फेंकने और अंग्रेजों की गुलामी से आजाद होने की प्रेरणा दी थी। अहिंसात्मक असहयोग आन्दोलन उन्होंने ही शुरू किया था। लोगों पर इस आन्दोलन का बड़ा प्रभाव पड़ा था। यह जन-जन के अन्तर को छू गया था। उन्होंने कहा था, "बुराई और भलाई में, अंधेरे और उजाले में कभी सहयोग नहीं हो सकता। इसी प्रकार भारतीय जनता में और उसके हितों की विरोधी सरकार में सहयोग सम्भव नहीं।" सरकार के साथ असहयोग की नीति अपनाकर गांधी जी संसार को यह दिखा देना चाहते थे कि क्रूर राज्य-व्यवस्था भी, यदि लोग उसे सहन न करें और उसमें भाग लेने से इनकार कर दें, कभी सफल नहीं हो सकती।

लड़के-लड़कियां, युवक और बूढ़े, पुरुष-स्त्रियां सभी दल बना कर देश के कोने-काने में राष्ट्रीय गीत—वन्देमातरम्—गाते फिर रहे थे। हाथों में राष्ट्रीय ध्वजा लिए ये लोग देशवासियों को चरखा कातने और हाथ का बुना खद्दर पहनने, विदेशी सामान का बहिष्कार और विदेशी कपड़े की होली जलाने, शराब छोड़ने और आततायियों का बहादुरी से सामना करने और भारत के हित के लिए सभी प्रकार के कष्ट झेलने की प्रेरणा दे रहे थे।

मुझे ऐसा लगा कि भारत में एक लड़ाई-सी छिड़ी हुई है। दो विरोधी शक्तियां एक-दूसरे को पछाड़ने में लगी हुई थीं। अफसरशाही, जिसके पास अपरिमित साधन तथा शस्त्र-अस्त्र थे, ऐसे लोगों का विरोध कर रही थी, जिनके पास केवल नैतिकता का शस्त्र था और जो स्वाधीनता लेने के लिए हर तरह का बलिदान करने को तैयार थे। मेरे जैसे लोगों के लिए, जो देश को अंग्रेजों के चंगुल से आजाद कराने के लिए व्यग्र थे यह बड़ी प्रसन्नता की बात थी। इस दृश्य को देखकर देवता भी प्रसन्न होते। मैंने लालाजी और केलकर का, जिन्होंने मेरे भारत आने का प्रबन्ध किया था, धन्यवाद किया। मैं बिना समय खोए, हजारों के साथ कन्धे से कन्धा मिलाकर काम करने के लिए स्वाधीनता आन्दोलन में कूद पड़ा।

जैसा कि लालाजी ने अपने पत्र में लिखा था गांधी जी वस्तुतः देश के सबसे बड़े नेता थे। वह लोगों से प्रेम करते थे और लोग उन्हें। लोग उनकी आज्ञाओं का पालन करते थे और उनके कहने पर अपनी जान निछावर करने को तैयार थे। देश के लाखों-करोड़ों लोगों के लिए उनका वचन ब्रह्मवाक्य था। उनके कहने पर वे बड़ी से बड़ी कुर्बानी देने और कष्ट सहने को तैयार थे। लोगों को डराने, और यदि सम्भव हो तो उन्हें कुचलने के लिए अफसरशाही ने बड़ा भारी अभियान छेड़ दिया था। असहयोग आन्दोलन में भाग ले रहे कार्यकर्ताओं को तोड़ने के लिए पुलिस सभी तरह के हथकण्डे अपनाती थी और इस दुष्चेष्टा में असफल रहने पर उन्हें धक्के दे-देकर बेंत, कोड़े तथा अन्य हथियारों से पीट कर उनका मनोबल तोड़ने का प्रयत्न किया जाता था। इन प्रयत्नों में भी जब वे सफल न होते, तब लोगों को गिरफ्तार करके जेलों में ठूंस दिया जाता था। इस आन्दोलन के दौरान 1921 में कुछ ही सप्ताहों में लगभग 25,000 लोग गिरफ्तार कर लिए

गए। इन पर जेलों में बड़े अत्याचार किए गए। पर उन्होंने खुशी से उन्हें सहा।

10 मार्च, 1922 को गांधी जी साबरमती आश्रम में गिरफ्तार कर लिए गए। उस समय मैं उनके साथ था। मैंने प्रत्येक घटना पर ध्यान दिया और अदालत की कार्रवाई भी देखी। उन्हें एक अदना से अंग्रेज जज ने कैद की सजा सुना दी। हमें ऐसा लगा मानो एक बार फिर ईसा मसीह पर मुकदमा चलाया जा रहा है। यह जानते हुए भी कि उनको गिरफ्तार करने और मुकदमा चलाने में सरकार का उद्देश्य उन्हें देश के लोगों से काफी लम्बे समय तक अलग रखना और उन्हें कष्ट देना ही था, गांधी जी सदा मुस्कारते रहे। उन पर क्या बीतेगी इसकी उन्हें कोई चिन्ता न थी।

अदालत में हमारे साथ 'भारत कोकिला' श्रीमती सरोजिनी नायडू भी थीं। गांधी जी को सजा सुनाए जाने के बाद लिखे गए अपने एक लेख में उन्होंने कहा था, "मुकदमे की सुनवाई के दौरान मैंने गांधी जी के अमर शब्दों को सुना। ऐसा लगता था जैसे कोई पैगंबर संसार को सन्देश दे रहा हो। मेरा मन सदियों पूर्व उस देश या युग में चला गया जब एक ऐसे ही मुकदमे के बाद एक अन्य महापुरुष को सूली पर चढ़ाया गया था। उस पर गांधी जी के समान की सच्चाई और प्रेम के सन्देश को वैसे ही साहस से प्रचारित करने का अभियोग लगाया गया था। मैंने एक बार फिर यह अनुभव किया कि भारतीय स्वाधीनता के इस अदम्य साधक की, जो मानव मात्र को बेहद प्यार करता था और अपने ही शब्दों में गरीबों से गरीबों की तरह मिलता, बातें करता था, तुलना एकमात्र ईसा मसीह से ही की जा सकती थी।"

नवम्बर, 1921 में अमरीका से भारत लौटने पर लालाजी ने पूना स्थित 'केसरी' के कार्यालय द्वारा मुझे एक सन्देश भेजा जिसमें उन्होंने मुझे दिसम्बर में बम्बई में होने वाली कांग्रेस की कार्यकारिणी समिति की बैठक के समय मिलने को कहा था। मैं उनसे मिला और विश्राम के समय मुझे उस कमरे में ले जाया गया जिसमें समिति की बैठक हो रही थी। लालाजी वहीं थे। उन्होंने मेरा स्वागत किया। कुछ लोग चाय के प्याले हाथों में लिए खड़े एक दूसरे से बातें कर रहे थे, और कुछ लोग सोफे और कुर्सियों पर बैठे हुए

थे। उनमें से दो-तीन एक डेस्क के पास जमीन पर बैठे थे और अपलक एक छोटे, दुबले-पतले, अर्ध-नंगे सांवले से आदमी की ओर देख रहे थे जो अपने तेजस्वी मुख से सभी को सहज ही आकृष्ट कर लेता था। जैसे ही मैंने उनकी ओर देखा, किसी अदृश्य शक्ति के प्रभाव से मेरा मस्तक स्वयमेव उनके सम्मान में झुक गया। मैंने तुरन्त सोचा, 'यह अवश्य ही महात्मा गांधी होंगे, वही जिनके बारे में हम अमरीका में बहुत कुछ पढ़ सुन रहे थे और वहां अमरीकी लोगों को उनकी बातें समझा रहे थे। यह वही महापुरुष होंगे जिन्होंने करोड़ों भारतीयों को एक शक्तिशाली साम्राज्य के विरुद्ध, जिसने उनके देश को हड़प लिया था, लेकिन जिसे अब अपना अस्तित्व बचाने की पड़ी थी, साहस से खड़े होने की प्रेरणा दी थी।' मैंने लालाजी से पूछा और उन्होंने सिर हिला कर 'हां' का संकेत दिया और मुझे साथ लिए गांधी जी की ओर बढ़े। जैसे ही हम उस डेस्क के निकट पहुंचे जहां गांधी जी बैठे हुए थे, उन्होंने हमारी ओर देखा। मैंने हाथ जोड़कर उनको नमस्कार किया और पास बैठ गया। गांधी जी ने प्रश्नसूचक नजरों से लालाजी की ओर देखा। लालाजी ने मेरा परिचय उनसे करवाया और गांधी जी ने एक मुस्कान के साथ मेरा स्वागत किया। उन्होंने कहा, "लालाजी ने पहले ही मुझे तुम्हारे और अमरीका में तुम्हारे कार्य के विषय में बतला दिया है। मुझे खुशी है कि तुम स्वदेश लौट आए। अब तुम यहां अपना कार्य चालू रखो।" यह कहकर वह उन लोगों की ओर मुड़े जो हमसे पहले से उनकी प्रतीक्षा में थे। जैसे ही मैं उठा, मैंने गांधी जी से प्रार्थना की, "क्या आप मुझे अमरीका में बसे भारतीयों के लिए कोई सन्देश देंगे? मैं अमरीका स्थित अपने कार्यालय को लिख रहा हूं। इससे वहां बसे भारतीय अवश्य ही प्रसन्न होंगे।" गांधी जी ने लालाजी की ओर देखा और कहा, 'हां' इसके बाद हम लौट आए। लालाजी मुझे अन्य नेताओं से, जो अभी खड़े थे और आपस में बातचीत कर रहे थे, मिलाने ले गए। मेरा उनसे परिचय कराया। कुछ ही देर बाद कार्यकारिणी समिति की बैठक पुनः शुरू हो गई और मैं लाला जी से विदा मांग कर चला।

अगले दिन जब मैं लाला जी से मिला तो उन्होंने मुझे गांधी जी का सन्देश दिया और उसे अमरीका भेजने के लिए कहा। सन्देश इस प्रकार था,

"मैं अमरीका से भारतीय विद्यार्थियों को यह बताना चाहूंगा कि स्वाधीनता आन्दोलन के अहिंसात्मक रूप को अच्छी तरह समझकर ही वे देश की सबसे बड़ी सेवा कर सकते हैं। संसार में सर्वत्र फैली हुई हिंसा पर विजय पाई जा सकती है तो केवल अहिंसा से, जो प्रेम का रूप है। मैं चाहूंगा कि जब कभी विद्यार्थी, इस आन्दोलन के बारे में लिखें, सभी तथ्यों तथा आंकड़ों को अच्छी तरह जानबूझ लें, क्योंकि मैंने अक्सर देखा है कि ये सही नहीं होते।"

कर्नाटक से अखिल भारतीय कांग्रेस समिति प्रतिनिधि तथा सदस्य के रूप में मैंने दिसम्बर, 1921 में अहमदाबाद में कांग्रेस के अधिवेशन में भाग लिया। मेरे जीवन में कांग्रेस के अधिवेशन में भाग लेने का यह दूसरा मौका था। इससे 10 बरस पहले, 1911 में, जबकि मैं कलकत्ता में डॉक्टरी पढ़ रहा था, मैंने कलकत्ता में कांग्रेस अधिवेशन देखा था और उसमें डॉक्टरी स्वयंसेवक के रूप में काम भी किया था। अपने जिज्ञासु स्वभाव और कट्टर राष्ट्रवादी विचारों के कारण मैं वहां उपस्थित प्रतिनिधियों तथा सदस्यों के विचार जानने में कुछ-कुछ सफल हुआ था। यहां स्मरणीय है कि उस समय 1911 में भी कांग्रेसी नेता 'स्वराज्य' अथवा 'स्वातंत्र्य' जैसे शब्दों का, जिनका अर्थ ब्रिटिश दासता के पंजों से मुक्ति प्राप्त करना था, प्रयोग करने में हिचकिचाते थे। सम्भवतः वे ब्रिटिश सरकार के रोष से डरते थे और इसलिए अपने प्रस्तावों में शब्दों का प्रयोग बड़ी सावधानी से करते थे। अपने लेखों व भाषणों में भी इनका प्रयोग करने में वे सावधानी बरतते थे।

अधिवेशन में उपस्थित अधिकतर प्रतिनिधि यूरोपीय वेशभूषा पहने, टाई और हैट लगाए कुर्सियों पर विराजमान थे और बातचीत में अंग्रेजी शब्दों का बहुत प्रयोग करते थे। यह था कांग्रेस का वह दृश्य जो मैंने 1911 में देखा था। परन्तु 1921 में अहमदाबाद के कांग्रेस अधिवेशन का दृश्य एकदम भिन्न था। यहां न लोग कुर्सियों पर बैठे थे और न ही हैट, सूट, पेंट और टाई आदि पाश्चात्य वेशभूषा थी। नेता, सदस्य, प्रतिनिधि और अतिथि सभी जमीन पर बैठे थे, जहां घास पर हाथ का बुना शुद्ध खद्दर बिछा हुआ था। स्वभावतः प्रत्येक व्यक्ति पंडाल में घुसने से पहले अपने जूते निकाल कर खद्दर के थैले में डाल लेता था। इस पंडाल के आयोजक गांधी जी ने अवश्य ही इन सब बातों पर पहले ही पूरी तरह सोच विचार लिया होगा

और तभी उन्हें समाचार-पत्रों में प्रकाशित करवाया होगा। पंडाल में सभी ओर खद्दर की बनी सजावट की चीजें, झंडे और कई ऐतिहासिक दृश्यों तथा व्यक्तियों के चित्र तथा इश्तहार भी लगे थे जिनमें लोगों से शान्त रहने की अपील की गई थी। कांग्रेस के अधिवेशन में कुछ नेताओं को, जिनकी शिक्षा दीक्षा अंग्रेजी में हुई थी, जो अंग्रेजी रहन-सहन और रीति-रिवाजों के कायल थे, इस तरह जमीन पर बैठकर अधिवेशन की कार्रवाई में भाग लेना, न केवल आश्चर्यजनक बल्कि बुरा भी लगता था। यह तरीका इसके पहले के अधिवेशनों के तौर-तरीके से एकदम भिन्न था, इसलिए मेरे जैसे लोग, जिन्होंने इससे पहले के अधिवेशनों को भी देखा था, इसके आयोजक की कल्पना तथा प्रगतिशील विचारों से अत्यंत प्रभावित हुए। महात्मा गांधी के दर्शन करने तथा कांग्रेस का अधिवेशन देखने के लिए हजारों लोग अहमदाबाद आ रहे थे। उनके वहां रहने तथा खाने इत्यादि का प्रबन्ध करना था। साथ ही उस सारे इलाके की, जहां प्रतिनिधि तथा सदस्य ठहरे हुए थे, सफाई का भी इन्तजाम करना था। इस कार्य के लिए वहां खाइयां खोदकर मूत्रालयों तथा शौचालयों की व्यवस्था की गई। चारों ओर टाट और दरवाजों पर बोरी लगाकर शौचालय भी बनाए गए। प्रत्येक खाई के पास कुछ मिट्टी और फावड़े रख दिए गए थे, ताकि शौच के बाद लोग मिट्टी डाल दें जिससे मक्खियां न बैठें।

सारे का सारा इलाका बिल्कुल स्वच्छ और सफेद छोटी-सी बस्ती जैसा दिखाई दे रहा था, क्योंकि वहां घूमने वाले लोग सफेद पगड़ी या सफेद खद्दर की कमीजें और टोपियां पहने हुए थे। अहमदाबाद में देशभक्ति का सागर हिलोरें ले रहा था। वहां आए सभी लोग मुझे ऐसा लगे जैसे अपने हृदयेश गांधी का आदेश पाते ही आग में भी कूद जाने को तैयार हों। अमरीका में आठ वर्ष के पश्चात दिसम्बर, 1921 में स्वदेश लौटने पर मैंने लोगों में ऐसा आमूल परिवर्तन देखा। यह सब महात्मा गांधी द्वारा शुरू किए गए असहयोग का ही परिणाम था।

केरल में विद्रोह

–किणक्यि पुट्टवीण केशव मेनन

मैं अगस्त, 1915 में बैरिस्ट्री पास करे इंग्लैण्ड से लौटा और कोजीकोड में वकालत करने लगा। प्रथम महायुद्ध पूरे जोर पर था। श्रीमती एनीबेसेंट का यह विचार था कि इंग्लैण्ड की कठिनाई भारत के लिए सुअवसर है और उन्होंने अपना होमरूल आन्दोलन आरम्भ कर दिया। श्रीमती एनीबेसेंट भारत की परम हितैषी थी। उन्होंने होमरूल लीग से सम्बन्धित अपना कार्य बड़े उत्साह और जोर-शोर से शुरू किया। उन्होंने 'न्यू इण्डिया' नामक एक दैनिक समाचार-पत्र आरम्भ किया जो होमरूल लीग का मुखपत्र बन गया। मुझे होमरूल लीग की मालाबार शाखा का मंत्री नियुक्त किया गया। इससे पहले मैं कांग्रेस कमेटी का मंत्री चुना जा चुका था।

अभी मैंने वकालत अच्छी तरह शुरू भी नहीं की थी कि मैं राजनीतिक कार्य मैं पूरी तरह लिप्त हो गया। वकील समुदाय के कुछ हितैषी और वरिष्ठ सदस्यों ने मुझे सलाह दी कि मेरे जैसे युवक बैरिस्टर को वकालत की ओर पूरा ध्यान देना चाहिए, किन्तु राजनीति ने मुझे अधिक आकर्षित कर लिया और मैं देश की पुकार को अनसुनी नहीं कर पाया।

नए भारत सचिव मोटंग्यू ने अगस्त, 1917 में ब्रिटिश पार्लियामेंट में घोषणा की कि सरकार की यह नीति है कि प्रशासन के हर विभाग में भारतीयों को अधिकाधिक हिस्सा दिया जाए और धीरे-धीरे स्वायत्त संस्थाओं का इस दृष्टि से विकास किया जाए कि भारत में क्रमशः उत्तरदायी सरकार स्थापित हो, और भारत ब्रिटिश साम्राज्य का अभिन्न अंग बना रहे।

इस घोषणा के बाद भी मांटेग्यू प्रस्तावित सुधारों के सम्बन्ध में व्यक्तियों और संगठनों के विचार जानने के लिए भारत आए। होमरूल लीग

की ओर से एक प्रतिनिधि मण्डल भारत सचिव और वाइसराय से दिल्ली में मिला और उन्हें एक ज्ञापन दिया। मैं उस प्रतिनिधि मण्डल का सदस्य था, जिसमें सी.पी. रामस्वामी अय्यर, ए. रंगस्वामी आयंगर, राजा नीलाम्बर और अन्य लोग थे और इसकी नेता श्रीमती एनीबेसेंट थीं।

दिल्ली में इसी अवसर पर पहली बार महात्मा गांधी से मेरी बातचीत हुई। वाइसराय लार्ड चेम्सफोर्ड और भारत सचिव भी मांटेग्यू एक विशेष तम्बू में प्रतिनिधि मण्डल से मिले। उस समय नई दिल्ली का निर्माण हो रहा था। जब हम लोग वाइसराय और भारत सचिव से मिलने के लिए वाइसराय के तम्बू से कुछ गज की दूरी पर एक दूसरे तम्बू में प्रतीक्षा कर रहे थे, तो महात्मा गांधी भी वहां मौजूद थे। वे खद्दर का मोटा कोट और काठियावाड़ी पगड़ी पहने हुए थे और कंधों पर एक शाल डाले थे। मैंने उन्हें मालाबार के होमरूल लीग के मंत्री की हैसियत से अपना परिचय दिया। हम लोग बातचीत कर ही रहे थे कि इतने में हमें प्रतिनिधि मण्डल के अन्य सदस्यों के साथ जाकर ज्ञापन देने के लिए बुलाया गया।

कुछ मित्रों के अनुरोध पर 1918 में मैं वकालत करने के लिए मद्रास चला गया। वहां मैंने राजनीतिक, आर्थिक और सामाजिक समस्याओं के अध्ययन के उद्देश्य से एक संस्था आरम्भ की, जिसका नाम था 'निओ फैबियन सोसायटी'। इस संस्था में केवल 10 सदस्य थे जिनमें बी.पी. वाडिया, वी चकरई शेट्टी, ई.एल. अय्यर और कुमारी चट्टोपाध्याय (श्रीमती सरोजनी नायडू की बहन) भी थी। हम सप्ताह में एक बार किसी भी सदस्य के घर पर मिला करते और एक निश्चित विषय पर दो घण्टे तक बहस करते और बाद में वहीं भोजन करते। हमने दो पैम्फलेट निकाले– 1. मांटेग्यू-चेम्सफोर्ड सुधार और 2. मद्रास प्रेसीडेंसी में मताधिकार की समस्याएं। लन्दन की फैबियन सोसायटी ने दोनों पैम्फलेटों की खूब तारीफ की।

जब राजनीतिक सुधारों के बारे में मांटेग्यू-चेम्सफोर्ड रिपोर्ट प्रकाशित हुई तो देश दो भागों में बंट गया–एक इन सुधारों का समर्थन करता था और दूसरा इस आधार पर इनके ठुकराने के पक्ष में था कि ये निराशाजनक और असन्तोषजनक थे। इसी गरमागरमी के वातावरण में मंजेरी में (1919)

मालाबार जिला सम्मेलन का अधिवेशन हुआ।

एक दल, जिसकी नेता श्रीमती एनीबेसेंट थीं, इन सुधारों को स्वीकार करने के पक्ष में था जबकि कांग्रेस में ही सशक्त गुट इनको अस्वीकार कर देना चाहता था। 'हिन्दू' के सम्पादक एस. कस्तूरी रंगा आयंगर इस सम्मेलन के सभापति थे। सम्मेलन के के.पी. रमण मेनन ने प्रस्तावित सुझावों को अस्वीकार कर देने के सम्बन्ध में एक प्रस्ताव रखा। पालघाट के एक प्रमुख वकील एल.ए. सुब्रह्मण्यम अय्यर ने इस प्रस्ताव का अनुमोदन किया। श्रीमति एनीबेसेंट ने एक संशोधन किया कि—इस प्रस्ताव में से असन्तोषजनक और निराशाजनक शब्द हटा दिए जाएं और इसके समर्थन में ओजस्वी भाषण दिया। नीलाम्बर के रोजा ने श्रीमती एनीबेसेंट का समर्थन किया। मैंने रमण मेनन के प्रस्ताव का अनुमोदन किया। काफी गरम बहस हुई, जिसमें मंजेरी राम अय्यर और के. माधवन नायर आदि वक्ताओं ने भाग लिया। प्रस्ताव भारी बहुमत से पास हो गया। इस पर जोर की हर्षध्वनि हुई और तालियां बजीं। श्रीमती एनीबेसेंट और उनके अनुयायी हाल छोड़कर चले गए। मैंने श्री एनीबेसेंट के इस रवैये को दुर्भाग्यपूर्ण समझा, किन्तु इसके कारण मेरे दिल में उनके लिए जो आदर और प्रेम था उस पर कोई प्रभाव नहीं पड़ा।

किन्तु एक बात स्पष्ट हो गई। कांग्रेस में प्रगतिशील पार्टी का धीरे-धीरे प्रभाव बढ़ता गया। जलियांवाला बाग की रोमांचकारी घटना, पंजाब में निर्दय सैनिक प्रशासन और देशभर में बढ़ते हुए जनक्षोभ से महात्मा गांधी के गतिशील नेतृत्व में होने वाले असहयोग आन्दोलन का वातावरण बन रहा था। ऐसे ही समय अपने असहयोग कार्यक्रम के साथ इस महान नेता के पदार्पण ने देश को जगा दिया। वकीलों ने अपनी वकालत छोड़ दी, बहुतों ने अपने खिताब अंग्रेजी सरकार को लौटा दिए, कौसिलों का बहिष्कार हुआ, विद्यार्थियों ने कॉलेज और स्कूल छोड़े और इस तरह जिस मुक्ति आन्दोलन की बहुत समय से प्रतीक्षा थी उसका बिगुल बज गया।

जब 1920 में नागपुर कांग्रेस ने असहयोग का प्रस्ताव स्वीकार किया तब मैं मद्रास में वकालत कर रहा था। चक्रवर्ती राजगोपालाचारी भी उस

समय मद्रास में थे। उन दिनों हम लोग आपस में अक्सर मिला-जुला करते थे। टी. प्रकाशम उन दिनों मद्रास के प्रमुख वकीलों में से थे और स्वाधीनता आन्दोलन के निर्भीक योद्धा थे। वे भी प्रायः मुझसे मिला करते और हम उन दिनों की स्थिति पर विचार विमर्श करते। एक दिन राजगोपालाचारी मेरे पास आए और बोले, "मिस्टर केशव मेनन अब तुम्हें मालाबार जाकर वहां काम करना चाहिए।"

उस समय मेरे लिए मद्रास छोड़ना कठिन था। मेरी पत्नी और बच्चे भी मेरे साथ वहां थे और मैंने वकालत नई-नई शुरू की थी। मैं अभी निश्चित नहीं कर पाया था कि क्या करूं। ठीक इसी समय मालाबार से मेरे मित्रों ने मुझसे हार्दिक अनुरोध किया कि मैं कालीकट (कोजीकोड) लौट आऊं।

नागपुर कांग्रेस ने जो कदम उठाए उनमें से एक कांग्रेसी प्रान्तों का भाषा के आधार पर पुनर्गठन भी था। तदनुसार एक नई केरल कांग्रेस बनाई गई जिसमें मालाबार, कोचीन और तिरुवांकुर आते थे। माधवन नायर केरल प्रदेश कांग्रेस कमेटी क मंत्री चुने गए।

खिलाफत आन्दोलन भी इन दिनों तेजी से फैल रहा था। बहुत-सी खिलाफत कमेटियां बनाई गयीं और विशेष रूप से एरनाड क्षेत्र में। मुसलमान भी, जो अब तक कांग्रेस से अलग थे, बड़ी संख्या में कांग्रेस में शामिल होने लगे। हिन्दू-मुस्लिम एकता का नारा बुलन्द हुआ। देश में चारों ओर उत्साह का ज्वार आया हुआ था जिससे सरकार को चिन्ता हुई। कोजीकोड में सार्वजनिक सभाओं पर पाबन्दी लगाने से स्थिति बिगड़ गई। इस प्रतिबन्ध के बावजूद यह ऐलान किया गया कि मद्रास के प्रसिद्ध नेता याकूब हुसैन एक सार्वजनिक सभा में बोलेंगे। जब इस सभा पर पाबन्दी लगा दी गई तो कुछ नेताओं ने, जिनमें याकूब हुसैन, के. माधवन नायर, यू. गोपाल मेनन और पी. मोहिदीन कोया भी शामिल थे, इस आदेश का उल्लंघन करके सभा में बोलने का निश्चय किया और 6 महीने की कैद की सजा सुनाकर उन्हें कन्नानोर सेण्ट्रल जेल ले जाया गया। इससे देश में बड़ी हलचल मच गई। जब मालाबार की स्थिति का मद्रास में पता चला तो राजगोपालचारी ने मुझे तुरन्त काजीकोड चल देने को तैयार किया और वे भी मेरे साथ आए।

ओलवक्कोट से कोजीकोड के बीच यात्रा करते हुए हमने देखा कि लोगों में कितनी उत्तेजना और उत्साह है। हर रेलवे स्टेशन पर हमें बड़ी-बड़ी भीड़ प्रतीक्षा करती मिली। जब हम कोजीकोड पहुंचे तो वहां स्टेशन पर और उसके बाहरी भारी भीड़ थी। जिला पुलिस सुपरिन्टेंडेंट श्री हिचकाक भी पुलिस के बड़े दस्ते के साथ मौजूद थे। हम स्टेशन से सीधे चलपुरम स्थित कांग्रेस कार्यालय में पहुंचे। माधवन नायर के निवास स्थान को ही अस्थायी रूप से कांग्रेस कार्यालय बना लिया गया था। जब से सभाओं पर पाबंदी लगी थी तब से अब तक के बारे में श्री हिचकाक ने अपनी कहानी सुनाई और स्थानीय नेताओं ने अपनी। राजगोपालाचारी दो दिन तक मेरे साथ ठहरे और मुझे प्रान्तीय कांग्रेस कमेटी के मंत्री के नाते सब जिम्मेदारी सौंप कर मद्रास लौट गए। मैंने अपनी वकालत छोड़ देने की घोषणा की और कांग्रेस संगठन का कार्य संभाल लिया।

सौभाग्य से उस समय और भी बहुत से वकील थे जिन्होंने अपनी वकालत छोड़ दी थी और वे पूर्ण रूप से कांग्रेस का काम करने लगे थे। इनमें थे–पी. अच्युतन, के.वी. गोपाल मेनन, पी. रामुनी मेनन, के. केशवन नायर, ए. करुणाकर मेनन और टी.वी. सुन्दर अय्यर। हमें कुछ ऐसे उत्साही विद्यार्थी भी मिल गए जो असहयोग आन्दोलन में भाग ले रहे थे और जिन्होंने हमारे नित्य के काम में बड़ी सहायता की। ऐसे कार्यकर्त्ताओं में से कुछ थे–एम. गोपाल मेनन, टी.वी. चातुकुट्टी नायर, कुरूर नीलकांतन नम्बूदरीपाद, पी. शेखर मेनन एम. मथुन्नी। शुरू में कई सप्ताह मैं मालाबार के विभिन्न भागों में कांग्रेस कमेटियां गठित करने के काम में जुटा रहा। यद्यपि कोचीन और तिरुवांकुर की देशी रियासतों में उन दिनों कांग्रेस का काम करना उस सीमा तक सम्भव नहीं था, जितना कि अंग्रेजी क्षेत्र मालाबार में, फिर भी त्रिचुर, एर्नाकुलम, क्विलोन, अलेप्पी और तिरुवनंतपुरम जैसी जगहों में कांग्रेस कमेटियां स्थापित हो गई।

कोजीकोड का कांग्रेस कार्यालय बहुत सुचारु रूप से चला। राजगोपालाचारी और दिल्ली के हकीम अजमलखां ने, जिन्होंने बाद में इस कार्यालय को आकर देखा, इस बात की बड़ी प्रशंसा की कि कार्यालय का काम बड़े ढंग से चल रहा था और कागजात कायदे से रखे जाते थे।

हमने प्रथम केरल प्रान्तीय सम्मेलन ओट्टप्पलम में आयोजित करने का निश्चय किया। वहां पी. रामुनी मेनन ने वकालत छोड़ दी और सिर्फ कांग्रेस का ही काम करने लगे। वे उच्चकोटि के देशभक्त, उत्साही कार्यकर्ता और संगठन कार्य में कुशल थे। मैं प्रायः सम्मेलन के प्रबन्धक को देखने ओट्टप्पलम जाया करता था। यह सम्मेलन अप्रैल, 1921 में होना था। सम्मेलन में केरल के सब भागों से बड़ी संख्या में प्रतिनिधि आए। प्रमुख नेता टी. प्रकाशम प्रान्तीय कांग्रेस अधिवेशन के अध्यक्ष और एल.ए. सुब्रम अय्यर स्वागत समिति के सभापति थे।

राजनीतिक सम्मेलन के साथ ही खिलाफत सम्मेलन भी किया गया जिसके सभापति तिरुचिरापल्ली के मर्तुसा साहब थे। हमने इस अवसर पर विद्यार्थी सम्मेलन भी किया, जिसके सभापति जार्ज जोसफ थे। प्रतिनिधियों, आगुन्तकों और स्वयंसेवकों की भीड़ के कारण ओट्टप्पलम में खूब चहलपहल हो गई। पुलिस भी काफी संख्या में तैनात की गई थी। यद्यपि पुलिस ने लोगों को छेड़ने की काफी कोशिश की किन्तु फिर भी भीड़ बहुत संयत और शान्त रही। नारे लगाने, राष्ट्र गीत गाने और जनता के उफनते उत्साह से पुलिस काफी चिढ़ गई। कुछ स्वयंसेवकों और कार्यकर्ताओं को तो पुलिस ने बड़ी निर्दयता से पीटा। सम्मेलन के विधिवत समाप्त होने से पहले ही बहुत से लोग पुलिस के दुर्व्यवहार से डरकर वापस चले गये। पुलिस की ज्यादतियों की जांच करने और उस सम्बन्ध में विधिवत रिपोर्ट देने के लिए एक समिति बनाई गई जिसके सदस्य थे मेरे अलावा टी. प्रकाशम, सुब्रम अय्यर, मर्तुसा साहब और जार्ज जोसफ। कमेटी एकमत से इस निष्कर्ष पर पहुंची कि सुपरिंटेंडेंट ऑफ पुलिस मिस्टर हिचकाक के आदेश पर पुलिस ने बहुत से लोगों पर अकारण हमला किया जिससे कई लोग घायल हुए। समिति ने सरकार से पुलिस के खिलाफ कार्रवाई करने की अपील की।

माधवन नायर, यू. गोपाल मेनन, याकूब हुसैन और मोहिदीन कोया 21 अगस्त, 1921 को कन्नानोर जेल से रिहा कर दिए गए। याकूब हुसैन वहां से सीधे मद्रास गए। बाकी तीनों देशभक्तों का कोजीकोड पहुंचने पर भव्य स्वागत किया गया। इन नेताओं को विशाल जलूस में शहर की सड़कों और बाजारों से ले जाया गया। खास-खास चौराहों पर तोरणद्वार बनाए गए

थे और सारा शहर इन लोगों के सम्मान में अच्छी तरह सजाया गया था। दो दिन बाद हम लोग अपने सामान्य कामकाज में जुट गए। मैंने इन नेताओं को बताया कि एरनाड आदि स्थानों पर असन्तोष बढ़ता जा रहा है। हमने लोगों में आत्मविश्वास पैदा करने का यथासम्भव प्रयत्न किया। तदनुसार माधवन नायर अपने नगर मंजेरी गए।

नई-नई कांग्रेस कमेटियां और खिलाफत कमेटियां बराबर बनती जा रही थीं। पुलिस यह नहीं चाहती थी कि मुसलमान खिलाफत कमेटियां बनायें इनमें और खिलाफत कार्यकर्ताओं में प्रायः झगड़ा हो जाता। मुझे कांग्रेस कार्यकर्ताओं से खबरें मिल रही थी कि एरनाड में स्थिति चिन्ताजनक होती जा रही थी।

एरनाड कांग्रेस कमेटी के मंत्री एम.पी. नारायण मेनन चाहते थे कि मैं जल्दी-से-जल्दी एरनाड के कुछ भागों का दौरा करके खिलाफत कार्यकर्ताओं को समझाऊं कि वे अधीर न हों। मैं वहां कई बार गया और अली मुसलियर, लवकुट्टी, कुन्हलन आदि नेताओं से मिला और उन्हें संयत रहने की सलाह दी।

एक दिन सुबह लगभग 10 बजे खिलाफत कमेटी के मंत्री अब्दुल रहीम ने कांग्रेस आफिस में आकर मुझे सूचना दी कि कलक्टर मिस्टर टामस और जिला पुलिस सुपरिंटेंडेंट मिस्टर हिचकाक बहुत बड़ा पुलिस दल लेकर ट्रेन से किसी अज्ञात स्थान के लिए रवाना हुए हैं। उन्होंने कहा कि आप फौरन एरनाड चल दें और वहां जाकर कांग्रेस और खिलाफत कार्यकर्ताओं को इस बात के लिए तैयार करें कि यदि पुलिस उन्हें गिरफ्तार करना चाहे तो वे आत्मसमर्पण कर दें। मैंने कहा कि अभी चल देने का कोई लाभ नहीं है। मैं कल सुबह तक यह जानने की प्रतीक्षा करूंगा कि क्या हुआ है।

मिस्टर टामस और मिस्टर हिचकाक पुलिस को लेकर तिरुरंगडी गये थे। यह कोजीकोड से लगभग 50 किलोमीटर दूर मोपलाओं का एक बड़ा केन्द्र था। पुलिस ने वहां बहुत-सी गिरफ्तारियों कीं। इन गिरफ्तारियों के कारण वहां आतंक फैल गया। बहुत से लोगों ने मस्जिद में जाकर शरण ली। ऐसी अफवाहें फैलने लगी कि पुलिस मस्जिद में घुस गई और उसने वहां छिपे लोगों को पकड़ लिया। सूर्योदय से पहले ही तनूर, तिरूर और

परप्पनगड़ी जैसे आसपास के स्थानों से बहुत से मुसलमान तिरुरंगड़ी में आकर जमा हो गये और उन्होंने गिरफ्तार व्यक्तियों को छोड़ देने की मांग की। पुलिस ने उनसे बैठ जाने को कहा और जब सब लोग बैठ गये तो उसने उन्हें शान्त करने की बजाय उन पर गोली चलानी शुरू कर दी। इससे कुछ लोग मारे गए और बहुत से घायल हुए। पुलिस की इस दगाबाजी से नाराज होकर लोगों ने जो कुछ हाथ लगा उससे पुलिस पर हमला बोल दिया। भीड़ ने सरकारी दफ्तरों को नष्ट किया, तार और रेल की लाइनें काट दीं और जहां जो हथियार मिला उसे ले लिया। पुलिस को भागना पड़ा। उन्होंने रात तो जैसे-तैसे थाने में बिताई। अगले दिन तड़के ही पुलिस कोजीकोड भाग गई। भागती हुई पुलिस पीछा करने वाली भीड़ पर बराबर गोलियां बरसाती रही।

तिरुरंगडी की इस वारदात की खबरें कोजीकोड पहुंची और एरनाड की स्थिति के बारे में पूछताछ करने के लिए चिन्तायुक्त लोगों की भीड़ जमा हो गई। अगले दिन भोर में ही मैं कार से तिरुरंगडी को रवाना हो गया। मेरे साथ मोईदू मौलवी, यू. गोपाल मेनन और टी.वी. चातुकुट्टी नायर भी थे। जब हम लोग कोन्डोट्टी पहुंचे तो हमें पता चला कि विद्रोही तिरुरंगड़ी से तालुक कार्यालय मंजेरी की ओर रवाना हो चुके हैं। कोन्डोट्टी मोपलाओं का एक बड़ा केन्द्र था। इन खबरों को सुनकर हमने मंजेरी जाकर विद्राहियों को वापस लौट जाने के लिए समझाने का निश्चय किया। कुछ गज बढ़ने के बाद ही हमें पता लगा कि आगे जाना सम्भव नहीं। छोटे-छोटे पुल तोड़े गए थे और पेड़ों को काटकर सड़क पर डाल दिया गया था। इसलिए हम कोन्डोट्टी लौट आए और वहां कार छोड़ कर तिरुरंगडी के लिए पैदल चल दिए। रास्ते में हमें बहुत से स्थानों पर थोड़े-थोड़े लोगों का मजमा मिलता गया। जब हम तिरुरंगडी पहुंचे तो वहां मोपलाओं की बड़ी भीड़ जमा थी। एक मकान के बरामदे में से मैंने जनसमूह से अपील की कि वह संयम से काम लें और हिंसा न फैलने दें। लगभग आधी रात को हम लोग कोजीकोड लौटे। उस समय तक एरनाड, कोजीकोड और आसपास के स्थानों में मार्शल ला (सैनिक कानून) लागू हो गया था। अगले दिन मैंने कोजीकोड के जिला कलक्टर को पत्र लिखकर 24 कांग्रेस कार्यकर्ताओं के साथ इन क्षेत्रों में जाने

की अनुमति मांगी मैंने लिखा कि मैं विद्रोहियों के पास जाकर उन्हें समझाना चाहता हूं। कलक्टर ने सैनिक अधिकारियों से सलाह-मशविरा करके हमें आवश्यक अनुमति दे दी। 21 अगस्त, 1921 को तड़के ही हम लोग 6 घोड़ा गाड़ियों में रवाना हो गए। फेरोक पुल से कुछ गज पहले ही हम गाड़ियों से उतर पड़े और पुल की रक्षा करने वाली सैनिक टुकड़ी के अधिकारी के पास जाकर उसे कलक्टर का पत्र दिखाया। इसे देखकर सैनिकों ने हमें एरनाड जाने की इजाजत दे दी। वहां से हमने गाड़ियां कोजीकोड वापस कर दी और पैदल ही तिरुरंगडी रवाना हो गए। हम लोग खद्दर की कमीजें और गांधी टोपियां पहन कर शान्ति सैनिकों की भांति मार्च कर रहे थे। हमारे साथ उस समय यु. गोपाल मेनन, के.वी. गोपाल मेनन, मोईदू मौलवी और के. माधवन मेनन थे। हमने अली मुसलियर के पास, जो उस समय विद्रोहियों के एकछत्र नेता थे, खबर भेजी कि हम तिरुरंगडी आना चाहते हैं। जब हम ममपुरत घाट पहुंचे तो लगभग दो सौ स्वयं सेवक नावें लेकर हमारे स्वागत के लिए तैयार थे। ये हथियारों से पूरी तरह लैस थे। कुन्हलवि सेनापति और लवकुट्टि अली मुसलियर के मंत्री थे। ये लोग हमें खिलाफत कार्यालय ले गए। मैंने अपने मित्रों से वहीं रुकने को कहा। मोईदू मौलवी और गोपाल मेनन के साथ लेकर मैं आगे गया और अली मुसलियर के आने की प्रतीक्षा करने लगा। अली मुसिलयर का प्रधान कार्यालय तिरुरंगडी की मस्जिद में था। चंद मिनटों में अली मुसलियर पूरे ठाटबाट से हमारे पास आ पहुंचे। उन्होंने मुझे गले से लगा लिया और कई मिनट तक बिना कुछ बोले मेरे बराबर में बैठे रहे। इसके बाद उन्होंने मुझे घटनाओं का पूरा हाल सुनाया। उनकी बात सुनने के बाद मैंने उनसे पूछा कि भविष्य के लिए उनका क्या कार्यक्रम है। उन्होंने मेरी सलाह मांगी। मैंने उनसे साफ कहा कि सेना के हाथों तिरुरंगडी को बर्बादी से बचाने के लिए यह अच्छा होगा कि विद्रोहियों के कुछ प्रमुख नेता आत्मसमर्पण कर दें। वह कुछ निश्चय नहीं कर पाये। उन्होंने मुझसे कहा कि मैं लवकुट्टि और कुन्हलवि से भी सलाह करूं। अंधेरा हो चला था और मेरे साथी जो नीचे खड़े प्रतीक्षा कर रहे थे, बेचैन होने लगे। मैंने अली मुसलियर से विदा ली। उनसे विदा लेकर मैंने लवकुट्टि और कुन्हलवि से भी बातचीत की। कुन्हलवि हृष्ट-पुष्ट और बलवान व्यक्ति थे।

एक तलवार उनके हाथ में थी और दूसरी उनके कन्धे पर लटक रही थी। उनके शरीर पर कई जगह घाव थे। उन्होंने साफ कह दिया कि मैं सेना के सामने कदापि आत्म-समर्पण नहीं करूंगा और मर्द की तरह लड़ते हुए मरना पसन्द करूंगा और अंत में ऐसा ही हुआ। उस समय भय और अनिश्चय का वातावरण था। रात को करीब आठ बजे हम वहां से चल दिये और नदी पार करके एक मुसलमान के घर रात बिताई। तड़के ही उठकर हम कोजीकोड रवाना हुए और गोधूलि से पहले वहां पहुंच गए।

स्थिति नियंत्रण के बाहर हो गई। एरनाड और पोनानी के भिन्न-भिन्न भागों में विद्रोह तेजी से फैला और बड़ा उपद्रव मचा। हजारों की संख्या में शरणार्थी कोजीकोड आ रहे थे। इसलिए हमने इन शरणार्थियों के भोजन और आश्रय का प्रबन्ध किया। महात्मा गांधी ने भी इस सहायता कार्य के लिए धन एकत्र करके हमारी बड़ी सहायता की। लगभग 6 सप्ताह तक इस क्षेत्र पर विद्रोहियों का कब्जा रहा। इसके बाद सेना के आतंक का दौर शुरू हुआ। एरनाड और पोनानी के भिन्न-भिन्न भागों में विद्रोहियों और सेना में बहुत के स्थानों पर डटकर मुकाबला हुआ। इसी समय एक बड़ी दुःखद घटना घटी। लगभग 90 कैदियों को मालगाड़ी के एक बन्द डब्बे में ले जाया जा रहा था, जिसमें हवा के लिए कोई मोखा नहीं था। जब पोडनूर में इस डब्बे को खोला गया तो कुछ ही लोग जिन्दा बचे थे। रास्ते में 64 कैदी दम घुटकर मर गए थे। जब इस निर्दय व्यवहार की खबर मद्रास के समाचार-पत्रों में छपी तो सेना के पास इसका कोई जवाब नहीं था।

यह विद्रोह 6 माह से अधिक चला। ऐसा अनुमान है कि इसके फलस्वरूप लगभग दस हजार लोग मारे गए। बहुत से निरपराध व्यक्तियों को सैनिक अदालत ने सजा दी। उनमें से एक एम.पी. नारायण मेनन भी थे जिन्होंने उपद्रवकारियों को रोकने और समझाने की बहुत कोशिश की किन्तु उन पर भी राजद्रोह का मुकदमा चलाया गया और 14 वर्ष की कड़ी कैद की सजा दी गई।

जब यह उपद्रव समाप्त हुआ तो कांग्रेसी कार्यकर्ताओं की स्थिति बहुत बुरी थी। अधिकारी लोग उन्हें घृणा की दृष्टि से देखते और मुसलमान सन्देह की दृष्टि से। अन्य लोग भी विमुख थे। भय और निराशा के इस

वातावरण में उन्हें कोई नया काम हाथ में लेने से पहले स्थिति सुधरने की प्रतीक्षा करनी पड़ी। हम में से कुछ लोगों ने कांग्रेस के आदर्शों एवम् कार्यक्रमों को जनता में लोकप्रिय बनाने की दृष्टि से समाचार-पत्र आरम्भ करने का निश्चय किया। तदनुसार, 15 फरवरी, 1922 को मातृभूमि प्रिंटिंग एण्ड पब्लिशिंग कम्पनी लिमिटेड की रजिस्ट्री हुई, जिसकी पूंजी एक लाख रुपया रखी गई। हमें इसके लिए 5-5 रुपये के बीस हजार शेयर बेचने थे। दस हजार रुपया एकत्र करके हमने 'मातृभूमि' का प्रकाशन आरम्भ करने का निश्चय किया और 17 मार्च, 1923 को इस पत्र का पहला अंक निकला। शुरू में यह सप्ताह में तीन बार निकलता था। मैं 'मातृभूमि' का सम्पादक बना और यह पत्र जल्दी ही लोकप्रिय हो गया। इसे चलते 48 वर्ष हो चुके हैं। धीरे-धीरे 'मातृभूमि' का प्रसार और महत्व बढ़ता ही गया। मैं अभी तक इसका मुख्य सम्पादक हूं। (यह लेख सन् 1971 में लिखा गया था।—**सम्पादक**)

उपद्रव के थोड़े ही दिन बाद मुझ पर पाबन्दी लगाई गई कि मैं एक निश्चित अवधि तक जिला मजिस्ट्रेट की अनुमति के बिना कोजीकोड नगर-पालिका की सीमा के बाहर न जाऊं। जब फरवरी, 1922 में महात्मा गांधी के गिरफ्तार होने और अहमदाबाद में उन पर मुकदमा चलाए जाने का समाचार मिला तो मैंने वहां जाकर उनके मुकदमे की कार्रवाई देखने का निश्चय किया। मुझे डर था कि कहीं जिला मजिस्ट्रेट फिर से मुझ पर नगर के बाहर जाने पर पाबंदी न लगा दें। इसलिए मैं माल ढोने वाले बजरे से कोजीकोड से बम्बई के लिए रवाना हो गया और वहां से अहमदाबाद पहुंचा। पहुंचने के अगले दिन मैं गांधी जी से मिला। उस समय वे साबरमती जेल में नजरबन्द थे।

महात्मा गांधी का मुकदमा अहमदाबाद के सर्किट हाउस में हुआ। यह निःसन्देह एक ऐतिहासिक अवसर था। सरकार ने पुलिस और सेना का जबरदस्त प्रबन्ध कर रखा था। देश के विभिन्न भागों से नेतागण वहां पहुंचे थे। मुकदमे के बाद और जेल ले जाने से पहले महात्मा गांधी ने वहां उपस्थिति हर नेता से दो-चार शब्द कहे। जब मेरी बारी आई तो गांधी जी ने मेरे निजी मामलों का जिक्र किया और बताया कि उन्होंने क्या-क्या

प्रबन्ध कर दिया है। बहुत बड़ी-बड़ी बातों की ओर ध्यान देते हुए भी वे लोगों का कितना ख्याल रखते थे यह देखकर मुझे बड़ी खुशी हुई।

दूसरा केरल प्रान्तीय कांग्रेस अधिवेशन अप्रैल, 1923 में पालघाट में हुआ जिसकी सभापति श्रीमती सरोजिनी नायडू थीं। सम्मेलन के दिनों में श्रीमती नायडू पालघाट में मेरे घर ठहरीं। क्योंकि मालाबार विद्रोह के बाद यह पहला सम्मेलन था, अतः मद्रास और उत्तर भारत के भी कुछ नेता सम्मेलन में भाग लेने आए, जैसे देवदास गांधी, राजगोपालचारी, और अली बन्धुओं की माता बी अम्मा। उपद्रव के कारण जो अकर्मण्यता आ गई थी, सम्मेलन ने उसे दूर करने में बड़ी सहायता की। सम्मेलन के बाद मैं श्रीमती सरोजनी नायडू को कोजीकोड ले गया जहां उन्होंने भारी सभा में भाषण दिया। विद्रोह के दिनों में सेना ने जो अत्याचार किए थे, उनका मैंने उन्हें पूरा-पूरा ब्यौरा दिया। बम्बई जाते हुए वह मद्रास में भी एक दिन के लिए रुकीं और वहां पर भी सार्वजनिक सभा में भाषण किया। अपने भाषण में श्रीमती नायडू ने उन बर्बर अत्याचारों का ब्यौरा दिया जो सेना ने एरनाड और अन्य स्थानों पर किए थे। अगले दिन मद्रास सरकार ने एक विज्ञप्ति निकाली जिसमें कहा गया कि श्रीमती नायडू ने सेना के विरुद्ध जो भी आरोप लगाए हैं वे एकदम बेबुनियाद हैं। उन्हें धमकी दी गई थी कि अगर उन्होंने इन आरोपों का खण्डन नहीं किया तो उन पर मुकदमा चलाया जाएगा। जब 'हिन्दू' में मैंने यह समाचार पढ़ा तो अगले ही दिन मैंने इस पत्र में एक वक्तव्य प्रकाशित कराया। मैंने कहा कि श्रीमती नायडू ने मद्रास समुद्र तट की सभा में जो कुछ कहा था वह उन तथ्यों के आधर पर था जो मैंने उन्हें बताए थे और यदि ये गलत हैं तो मुकदमा श्रीमती नायडू पर नहीं मुझ पर चलाया जाना चाहिए। मैंने अत्याचारों के दो पीड़ितों—एक गर्भवती मुस्लिम स्त्री, जिस पर सैनिकों ने संगीनों से वार किया था और 11 वर्ष के एक मुसलमान लड़के ने बयान दिए थे जिसका बायां हाथ काट दिया गया था उनके बयानों की पुष्टि में उनके फोटो भी प्रकाशित किए गए थे। इनका सरकार के पास कोई जवाब नहीं था।

1923 में कोकानाड़ा कांग्रेस के बाद केरल प्रान्तीय कांग्रेस कमेटी ने अस्पृश्यता आन्दोलन चलाने का निश्चय किया। कोचीन और तिरुवांकुर में

अस्पृश्यता निवारण का कार्य करने के लिए एक छोटी उपसमिति बनाई गई। अभी मालाबार को छोड़ दिया गया था, क्योंकि अभी वहां कोई भी सक्रिय सार्वजनिक कार्य करने के लिए उपयुक्त वातावरण नहीं था। तिरुवांकुर और कोचीन के विभिन्न भागों का दौरा करने के लिए मेरे समेत कुरुर नम्बूतरीपाद, के. केलप्पन, टी.के. माधवन और ए.के. पिल्लै का एक शिष्टमण्डल बनाया गया। 24 दिन के दौरे में हमने रोज तीन-चार सभाओं में भाषण दिए। जहां भी हम गए हमारा बड़े उत्साह से स्वागत हुआ। वाइकोम पहुंच कर हमने एक बहुत बड़ी सार्वजनिक सभा में भाषण दिया। यहां एक प्रसिद्ध मन्दिर है। हमें बताया गया कि इस मन्दिर के पास की सड़क पर भी तथाकथित अस्पृश्य लोग चल नहीं सकते, जबकि मुसलमान और ईसाई बेरोक-टोक सड़क का इस्तेमाल करते हैं। मैंने अपने श्रोताओं से अनुरोध किया कि वे इस स्थिति में विरोध करें और अस्पृश्यों को लेकर इस सड़क पर से जुलूस निकालें। सब लोगों ने इस प्रस्ताव को स्वीकार किया और अगले दिन सुबह अस्पृश्यों को लेकर इस सड़क पर से जुलूस निकालने का निश्चय किया गया।

सभा के बाद जब मैं यात्री बंगले पर लौटकर आया जो जिला मजिस्ट्रेट और कुछ पुलिस अफसर और कुछ प्रमुख नागरिक मुझसे मिले और मुझे सलाह दी कि हम जुलूस न निकालें। उन्हें डर था कि इससे रक्तपात हो सकता है। उन्होंने यह सुझाव दिया कि हम लोग अस्पृश्यता के विरुद्ध एक महीने तक प्रचार करें और ऐसा अनूकूल वातावरण तैयार करें कि अस्पृश्य लोग इस सड़क पर चलने-फिरने लगें और उच्च्व वर्ण के लोग किसी प्रकार की बाधा न डालें। मैंने इस सलाह को स्वीकार कर लिया और अपने कार्यक्रम को एक महीने के लिए स्थगित कर दिया।

हमने इस बीच वाइकोम और अन्य जगहों पर अस्पृश्यता हटाने के पक्ष में सार्वजनिक सभाएं की। अन्त में 30 मार्च से सत्याग्रह करने का निश्चय किया गया। इससे पहले मैंने महात्मा गांधी को एक विस्तृत पत्र लिखा, जिसमें मैंने उन सारी परिस्थितियों का जिक्र किया जिनके कारण हमने सत्याग्रह करने का निश्चय किया था और महात्मा जी से सत्याग्रह की अनुमति और उसकी सफलता के लिए आशीर्वाद मांगा। गांधी जी ने

अनुमति दे दी। सत्याग्रह की पूर्णतया अहिंसक रखने के लिए पूरा प्रबन्ध किया गया। 30 मार्च, 1924 को दो अस्पृश्य और एक सवर्ण उस सड़क पर आगे बढ़े जिस पर जाने की मनाही थी। एक जगह पर पुलिस ने उन्हें रोक दिया। पुलिस ने कहा, यदि सवर्ण व्यक्ति चाहे तो आगे जा सकता है लेकिन दोनों अस्पृश्य नहीं जा सकते। तीनों ने ही आगे जाने का आग्रह किया और तीनों को पुलिस ने गिरफ्तार कर लिया। बाद में उन्हें मजिस्ट्रेट के सामने पेश किया गया जिसने उन्हें 6-6 महीने की साधारण कैद की सजा दी।

इस तरह सत्याग्रह तीन-चार दिन तक चलता रहा। इसकी सफलता और शान्त ढंग से अनुदार विचारों के लोग चिढ़ गए। ऐसी अफवाहें फैलाने लगीं कि सवर्ण लोग झगड़ा करने व सत्याग्रहियों पर हमला करने की तैयारी कर रहे हैं। हमने थोड़े दिनों के लिए सत्याग्रह बन्द कर दिया और इस बीच उन कट्टर सवर्ण लोगों से मिले जो अस्पृश्यों के इस रास्ते पर चलने के प्रबल विरोधी थे। वे कोई भी रियायत देने के लिए तैयार नहीं थे। अतः हमने सत्याग्रह फिर शुरू कर दिया। उस दिन टी.के. माधवन और मैंने सत्याग्रह किया। हम दोनों को गिरफ्तार करके मजिस्ट्रेट के सामने पेश किया गया। हमने मुकदमे की कार्रवाई में हिस्सा लेने से इनकार कर दिया और हमें भी 6-6 मास की साधारण कैद की सजा दी गई। हमें तिरुवनंतपुरम के सैण्ट्रल जेल ले जाया गया। इस समय तक वाइकोम के सत्याग्रह की ओर सारे देश का ध्यान आकर्षित हो चुका था और देश के सभी भागों से सहायता पहुंचने लगी। तिरुवनंतपुरम के जेल में सत्याग्रहियों के साथ बहुत अच्छा वर्ताव किया गया। हम में से कुछ लोगों के साथ विशेष व्यवहार किया गया और अन्य लोगों को सामान्य कैदियों के साथ रखा गया। हमने इस पर आपत्ति की। मैंने सरकार को एक पत्र लिखा कि यदि सब सत्याग्रहियों के साथ एक-सा बर्ताव नहीं होता, तो हम लोग विशेष सुविधाओं को छोड़ देंगे। सरकार ने हमारी इस प्रार्थना को स्वीकार कर लिया। अन्य सत्याग्रहियों को भी हमारे साथ रखा गया और इस प्रकार हम सब एक कुटुम्ब की तरह रहने लगे। चार महीने बाद तिरुवांकुर के महाराजा का देहान्त हो गया और चूंकि उनका उत्तराधिकारी बालिग नहीं था इसलिए महारानी रीजेंट बनी। इस अवसर पर सब सत्याग्रही कैदी छोड़ दिए गए।

इसके कुछ सप्ताह बाद वाइकोम से एक बड़ा भारी सवर्ण जत्था महारानी से मिलने और अस्पृश्यता हटाने की प्रार्थना करने के लिए तिरुवनंतपुरम रवाना हुआ। जत्थे के पास एक आवेदन-पत्र था जिस पर अस्पृश्यता उन्मूलन के लिए हजारों व्यक्तियों ने हस्ताक्षर किए थे। महात्मा गांधी भी दो बार वाइकोम आए। आखिर पूर्ण विजय के साथ इस सत्याग्रह का अंत हुआ। वाइकोम सत्याग्रह की कहानी असहयोग आन्दोलन के इतिहास के सर्वाधिक गौरवपूर्ण अध्यायों में से एक है।

अहिंसक संग्राम

—जीवतराम भगवानदास कृपलानी

प्रथम विश्वयुद्ध के दौरान अंग्रेजों ने युद्ध समाप्त होने पर भारत के शासन में सुधार करने के कई वायदे किए थे। मुसलमानों की भी सहायता लेने के लिए ब्रिटिश प्रधानमंत्री ने यह वायदा किया था कि यदि अंग्रेज और उनके मित्र राष्ट्र युद्ध जीत गए तो तुर्की के साम्राज्य का विघटन नहीं किया जाएगा और खलीफा के रूप में तुर्की के सम्राट् की हैसियत बनी रहेगी। युद्ध जीतने के बाद इन दोनों ही बातों में ब्रिटिश सरकार का रवैया बदल गया। सुधार करने की जगह सरकार ने असेम्बली में दो ऐसे बिल रखे जो कि रौलट कमेटी की सिफारिश के अनुसार बनाए गए थे। इस कमेटी की नियुक्ति तथाकथित उग्र राजनीतिक गतिविधियों को दबाने के उपाय सुझाने के लिए की गई थी। ये बिल युद्ध के बाद समाप्त होने वाले भारत सुरक्षा अधिनियम के आधार पर बनाए गए थे। इनमें व्यक्तिगत स्वतंत्रता को जबर्दस्त आघात पहुंचता था। कोई भी पुलिस अधिकारी किसी भी व्यक्ति को 'कानूनीतौर पर स्थापित' विदेशी सरकार के विरुद्ध गैरकानूनी कार्रवाई के सन्देह मात्र पर गिरफ्तार कर सकता था। जनता को इन दमनकारी कानूनों से

जीवतराम भगवानदास कृपलानी

आघात पहुंचा। तुर्की साम्राज्य के विघटित किए जाने और खिलाफत की समाप्ति से मुसलमान अत्यधिक उत्तेजित थे और उनकी उत्तेजना इस हद तक पहुंच चुकी थी कि रौलट बिलों के खिलाफ कोई आन्दोलन चालू किए जाने के पहले ही हिंसा ही फैल जाने की पूरी आशंका थी। मुस्लिम नेता खिलाफत की समाप्ति के विरुद्ध आन्दोलन चलाने में सहायता मांगने के लिए गांधी जी से मिले और उन्हें कई खिलाफत सम्मेलनों में आमंत्रित भी किया। गांधी जी ने मुसलमानों से कहा कि मुझे आप लोगों का मार्गदर्शन करने में कोई आपत्ति नहीं बशर्तें कि आन्दोलन अहिंसा पर आधारित हो। इस शर्त ने मुसलमानों को दुविधा में डाल दिया क्योंकि उनका विश्वास था कि मुस्लिम होने के नाते अपने उचित अधिकारों की प्राप्ति के लिए हिंसा का त्याग करना कुरान की हिदायतों के खिलाफ होगा। सन् 1919 के प्रारम्भ में दिल्ली में हुई खिलाफत काफ्रेंस में, जिससे कि कई हिन्दू नेताओं और गांधी जी को आमंत्रित किया गया था, इस मसले पर गम्भीर विचार हुआ। गांधी जी ने अपने तर्क से मौलवियों की मदद की। उन्होंने कहा कि कुरान में हिंसा की केवल अनुमति दी गई है इसको अनिवार्य नहीं बताया गया है। यह स्पष्टीकरण हकीम अजमल खां, डॉ. अंसारी और अन्य मुसलमान नेताओं तथा मौलवियों ने स्वीकार कर लिया। इस सम्मेलन में मुसलमानों ने स्वामी श्रद्धानन्द जी व कुछ अन्य नेताओं को भी आमन्त्रित किया था। मुसलमान कहते थे कि यदि हिन्दू खिलाफत आन्दोलन में उनकी मदद करें, तो वे गोवध बन्द कर देंगे। लेकिन गांधी जी ने उन्हें ऐसा कोई प्रस्ताव न रखने का परामर्श दिया। उन्होंने कहा कि इस तरह का कोई प्रस्ताव रखना मुसलमानों के लिए भी उतना ही गलत है जितना कि हिन्दुओं के लिए इसे स्वीकार करना। वह चाहते थे कि हिन्दू मुसलमानों के दुख में उनकी सहायता अच्छे नागरिक और पड़ोसी होने के नाते करें। कोई सौदा न पटाएं।

रौलट बिलों के खिलाफ आन्दोलन की शुरुआत केन्द्रीय असेम्बली में हुई। सारे निर्वाचित सदस्य बिलों के खिलाफ बोले। श्रीनिवास शास्त्री ने इस बहस में विशेष भाग लिया। मदनमोहन मालवीय ने लगातार 6 घण्टे जोरदार भाषण दिया। गांधी जी व कई अन्य नेता असेम्बली की दर्शक दीर्घाओं में उपस्थित थे। मैं भी वहां था। मुझे याद है कि अपने भाषण के बाद मालवीय

जी ने मुझ से पूछा कि उनके भाषण के बारे में मेरा क्या विचार है। उनके चारों ओर सदा उनके भक्तों का दरबार लगा रहता था। उन सबने उनके भाषण की खूब तारीफ की। मैं चुप था। उन्होंने मेरी राय पूछी। मैंने कहा, "महाराज, आपका भाषण जरूरत से ज्यादा लम्बा, अप्रासंगिक और पुनरावृत्तिपूर्ण था जिससे इसका प्रभाव कम हो गया।" उन्होंने अपना सिर हिलाते हुए असहमति प्रकट की। परन्तु जब उनके भाषण की प्रति ठीक करने के लिए उनके पास पहुंची तो उन्होंने मुझसे कहा कि तुम्हारी बात ठीक थी। यह सब लिखने का यह भाव नहीं कि उनकी वक्तृत्व शक्ति और अंग्रेजी भाषा पर उनके अधिकार के सम्बन्ध में किसी प्रकार का सन्देह हो सकता था। गांधी जी ने उनकी वाणी को बहुत मधुर बताया था। इन सब भाषणों के बावजूद सरकार ने अपनी ही फौजी भर्ती कराने के लिए गांधी जी अपने साथियों के साथ मीलों कड़कती धूप में पैदल चलते थे। इससे उन्हें पेचिश हो गई थी। यद्यपि वह अभी पूरी तरह स्वस्थ नहीं हुए थे वह दिल्ली आए और वाइसराय व नेताओं से मिले। वाइसराय से उनकी मुलाकातों का कोई नतीजा नहीं निकला। इसके बाद उन्होंने कांग्रेसी नेताओं के सामने अहिंसात्मक सीधी कार्रवाई के सम्बन्ध में प्रस्ताव रखा। उन्होंने गांधी जी के प्रस्ताव को मान लिया, पर साथ ही यह भी कहा कि आन्दोलन का लक्ष्य सिर्फ रौलट बिलों का विरोध न होकर पूर्ण स्वराज्य की प्राप्ति भी होना चाहिए। स्वराज्य का उन दिनों अर्थ डोमिनियन स्टेटस अथवा औपनिवेशिक स्वराज्य था जिस प्रकार ब्रिटेन के सम्राट् के अधीन वे उपनिवेश थे जहां अंग्रेज बसे थे। कांग्रेसी नेताओं ने यह भी कहा कि खिलाफत को भी हम अपनी ही समस्या मानेंगे। दोनों आन्दोलन को एक कर दिया गया।

कांग्रेस का एक विशेष अधिवेशन लाला लाजपतराय की अध्यक्षता में गांधी जी के अहिंसात्मक असहयोग आन्दोलन अथवा सत्याग्रह, खिलाफत के सम्बन्ध की गई ज्यादतियों को दूर कराने और स्वराज्य प्राप्त करने के प्रस्तावों पर विचार करने के लिए कलकत्ता में बुलाने का निर्णय किया गया। असहयोग एक नया और क्रान्तिकारी विचार था। यद्यपि जो नेता कलकत्ता के विशेष अधिवेशन में जमा हुए उनमें से किसी को वैधानिक तरीके से किए जाने वाले आन्दोलन पर विश्वास नहीं रह गया था फिर भी उन्हें सीधी

कार्रवाई की बात, चाहे वह अहिंसक ही क्यों न हो, जंच नहीं रही थी। उस समय के प्रमुख कांग्रेसी नेता लाला लाजपतराय, विपिनचन्द्र पाल, मालवीय जी, सी.आर. दास और मोतीलाल थे। युवा नेताओं में से कुछ थे वल्लभभाई, राजाजी, जवाहरलाल, सरोजिनी, डॉ. सत्यपाल, शंकरलाल बैंकर, किचलू, जमनादास मेहता, हसरत मोहानी, उमर सुभानी और मैं स्वयं यह सभी जानते थे कि वयोवृद्ध नेता गांधी जी के प्रस्तावों के खिलाफ हैं। जैसी कि आशा थी, सभी मुसलमान नेताओं को—जिनमें डॉ. अंसारी और हकीम अजमल खां भी थे—गांधी जी के प्रस्तावों के प्रति काफी उत्साह था। वह समय बड़ी उत्तेजना का था। हालांकि सभी पुराने नेताओं ने गांधी जी का विरोध किया फिर भी प्रस्ताव बहुमत से स्वीकृत हो गया।

कांग्रेस ने जो प्रस्ताव पास किया था, उसमें असहयोग की एक प्रगतिशील योजना थी। इसमें भारतीयों से अपनी उपाधियां लौटा देने, स्थानीय निकायों में नामांकित सीटों से इस्तीफा देने, सरकारी समाराहों का बहिष्कार, विद्यार्थियों द्वारा सरकारी और सरकारी सहायता प्राप्त विद्यालयों को छोड़ना और वकीलों व मुवक्किलों द्वारा अदालतों का बहिष्कार करने को कहा गया था। नए सुधारों के अन्तर्गत गठित कौंसिलों का भी बहिष्कार किया जाना था। इसके अलावा लोगों से विदेशी वस्तुओं के बहिष्कार और केवल स्वदेशी वस्तुओं का इस्तेमाल करने को कहा गया था।

कलकत्ता कांग्रेस में स्वीकृत प्रस्ताव से देश व कांग्रेस के इतिहास में एक नया अध्याय शुरू हुआ। 'प्रार्थना, निवेदन और विरोध' के दिन समाप्त हो गए थे। विदेशी सरकार के खिलाफ प्रभावयुक्त, सामूहिक, सीधी कार्रवाई के लिए जनता अधीर हो रही थी। गांधी जी ने यह स्पष्ट कर दिया था कि असहयोग की शुरुआत कौंसिलों, अदालतों, विद्यालयों के बहिष्कार से होगी और बाद में देश के सैनिक और असैनिक प्रशासकों से असहयोग किया जाएगा और अंततः कर-बंदी का आन्दोलन चलाया जाएगा। उन्होंने यह भी स्पष्ट कर दिया कि वह जिस स्वराज्य की बात कर रहे हैं वह मात्र राजनैतिक स्वतंत्रता नहीं है। सामाजिक और आर्थिक न्याय के बिना इसका कोई अर्थ नहीं होगा। असहयोग कार्यक्रम के साथ ही साथ आवश्यक रूप से रचनात्मक काम भी किए जाएं जिनमें अन्य चीजों के अलावा साम्प्रदायिक

एकता, अस्पृश्यता निवारण, खादी, स्वदेशी, ग्राम उद्योग, ग्राम विकास, राष्ट्रीय शिक्षा, नशाबंदी, ग्राम पंचायतों का संगठन आदि थे।

कलकत्ता के विशेष अधिवेशन के तीन महीने बाद दिसम्बर, 1920 में नागपुर में कांग्रेस का वार्षिक अधिवेशन हुआ। इन तीन महीनों में गांधी जी ने देशभर का दौरा किया और लोगों को असहयोग का कार्यक्रम समझाया। इस अधिवेशन में कार्यक्रम पर फिर से विचार किया गया और श्री जिन्ना तथा नरम दल के नेताओं के विरोध के बावजूद इसे स्वीकार कर लिया गया। कार्यक्रम को स्वीकार करने का प्रस्ताव चित्तरंजनदास ने रखा और इसका समर्थन लाला लाजपतराय ने किया। इस अधिवेशन के साथ ही गांधी जी कांग्रेस और देश के एक सर्वमान्य नेता के रूप में सामने आए।

इस कार्यक्रम को लोगों का उत्साहपूर्ण और शानदार सहयोग मिला। हजारों छात्रों और शिक्षकों ने स्कूल-कॉलेज छोड़ दिए। देश के विभिन्न भागों में नए राष्ट्रीय शिक्षण संस्थान खोले गए। बहुत से वकीलों ने अपनी वकालत छोड़ दी और आन्दोलन को सफल बनाने में लग गए। सारे कांग्रेसी विधायकों ने कौंसिलों का पूर्ण बहिष्कार किया। चरखा, करघा और हिन्दुस्तानी का प्रचार बड़ी लगन से किया गया। नशाबंदी के प्रचार और शराब की दुकानों पर धरना देने से कई लोगों की शराब पीने की आदत छूट गई।

गांधी जी की सलाह पर कांग्रेस ने एक करोड़ रुपये की धनराशि जमा करने का निर्णय किया। यह राशि तिलक स्वराज्य फण्ड कहलाई। इसका प्रयोग रचनात्मक कार्यों के लिए किया जाना था। कांग्रेस के लिए एक करोड़ सदस्य बनाने और उन लोगों के लिए जो चरखा चलाना चाहते हैं 20 लाख चर्खें उपलब्ध कराने का भी निर्णय किया गया। गांधी जी ने कहा कि यदि यह राशि एक वर्ष के अन्दर-अन्दर नहीं खर्च की गई तो यह अयोग्यता की निशानी होगी। शेष कार्यक्रम भी कमोबेश एक ही वर्ष में पूरा किया जाना था।

जनता के उत्साहबर्द्धक सहयोग ने सरकार में बेचैनी पैदा कर दी और उसने घोर दमन की नीति अपनाना शुरू किया। कुछ नेताओं के खिलाफ पाबंदी के आदेश जारी किए गए। कई स्थानों पर जुलूसों व सभाओं पर रोक लगा दी गई। पंजाब के ननकाना साहब में एक नृशंस हत्याकाण्ड हुआ जिसमें करीब दो सौ सिखों को गोली मार दी गई।

विदेशी कपड़े के बहिष्कार के अन्तर्गत ऐसे कपड़ों की होली जलाने का आह्वान किया गया। कांग्रेस ने प्रिंस ऑफ वेल्स की आगामी भारत यात्रा का भी बहिष्कार करने का निर्णय किया। जनता की ओर से सत्याग्रह आन्दोलन चलाने की मांग बढ़ती जा रही थी। जैसे-जैसे आन्दोलन की गति बढ़ती थी वैसे-वैसे दमनचक्र भी तेज होता जा रहा था।

17 नवम्बर को जब प्रिंस ऑफ वेल्स भारत पहुंचे तो उनका स्वागत पूर्ण हड़ताल से हुआ। वह जहां कहीं भी गए सड़कें और गलियां सुनसान थीं। सरकार ने सभी महत्वपूर्ण नेताओं को, जिनमें सी.आर. दास, लाला लाजपतराय और मोतीलाल नेहरू थे, गिरफ्तार करके इसका बदला लिया।

1921 में जबकि अधिकांश नेता जेल में थे अहमदाबाद में कांग्रेस का वार्षिक अधिवेशन हुआ। देश का वातावरण तनावपूर्ण था। लोगों में स्वाभिमान की एक नई भावना जाग उठी थी। गांधी जी ने वायदा किया था कि यदि नागपुर में बनाया गया कार्यक्रम पूरा हो जाए तो एक वर्ष में स्वराज्य मिल जाएगा। उस एक वर्ष की अवधि समाप्त होने को थी। 20,000 से अधिक आन्दोलनकारी जेलों में थे। जनता के धैर्य का बांध टूट चुका था और वे कोई भी बलिदान करने के लिए उद्यत थे। अहमदाबाद के मुख्य प्रस्ताव में अहिंसात्मक असहयोग में फिर से आस्था प्रकट की गई। सत्याग्रह को सशस्त्र क्रान्ति का एकमात्र सभ्य और कारगर विकल्प बताया गया। कांग्रेसजनों से अनुरोध किया गया कि वे व्यक्तिगत और सामूहिक सत्याग्रह के लिए जनता को तैयार करें। गांधी जी को एकमात्र संचालक नियुक्त किया गया और उन्हें इस आन्दोलन को चलाने के लिए पूर्ण अधिकार दिया गया।

गांधी जी बारडोली में सामूहिक सत्याग्रह प्रारम्भ करने की तैयारी कर रहे थे कि चौरी चौरा (उत्तर प्रदेश) से दंगों के समाचार मिले। बरेली और मद्रास के भी कुछ भागों में हिंसा के समाचार आए। गांधी जी को इन समाचारों से गहरा आघात पहुँचा। इसलिए उन्होंने आन्दोलन को स्थगित करने का निर्णय किया और देशवासियों से रचनात्मक कार्यक्रम को पूरा करने और इस तरह अपने को सत्याग्रह आन्दोलन के लिए तैयार होने को कहा। इस प्रकार देश से विदेशी शासन के जुए को उतार फेंकने के लिए गांधी जी के अनोखे नेतृत्व में हमारे अहिंसक स्वतंत्रता संग्राम की शुरुआत हुई।

युवावर्ग की प्रतिक्रिया

—कमलादेवी चट्टोपाध्याय

मेरी पीढ़ी के लोगों के लिए भारत का राजनीतिक इतिहास सही माने में गांधीयुग से शुरू हुआ। इससे पूर्व बम फेंकने और राजनीतिक हिंसा आदि की जो छुटपुट घटनाएं हुईं, वे भावुकता की प्रदर्शन मात्र थीं।

कमलदेवी चट्टोपाध्याय

जब गांधी जी भारत के राजनीतिक अखाड़े में उतरे, उन दिनों मेरी आयु बीस से भी कम थी और मैं पढ़ रही थी। हममें पिछली पीढ़ी की अपेक्षा कम आयु में राजनीतिक जागृति पैदा होने लगी थी क्योंकि वे बड़े उथल-पुथल के दिन थे, विशेषकर विश्वयुद्ध और इसकी व्यापक प्रतिक्रिया के सन्दर्भ में।

एक तरह से, यह मेरा सौभाग्य ही था कि मैं राजनीतिक हलचल के वातावरण में पली थी। मेरी माताजी राजनीतिक दृष्टि से बड़ी जागरूक थीं। उन्हें पुस्तक-पत्रिकाएं पढ़ने का बहुत शौक था और वह ताजी घटनाओं के बारे में पूरी-पूरी जानकारी रखती थीं। हम पूना से प्रकाशित मराठी पत्र 'केसरी' और 'काल' लेते थे। उन दिनों पूना ही तिलक और उनके सहयोगियों का प्रधान कार्यक्षेत्र था। इन अत्यन्त उत्तेजक पत्रिकाओं को पढ़कर राजनीतिक घटनाओं

के विषय में जानने और समझने की हमारी उत्सुकता पूरी होती थी। तिलक को मांडले जेल में कैद करने और उनके प्रति निर्दयतापूर्ण व्यवहार से हमें बड़ा सदमा पहुंचा। लगभग 43 वर्ष बाद, जब मैं मांडले जेल की उस कोठरी में गई, जहां अपने प्रवास में तिलक ने गीता पर भाष्य लिखा था, तब मुझे अच्छी तरह याद आया कि बरसों पहले जब मुझे जेल या उसकी कोठरी का कोई अन्दाजा ही न था, तब भी मैंने जेल की कोठरी में रहते हुए तिलक की कैसी कल्पना की थी। तिलक के रिहा होने से देश के वातावरण में गर्मी आ गई थी। मेरा अनुमान था कि अब देश में महत्वपूर्ण घटनाएं होगीं। परन्तु दुर्भाग्य से थोड़े समय बाद ही 1 अगस्त, 1920 को उनकी मृत्यु हो गई। ठीक इन्हीं दिनों गांधी जी ने सत्याग्रह आन्दोलन शुरू करने का इरादा किया था।

स्वाधीनता के बारे में भारतीयों के विचार अभी अस्पष्ट थे। मैं स्वयं कई व्यक्तिगत समस्याओं में उलझी थी, जिनका हल अभी मुझे न मिल पाया था। जहां तक मुझे याद है मैं अपने देश में विद्यमान सामाजिक और आर्थिक विषमताओं से बहुत परेशान और दुःखी थी। काफी सुख से पले होने के कारण, इन विषमाताओं और भेदभावों के विरुद्ध अपने आक्रोश से और उन प्रश्नों से जिनका उत्तर नहीं मिला था, मुझे जीवन में कटुता का अनुभव होने लगा था। पारिवारिक सम्बन्धों पर भी इसका निरन्तर प्रभाव पड़ा। अब गांधी जी के रूप में एक ऐसा नेता सामने आया जो स्वयं इस प्रकार के अन्यायपूर्ण भेदभाव से क्षुब्ध था और जो समाज से पीड़ित व दलित वर्गों के साथ अभिन्नता अनुभव करता था। इससे बड़ी बात यह थी कि यह नेता एक नए जीवन का सन्देश और एक ऐसा कार्यक्रम लेकर आया, जो सन्तोषजनक था और जिससे मेरी पीढ़ी के लोगों के लिए भी राजनीति अधिक अर्थपूर्ण और वास्तविक बन गई। गांधी जी रूढ़िवाद के समर्थक नहीं थे। रूढ़िवाद को मैं पूरी तरह नकारात्मक और जीवन की स्वाभाविक अग्रगामी गति के प्रतिकूल मानती थी। युवा वर्ग स्वभावतः अधीर होता है। वह तेजी से परिवर्तन और ठोस परिणाम चाहता है। गांधी जी भी मूलतः कर्मठ पुरुष थे।

मैं चम्पारन सत्याग्रह के बाद ही, जिससे मैं बहुत प्रभावित हुई थी,

गांधी जी के दर्शन प्राप्त कर सकी। सत्याग्रह द्वारा प्रदेश के जनसाधारण के भाग्य का निर्णय हुआ। अपने संगठन, दृढ़निश्चय और देशभक्ति द्वारा चंपारन के ये किसान निहले गोरों के, जिन्हें सरकार की यह थी, अत्याचारों का दृढ़तापूर्वक सामना कर सके। शोषण कोई अस्पष्ट शब्द नहीं है। समाज की बुराइयों के प्रति मेरी बढ़ती जागरूकता के कारण मैं यह समझी की कि चम्पारन में शोषण किस ठोस रूप में वर्तमान था। किसी समस्या को गांधी जी जिस रूप में देखते थे, बदलती परिस्थितियों के प्रति उनकी प्रतिक्रिया और उनके इस ज्ञान से कि स्वाधीनता ही देश की मूल और सबसे बड़ी आवश्यकता है—इन सब बातों से मुझे कभी बड़ा जोश आता और कभी में भ्रान्ति में पड़ जाती। दरअसल, देश की सारी समस्याओं की जड़ पराधीनता ही तो थी। इनमें तथा मेरी अपनी समस्याओं में एकरूपता थी। क्योंकि सामाजिक असमानताएं, आर्थिक विषमताएं और महिलाओं के प्रति समाज में भेदभाव को लेकर मेरे और मेरे परिवार के बीच जो विरोध पैदा हुआ उनकी जड़ में भी यही समस्याएं थीं। गांधी जी समाज और सार्वजनिक जीवन में महिलाओं के उचित अधिकारों के समर्थक थे।

विश्वयुद्ध समाप्त हुआ। पराधीन लोगों में नई आशा का संचार हुआ। सालों तक युद्ध के औचित्य का ढिंढोरा पीटा गया था। जिस दिन युद्ध में अंग्रेजों तथा उनके मित्र राष्ट्रों की विजय हुई, उसी दिन मेरे शहर के मैदान में समारोह किया गया। खेल और मनोरंजन कार्यक्रम भी हुए। इन कार्यक्रमों में मैंने एक इनाम जीता जिसे मैंने शुभ शकुन समझा। मैंने समझा था कि अब स्वाधीनता मिलने ही वाली है। मुझे इसकी तनिक भी आशंका नहीं थी कि हमारे भाग्य में क्या बदा है।

1919 आते-आते, यह स्पष्ट हो गया कि युद्ध के बाद ही राजनीतिक सरगर्मी और हलचल से गोरी सरकार बौखला गई थी। उसने क्रुद्ध होकर बड़े कदम उठाने का निर्णय किया। इसलिए भारत रक्षा कानून की कड़ी और दमनकारी धाराओं को स्थायी कानून का रूप दे दिया गया; इतिहास में यह 'रौलट एक्ट' के नाम से प्रसिद्ध है।

बड़े-बड़े काले अक्षरों में छपे इस कानून के पास होने का समाचार पढ़कर मुझे बड़ा धक्का लगा। यह फांसी के आदेश जैसा भयानक और

भारतीयों के मुंह पर जबरदस्त तमाचा था। तभी गांधी जी ने एक दिन का उपवास रखने की अपील की। उन्होंने कहा कि लोग इस दिन प्रार्थना आदि करें और अगले बड़े कदम—सत्याग्रह—के लिए तैयार हो जाए। आत्मशुद्धि द्वारा किसी महान सभी धर्मों में समान रूप से इसका उल्लेख है। परन्तु गांधी जी द्वारा इसका प्रयोग एकदम नया और मौलिक था। राजनीतिक अस्त्र के रूप में सत्याग्रह का प्रयोग एकदम आश्चर्यजनक और अपूर्व था—ठीक एक नए शक्तिशाली और जटिल यंत्र को देखने जैसा। निरुत्साहित करने वाले कुछ भयभीत लोग भी थे जो सोचते थे कि गांधी जी एक ऐसी शक्ति से खेल रहे हैं जो न केवल विनाश का कारण बनेगी बल्कि अपने जन्मदाता को ही ले डूबेगी। सभी युवाओं की तरह, मैं इसमें पूरी गम्भीरता से दिलचस्पी ले रही थी और मुझे जगह-जगह लोगों से इसकी लाभ-हानि पर बहस भी करनी पड़ी। परन्तु मेरी सही तैयारी उस एकान्त प्रार्थना में थी, जो मैं प्रतिदिन सुबह-शाम किया करती थी। मेरी प्रार्थना थी कि मैं भी एक दिन सत्याग्रह के पुनीति आन्दोलन में पूरी तरह भाग ले सकूं। क्योंकि अभी तक मैं इस बारे में आश्वस्त नहीं थी कि क्या 16 वर्ष की मेरी जैसी कोई लड़की इस महान आन्दोलन में भाग लेने के योग्य हो सकती है, यद्यपि शारीरिक तथा मानसिक दृष्टि से मैं अपने को सशक्त अनुभव करती थी।

मैंने सुना कि गांधी जी सत्याग्रह सभा की स्थापना कर रहे हैं। इस सभा के सदस्य अनुचित कानूनों का विरोध करने और गिरफ्तार होने के लिए वचनबद्ध थे। 6 अप्रैल के शुभ दिन गांधी जी बम्बई में इसका उद्घाटन करने वाले थे। मैं भी उस महान आत्मा के, जिसने सारे देशवासियों में एक अद्भुत जागृति और स्फूर्ति संचारित कर दी थी, दर्शनार्थ बम्बई गई। प्रातःकाल ही चौपाटी का मैदान मनुष्यों से भर गया। चारों तरफ सिर ही सिर दिखाई दे रहे थे। किसी पर्व की तरह सभी ने पहले समुद्र में स्नान किया। इसके बाद मनुष्यों का यह सागर एक बड़े लम्बे जलूस में शहर की सड़कों पर चल पड़ा।

दूसरे दिन प्रातः सरोजिनी नायडू मुझे पास ही एक सभा में ले गई, जहां गांधी जी भाषण देने वाले थे। वहां मैंने पहली बार गांधी जी के दर्शन किए। सरोजिनी ने स्नेह से उन्हें 'मिकी माउस' नाम दे रखा था (फिल्मों में

इस नाम का चरित्र उन्हीं दिनों लोकप्रिय हुआ था)। परन्तु इस समय मेरे लिए गांधी जी सिर्फ एक मानव थे, एक पूर्ण सहृदय मानव। यद्यपि उनमें बड़ी शक्ति थी परन्तु उनकी आंखों में दया और सहानुभूति की झलक से मैं अत्यन्त प्रभावित हुई थी। दया, प्रेम, सहृदयता आदि गुण आजकल पुराने से पड़ गए हैं और अब इनकी कद्र भी पहले जैसी नहीं रही। कम से कम आजकल की पुस्तकों में इनका खास उल्लेख भी नहीं मिलता। मेरे लिए तो ये गुण सदैव सर्वाधिक महत्व के रहे हैं। यह सभा वास्तव में इसलिए की गई थी कि जो लोग चाहें, स्वदेशी के प्रयोग तथा साम्प्रदायिक एकता की शपथ लें। पहले दिन की भारी भीड़ की तुलना में इस सभा में अपेक्षाकृत कम लोग थे। शपथ पढ़ते समय स्वयं गांधी जी ने इस ओर ध्यान दिलाते हुए कहा था कि उत्तेजक घटनाओं के लिए बड़ी भीड़ जमा हो जाती है परन्तु जब रचनात्मक कार्यों की बात होती है तो गिने-चुने निष्ठावान व्यक्ति ही रह जाते हैं। उन्होंने इस शपथ का अर्थ तथा महत्व उपस्थित लोगों को समझाया और शपथ लेने वालों को उनके कर्तव्य व उत्तरदायित्व के बारे में बताया।

शाम तक सरकार द्वारा दमनचक्र शुरू करने का समाचार मिला। बम्बई में अभी शान्ति थी यद्यपि शहर में पूर्ण हड़ताल रही। जहां तक सत्याग्रह आन्दोलन का सम्बन्ध था, गांधी जी का विचार था कि केवल ऐसे ही कानूनों का विरोध किया जाए, जिससे लोग प्रेरित होकर सामूहिक रूप से आन्दोलन में भाग ले सकें। उस समय भी उन्होंने नमक कानून तोड़ने की सलाह दी थी, जिसने एक दशक बाद राष्ट्रीय आन्दोलन का रूप लेकर ब्रिटिश साम्राज्य को चुनौती दी। उस समय की उल्लेखनीय बात थी गांधी जी की ऐसी दो पुस्तकों की खुली बिक्री जिन पर सरकार ने प्रतिबंध लगा रखा था, 'हिंद स्वराज' (क्रान्तिकारी राजनतिक दृष्टिकोण से इस पुस्तक में कोई विशेष महत्व की बात नहीं है) और 'सर्वोदय' (रॅस्किन की 'अंटॅ दिस लास्ट' का गुजराती रूपांतर)। आज हर एक को यह पुस्तकें देखकर आश्चर्य होगा कि इन्हें कैसे राजद्रोहपूर्ण घोषित किया था। यद्यपि उस समय मैं बहुत उत्तेजित थी, तब भी मुझे यह निर्णय उपहासास्पद लगा था। इसके बाद जो हुआ वह इससे भी ज्यादा हास्यास्पद था। उस समय प्रतिबंध लगी इन

पुस्तकों को बेचने में हम वीरता अनुभव करते थे और बड़ा मजा आता था। हम खरीददारों को साफ बतलाते जाते थे कि ऐसा करने से वे गिरफ्तार भी हो सकते हैं और सजा भी हो सकती है। परन्तु कोई इसकी फिक्र नहीं करता था। खरीददार भी सभी तरह के होते थे। ऐसे सीधे-सादे लोग भी जो पुस्तकों को 'प्रसाद' मानकर लेते थे। ऐसे गम्भीर लोग भी थे जिन्हें अपनी देशभक्ति पर अभिमान था और कुछ ऐसे थे जो लापरवाही से कंधे झटका देते थे, जैसे कह रहे हों कि उन्हें कोई फिक्र नहीं। इन पुस्तकों की लोग अपने आप अधिक कीमत देते, कुछ जितने पैसे उनकी जेब में होते सब दे जाते। पुस्तकों के मूल्य के अनुपात में बहुत अधिक पैसा जमा हुआ। यह जनसामान्य में आन्दोलन के प्रति आदर का परिचायक था।

परन्तु आगे की घटनाएं इसके एकदम विपरीत थीं। सरकार ने हमारे इस कार्य की ओर, जो स्वयं छोटे-मोटे आन्दोलन से कम न था, ध्यान ही नहीं दिया और न कोई कार्रवाई ही की। सरकारी क्षेत्रों से हमने यह सुना कि प्रतिबंध केवल प्रथम संस्करण पर ही लगाया गया था, बाद के संस्करणों पर नहीं। इस प्रकार पुस्तकों का बिक्री से कानून की अवहेलना नहीं हुई। हमें, जिन्होंने बड़ी मुस्तैदी से यह काम किया था, इससे बड़ी निराशा हुई।

परन्तु यह स्थिति तूफान से पहले ही शान्ति जैसी थी। गांधी जी को पंजाब की यात्रा से रोकना और उन्हें जबर्दस्ती बम्बई ले जाना अब इतिहास बन चुका है। उनकी वापसी पर जोशीली भीड़ द्वारा, जिसमें मैं भी थी, उनका जो हार्दिक स्वागत हुआ वह अभूतपूर्व था। मैंने ऐसा बहुत अभिनंदन न कभी देखा, न सुना। लोग अत्यन्त उत्तेजित थे, परन्तु फिर भी शान्त बड़े अपने देवता के दर्शनों के लिए अधीर थे। जैसे ही गांधी जी दीख पड़े भीड़ ने एक जुलूस की शक्ल ले ली। 'वंदेमातरम्' और 'अल्लाहो अकबर' के नारे गूंजने लगे। उसी क्षण घुड़सवार पुलिस जुलूस को रोकती हुई दिखाई दी। क्षणभर में ही सब कुछ हो गया। इससे पहले कि लोग सोच पाते कि क्या करें, घुड़सवारों ने जुलूस को तितर-बितर करने के लिए अपने भालों से आक्रमण कर दिया। भीड़ में गड़बड़ी फैल गई। लोग तब तक पुलिस की ऐसी चालों से परिचित न थे। बाद में तो इस तरह के अत्याचार की आशंका बनी ही रहती थी। लोग इनका दृढ़ निश्चय से सामना करते और अधिकतर

घटनाओं में अपने स्थान से कभी न डिगते। परन्तु अभी तो यह बात इतनी नई और इतनी अनाशंकित थी कि लोगों को संभलने का मौका ही नहीं मिला। घुड़सवार पुलिस वाले घबड़ाये हुए लोगों को रौंदते चले जा रहे थे। मैं आक्रोश से भर गई। मैंने इस तरह के अत्याचारों के बारे में पढ़ा तो अवश्य था, लेकिन देखा नहीं था। घुड़सवारों को यह चिन्ता नहीं थी कि उनके घोड़ों के पैर किस पर पड़ रहे हैं या उनके बल्लमों से क्या विनाश हो रहा है।

अब तक देश के अन्य भागों, विशेषकर दिल्ली, लाहौर और अमृतसर से, पुलिस द्वारा लोगों पर किये गए अत्याचारों के समाचार मिले थे। इसके बाद दमनचक्र तेज होता गया। इनमें जलियांवाला बाग का हत्याकांड सबसे अधिक बीभत्स था। मैं भीतर से कांप उठी। सभी युवा और विशेष कर विद्यार्थी कुछ भी करने को तैयार थे।

एक नए प्रकार की क्रान्ति हो रही थी। जनसाधरण से अपील की गई कि वे सभी स्तरों पर ब्रिटिश सरकार की ताकत को चुनौती दें और, परिणाम चाहे कुछ हो, उससे असहयोग करें। इस कार्यक्रम की सरलता विस्मयजनक थी। मैंने गांधीजी को अपना अहिंसात्मक असहयोग कार्यक्रम विस्तार से बताते सुना। उनकी अति विनम्र भाषा में फौलाद की दृढ़ता थी। ऐसा लगता था कि स्नेह और करुणा से भी उन आंखों से चिनगारी निकल रही थी। उन्होंने स्पष्ट शब्दों में कहा, "हमारा शत्रु बड़ा शक्तिशाली है। अतः लड़ाई बहुत बड़ी होगी। यदि आप इसमें भाग लेने की बात सोचते हैं, तो आपको सर्वस्व त्याग के लिए तैयार रहना चाहिए। अहिंसा और अनुशासन की कड़ाई से पालन होगा।" पूर्ण अहिंसा के पालन के विषय में मुझे सन्देह था। मैं अपने में उमड़ते आक्रोश से परिचित थी। बिना हिंसापूर्ण लड़ाई के इतिहास में किसने स्वाधीनता प्राप्त की है? ऐसी कई शंकाएं मेरे मन में उठ रही थीं। मैंने कई लोगों से इस विषय पर बातें भी की। एक महिला ने, जो गांधी जी के निकट तो थी, पर राजनीति में भाग नहीं लेती थी, मेरे जैसे लोगों के बारे में गांधी जी को चेतावनी दी थी कि हमारी बुद्धि में संशय है और हमारा अहिंसा में पूरा विश्वास नहीं है। एक दिन मुझे गांधी जी से एक पत्र पाकर बहुत आश्चर्य हुआ जिसमें उन्होंने इस बात पर खेद व्यक्त किया

था और यह लिखा था कि यदि मुझे अहिंसा में विश्वास न हो, तो मैं आन्दोलन में शामिल न होऊं। परन्तु ऐसा मौका मुझे 10 वर्ष बाद ही मिल पाया पर तब मुझे लगा कि गांधी जी से और कई बातों पर भी मेरे मतभेद हैं।

कुछ समय तक तो पंजाब का सम्पर्क देश के बाकी हिस्से से कटा रहा। किसी को कुछ पता न था कि वहां क्या हो रहा है। तब वहां सैनिक शासन पूरी तरह खत्म हुआ और समाचार प्राप्त होने लगे, तो हम स्तब्ध रह गए। ऐसा लगा कि संसार और जीवन में आमूल परिवर्तन हो गया है। अब तक अंग्रेजों से कितना भी विरोध होने पर हमारे हृदयों में उनके लिए दोस्ती का भाव और उनके चरित्र के कुछ गुणों के लिए आदर बना था। लेकिन अब यह सब बिल्कुल ही खत्म हो गया।

इस स्थिति में जब गांधी जी नए मांटेग्यू-चेम्सफोर्ड सुधारों को लागू करने के लिए सरकार के साथ सहयोग करने को तैयार हुए, तो हममें से बहुतों को निराशा हुई। परन्तु शीघ्र ही स्थिति स्पष्ट हो गई। अतः जब गांधी जी कांग्रेस से अहिंसात्मक असहयोग आन्दोलन छेड़ने की स्वीकृति लेने में सफल हो गए तो इससे न केवल हमारे दिलों में उनकी इज्जत बढ़ गई, बल्कि सारे नेता वर्ग और देश की आंखों में भी वह बहुत ऊंचे उठ गए। एक बार पुनः देश उत्साह से भर उठा। यह आश्चर्य की बात थी कि देश के वरिष्ठ तथा नरम स्वभाव वाले लोग भी इस नए नेता के पीछे आ खड़े हुए। कई चोटी के वकीलों ने वकालत छोड़ दी, कई ने नौकरियों से इस्तीफे दे दिए। विद्यार्थियों की मुश्किल सबसे बड़ी थी। कई अभिभावक, जो स्वयं सीधी कार्रवाई के अन्य तरीकों के लिए तैयार थे, अपने बच्चों की पढ़ाई बन्द करने के खिलाफ थे। मेरे व्यक्तिगत मित्रों में से एक विद्यार्थी राष्ट्रीय सप्ताह; (असहयोग आन्दोलन में भाग लेने के लिए नहीं) मनाने के लिए स्वयंसेवकों में भर्ती हो गया। उनके पिता ने इसके लिए उसे इतना डांटा कि उसे बड़ी पीड़ा पहुंची। वह बीमार पड़ गया और एक सप्ताह के भीतर ही उसकी मृत्यु हो गई।

स्कूल छोड़ने में मुझे कोई दिक्कत नहीं हुई, लेकिन इस समझौते पर कि मैं घर पर पढ़ती और 'आवारा' नहीं घूमूंगी, जैसा कि शायद कुछ लोग

कर रहे थे। दृश्य बड़ा ही भव्य था क्योंकि सत्याग्रह ने जन आन्दोलन का रूप लिया और व्यापक तथा सुगठित होता गया। लुक-छिप कर कोई काम करने की जरूरत न थी। इससे सभी में गरिमा और दृढ़ता के भाव पैदा होते थे। हर एक ने महसूस किया कि वह कोई भी अपमान और चुनौती का सामना कर सकता है। पहली बार हमने अनुभव किया कि हम भी स्वाभिमानी मनुष्य हैं, डराए-धमकाए जा सकने वाले पराधीन नहीं स्वभावतः सरकार हम पर और अधिक अत्याचार करती रही। फिर भी गिरफ्तार होने वाले नेताओं की संख्या बढ़ती गई।

क्योंकि हर व्यक्ति कुछ न कुछ कर आन्दोलन में योगदान कर सकता था, मेरे परिवार ने लड़कियों का एक राष्ट्रीय स्कूल चलाने के लिए अपना बड़ा मकान सहर्ष दे दिया, क्योंकि स्कूल खोलना भी कार्यक्रम का एक अंग था। काश मैं बड़ी होती और पढ़ा सकती क्योंकि करने को कुछ काम था ही नहीं। मैंने चरखा कातना शुरू किया, बुनना सीखा और मुझे ऐसा लगा जैसे मैं भी उस महान युद्ध में भाग ले रही थी क्योंकि गांधी जी इन रचनात्मक कार्यों पर बड़ा जोर देते थे। मैंने चंदा इकट्ठा करने में भी, विशेषकर सांस्कृतिक कार्यक्रमों का आयोजन करके, सहायता की।

जैसे ही यह महान आन्दोलन बारडोली (गुजरात) में शुरू किया जाने वाला था हिंसात्मक उपद्रव के कारण गांधी जी ने इसे रोक दिया। यह बड़ी बिडम्बना थी कि इसी समय उन्हें गिरफ्तार कर लिया गया और 'शेकिंग द मेन्स' (अयाल झटकना) शीर्षक एक बढ़िया साहित्यिक लेख लिखने के आरोप में कैद की सजा दी गई। उन्होंने यह लेख इस बात से शुरू किया था कि ब्रिटिश सिंह अपने अयाल झटक रहा है। सारे अंग्रेजी साहित्य में ऐसी उच्चकोटि की रचनाएं बहुत कम हैं। मुझे याद है कि इस लेख में गांधी जी की साहित्यिक कल्पना से मैं कितनी प्रभावित हुई थी। इस प्रकार भारत के लम्बे इतिहास के एक अविस्मरणीय अध्याय का और मेरे अपने जीवन के एक छोटे भाग का पटाक्षेप हुआ।

बिहार की जागृति

–सत्यनारायण सिंह

1921 में मैं पटना कॉलेज में बी.ए. क्लास में पढ़ रहा था। गांधी जी के असहयोग आन्दोलन का कुछ मैं हामी था नहीं। कलकत्ता के स्पेशल कांग्रेस में एक असहयोग प्रस्ताव पेश हुआ था। विद्यार्थियों द्वारा स्कूल-कॉलेज छोड़ने और काउंसिल के मेम्बरों और वकीलों द्वारा अपने-अपने पेशे का बहिष्कार करने के लिए जो प्रस्ताव किया गया। मैं उससे पूरी तरह सहमत नहीं था, खासकर मैं कहता था कि विद्यार्थियों को अपनी पढ़ाई नहीं छोड़नी चाहिए। नागपुर कांग्रेस के पहले गांधी जी एक मरतबा सारे भारत का दौरा कर रहे थे। इसी सिलसिले में वह पटना आए। पटना में विराट सभा हुई। मैं भी वहां गया था। मेरे एक सहपाठी मनोरंजनप्रसाद, जो एक अच्छे कवि भी थे, उन्होंने एक गाना गया। गाना भोजपुरी बोली में था–

सत्यनारायण सिंह

का करे गांधी अकेल, तिलक परलोक गए,
रहे ढेर लोक नीके आपसे हो विपरीत गए।

कांग्रेस के उस वक्त के सभी प्रसिद्ध नेता असहयोग आन्दोलन के विरुद्ध थे। उस गाने का मेरे ऊपर इतना गहरा प्रभाव पड़ा कि मैं वहां से

सीधे अपने होस्टल आया और दृढ़ निश्चय कर लिया कि अब पढ़ाई छोड़कर गांधी जी के आन्दोलन में शरीक हो जाऊंगा। मेरे घर के सभी लोगों को बड़ा आश्चर्य हुआ कि मैंने अपना विचार एकाएक कैसे बदल दिया। मेरे बहुत से साथी जो होस्टल में रहते थे शुरू से ही गांधी जी के आन्दोलन के पक्ष में थे और उनसे रोज मुझ से बहस होती थी। मैं विद्यार्थियों के पढ़ाई छोड़ने के विरुद्ध अपनी राय देता था। मेरे वे साथी लोग भी पढ़ाई छोड़कर आन्दोलन में शामिल हो गए। लेकिन एक वर्ष के अन्दर ही अन्दर सभी वापस लौट आए। वे लोग मुझे पत्र लिखते थे कि मैं भी कॉलेज में पढ़ने के लिए वापिस आ जाऊं। लेकिन मैंने उन लोगों से कहा कि अब मैंने दृढ़ संकल्प कर लिया है और मैं गांधी जी का साथ नहीं छोड़ूंगा। इसके पश्चात मैंने गांवों में बड़ा काम किया। जिले के नेता ने मुझे गांवों में संगठन का काम दिया था। थोड़े दिनों के बाद मेरे काम से वे लोग इतने संतुष्ट हुए कि मुझे एक सब-डिवीजन कांग्रेज कमेटी का सेक्रेटरी चुन लिया गया।

गांधी जी का प्रभाव बिहार में बहुत जोरों से पड़ा। राजनतिक मामलों में बिहार पिछड़ा हुआ था। गांधी जी ने जो काम दो साल पहले चम्पारन में असहयोग आन्दोलन शुरू करने के लिए किया था उससे बिहार के लोग काफी प्रभावित थे।

गांधी जी ने नागपुर कांग्रेस में असहयोग आन्दोलन का प्रस्ताव पेश किया उसके बाद बेजवाडा में अखिल भारतीय कांग्रेस कमेटी की मीटिंग हुई और उसमें एक प्रस्ताव पास हुआ कि 31 अगस्त से पहले एक करोड़ रुपया इकट्ठा किया जाए 10 लाख चरखे चलाएं जाएं और कांग्रेस के एक करोड़ सदस्य बनाए जाएँ। इस सम्बन्ध में नागपुर कांग्रेस की एक घटना का उल्लेख करना चाहता हूं। कलकत्ता में कांग्रेस का विशेष अधिवेशन हुआ था और अन्तिम फैसला नागपुर के वार्षिक अधिवेशन में होना था। देशबन्धु चित्तरंजनदास असहयोग के विरोधी थे और वे गांधी जी के असहयोग प्रस्ताव का विरोध करने 3 हजार डेलीगेट लेकर कलकत्ता स्पेशल ट्रेन से नागपुर आए थे। नागपुर के कांग्रेस कैम्प में काफी हलचल थी। गांधी जी देशबन्धु चित्तरंजनदास के कैम्प में खुद मिलने गए और शाम के करीब 6

बजे से एक बजे रात तक दोनों में काफी बातचीत हुई। अंत में देशबन्धु चित्तरंजनदास, गांधी जी के प्रभाव में आ गए और उन्होंने निश्चय किया कि असहयोग आंदोलन का वह पूरा समर्थन करेंगे। सुबह जब कांग्रेस अधिवेशन प्रारम्भ हुआ तो गांधी जी ने प्रस्ताव पेश किया और श्री चित्तरंजनदास उसके समर्थन करने के लिए खड़े हुए। लोगों ने बड़े जोर से शोरगुल किया, क्योंकि उन्होंने समझा था कि श्री दास प्रस्ताव का विरोध करने के लिए खड़े हुए हैं लेकिन जब यह पता चला कि वह उसका समर्थन करने के लिए खड़े हुए हैं तो मीटिंग में चारों ओर 'चित्तरंजनदास की जय' की ध्वनि हुई। प्रस्ताव सर्वसम्मति से पास हुआ। पहली बार कांग्रेस के इस अधिवेशन में 20 हजार डेलीगेट शामिल हुए थे।

मुझे याद है कि उस जमाने में बिहार के गावों में एक नई लहर पैदा हो गई थी और चरखा-करघा, अछूतोद्धार इन कामों में लोग काफी दिलचस्पी लेने लगे थे। गांधी जी के सम्बन्ध में उस समय लोग अनेक तरह की बातें करते थे। बहुत से लोग तो उनको भगवान का अवतार मानते थे। असहयोग आन्दोलन प्रारम्भ में महीने तक बिहार के स्कूल-कॉलेज खाली रहे, कचहरियों में कोई जाता नहीं था। लेकिन थोड़े दिनों के बाद फिर स्कूल-कॉलेजों में विद्यार्थी लौट गए और कचहरियों में फिर काम चलने लगा। बिहार में शहरों से अधिक गांवों में गांधी जी के आन्दोलन का प्रभाव पड़ा था।

1921 का असहयोग आन्दोलन

–डॉ. ताराचंद

हर व्यक्ति में स्वभावतः स्वतन्त्र होने की बलवती इच्छा होती है। जब किसी देश के लोग अपनी मूर्खता से इस दिव्य वस्तु को खो बैठते हैं और अपनी स्वार्थन्धता के कारण किसी दूसरी जाति के गुलाम बन जाते हैं, तब भी यह बुनियादी इच्छा नष्ट नहीं होती, बल्कि दब भर जाती है। हम अपने देश के इतिहास पर दृष्टिपात करें तो पता चलता है कि 18वीं सदी के मध्य से गृह-युद्ध, राजवंशों के आपसी झगड़े, छल-कपट और विश्वासघात के कारण एक के बाद एक, हिन्दुस्तान के सारे शासक ब्रिटिश हुकूमत की गुलामी की जंजीरों में बंधते चले गए और 19वीं सदी के मध्य तक तो तमाम मुल्क ही गुलाम बन गया, अथवा अंग्रेजों पर आश्रित हो गया।

लेकिन समय-समय पर स्वतंत्रता की हमारी अदमनीय इच्छा अपने आप अभिव्यक्त होती रही और 1857 में तो यह बड़े भारी पैमाने पर विद्रोह की शक्ल में प्रकट हुई। विद्रोह असफल रहा और भारतवासियों के दिलो-दिमाग गुलामी के बंधन में जकड़ गए। उनके स्वाभिमान की कमर झुक गई। उनके मस्तिष्क पर अपनी हीनता और अंग्रेजों की योग्यता और श्रेष्ठता की जैसे अटल छाप पड़ गई। उनका आपस में ही एक दूसरे पर से भरोसा उठ गया, उनका आत्म-विश्वास हिल गया, समाज के विभिन्न वर्ग के लोगों में संकीर्ण भाव घर कर गए, उनके दिलो-दिमाग पर खुदगर्जी छा गई। सब अपने-अपने वर्गों के स्वार्थ को ही देखने लगे।

फिर भी गोरे हुक्मरानों की उद्दण्डता से अपमानित होकर देशवासियों के मन में असंतोष रह-रहकर विद्रोह की भावना का उद्दीपन करता रहा। स्वतन्त्र रहने की स्वाभाविक इच्छा का सदा के लिए दब जाना और स्थायी

रूप से गुलाम बने रहना तो लोगों के लिए असम्भव था।

लोगों में स्वतन्त्रता की जो भावना दबी हुई थी, वह आरम्भ में अधिकार के आग्रह के रूप में प्रकट हुई—भले ही कुछ हिचकिचाहट के साथ। भारतीय राष्ट्रीय कांग्रेस की स्थापना इसी भावना की अभिव्यक्ति थी। फिर तो जैसे-जैसे समय बीतता गया, वैसे-वैसे लोगों में दृढ़ता के साथ आत्म-विश्वास बढ़ता गया और बंगाल के विभाजन ने एक ऐसा अवसर पैदा कर दिया, जब अंग्रेजी हुकूमत के खिलाफ भारतीयों की आवाज बुलंद हुई। इससे भारतीय जनता में एक नई चेतना पैदा हुई और मातृभूमि की बलिवेदी पर अपने को न्यौछावर कर देने तथा ताकतवर सरकार का निडर हो डटकर मुकाबला करने का भाव लोगों के मन में पैदा हुआ। स्वतन्त्रता के यौद्धाओं को सुसंगठित करने की भावना भी उनमें बलवती हुई।

साम्राज्य के अस्तित्व के लिए बढ़ते हुए इस खतरे का सामना करने के लिए सरकार ने त्रिसूत्री अपनाया—उग्र विचार वालों का दमन, राष्ट्रवादियों में फूट डालने और नरम विचार वालों से समझौता करने का। स्वतन्त्रता आंदोलन को कुचलने के लिए कड़े कानून बनाए गए जिन्हें बड़ी ही निर्दयता के साथ लागू किया गया। विभिन्न सम्प्रदायों में फूट डाली गयी और नरम विचार वाले हिन्दुस्तानियों तथा जमींदारों की पीठ ठोकी गयी और उन्हें संरक्षण प्रदान किया गया। अखबारों पर कड़े प्रतिबंध लगाए गए, देशभक्तों को जेलों में बंद कर दिया गया या उन्हें देश से निकाल दिया गया और छात्रों तथा शिक्षकों को सजाएं दी गईं। इतना ही नहीं, ब्रिटिश हुकूमत ने देसी रियासतों के राजाओं-महाराजाओं को अपना दोस्त-हमदर्द बना लिया, मुसलमानों के साथ पक्षपात किया और साम्प्रदायिक ईर्ष्या-द्वेष को भड़काया। देश के जागरूक राजनीतिज्ञों का सहयोग प्राप्त करने के लिए गोरी हुकूमत ने संवैधानिक सुधार की योजनाओं को अमली जामा पहनाया, लेकिन दरअसल इससे सत्ता का हस्तांतरण नाममात्र को भी नहीं हुआ।

लेकिन इन तमाम उपायों के बाद भी सरकार को जो सफलता मिली, वह अस्थायी सिद्ध हुई क्योंकि प्रथम विश्वयुद्ध के अंत में सारा देश गोरों से क्षुब्ध, असंतुष्ट और नाराज था। अप्रत्याशित रूप से युद्ध भी काफी लम्बे समय तक चला। लोग काफी क्षुब्ध थे, उन्हें अकथनीय कष्ट झेलने पड़े थे।

इतना ही नहीं, विश्व की आर्थिक स्थिति भी बुरी तरह बिगड़ गई थी और इसका नतीजा यह हुआ कि भारतवासियों की आर्थिक कठिनाइयां कई गुना बढ़ गईं। विश्व-व्यापार पूर्णतया अव्यवस्थित हो गया था और उद्योग केवल युद्ध की सामग्रियां पैदा करने के लिए ही चलाए जा रहे थे। चीजों के दाम तेजी से बढ़ते गए। भारतीय किसान निर्धन हो गए।

युद्ध के आखिरी वर्षों में पानी न बरसने, अनाज की कमी और बेरोजगारी के बढ़ने से लोगों के रहन-सहन का स्तर तेजी से गिरा और इन सारी विपत्तियों से बढ़कर एक नई विपत्ति आ गई–यह थी इन्फ्लुएंजा की महामारी, जिससे लोगों में त्राहि-त्राहि मच गई। लाखों नर नारी इस महामारी के शिकार बन गए।

देश तथा विदेशों की राजनीतिक घटनाओं का सम्पूर्ण भारतवासियों और खास तौर से मुसलमानों पर प्रतिकूल प्रभाव पड़ा। इस युद्ध में एक ओर अमरीका, ब्रिटेन, फ्रांस और रूस जैसे देश थे, जो दूसरी ओर जर्मनी, इटली, आस्ट्रिया और तुर्की। युद्ध की घटनाएं दूसरे पक्ष के प्रतिकूल होती गईं। तुर्की के पराजित होने और उसे टुकड़ों में बांटने के प्रस्ताव से भारतीय मुसलमान दुखी हो उठे क्योंकि तुर्की के सुलतान सुन्नी मत के तमाम मुसलमानों के खलीफा और उनके धार्मिक स्थानों के अविभावक तथा उनके धर्म के संरक्षक थे। इसलिए उस्मानिया साम्राज्य के साथ जो बुरा बर्ताव किया गया, उससे मुसलमान स्वभावतः नाराज हो उठे। खासतौर से वे ब्रिटेन से बुरी तरह नाराज थे, क्योंकि ऐसा लगता था कि अंग्रेज दुनियाभर के मुस्लिम सम्प्रदाय के शत्रु हैं। और इससे भी बुरी बात यह थी कि अंग्रेज राजनीतिज्ञों ने बहुत सारे जो वायदे कर रखे थे, उनसे वे बिना किसी लाज हया के साथ-साफ मुकर गए।

भारतवासी काफी असंतुष्ट और क्षुब्ध थे। ब्रिटिश हुकूमत के प्रति उनके मन में वफादारी की जो भावना थी, उससे काफी ठेस पहुंची और यह वफादारी बड़ी तेजी के साथ खत्म होती जा रही थी। युद्ध के आरम्भ में भारतवासियों ने उसमें जो मदद की उसकी अंग्रेजों ने प्रशंसा की थी और ऐसा लगा था कि इस देश का प्रशासनिक ढांचा काफी बदल जाएगा। और 20 अगस्त, 1917 को सरकार की ओर शासन चलाने का मौका दिया

जाएगा और यह भारत की राजनीतिक प्रगति का लक्ष्य होगा। लेकिन जब 1919 के अधिनियम सामने आए, तब भारतवासियों को घोर निराशा हुई।

यह गोरे हुक्मरानों से छिपा नहीं रहा कि भारतवासी काफी क्षुब्ध है। अपने वायदे पूरे न करने के कारण सरकार अपने को भीतर ही भीतर दोषी समझती थी और भारतवासियों की ओर से सशंक थी। मांटेग्यू-चेम्सफोर्ड सुधार के लागू होने से पहले ही, उसने भारतवासी जनता के आन्दोलन और अवज्ञा का सामना करने के लिए कई तरीके अख्तियार किए। इसलिए सरकार ने इंग्लैंड के न्यायाधीश रौलट की अध्यक्षता में एक कमीशन भारत में चल रही राज-विद्रोह सम्बन्धी गतिविधियों की जांच करने और उन्हें खत्म करने के उपाय सुझाने के लिए नियुक्त किया।

रौलट कमीशन की सिफारिशों के आधार पर केन्द्रीय कौंसिल में कई विधेयक प्रस्तुत किए गए, जिनके अन्तर्गत लोगों को गिरफ्तार करने, उनके घरों की तलाशी लेने और उन पर मुकदमा चलाने के बहुत से असाधारण अधिकार पुलिस को देने का प्रस्ताव किया गया, लेकिन जिनसे वास्तव में न्याय का भयंकर रूप से हनन हो रहा था।

भारतवासियों ने ऐसे पाशविक उपायों के बुरे परिणामों के संबंध में सरकार को चेतावनी दी—यहां तक कि नरम विचार के एक प्रतिष्ठित नेता श्री श्रीनिवास शास्त्री को भी इस संबंध में कहना पड़ा था कि "पुलिस और मजिस्ट्रेट के हाथों में इतने सारे अधिकारों को सौंपने से केवल दुष्ट लोगों को ही नहीं, बल्कि भले लोगों को भी कष्ट पहुंचेगा। इससे लोगों की भावनाओं और राजनीतिक तत्वों को ऐसा आघात लगेगा कि ब्रिटिश हुकूमत भारतवासियों को सरकार की जिम्मेदारी सौंपने की जो बात करती है, वह केवल एक मजाक साबित होगी।"

मुस्लिम लीग के अध्यक्ष मि. जिन्ना ने सरकार को साफ-साफ चेतावनी दी कि "इस विधेयक के पास होने से ऐसा असंतोष पैदा होगा और वह एक ऐसे आंदोलन का रूप ले लेगा, जैसा पहले कभी नहीं हुआ।

प्रस्ताविक विधेयक के खिलाफ भारतीय पत्र-पत्रिकाओं ने एकमत से अपना आक्रोश प्रकट किया, लेकिन ऐसा लगता था कि नौकरशाही अपने विनाशकारी निश्चय पर अडिग है। नतीजा यह हुआ कि विधेयक सरकारी

बहुमत से पास होकर कानून बन गया।

जनमत की यह घोर उपेक्षा निश्चित रूप से आपद मोल लेने जैसी थी। भारत के आत्मसम्मान के लिए सरकार की इस चुनौती का उचित उत्तर देना जरूरी था। क्रुद्ध भारतवासी अब गोरेशाही द्वारा किए जाने वाले अपमानों और उसके अत्याचारों के सामने मूक रहकर झुकने को तैयार न थे। सत्ता के मद में चूर गोरे हुक्मरानों के ऐसे अन्यायपूर्ण बर्ताव से भारतवासियों का उत्तेजित होना निश्चित ही था।

हुआ भी यही। गांधी जी ने अंग्रेजों की चुनौती स्वीकार की। हिन्दुस्तान के लोग असंतोष और क्षोभ से तप्त हो उठे थे। गांधी जी के पीछे सभी लोग दृढ़ संकल्प होकर चल पड़े—अपने सम्मान की रक्षा के लिए, अपने स्वतन्त्र जीवन के नैसर्गिक अधिकार को प्राप्त करने के लिए।

इस कानून का विरोध तो देश भर में हुआ, लेकिन पंजाब की स्थिति कई कारणों से अत्यन्त विस्फोटक थी। युद्ध के लिए 3 लाख लड़ाकू और 60 हजार गैर लड़ाकू सैनिकों को भरती करने के उद्देश्य से लोगों पर दबाव डाला गया था और बहुत से गांवों में मजदूरों का मिलना मुश्किल हो गया था। परिवार के कमाने वाले फौज में चले गए थे। किसानों पर जो विपत्ति आई थी, उससे विद्रोह की आग भभक उठी और उन पर भयंकर जुल्म ढाए गए। विदेशों में रहने वाले बहुत-से पंजाबी अपने घरों को लौट आए थे। इन लोगों के मन में सरकार के खिलाफ बड़ी कटुता थी। सरकार ने भी उन पर मुकदमा चलाने के लिए प्रवेशाधिकार अध्यादेश (इन्ग्रेस आर्डीनेन्स) की धाराओं का इस्तेमाल किया।

गांधी जी का नेतृत्व

गांधी जी दक्षिण अफ्रीका से, जहां उन्होंने भारतीय प्रवासियों के राष्ट्रीय सम्मान और मानवीय अधिकारों की रक्षा के लिए एक अभूतपूर्व आंदोलन का नेतृत्व किया था, 1915 के आरम्भ में ही स्वदेश लौटे थे। अहिंसा तथा नैतिकता पर आधारित इस संघर्ष के अनुभव से उनकी विचारधारा को एक नया मोड़ मिला था। उनके विचार और कार्य का मूल नियामक तत्व सिद्धान्त रूप में यही था कि मूलतः मनुष्य ईश्वर का ही अंश

है और जीवन का सम्पूर्ण प्रयोजन यही है कि व्यक्तिगत और सामूहिक जीवन में उनके देवत्व को साकार किया जाए। सिद्धान्त और व्यवहार रूप में धर्म, दर्शनशास्त्र, नीतिशास्त्र, समाज विज्ञान, अर्थशास्त्र, राजनीति विज्ञान–इन सबका मूल लक्ष्य मानव को आत्मज्ञान प्राप्त कराना ही होना चाहिए। गांधी जी के अनुसार, इस प्रयोजन की वास्तविकता दो शब्दों–सत्य और अहिंसा–में ही अभिव्यक्त होती है। सत्य ही वैयक्तिक जीवन का धर्म है। इसी के माध्यम से मानव अपनी आत्मा का साक्षात्कार करता है और जीवन के चरम लक्ष्य को प्राप्त करता है। अहिंसा मानव समुदाय का मूल सिद्धान्त है–एक ऐसा सिद्धान्त, जो मानव मात्र की एकता स्थापित करता है।

इन्हीं विचारों के आधार पर उन्होंने यह फैसला किया कि प्रगति के लिए किन साधनों को अपनाना ठीक है–कौन-सा रास्ता पकड़ना चाहिए। देश की स्वतन्त्रता परमावश्यक थी और स्वराज्य के माध्यम से वैयक्तिक स्वतन्त्रता प्राप्त किए बिना सत्य और अहिंसा का साकार करने की आवश्यक स्थिति पैदा नहीं की जा सकती थी। इस प्रकार गांधी जी का प्रारम्भिक उद्देश्य यही था कि मनुष्य अपनी पाशविक प्रवृत्ति पर विजय पाकर सात्विक या नैतिक मानव बने।

यही वह धर्म था जिसे उन्होंने दक्षिणी अफ्रीका में व्यावहारिक रूप दिया था और जिसके प्रचार की कोशिश उन्होंने भारत के नैतिक, सामाजिक, आर्थिक और राजनीतिक जीवन में की। भारतीय राजनीति में उनका आगमन हमारे इतिहास में वस्तुतः एक नए अध्याय का आरम्भ था।

गांधी जी ने लगभग 25 साल विदेशों में बिताए थे। इस अवधि में वह बीच-बीच में स्वदेश आते रहते थे। देश लौटने पर उन्होंने गोखले के इस परामर्श को स्वीकार किया कि देश की वास्तविक स्थिति से, भली-भांति परिचित होने के लिए वह एक साल तक चुपचाप उसका अध्ययन करें। गांधी जी ने अहमदाबाद के नजदीक साबरमती नदी के किनारे एक सत्याग्रह आश्रम स्थापित किया। भारतीय राजनीति के क्षेत्र में उन्होंने जो पहला कदम रखा वह था ब्रिटिश उपनिवेशों के लिए मजदूरों की भरती के इकरारनामे की (गिरमिटिया) गलत प्रणाली के तुरन्त बंद करने का मांग।

जनता के आन्दोलन और सत्याग्रह के भय से वाइसराय ने 12 अप्रैल, 1917 को इस प्रणाली को समाप्त करने का आदेश दे दिया।

इसके बाद गांधी जी का ध्यान बिहार के उन किसानों की ओर गया, जो अंग्रेज नील उत्पादकों से पीड़ित थे। इसकी जांच करने के लिए वह चम्पारन गए, लेकिन वहां के जिला मजिस्ट्रेट ने उन्हें यह आदेश दिया कि वह तुरन्त जिले को छोड़ दें। गांधी जी ने इस आदेश को मानने से इनकार कर दिया और इस प्रकार कानून भंग करने पर उन पर मुकदमा चलाया गया। उन्होंने मुकदमे के दौरान यह कबूल किया कि मजिस्ट्रेट के आदेश को उन्होंने नहीं माना है, लेकिन साथ ही उन्होंने आदेश न मानने का औचित्य भी इस तर्क पर सिद्ध किया कि आत्मा की आवाज मनुष्य के बनाए कानूनों के ऊपर है। किसी अदालत में यह एक नए ढंग की दलील थी। लेकिन बिल्कुल ही नई तो नहीं, क्योंकि अदालतों में इस आधार पर अपने कार्य का औचित्य सिद्ध करने वाले विश्व-इतिहास में सुकरात तथा कुछ अन्य धार्मिक सन्त और शहीद हुए हैं। लेकिन किसी गोरे मजिस्ट्रेट के लिए यह निश्चय ही एक चक्कर में डाल देने वाली दलील थी। बिहार सरकार ने उसको इस परेशानी से बचाया और गांधी जी को अपनी जांच पूरी करने की इजाजत दी गई और आखिरकार सरकार ने यह समझा कि नील उत्पादकों ने किसानों पर घोर अत्याचार किया है। फलतः चम्पारन किसान विधेयक, 1917 के अन्तर्गत इस प्रणाली को समाप्त करने का प्रस्ताव किया गया।

बिहार में अभी गांधी जी का कार्य चल ही रहा था कि खेड़ा (गुजरात) के किसानों ने, जो फसलों के मारे जाने के कारण लगान देने में दिक्कत महसूस कर रहे थे, उनसे सहायता और मार्गदर्शन का अनुरोध किया। इसी प्रकार गांधी जी से दूसरा अनुरोध अहमदाबाद में मजदूर आन्दोलन में हस्तक्षेप करने के लिए किया गया। गांधी जी ने पहले अहमदाबाद के मजदूरों का सवाल अपने हाथ में लिया और उन्हें यह राय दी कि वे हड़ताल तो करें, किन्तु मिल मालिकों और गद्दारों के खिलाफ अहिंसा बरतें और अपनी मांग पर अडिग रहें। लेकिन दुर्भाग्यवश दो हफ्तों के बाद हड़ताली अपने मार्ग से विचलित होने लगे। इसलिए गांधी जी ने यह घोषणा की कि जब तक झगड़ा खत्म नहीं हो जाता, वह अनशन करेंगे। इससे हड़तालियों

को अपनी मांगों पर अटल रहने में मदद मिली और मिल मालिक बहुत प्रभावित हुए। परिणाम यह हुआ कि हड़ताल खत्म हो गई और समझौता दोनों पक्षों के लिए संतोषजनक सिद्ध हुआ।

इसके बाद वह खेड़ा आन्दोलन में कूद पड़े, जिसमें आखिरकार समझौता हो गया। गांधी जी ने यह महसूस किया कि यह समझौता संतोषप्रद नहीं था, लेकिन गुजरात[1] के किसानों में एक नई चेतना पैदा हुई।

ये घटनाएं गांधी जी के आगे आने वाले महान आन्दोलन की पूर्व सूचिका थीं। अकस्मात अखबारों में उन्होंने रौलट कमेटी की रिपोर्ट पढ़ी, जो प्रकाशित हो चुकी थी और पढ़ने के बाद वह सहसा बोल उठे, "इस कमेटी की सिफारिशों ने मुझे चौंका दिया है।" यह उस कायापलट की शुरुआत थी, जिसके कारण ब्रिटिश साम्राज्य का एक वफादार नागरिक उग्रवादी बनने को मजबूर हो गया। अब तक गांधी जी का विश्वास था कि ब्रिटिश साम्राज्य कुल मिलाकर भारत की जनता की भलाई ही करता आ रहा है, लेकिन अब एक विद्रोही के रूप में उनका मत यह था कि "ब्रिटिश साम्राज्य आज शैतानों का प्रतिनिधि है। अतः जिन्हें ईश्वर से प्यार है, उनके मन में ऐसे शैतान के प्रति किसी भी प्रकार का प्यार नहीं हो सकता।"

ऐसी ऊंची आत्मा वाले सत्य-प्रेमी व्यक्ति में इस प्रकार का जो रूपान्तर आया वह अंग्रेजी साम्राज्य की नैतिक बुनियाद के विनाश का अन्तिम चरण था। गांधी जी भारत की अन्तरात्मा के प्रतिनिधि थे और उनके मन में पैदा हुई विद्रोह की भावना से एक ऐसी क्रान्ति का जन्म हुआ, जिसने अन्त में ब्रिटिश साम्राज्य को उखाड़ कर फेंक ही दिया।

तुरन्त ही गांधी जी ने उन लोगों के लिए एक प्रतिज्ञा का प्रारूप तैयार किया, जो उनके अनुयायी थे और जिनका विश्वास था कि "वे विधेयक अनुचित थे, स्वतन्त्रता और न्याय के सभी सिद्धान्तों के विध्वंसक और व्यक्ति के प्रारम्भिक अधिकारों के विनाशक थे।" प्रतिज्ञा यह थी कि "इन विधेयकों के कानून बन जाने पर वे उन कानूनों को नागारिक की हैसियत से मानने से इनकार करेंगे, जब तक कि वे रद्द न कर दिए जाएं[2]।"

इसी बीच वह विधेयक कानून बन गया और उस प्रतिज्ञा के बाद सारे भारत में हड़ताल का आह्वान किया गया। इस हड़ताल की तारीख 30 मार्च,

1919 तय की गई थी, लेकिन बाद में बदल कर 6 अप्रैल कर दी गई। उस दिन उपवास रखने और प्रार्थना करने का कार्यक्रम था। इसी दिन भारत ने ब्रिटिश साम्राज्यवाद के विरुद्ध अहिंसात्मक युद्ध छेड़ा। गांधी जी ने वाइसराय को लिखा, "इस सत्याग्रह अभियान का उद्देश्य राजनीति में क्रान्तिकारी परिवर्तन और मनुष्य की नैतिक शक्ति की प्रतिष्ठा करना है।"

इस आह्वान का लोगों पर आश्चर्यजनक प्रभाव पड़ा। देशभर में शहरों और गांवों में सभी जगह लोग हड़ताल को सफल बनाने और यह दिखाने में कि सभी भारतवासियों के हृदय में एक समान चेतना जाग उठी है, एक-दूसरे से जैसे प्रतिस्पर्धा करने लगे। एक नया विश्वास जागा और एक नए युग का आरम्भ हुआ।

इस सम्बन्ध में गांधी जी ने लिखा, "इस दिन सारे हिन्दुस्तान में एक कोने से लेकर दूसरे कोने तक, चाहे शहर हों या गांव, पूरी-पूरी हड़ताल मनाई गई। सचमुच ही यह एक आश्चर्यजनक बात थी।"[3]

दिल्ली में सत्याग्रह दिवस 30 मार्च को मनाया गया, जबकि अप्रत्याशित रूप से लोगों में उत्साह देखने को मिला। इस प्रदर्शनों में हिन्दुओं और मुसलमानों ने समान रूप से भाग लिया। इस अवसर पर जामा मस्जिद में मुसलमानों की सभा में भाषण करने के लिए आर्यसमाज के नेता स्वामी श्रद्धानन्द को आमन्त्रित किया गया। एक भारी जलूस निकाला गया। हिन्दुओं और मुसलमानों में भाईचारे की यह भावना और आम लोगों में यह उत्तेजना गोराशाही की निगाह में एक खतरनाक बात थी जिसे कुचलने के लिए उसके पास केवल एक ही हथियार था, "बर्बर शक्ति से लोगों को रौंद डालना।" हुआ भी वही। पुलिस ने जुलूस को रोका और भीड़ पर गोलियां चलाईं।

बम्बई में, जहां गांधी जी स्वयं उपस्थित थे, समुद्र के किनारे चौपाटी पर काफी बड़ी भीड़ एकत्र हुई। वहां कोई वारदात नहीं हुई। सारे शहर में एक भारी जुलूस निकाला गया। इस अवसर पर एक मस्जिद में आयोजित सभा में गांधी जी और सरोजनी नायडू के भाषण हुए। गांधी जी की किताबें, जिन पर सरकार ने प्रतिबंध लगा रखा था, खुलेआम बेची गई।

दुर्भाग्यवश अहमदाबाद और गुजरात के कुछ स्थानों में दंगे हुए

लेकिन सबसे दुर्भाग्यपूर्ण घटना पंजाब में घटी। दिल्ली की घटना के बाद गांधी जी उपद्रव के कारणों की जांच करने के लिए राजधानी आना चाहते थे, लेकिन दिल्ली आने की इजाजत उन्हें नहीं दी गई। उन्हें बम्बई लौट जाने को मजबूर किया गया और प्रेसीडेंसी क्षेत्र में ही रहने को बाध्य किया गया। फिर तो ऐसी अफवाह फैल गई कि गांधी जी गिरफ्तार कर लिए गए हैं और इससे लोग क्षुब्ध और क्रुद्ध हो उठे।

अमृतसर का हत्याकाण्ड

लेकिन पंजाब में, जिसने प्रथम विश्वयुद्ध में ब्रिटिश सरकार की सबसे अधिक सहायता की थी, सबसे दुःखद घटना घटी। दुर्भाग्य की बात यह थी कि उस पर लेफ्टिनेन्ट गवर्नर माईकेल ओडायर जैसे निरंकुश शासक का हुक्म चल रहा था। दूसरी ओर रौलट बिल ने घाव पर नमक छिड़का था, क्योंकि उसके अन्तर्गत किसी भी अभियुक्त के लिए "किसी भी वकील, किसी भी अपील, किसी भी दलील"[4] की इजाजत नहीं थी और ओडायर जैसे अफसरों का हुक्म न मानने पर भारी-से-भारी सजा देने की व्यवस्था थी।

फलतः पंजाब के लोगों पर जैसे-जैसे जुल्म-ज्यादती बढ़ती गई, वैसे ही वैसे अन्य प्रान्तों की अपेक्षा वहां आन्दोलन भी उग्र से उग्रतर होता गया। वहां लोग काफी उत्तेजित थे उनमें ब्रिटिश हुकूमत के खिलाफ प्रतिरोध की जबर्दस्त भावना थी। लोगों की भारी भीड़ें इकट्ठी हो रही थीं। प्रदर्शनी के दौरान उपद्रव हुए। अधिकारीगण आतंकित हो गए और कई जगह मुठभेड़ें हुईं। 1907 के किसान आन्दोलन के बाद से गोरों की निगाह में पंजाब काफी बदनाम हो चुका था। तब से वहां की हालत और खराब हो गई थी। उस प्रान्त के लोगों में गहरी निराशा का भाव व्याप्त था और ऐसी हालत में गांधी जी ने जो आह्वान किया था, उसका असर तो लोगों पर बिजली के समान हुआ।

सारे प्रान्त में पहले ही बहुत-सी विरोध सभाएं की जा चुकी थीं। 6 अप्रैल को लाहौर तथा अन्य शहरों में हड़तालें हुईं, जिस पर सूबे के गवर्नर की प्रतिक्रिया भयंकर हुई। उसने अपने एक आक्रोशपूर्ण भाषण में प्रान्तीय

विधान परिषद में कहा "....इसलिए मैं उन तमाम लोगों को, जो इस प्रान्त में राजनीतिक आन्दोलनों से सम्बद्ध हैं, यह चेतावनी देना चाहता हूं कि जो सभाएं वे कर रहे हैं, वहां जैसे भाषण होंगे और इन सबके जो परिणाम होंगे, उनके लिए वे ही जिम्मेदार ठहराए जाएंगे।"[5] अंग्रेजी दैनिक 'ट्रिब्यून' ने इस चेतावनी को बेहद अविवेकपूर्ण बताया था।

10 अप्रैल को गांधी जी की गिरफ्तारी का समाचार मिलने के बाद लाहौर में एक जुलूस निकाला गया। पुलिस ने छात्रों के उस जुलूस पर गोलियां चलाईं। एक दूसरी जगह जमा हुई भीड़ पर और एक सभा पर भी गोलियां चलाई गईं। इतना ही नहीं, तीन नेताओं को प्रान्त के बाहर निकाल दिया गया।

लेकिन लाहौर में जो कुछ भी हुआ, वह अमृतसर में ढाए गए जुल्म के सामने कुछ भी नहीं था। वहां फरवरी में ही विरोध सभाएं शुरू हो गयी थीं। 23 मार्च को सत्याग्रह आन्दोलन के समर्थन में एक सभा की गई और इसके 6 दिन बाद 30 मार्च को हड़ताल की घोषणा करने और उसके कारणों को बताने के लिए एक दूसरी सभा की गई।

इसकी तुरन्त प्रतिक्रिया वहां के गोरे हाकिमों पर यह हुई कि उन्होंने आदेश देकर एक स्थानीय नेता डॉ. सत्यपाल को सार्वजनिक भाषण करने से मना कर दिया, लेकिन इससे नागरिक डरे नहीं और 30 मार्च को हड़ताल हुई और जलियांवाला बाग में एक सभा बुलाई गई। 4 अप्रैल को एक और नेता श्री सैफुद्दीन किचलू को भी श्री सत्यपाल की तरह सार्वजनिक भाषण करने से मना कर दिया गया और अन्य लोगों पर भी प्रतिबंध लगाए गए। 6 अप्रैल को पूरी हड़ताल रही, लेकिन शान्ति भंग नहीं होने दी गई। डिप्टी कमिश्नर बौखला उठा और तुरन्त उसने और सैनिकों की मांग की। 9 अप्रैल को हिन्दू त्यौहार था, जिस अवसर पर हिन्दुओं, मुसलमानों और सिखों के बड़े-बड़े जुलूस सड़कों से होकर गुजरे।

गांधी जी, जो नेताओं के अनुरोध पर पंजाब जा रहे थे, बीच में ही पलवल में रोक दिए गए और उन्हें पंजाब प्रान्त में घुसने से मना कर दिया गया।

अगले दिन सुबह (10 अप्रैल को) किचलू और सत्यपाल को अमृतसर

से निष्कासित कर दिया गया। इन दोनों घटनाओं से जनता अत्यन्त क्षुब्ध हो उठी; उसमें उत्तेजना की लहर दौड़ गई। लोगों की भारी भीड़ डिप्टी कमिश्नर से मिलने जमा हो गई और उनसे इन आदेशों को रद्द करने की मांग की। सैनिकों ने जनता को डिप्टी कमिश्नर के बंगले की ओर जाने से रोकने की कोशिश की। इसके बाद घुड़सवार सैनिकों ने भीड़ पर गोलियां चलाईं, जिससे कुछ लोग मरे और कई घायल हुए। तब भीड़ अत्यन्त उत्तेजित हो गई और भगदड़ मच गई। एक तरफ गोलियां चल रही थीं, दूसरी तरफ से लोग उनका जवाब पत्थरों से दे रहे थे। धीरे-धीरे भीड़ बढ़ती गई और उस पर गोलियां बरसाई गईं। फिर तो भीड़ पागल हो गई और उसने कानून की सीमाओं को तोड़ दिया। आगजनी, लूट खसोट और हत्याएं हुईं। ओडायर ने अमृतसर से उन नेताओं को निकालकर जिन्होंने अहिंसा की शपथ ली थी, वह वातावरण पैदा किया जिसमें एक ऐसा झंझावात आया कि सैकड़ों निर्दोष नागरिक गोलियों के शिकार हुए।

11 अप्रैल को अमृतसर सैनिक अधिकारियों के हाथ में सौंप दिया गया और यह कार्यभार जनरल डायर ने संभाला। 12 और 13 अप्रैल को इस आशय की घोषणाएं जारी की गई कि अगर सभाएं की जाएंगी या जुलूस निकाले जाएंगे और हिंसात्मक घटनाएं होंगी, तो इन सबका परिणाम बहुत बुरा होगा।

लोगों ने इन धमकियों को खुलेआम विरोध किया। 13 अप्रैल को दोपहर बाद जलियांवाला बाग में एक आम सभा की गई। जनरल डायर ने इसे अपनी ताकत के लिए एक चुनौती समझा और शक्ति प्रदर्शन से सभा को भंग कर देने और लोगों के आगे के लिए सबक सिखाने का फैसला किया।

जलियांवाला बाग एक खुली जगह थी, जिसके चारों ओर मकान खड़े थे और उसमें आने-जाने का केवल एक संकरा रास्ता था जिसमें से कोई बख्तरबन्द गाड़ी नहीं गुजर सकती थी। दूसरी तरफ तीन या चार जगहें और थीं जिनमें से लोग बाग में आ जा सकते थे। विभिन्न अनुमानों के अनुसार, इस बाग में 15-20 हजार लोगों की भीड़ जमा हो गई थी। वहां उपस्थित लोग नेताओं के भाषण शान्तिपूर्वक सुन रहे थे। उसी समय जनरल डायर अपने लोगों के साथ मुख्यद्वार पर आ पहुंचा। उसने तुरन्त अपने सैनिकों

को आदेश दिया और बिना किसी चेतावनी के ही गोलियां चलाई जाने लगीं। सैकड़ों लाशें गिर गईं। बहुत-से लोग भगदड़ में कुचल कर मर गए। लाशों का ढेर लग गया। घायल लोग कराहने और पानी के लिए चिल्लाने लगे, लेकिन गोलियां तब तक चलती रहीं, जब तक स्टाक खत्म नहीं हो गया। अपने इस नृशंस कारनामे को बड़ी शान से देखने के बाद डायर मरे या घायल हुए लोगों की कोई परवाह किए बिना हत्या स्थल से रवाना हो गया।

मृत और घायलों के सही आंकड़ें कभी भी नहीं मिलेंगे। इसमें 379 व्यक्ति मारे गए; जैसा कि एक सरकारी विज्ञप्ति में बताया गया था, या एक हजार लोग मारे गए, कुछ कहा नहीं जा सकता। विशेष महत्व संख्या का नहीं है। असल बात तो यही थी कि एक ओर सात समुंदर पार विलायत में बैठी गोरी सरकार अपनी नेकनीयती जताने के लिए यह घोषणा करती थी कि वह राजनीतिक सुधारों के जरिए भारतीयों को स्वशासन की शिक्षा देना चाहती है, दूसरी ओर यहां उसके प्रतिनिधि भारतीयों को अपने अत्याचारों के जरिए गुलामी, कायरता और जी-हुजूरी सिखाना चाहते थे।

पंजाब में अत्याचार

जलियांवाला बाग का लोमहर्षक हत्याकाण्ड कोई अकस्मात घटना नहीं थी, वह पंजाब में लोगों पर जुल्म ढाने की नीति का एक अंग थी। अमृतसर में इस भयंकर नरसंहार के बाद कर्फ्यू लगा दिया गया, जो दो महीनों तक लागू रहा। इससे भी बुरी बात यह थी कि पानी बन्द कर दिया गया और बिजली काट दी गई। लोगों को कोड़े लगाना आम बात थी और इस आशय का एक आदेश भी जारी किया गया कि जिस गली में एक अंग्रेज महिला, मिस शेरउड पर आक्रमण किया गया था, उस गली से जो कोई भी गुजरे, वह पेट के बल जमीन पर रेंगता हुआ ही जाए। इतना ही नहीं, 13 अप्रैल को सैनिक शासन (मार्शल लॉ) लागू करने की घोषणा की गई और उसके अन्तर्गत बहुत सारे लोगों पर मुकदमे चलाए गए, बहुतों को सजाएं दी गईं—कइयों को फांसी की और बहुतों को आजीवन कारावास की।

10 अप्रैल को लाहौर में निकले जुलूसों पर तीन बार गोलियां चलाई गईं। 17 अप्रैल को भी ऐसा ही हुआ। 16 अप्रैल को लाहौर के तीन प्रतिष्ठित नेताओं—श्री रामभजदत्त चौधरी, हरकिशनलाल और दुनीचन्द—को डिप्टी कमिश्नर के बंगले पर बुलाया गया और उन्हें गिरफ्तार करके शहर से बाहर निकाल दिया गया। सैनिक शासन की घोषणा की गई और सैनिक शक्ति से हड़ताल भंग कर दी गई। इस प्रकार 15 अप्रैल से लेकर 29 मई तक 'मार्शल लॉ' लागू रहा, जिस बीच लोगों पर तरह-तरह के अत्याचार किए गए, जिनकी कहानियां बड़ी ही दर्दनाक थीं। जैसे—सैनिक काम के बहाने सवारियां जब्त कर ली गई, जरूरतमन्द लोगों को खाने के लिए अनाज बांटने पर रोक लगा दी गई, बिना किसी सुनवाई के तुरन्त सजा देने वाली अदालतों ने लोगों को जेलों में बन्द कर दिया। कोड़े लगाए गए, मई के महीने में दोपहर को चिलकती धूप में छात्रों को प्रतिदिन 16 मील चलने पर विवश किया गया। और भी तरह-तरह के अत्याचार किए गए। यहां तक कि कलकत्ता विश्वविद्यालय में अर्थशास्त्र के मिण्टो प्रोफेसर जैसे ख्याति प्राप्त विद्वान् श्री मनोहरलाल को बिना कोई कारण बताए ही जेल में डाल दिया गया। यह सब जान-बूझकर इसलिए किया गया कि लोग भय से आतंकित हो जाएं।

अमृतसर से जो खबरें मिलीं, उनसे उत्तेजित होकर लोगों की भीड़ 13 अप्रैल को (लाहौर और अमृतसर के निकट) कसूर में आगजनी और लूटपाट पर उतर आई। गोराशाही ने वहां सैनिक शासन की घोषणा कर दी, फिर तो लाहौर और अमृतसर में जो जुल्म ढाए गए थे, वे कसूर में भी दोहराए गए। वहां तैनात सैनिक अधिकारी ने लोगों को मनमानी सजाएं दीं।

गुजरांवाला में एक बोर्डिंग हाउस पर बम फेंके गए और लोगों को आतंकित करने के लिए गांवों और शहरों में मशीनगनों से गोलियां बरसाई गईं। बिना किसी अपराध के लोग गिरफ्तार किए गए और उन्हें बुरी तरह अपमानित किया गया, उन्हें कोड़े लगाए गए और इसी तरह के अन्य अत्याचार ढाए गए।

अन्य कई जगहों में भी यह दर्दनाक कहानी दोहराई गई और पंजाब के साथ हारे हुए दुश्मन मुल्क की तरह सलूक किया गया। वहां के लोगों को

इस बात का सबक सिखाया गया कि सरकार की आलोचना करने या उसको चुनौती देने की हिम्मत करने पर घोर अत्याचार किया जाएगा।[6]

ऐसी हालत में सैनिक और असैनिक गोरे अफसर अपने असली रूप में जनता के सामने आए और सभ्यता की जो झीनी नकाब उन्होंने ओढ़ रखी थी, उसे उतार फेंकी। वे ऐसे भयग्रस्त थे कि परछाईं से भी डरते थे और घिरे खूंख्वार जानवरों की तरह भारतवासियों के खून के प्यासे हो रहे थे। ब्रिटिश हुकूमत नैतिकता और हिन्दुस्तानियों की भलाई का दम भरती थी, लेकिन उसके ही एक प्रतिनिधि ओडायर ने नैतिकता के नकाब को उतार फेंका और स्पष्ट कर दिया कि वह तलवार के बल पर भारतवासियों पर शासन चलाने में विश्वास करता है। ओडायर के शोहदे अफसरों ने जलियांवाला बाग काण्ड की जांच करने के लिए बिठाए गए कमीशन के सामने अपनी काली करतूतों को बिना किसी भी तरह की लाज-हया या पश्चाताप के कबूल किया।

इस सम्बन्ध में जवाहरलाल जी ने कहा था, "पंजाब हिन्दुस्तान के बाकी हिस्सों से बिल्कुल अलग-थलग हो गया था, शेष देश से उसके सारे सम्बन्ध काट दिए गए थे, उस पर मोटा पर्दा डाल दिया गया था, ताकि बाहर की निगाहें उसे देख न सकें।"[7] (कि पंजाब की हालत क्या है) लेकिन आखिरकार धीरे-धीरे खबरें फैल ही गईं और तमाम हिन्दुस्तान क्रोध से खौल उठा। "जलियांवाला बाग काण्ड ने भारत में जैसे आग लगा दी।"[8] हर ओर से इस नृशंस हत्याकाण्ड की भर्त्सना की जाने लगी। रवीन्द्रनाथ ठाकुर का अंग्रेजी सरकार द्वारा दिए गए 'नाइट' के खिताब का लौटाना, शासक वर्ग की इस असीम नैतिक क्षति का द्योतक था कि उसमें किसी भारतीय को सम्मानित करने की योग्यता ही नहीं रह गई है।

भारतवासियों ने ब्रिटिश सरकार से ओडायर और चेम्सफोर्ड को वापस बुला लेने की मांगें की। कैदियों को सजा माफ कर देने और पंजाब की घटनाओं की जांच करने के लिए इंग्लैण्ड और भारत, दोनों जगहों में ब्रिटिश सरकार पर जोर-दबाव डाले जाने लगे।

इंग्लैण्ड में होम-रूल-लीग और लिबरल दल की ओर से प्रमुख भारतीयों के प्रतिनिधि मण्डल ब्रिटिश पार्लियामेण्ट की संयुक्त समिति के

सामने भारत पर गोरे शासकों द्वारा ढाए गए रोमांचकारी जुल्मों के सबूत देने में व्यस्त थे। इन प्रतिष्ठित भारतीयों में विट्ठलभाई पटेल, बाल गंगाधर तिलक, विपिनचन्द्र पाल, श्रीमती एनीबेसेंट, सुरेन्द्रनाथ बनर्जी, तेजबहादुर, सप्रू, श्रीनिवास शास्त्री जैसे लोग थे। इन लोगों ने भारत मंत्री को बताया कि क्षुब्ध भारतीय जनमत को सन्तुष्ट करने के लिए घटनाओं की जांच कितनी जरूरी है।

मांटेग्यू को यह मालूम था कि तलवार के बल पर भारत पर शासन चलाने की नीति सर्वथा असम्भव थी। उन्होंने यह महसूस किया कि सरकार चाहे देशी हो या विदेशी, वह किसी देश पर उसके प्रभावशाली वर्गों के हार्दिक समर्थन अथवा सहमति के बिना अधिक दिनों तक शासन नहीं चला सकती। इसके अलावा मांटेग्यू की अपनी प्रतिष्ठा का भी सवाल था। उन्होंने बड़ी मेहनत से सुधारों की रूपरेखा बनाई थी और वह उसकी सफलता के लिए अत्यधिक चिन्तित थे। इसलिए उन्होंने 22 मई को बजट पर चल रही बहस के दौरान जांच कराने का वायदा किया। उन्होंने वाइसराय चेम्सफोर्ड को लिखा कि "सरकार के ऐसे तरीके (ओडायर के अत्याचार) का दुष्परिणाम तुरन्त ही या थोड़ी देर बाद अवश्य सामने आता है।"[9]

17 जुलाई को उन्होंने डायर के बारे में वाइसराय को लिखा कि "डायर द्वारा निकाले गए गलत और बर्बर हुक्म पर मुझे क्रोध है। मैं, यह नहीं मान सकता कि डायर ने जहां कहीं जो कोई भी सेवा की है, उससे इस तरह की कार्रवाई का कलंक धुल सकता है। मुझे इस बात पर खेद है कि इस तरह के कार्य के लिए, जिसके परिणाम सम्भवतः स्थायी होंगे, वह सजा पाने से बचा रहा।"[10]

6 अगस्त, 1919 को हाउस ऑफ लार्ड्स में भाषण करते हुए उपभारत मंत्री सिन्हा ने 22 मई को मांटेग्यू के वायदे को दोहराया और कहा कि इतने बड़े पैमाने पर हुए उपद्रव के कारणों और उन्हें दबाने के लिए किए गए उपायों की जांच के बिना काम नहीं चल सकता।[11]

मांटेग्यू जानते थे कि भारत में जो भी गोरे हुकूमत चला रहे थे, वे पूर्णतया मेरे विरुद्ध हैं। मांटेग्यू ने गवर्नर जनरल को समझाने की कोशिश

की और कहा कि "हम लोगों को ओडायर के जुल्मों पर पर्दा डालने और उसका बचाव करने की गलती न करनी चाहिए। भारत जैसे विकासशील देश में, इस विश्वास से, जो भारतीयों के मन में घर करता जा रहा है, ज्यादा खतरनाक बात और कोई नहीं है कि ब्रिटिश सरकार की गलतियों या ज्यादतियों का कोई उपाय नहीं है और उसके अफसरान जो कुछ भी करें, वह उनका ही पक्ष लेगी और केवल पक्ष ही भर नहीं लेगी, आगे भी इस तरह का व्यवहार होता रहेगा।"[12]

भारत सरकार ने जांच के प्रस्ताव का डटकर विरोध किया, लेकिन भारत मंत्री पहले ही इसके लिए वायदा कर चुके थे, इसलिए वाइसराय के सामने उसे मंजूर करने के अलावा और कोई चारा नहीं था। फलतः 14 अक्टूबर, 1919 को हंटर की अध्यक्षता में एक जांच समिति की नियुक्ति की घोषणा की गई, जिसके 4 सदस्य अंग्रेज थे और 3 भारतीय जिनके नाम थे–सीतलवाड, साहबजादा सुल्तान अहमद खां और जगत नारायण।

इस जांच समिति ने डायर, 'मार्शल लॉ' के अफसरों, सैनिक और असैनिक अधिकारियों तथा बहुत से अन्य व्यक्तियों की गवाहियां ली। पंजाब सरकार ने समिति के सामने बहुत से कागजात पेश किए, जिसमें 'सैनिक शासन' की अदालतों और कमीशनों की कार्रवाइयां और आदेश भी शामिल थे। लेकिन कांग्रेस ने इस जांच कमीशन का बहिष्कार किया और भारत के राजनीतिक नेताओं ने समिति के सामने बयान देने से इन्कार कर दिया क्योंकि सरकार ने पंजाब के प्रमुख नेताओं को जमानत पर भी अस्थायी रूप से रिहा कर देने के अनुरोध को ठुकरा रहा था।

समिति की रिपोर्ट निर्विरोध नहीं थी। गोरे सदस्यों ने, जिनका बहुमत था, एक रिपोर्ट पर हस्ताक्षर किए थे और तीनों भारतीयों सदस्यों ने अलग से दूसरी रिपोर्ट तैयार की थी। बहुमत की रिपोर्ट के निष्कर्ष इस प्रकार थे–

1. जो उपद्रव हुए वे एक तरह के विद्रोह थे, जो बढ़कर राज्य का तख्ता पलट सकते थे।
2. सभी उपद्रव एक निश्चित संगठन द्वारा कराए गए और एक दूसरे से सम्बद्ध थे।
3. ऐसी हालत में मार्शल ला (सैनिक शासन) की जो घोषणा की गई

थी, वह बिल्कुल न्यायोचित थी और भीड़ की ज्यादतियों को दबाने के लिए गोली चलाना आवश्यक था।

4. भारत सरकार निर्दोष थी।
5. चेतावनी दिये बगैर गोली चलाने का जो आदेश डायर ने दिया था और अत्यधिक समय तक तथा अत्यधिक संख्या में गोलियों को चलाया जाना अनुचित था, और इस प्रकार से लोगों को 'सबक सिखाने' के लिए जो काम डायर ने किया था, वह उसका अपने कर्तव्य की गलत धारणा का परिणाम था।

ऊपर के पहले दोनों निष्कर्षों से भारतीय सदस्य सहमत नहीं हुए। उनका मत था कि गोली चलाया जाना तो ठीक था, लेकिन लोगों को पेट के बल रेंगकर चलाने, सम्पत्ति को जब्त करने, कीड़े लगाने, सलाम करने आदि की जो सजाएं दी गई थी, उनका उद्देश्य भारतीय जनता को आतंकित और अपमानित करना था।

डायर के कार्य की भारतीय सदस्यों ने गोरे सदस्यों की अपेक्षा अधिक भर्त्सना की थी। इन सदस्यों ने उसके भयंकर कार्यों की तुलना 1914 में बेल्जियम और फ्रांस में ढाए गए जर्मनों के जुल्म से की। उन्होंने लिखा, "हमारा विश्वास है कि ब्रिटिश सम्राट की प्रजा के साथ डायर ने जो अमानवीय और ब्रिटिश परम्परा के विरुद्ध बर्बर तरीका अपनाया, उससे भारत में ब्रिटिश हुकूमत का हित नहीं, बल्कि उसका अहित ही हुआ है।"[13]

दूसरी ओर कांग्रेस ने अपनी एक जांच समिति नियुक्त की। इस समिति के सदस्यों में थे मोतीलाल नेहरू (जिन्होंने 1919 की कांग्रेस का अध्यक्ष चुने जाने के बाद कमेटी से इस्तीफा दे दिया), फजलुल हक (जो महत्वपूर्ण कार्यों में व्यस्त रहने के कारण उपस्थित नहीं हो सके), एम.आर. जयकर (श्री फजलुल हक की जगह), चित्तरंजनदास, अब्बास तैय्यब जी तथा मोहनदास करमचन्द गांधी। इन लोगों ने अपनी रिपोर्ट पर 20 फरवरी को हस्ताक्षर किए।

इस जांच समिति ने माइकेल ओडायर पर इल्जाम लगाया कि उसने विवेक की अपेक्षा ईर्ष्या-द्वेष और मदांधता से काम लिया और जनता तथा अपने वरिष्ठ अधिकारियों को बुरी तरह गुमराह किया।[14] समिति ने यह भी

आरोप लगाया कि उसने युद्ध के लिए सैनिकों की भर्ती डरा धमका कर की, जिससे जनता में असंतोष फैला और प्रतिशोध की भावना पैदा हुई जो 1919 में उपद्रवों की शक्ल में भड़क उठी। रिपोर्ट में यह भी कहा गया था–

"हम लोग यह कहे बिना नहीं रह सकते कि डायर ने लोगों को हिंसा पर उतारू होने के लिए जानबूझकर उत्तेजित किया, ताकि वह जनता को बर्बरता से कुचल सके। गवाहों ने बयानों से पता चला है कि ओडायर ने पंजाबियों को भयंकर रूप से उत्तेजित किया था, जिसके कारण पंजाब के लोगों ने क्षण भर के लिए अपने आत्मसंयम को खो दिया।"[15]

लार्ड चेम्सफोर्ड के विषय में समिति का यह विचार था–हम यह तो नहीं कहते कि वाइसराय लार्ड चेम्सफोर्ड ने जानबूझकर भारतीय प्रजा के हित की उपेक्षा की, जिसे सम्राट ने उनके जिम्मे सौंपा था, लेकिन हमें खेद के साथ यह कहना पड़ता है कि उन्होंने अपने को इस महान पद के अयोग्य सिद्ध कर दिया है। इसलिए हमारा यह विचार है कि उन्हें इस पद से हटा दिया जाए।[16]

गवाहों के बयानों की छानबीन करने के बाद समिति इन निष्कर्षों पर पहुंची–1. पंजाब में शासन का तख्ता पलटने का कोई षडयंत्र नहीं था, 2. राज्य में सैनिक शासन लागू करने का कोई उचित आधार नहीं था, 3. जलियांवाला गोली कांड निरपराध और हित्थे लोगों की, जिनमें बच्चे भी शामिल थे, हत्या का पूर्व निश्चित तथा अमानुषिक कृत्य था जिसकी बर्बरता का कोई अन्य उदाहरण आधुनिक ब्रिटिश साम्राज्य के इतिहास में नहीं मिल सकता।[17]

भारत सरकार ने हंटर समिति की रिपोर्ट पर विचार किया और इस नतीजे पर पहुंची कि जनरल डायर द्वारा की गई कार्रवाई को किसी प्रकार भी उचित नहीं ठहराया जा सकता। इस प्रकार की कार्रवाई की कतई जरूरत नहीं थी और डायर ने मिथ्या दायित्व की भावना से प्रेरित होकर गलत कार्रवाई की। इसलिए उसे इस पद पर बने रहने देना अनुचित होगा। डायर को 23 मार्च, 1920 को रिटायर कर दिया गया।

डायर के मामले पर ब्रिटिश संसद में भी बहस हुई। मांटेग्यू ने सरकार के निर्णय का इस आधार पर समर्थन किया कि इस प्रकार की आतंक की

कार्रवाइयों द्वारा इंग्लैण्ड भारत पर अपना अधिकार बनाए रख सकता।[18] चर्चिल ने भी भारत सरकार के इस कदम को उचित ठहराते हुए कहा कि यह सोचना गलत होगा कि डायर ने अपने क्रूर अत्याचार से साम्राज्य की रक्षा की है। उन्होंने जलियांवाला बाग गोलीकांड को एक राक्षसपन बताया और कहा कि "जान ऑफ आर्क को जीवित जला देने के बाद यह गोलीकांड अंग्रेजी इतिहास का सबसे बीभत्स कांड है।"[19] बोनर ला ने भी डायर की कार्रवाई की भर्त्सना की। फिर भी ब्रिटिश संसद में 129 सदस्यों ने डायर की कार्रवाई का समर्थन किया, 230 ने सरकार की कार्रवाई का।[20]

हाउस ऑफ लार्ड्स में कई अवकाश प्राप्त अंग्रेज अधिकारियों समेत कंजर्वेटिव सदस्यों ने बहुमत से डायर की कार्रवाई का समर्थन किया। परन्तु सरकार अपने निश्चय पर दृढ़ रही। डायर की भर्त्सना की गई और उसे अपने पद से अलग कर दिया गया।

इससे डायर के समर्थन में आन्दोलन शुरू हो गया। उसके लिए बहुत बड़ा कोष–26 हजार पौंड–एकत्र किया गया और इसे एक तलवार के साथ उसके प्रशंसकों ने ब्रिटिश साम्राज्य के प्रति उसकी तथाकथित 'सेवाओं' के उपलक्ष्य में उसे भेंट किया।

इसी बीच पंजाब (अमृतसर, लाहौर, कसूर, गुजरांवाला आदि) गुजरात (अहमदाबाद, वीरमगांव, नडियाद) और बंगाल में कलकत्ता आदि नगरों में हिंसा भड़क उठने से गांधी जी को गहरा आघात लगा। आहत मन से उन्होंने कहा, "मैंने लोगों से सत्याग्रह आन्दोलन शुरू करने के लिए कहा जबकि वे इसके लिए पूरी तरह तैयार न थे। अब मुझे महसूस हुआ है कि ऐसा करके मैंने पहाड़ जैसी बड़ी भूल की है।[21] फलतः गांधी जी ने आन्दोलन रोक दिया।

दुर्भाग्यवश, इससे सरकार के दृष्टिकोण में कोई विशेष परिवर्तन नहीं हुआ। सैनिक शासन की अवधि इस आधार पर बढ़ा दी गई कि अफगानों ने सीमा प्रदेश पर हमला किया है। वाइसराय की कार्य परिषद के सदस्य श्री शंकरन नायर ने इसके विरोध में परिषद से इस्तीफा दे दिया।

एक अध्यादेश जारी किया गया जिससे पंजाब सरकार को यह अधिकार दिया गया कि वह 30 मार्च, 1919 के बाद किए गए भी अपराध

को सैनिक अदालत को सौंप सकती है। गांधी जी को पंजाब से पहले ही निष्कासित कर दिया गया था। सी.एफ. एंड्रयूज को, जिनसे पंजाब का दौरा करने और रिपोर्ट देने को कहा गया था, पंजाब में प्रवेश करने से रोक दिया गया। अंग्रेज वकील यर्डले नार्टन के साथ भी, जिनकी भारतीय अभियुक्तों की ओर से पैरवी करने को भेजा गया, ऐसा ही व्यवहार किया गया। पंजाब सरकार की आलोचना करने के दोष में 'बम्बई क्रानिकल' के संपादक हार्निमैन को देश निकाला दे दिया गया। भारत सरकार ने ओ डायर की नीतियों को उचित ठहराया और अपने अधिकारयों की ज्यादतियों की ओर से आंखें मूंद लीं। इससे पूर्व कि जांच आयोग अपना काम शुरू करता, एक 'क्षमा प्रदान विधेयक' पास किया गया ताकि प्रशासन से संबद्ध ऐसे अधिकारियों को, जिन्हें आयोग दोषी ठहराए, दण्ड न दिया जा सके। इंडियन नेशनल कांग्रेस की ब्रिटिश समिति ने कहा, "जुल्म और जारशाही का इससे बड़ा उदाहरण नहीं मिल सकता।"[22]

असहयोग से पहले की स्थिति

सत्याग्रह आन्दोलन की सबसे उत्साहवर्धक बात थी हिन्दुओं और मुसलमानों के बीच भ्रातृभाव। हिन्दू मुसलमानों के साथ बैठकर खाने लगे। मुसलमान हिन्दू नेताओं को मस्जिदों में भाषण के लिए बुलाते थे। स्वामी श्रद्धानन्द ने दिल्ली की जामा मस्जिद में भाषण दिए। गांधी जी और सरोजिनी नायडू ने अपनी सभाएं बम्बई की एक मस्जिद में कीं। हड़तालों और सत्याग्रह आन्दोलन में भी मुसलमानों और हिन्दुओं के कंधे से कंधा मिलाकर भाग लिया और गोरेशाही के अत्याचारों का—लाठीचार्ज, गोलीबारी, जेल और सम्पत्ति की जब्ती हत्यादि का बहादुरी से एक होकर सामना किया। सत्यपाल और किचलू अमृतसर के लोकप्रिय जननेता थे, तो राष्ट्रीय स्तर पर गांधी और मुहम्मद अली ने संयुक्त रूप से स्वाधीनता आन्दोलन का नेतृत्व किया।

परन्तु मुसलमानों को दोहरी मुसीबत का सामना करना पड़ा। एक तरफ पंजाब में सरकार द्वारा उन पर अत्याचार थे तो दूसरी ओर तुर्की में होने वाली दुखद घटनाएं। सुन्नी मुसलमानों के खलीफा, तुर्की के सुलतान

का जोरदार समर्थन करने की नीति से कई भारतीय मुस्लिम नेताओं को भारी कीमत चुकानी पड़ी। मुहम्मद अली, शौकत अली, अबुल कलाम आजाद और महमूदुल हसन इन मुस्लिम नेताओं में अग्रणी थे जिन्हें दमन का शिकार होना पड़ा। यह उस समय की राजनीतिक स्थिति की उल्लेखनीय बात थी।

1919 में तो मुसीबतों की जैसे बाढ़ आ गई। अशान्ति के मुख्य कारण थे–पंजाब में सैनिक शासन का लागू किया जाना और इसके दुष्प्रभाव, तुर्की की पराजय और उसका सम्भावित विघटन, मांटेग्यू-चेम्सफोर्ड सुधारों का असन्तोषजनक रूप, विश्व युद्ध के कारण बिगड़ी हुई आर्थिक स्थिति, और रूस में हुई महान क्रान्ति की विस्फोटक विचारधारा।

इन भीषण परिस्थितियों के बीच दिसम्बर, 1919 में अमृतसर में 'इण्डियन नेशनल कांग्रेस' का अधिवेशन हुआ। यहां उसी साल अप्रैल में जलियांवाला में नृशंस हत्याकाण्ड हुआ था। कांग्रेस के इतिहास में अमृतसर अधिवेशन एक क्रान्तिकारी परिवर्तन का द्योतक है। इस अधिवेशन की अध्यक्षता मोतीलाल नेहरू ने की थी जो अब तक नरम राजनीतिक विचारों के थे, और साथ ही बड़े दृढ़निश्चयी और साहसी थे। पंजाब और अन्य स्थानों पर हुई हिंसात्मक घटनाओं से मोतीलाल के स्वाभिमान को बड़ी ठेस लगी थी। इस अधिवेशन में नरम दल के कई बड़े नेताओं ने भी भाग लिया था। इनमें से श्रीनिवास शास्त्री, मदनमोहन मालवीय, बी.एन. शर्मा, मिसेज एनीबेसेंट प्रमुख थे।

कई राष्ट्रीय नेता–तिलक, शौकत अली और मुहम्मद अली, स्वामी श्रद्धानन्द और सी.आर. दास–कांग्रेस में थे। इनमें गांधी जी का स्थान शीर्षस्थ था। सत्याग्रह आन्दोलन के प्रवर्तक और प्रेरक होने के साथ-साथ गांधी जी जलियांवाला काण्ड की कांग्रेस जांच समिति के भी सबसे सक्रिय सदस्य थे। अभी कुछ सप्ताह पूर्व ही उन्होंने अखिल भारतीय खिलाफत सम्मेलन की अध्यक्षता की थी, जो मुसलमानों में उनकी लोकप्रियता की द्योतक थी। गांधी जी ने यह सलाह दी कि यदि तुर्की की समस्या का सन्तोषजनक समाधान न हो, तो सम्मेलन सरकार से किसी प्रकार का सहयोग न करे। परन्तु अमृतसर में गांधी जी ने लोगों को संयम से काम लेने

की सलाह दी।

इस अधिवेशन में बंगाल की समस्या, 'गवर्नमेंट ऑफ इण्डिया एक्ट 1919' तथा कांग्रेस के पुनगर्ठन पर विचार किया गया। जांच समिति की रिपोर्ट अभी प्रकाशित नहीं हुई थी, इसलिए पंजाब सम्बन्धी मामलों के बारे में कुछ कहना असम्भव था। लेकिन चेम्सफोर्ड को वापस बुलाने और ओडायर को हटाने की मांग की गई। गांधी जी के आग्रह पर पंजाब और गुजरात के लोगों द्वारा हिंसा की भर्त्सना का एक प्रस्ताव पास किया गया।

खिलाफत का प्रश्न

खिलाफत आन्दोलन ने कांग्रेस की नीतियों तथा दृष्टिकोण को बदलने में तेजी पैदा की। विश्वयुद्ध के शुरू होने के समय से ही भारतीय मुसलमान बड़े क्षुब्ध थे। विश्वयुद्ध के छिड़ने से वे बड़े धर्मसंकट में पड़ गए थे। ब्रिटिश सरकार ने उन्हें धर्म तथा पूजा-नमाज की पूरी स्वतन्त्रता दे रखी थी, इसलिए उनकी सहानुभूति उसके साथ थी। परन्तु परम्परागत रूप से उनके लिए तुर्की के खलीफा की आज्ञा मानना जरूरी था क्योंकि वह उनका मजहबी प्रमुख था।

1918 में अंग्रेज और उनके मित्र राष्ट्रों को लगातार विजय प्राप्त हो रही थी। जर्मनी ने 11 नवम्बर को पराजय स्वीकार कर ली। तुर्की ने तो इससे 10 दिन पहले, 31 अक्टूबर को ही घुटने टेक दिए थे। तुर्की साम्राज्य पूरी तरह ध्वस्त हो चुका था। अंग्रेजों के उकसाने पर अरबों ने अपने सम्राट और खलीफा के विरुद्ध विद्रोह कर दिया। लायड जार्ज ने यूनानियों को भड़काया जिस पर उन्होंने तुर्की के स्मरना के तटीय प्रदेश पर दावा किया।

दिसम्बर, 1918 में मुस्लिम लीग और कांग्रेस दोनों के दिल्ली में सम्मेलन हुए। लीग की स्वागत समिति के अध्यक्ष थे डॉ. अंसारी। उन्होंने मक्का के शरीफ हुसैन की, जिसने तुर्की के सम्राट के खिलाफ विद्रोह का नेतृत्व किया था, कड़ी निन्दा की। उन्होंने मुस्लिम मुल्कों की अखण्डता तथा स्वतन्त्रता को अक्षुण्ण बनाए रखने की मांग की और कहा कि 'जंजीरात-अल्म-अरब' (अरब प्रदेश), जिसमें इस्लाम के पवित्र स्थान स्थित हैं, खलीफा को लौटा दिया जाए। हकीम अजमल खां ने भी, जो कांग्रेस की स्वागत समिति

के अध्यक्ष थे, अपने भाषण में इसी तरह के विचार प्रकट किए और मुसलमानों की मांगों के समर्थन के लिए गांधी जी को धन्यवाद किया।

पंजाब में गड़बड़ी के दौरान लखनऊ के फिरंगी महल के मौ. अब्दुल बारी ने खिलाफत आन्दोलन के लिए बहुत से उलेमाओं का समर्थन प्राप्त कर लिया था। इस प्रकार अखिल भारतीय खिलाफत सम्मेलन का जन्म हुआ।

दिसम्बर, 1919 में अमृतसर में गांधी जी तथा कांग्रेसी नेताओं ने खिलाफत आन्दोलन के नेताओं से विचार-विमर्श किया। विषय था, मुसलमानों की शिकायतों को किस तरह दूर किया जाए। 20 फरवरी, 1920 को कलकत्ता में मौलाना आजाद की अध्यक्षता में आयोजित खिलाफत सम्मेलन ने असहयोग आन्दोलन पर एक प्रस्ताव पास किया और निर्णय किया गया कि खिलाफत के प्रश्न को ब्रिटिश सरकार को समझाने के लिए एक प्रतिनिधि मण्डल लन्दन भेजा जाए। 10 मार्च को गांधी जी ने एक घोषणा जारी की जिसमें उन्होंने असहयोग आन्दोलन छेड़ने की अपील की। 19 मार्च को देशभर में 'शोक दिवस' मनाया गया।

15 मई, 1920 को सेवरे में हुई तुर्की-शान्ति-संधि की शर्तें प्रकाशित कर दी गईं। ये शर्तें बड़ी कड़ी थीं जिससे मुसलमान बड़े क्षुब्ध हो उठे। 10 अगस्त, 1920 को तुर्की द्वारा उठाई गई आपत्तियों को अस्वीकृत कर दिया गया और तुर्की प्रतिनिधि मण्डल से जबरन सन्धि-पत्र पर हस्ताक्षर करवाए गए। केन्द्रीय खिलाफत समिति की 28 मई को बम्बई में एक बैठक हुई। इसमें मुसलमानों की मांगों को उचित ठहराया गया और अहिंसात्मक असहयोग आन्दोलन छेड़ने के निर्णय की घोषणा भी की गई। इसके साथ ही, हिन्दुओं की आशंकाओं को दूर करने के लिए एक बयान जारी किया गया जिसमें यह आश्वासन दिया गया कि "भारत के मुसलमान भारत पर किसी भी मुसलमान देश के हमले का आखिरी दम तक मुकाबला करेंगे।"[23]

मौलाना आजाद ने शरीयत (मुस्लिम विधान) पर आधारित अपना मत इन शब्दों में प्रकट किया—

"यदि भारत के आजाद होने के बाद यहां ऐसी सरकार राज चलाती है जो मुसलमानों को दूसरे सम्प्रदायों के बराबर आजादी और अधिकार देती

है, तो इस्लाम की हिदायत के अनुसार मुसलमानों का भी यह फर्ज हो जाता है कि वे भारत पर किसी भी आक्रमणकारी का मुंह तोड़ जवाब दें, चाहे वह आक्रमणकारी मुसलमान हो या खलीफा की सेना ही क्यों न हो।"[24]

गांधी जी मुसलमानों के पक्ष को पूर्णतया उचित मानते थे। उन्होंने कहा था, "भारतीय होने के नाते मेरे लिए अपने मुस्लिम देशवासी भाइयों के दुख में दुखी होना स्वाभाविक है। यदि मैं मुसलमानों को अपना भाई मानता हूं, तो यह मेरा नैतिक कर्तव्य हो जाता है कि उनके पक्ष के न्यायोचित होने पर विपत्ति के समय में अपनी शक्ति भर उनका साथ दूं।"[25]

9 जून को इलाहाबाद में खिलाफत कमेटी की बैठक हुई। उसने असहयोग आन्दोलन को इन चार चरणों में शुरू करने का फैसला किया–

1. उपाधियों का त्याग और सरकारी मान पदों से इस्तीफा।
2. पुलिस के अलावा अन्य सभी असैनिक सरकारी सेवाओं से इस्तीफा।
3. पुलिस और सैनिक सेवाओं से इस्तीफा।
4. कर देने से इनकार।

जुलाई, 1920 में सिंध में एक खिलाफत सम्मेलन हुआ जिसमें गांधी जी भी उपस्थिति थे। उन्होंने तेईस करोड़ हिन्दुओं से अपील की कि वे अपने सात करोड़ मुसलमान भाइयों की सहायता करें और सरकार से सहयोग न करें।

अब अन्तिम निर्णय लेने का समय आ गया था। गांधी जी ने 'खिलाफत आन्दोलन पर मि. मांटग्यू' शीर्षक लेख में लिखा–

"यह बहुत आश्चर्य और दुःख की बात है कि ब्रिटिश साम्राज्य के वर्तमान प्रतिनिधि बेईमान और निर्लज्ज हो गए हैं। उन्हें भारतीयों की इच्छाओं की सच्ची परवाह बिल्कुल नहीं है और न ही उन्हें भारत की प्रतिष्ठा का ध्यान रहता है। इस प्रकार पाशाविक तरीके से चलाई जाने वाली सरकार के लिए अब मेरे दिल में सम्मान खत्म होता जा रहा है।"[26]

28 जुलाई को गांधी जी ने घोषणा की कि 1 अगस्त से असहयोग आन्दोलन शुरू किया जाएगा। इसका प्रारम्भ उपवास, प्रार्थना और हड़ताल से होगा। तिलक ने असहयोग कार्यक्रम का समर्थन किया। लेकिन अभाग्यवश

31 जुलाई की रात्रि को तिलक की मृत्यु हो गई। उनकी अर्थी को गांधी जी, शौकत अली और डॉ. किचलू ने कंधा लगाया। गांधी जी ने शोक प्रकट करते हुए कहा, "मेरा सबसे मजबूत सहारा नहीं रहा।"

पहली अगस्त को असहयोग आन्दोलन बड़े जोर-शोर से शुरू हुआ। इसी दिन गांधी जी ने वाइसराय को लिखा, "खिलाफत के मामले पर ब्रिटिश सरकार ने बहुत अविवेक, अनैतिकता और अन्याय का व्यवहार किया है....अब मेरे हृदय में ऐसी सरकार के लिए न तो आदर है न प्रेम।" और इसी पत्र के साथ गांधी जी ने उन सभी पदकों को वापस कर दिया जो उन्हें सरकार ने उनकी सेवा से प्रसन्न होकर दिए थे।

अब अगला काम कांग्रेस से असहयोग आन्दोलन के लिए सहमति तथा समर्थन प्राप्त करना था। इसके लिए कांग्रेस का एक विशेष अधिवेशन 4 सितम्बर को कलकत्ता में बुलाया गया। इस बीच गांधी जी, शौकत अली, मुहम्मद अली और अन्य नेताओं ने पूरे भारत का दूर-दूर तक दौरा किया। उन्होंने असहयोग आन्दोलन के प्रति जनता में उत्साह का संचार करते हुए अपील की कि इस कार्य के लिए हिन्दू-मुस्लिम कन्धे से कंधा मिलाकर आगे आएं।

लाला लाजपतराय की अध्यक्षता में कांग्रेस का अधिवेशन हुआ। लगभग 3,000 प्रतिनिधियों ने इसमें भाग लिया जिनमें मुसलमान भी बहुत संख्या में थे।

गांधी जी ने निम्नलिखित ऐतिहासिक प्रस्ताव पेश किया। इसकी प्रस्तावना में खिलाफत के इतिहास का वर्णन था और बताया गया था कि किस प्रकार उचित समाधान की सभी कोशिशें विफल हो गई–

"कांग्रेस का विचार है कि जब तक अत्याचार समाप्त न हो और स्वराज्य स्थापित न हो जाए, भारतीयों के लिए अहिंसात्मक असहयोग की नीति अपनाने के अलावा कोई चारा नहीं रह गया है।"[27]

प्रस्ताव में असहयोग के सातसूत्री कार्यक्रम का वर्णन था। गांधी जी ने अपने भाषण में आन्दोलन करने की जोरदार अपील थी। उन्होंने कहा, "यदि कांग्रेस अनिच्छुक शासकों को न्याय करने को बाध्य न कर सकी तो वह अपने अस्तित्व तथा अपनी प्रतिष्ठा को कैसे कायम रख सकेगी?"

उन्होंने वायदा किया कि यदि कार्यक्रम को काफी समर्थन मिला तो "आपको एक ही वर्ष के अन्दर स्वराज मिल जाएगा।"[28]

काफी बहस के बाद 9 सितम्बर को बहुमत से प्रस्ताव पास हो गया। दिसम्बर में कांग्रेस के नागपुर अधिवेशन में 1,500 प्रतिनिधि उपस्थित थे, जिन्होंने एकमत होकर असहयोग प्रस्ताव का समर्थन किया। जिन लोगों ने इसका कलकत्ता में विरोध किया था उन सबने भी—सिर्फ जिन्ना साहब को छोड़कर—नागपुर में उस प्रस्ताव का समर्थन किया।

कांग्रेस के असहयोग प्रस्ताव का जमीयत-उल-उलेमा-ए-हिन्द ने फतवा (धार्मिक आदेश) निकालकर समर्थन किया। इसमें मुसलमानों से अपील की गई थी कि वे चुनावों, सरकारी स्कूलों और कॉलेजों तथा अदालतों का बहिष्कार करें और सरकार द्वारा दी गई उपाधियों व पदों का त्याग कर दें। इस आदेश पर लगभग 900 उलेमा के हस्ताक्षर थे।

नागपुर में कांग्रेस का नया संविधान अपनाया गया जिसके फलस्वरूप अब कांग्रेस भारत का स्वतन्त्रता संग्राम चलाने के लिए एक शक्तिशाली सक्रिय संगठन में परिवर्तित हो गई।

सरकार के साथ असहयोग की घोषणा वास्तव में एक क्रान्तिकारी कदम था, क्योंकि इसका अर्थ था युद्ध की घोषणा—फर्क सिर्फ इतना था कि यह युद्ध अहिंसक था। निस्सन्देह यह एक अनोखा युद्ध था। इससे विपक्षी को कष्ट या चोट पहुंचाने के बदले उलटे आन्दोलनकारियों ने ही नाना प्रकार के कष्ट झेले। लेकिन इस युद्ध में हथियारों की खूनी लड़ाई से अधिक अनुशासन, अधिक बहादुरी, अधिक सहनशक्ति, अधिक बलिदान और अधिक धैर्य की आवश्यकता थी। इसमें शत्रु के विरुद्ध किसी दुर्भाव—क्रोध या घृणा—का कोई स्थान नहीं था। इस युद्ध में परिणाम की परवाह किए बिना, उद्देश्य के औचित्य में उत्कट विश्वास और अपने रास्ते पर अडिग रहने की अत्यन्त आवश्यकता थी। इन सब बातों के कारण हिंसात्मक युद्ध की तुलना में यह युद्ध चलाना बहुत कठिन हो गया, साथ ही अधिक कठोर भी।

गांधी जी ने स्पष्ट कर दिया, "पूर्ण सत्याग्रह एक प्रकार का शान्तिपूर्ण विद्रोह है क्योंकि इसमें सरकार के बनाए हर कानून की अवज्ञा करनी होती

है। निश्चय ही यह सशस्त्र विद्रोह से अधिक प्रभावशाली है क्योंकि यदि आन्दोलनकारी किसी भी अत्याचार का सामना करने को कमर कसकर तैयार रहें तो इसे कभी दबाया नहीं जा सकता। यह इस दृढ़ विश्वास पर आधारित है कि सत्य के लिए उठाया गया कष्ट सदैव प्रभावशाली होता है।"[29]

कांग्रेस और खिलाफत समिति ने असहयोग के दोनों उद्देश्यों—पंजाब के लोगों और खिलाफत आन्दोलन करने वालों की शिकायतें दूर करना और स्वराज्य की स्थापना—पर अपनी सहमति प्रकट की। गांधी जी ने यह जरूरी समझा कि वे लोगों को खिलाफत आन्दोलन में अपने सम्मिलित होने के कारण बताए। मूल रूप से उनके कारण मानवतावादी तथा नैतिक थे। वे राजनीतिक भी थे, लेकिन इस शब्द के संकीर्ण अर्थों में नहीं, यद्यपि स्थायी राष्ट्रीय हितों को प्राप्त करना उनका लक्ष्य था।

खिलाफत का आधार यह था कि तुर्की का सुल्तान मुसलमानों का खलीफा अथवा धर्मगुरु था। खलीफा होने के नाते जजीरत-उल-अरब स्थित इस्लाम के पवित्र स्थानों के प्रति उनके कुछ कर्तव्य थे। यह आवश्यक था कि सभी पवित्र स्थान उसी के निरीक्षण व नियंत्रण में रहे। अतः खिलाफत और आन्दोलनकारियों ने मांग की—

तुर्की के सुलतान, जो कि खलीफा थे, उनकी धार्मिक प्रतिष्ठा तथा राजनीतिक शक्ति बनाए रखना ताकि वे इस्लाम के पवित्र स्थानों के प्रति निर्बाधित रूप से अपने कर्तव्यों को पूरा कर सकें। मुसलमान विधिवेत्ताओं द्वारा बताए गए इन पवित्र स्थानों में फिलिस्तीन, मेसोपोटामिया और अरब सम्मिलित हैं।

लेकिन इसका अर्थ यह नहीं था कि अरबों की इच्छा के विरुद्ध उन पर तुर्की शासन लागू कर दिया जाए। वास्तव में इसका आशय यह था कि उन्हें पूर्ण स्वशासन दे दिया जाए, लेकिन धार्मिक स्थानों पर खलीफा का नियंत्रण बना रहे।

मुसलमानों ने अपना पक्ष इस तथ्य पर भी आधारित किया था कि ब्रिटिश प्रधान मंत्रियों—एस्क्युथ और लायड जार्ज तथा ब्रिटिश वाइसराय हार्डिंग ने इस्लामी पवित्र स्थानों, तुर्की राज्य की अखण्डता और मुस्लिम

राज्यों की स्वतन्त्रता का आश्वासन दिया था। लेकिन विश्वयुद्ध के दौरान उन्होंने बड़ी निर्लज्जता से इन आश्वासनों की अवहेलना की।

विश्वयुद्ध में भारतीय मुस्लिम सैनिक तुर्की की मुस्लिम सेना के खिलाफ इसी विश्वास से लड़े थे कि इन वायदों का अंग्रेज पालन करेंगे। लेकिन युद्ध के दौरान ब्रिटिश सेनाओं ने अरब के पवित्र स्थानों को भी नहीं बख्शा। इसके अलावा सेवरे की संधि के अन्तर्गत तुर्की के टुकड़े-टुकड़े किए जाने की धमकी थी। अंग्रेजों ने ग्रीस के लोगों को तुर्की की भूमि पर कब्जा करने के लिए भड़काया और तुर्की के अरब प्रान्त-सीरिया और लेबनान, जुर्दान और ईराक को फ्रांस तथा ब्रिटेन के संरक्षण में रख दिया गया। फिलीस्तीन यहूदियों को बसने के लिए दे दिया गया और मिस्त्र को तुर्की साम्राज्य से अलग करके, ब्रिटेन ने अपना संरक्षित प्रवेश बना लिया।

वायदा खिलाफी को इससे बड़ी मिसाल नहीं मिल सकती। मानवता और नैतिकता के आधार पर भारत के लिए आवश्यक था कि वह मुसलमानों की मांगों का समर्थन करें। गांधी जी ने कहा कि यदि हम आवश्यकता के समय एक दूसरे के काम न आएं तो यह देशप्रेम के विरुद्ध होगा और खिलाफत के प्रश्न के न्याययुक्त होने के कारण यह हमारा अत्यावश्यक कर्तव्य है।

मांटेग्यू और रीडिंग जैसे अंग्रेज राजनेताओं ने भी यह माना कि सेवरे की संधि के प्रति मुसलमानों की आपत्तियां उचित थी। वाइसराय बनने के पहले रीडिंग ने लायड जार्ज को लिखा, "मैं आपकी कठिनाइयां बढ़ाना नहीं चाहता और मैं आपको सिर्फ यही बताने के लिए लिख रहा हूं कि मेरे विचार में यदि सम्भव हो तो मुस्लिम पक्ष को रियायत देना जरूरी है।"[30]

गांधी जी ने कहा, "न्याय की मांग के कारण ही मैंने खिलाफत आन्दोलन का समर्थन करने और मुसलमानों का पूरी तरह से साथ देने का निर्णय किया है। यह बिल्कुल सच है कि मैं हिन्दू-मुस्लिम एकता के लिए प्रयत्न कर रहा हूं।"[31] रौलैट एक्ट के विरुद्ध सत्याग्रह आन्दोलन में मुसलमानों ने जिस जोश के साथ भाग लिया था, उस पर किसी भी देशप्रेमी को गर्व हो सकता था। लेकिन राष्ट्रीयता एक कोमल पौधे के समान है, जिसको बड़े जतन से सींचना जरूरी है। यह परस्पर विश्वास तथा भाईचारे की भावना

से पनपता है और इन भावनाओं के घटने-बढ़ने के साथ-साथ ही राष्ट्रीयता का यह पौधा भी मुरझाता तथा पनपता रहता है।

जहां तक खिलाफत के नैतिक तथा मानवी पहलू का सम्बन्ध था, गांधी जी का विचार बिल्कुल सही था। लेकिन शायद ही गांधी जी या खिलाफत आन्दोलन के अन्य किसी भी नेता ने इस प्रश्न के राजनीतिक और व्यावहारिक परिणामों को ठीक तरह समझा था।

गांधी जी के इस असहयोग आन्दोलन में देशप्रेम और राजनीति तथा अध्यात्म और मजहबी कट्टरता का 'एक अनोखा मिश्रण' था। लेकिन जैसा कि जवाहरलाल ने कहा था, "दबे हुए, पिछड़े और बंटे हुए लोगों ने अचानक अपनी कमर सीधी की और सिर ऊंचा किया और सारे देश ने एक होकर अनुशासनपूर्वक संघर्ष में हिस्सा लिया। हमने समझा था कि इस कार्रवाई पर हमने पूरा विचार नहीं किया। हम यह भूल गए कि बिना किसी स्पष्ट विचार और लक्ष्य के जनता की ताकत और जोश का कोई ठोस नतीजा न निकल सकेगा।"[32]

इससे भी बुरी बात यह थी कि कांग्रेस और खिलाफत कमेटी ने अपने उद्देश्यों के व्यवहारिक पहलुओं पर बहुत कम ध्यान दिया और तत्कालीन राजनीतिक विचारधाराओं की परवाह न की। यह विचारधारा नई नहीं थी और युद्ध के दौरान ही तुर्की में व्याप्त हो चुकी थी।

इस असावधानी के लिए भारतीयों को भारी कीमत चुकानी पड़ी।

कुछ भी हो, एक विशाल साम्राज्य को ललकारना, जो भयानक युद्ध में एक शक्तिशाली दुश्मन पर हाल में विजयी हुआ था, अपने में बहुत साहसिक कार्य था गांधी जी के लगनशील कार्यकर्त्ता बड़ी संख्या में देश के कोने-कोने में फैले हुए थे जो असहयोग के सन्देश को जगह-जगह फैला रहे थे।

असहयोग

असहयोग आन्दोलन के दो प्रकार के उद्देश्य थे—रचनात्मक तथा ध्वंसात्मक। रचनात्मक गतिविधियों को चलाने के लिए तिलक के नाम पर एक करोड़ रुपये का कोष इकट्ठा करने, अंग्रेजी सरकार की अदालतों, शिक्षा संस्थाओं और विदेशी माल के बहिष्कार को सफल बनाने के लिए एक

करोड़ सदस्यों की एक स्वयंसेवक सेना तैयार करने, बेराजगारों व अर्द्धबेरोजगारों को काम दिलाने के लिए बीस लाख चरखे बांटने, तथा विदेशी वस्त्रों की जगह हाथ के बने भारतीय वस्त्रों के प्रयोग का निश्चय किया गया।

ध्वंसात्मक उद्देश्यों में मुख्य थे–1. वकीलों द्वारा अदालतों का बहिष्कार करने के बाद, मुकदमे निबटाने के लिए जनता के न्यायालयों की स्थापना, 2. सरकारी सहायता और मान्यता प्राप्त स्कूलों व कॉलेजों का बहिष्कार तथा राष्ट्रीय शिक्षा संस्थाओं की स्थापना, 3. केन्द्रीय एसेम्बली और प्रान्तीय कौंसिलों के चुनावों का बहिष्कार, 4. सभी सरकारी सम्मानों, उपाधियों आदि का त्याग और सरकारी समारोहों का बहिष्कार, 5. अंग्रेजी वस्तुओं का बहिष्कार और स्वदेशी को प्रोत्साहन, विशेषकर चरखे से कते सूत के हाथ से बुने कपड़े का इस्तेमाल और 6. नशा-बन्दी।

देश में गम्भीर हलचल मच गई और करोड़ों लोगों में जोश की अभूतपूर्व लहर दौड़ गई। आन्दोलन के लिए मर मिटने के अपूर्व उदाहरण सामने आए। मोतीलाल नेहरू, चित्तरंजनदास, राजेन्द्रप्रसाद, राजगोपालाचार्य जैसे प्रतिष्ठित वकीलों ने वकालत छोड़ दी; हजारों विद्यार्थियों ने कॉलेजों और स्कूलों का त्याग किया और बहुत-सी राष्ट्रीय शिक्षा संस्थाएं खोली गईं, जहां अध्यापक नाममात्र के वेतन पर काम करते थे। मुहम्मद अली के आह्वान पर अलीगढ़ विश्वविद्यालय के कुछ विद्यार्थियों ने अपनी पढ़ाई छोड़ कर जामिया मिल्लिया की स्थापना की। इसे बाद में दिल्ली ले जाया गया। सुभाषचन्द्र बोस ने इण्डियन सिविल सर्विस से इस्तीफा दे दिया और कलकत्ता के नेशनल कॉलेज में प्रिंसीपल का कार्य संभाल लिया। जवाहरलाल नेहरू ने इलाहाबाद उच्च न्यायालय से विदा ली और असहयोग आन्दोलन में कूद पड़े। उन्होंने असहयोग आन्दोलनकारियों की भावनाओं को इन शब्दों में व्यक्त किया है–

"1921 के दौरान हम में से कई, जिन्होंने कांग्रेस का कार्य किया था, एक प्रकार के नशे में रहे। हम में उत्तेजना, आशा और असीम उत्साह भरा हुआ था। धर्मयुद्ध के लिए एक व्यक्ति में जो उल्लास होता है वह हम में था। सबसे बड़ी बात तो यह है कि हम में आजादी की भावना घर कर गई थी और इस पर हमें नाज था। दमित होने और निराशा की पुरानी भावना

अब पूरी तरह खत्म हो गई थी।'[33] इस आत्मिक पुनरुत्थान के लिए गांधी जी ने भारत की आत्मा में एक महान् विस्फोटक शक्तिभर दी थी जो शासकों से प्राप्त होने वाले उपहारों, रियायतों और घोषणाओं से नहीं आ सकती थी।[34]

पहली अगस्त, 1920 को शुरू हुआ असहयोग आन्दोलन 6 फरवरी, 1922 तक दिन पर दिन बढ़ता ही गया। उमर सुभानी के त्यागमय प्रयत्नों से तिलक कोष में लक्ष्य से अधिक रुपया इकट्ठा हो गया; लाखों चरखे बांटे गए और घर-घर में सूत कतना शुरू हो गया; स्वयं सेवकों की भर्ती लक्ष्य की आधी संख्या तक पहुंच गई। त्रिसूत्री बहिष्कार कार्यक्रम में सरकारी सम्मानों का बहिष्कार अधिक नहीं हुआ और यह कोई आश्चर्यजनक बात भी नहीं थी; शिक्षा संस्थाओं का बहिष्कार शुरू में बहुत सफल रहा। कॉलेजों में विद्यार्थियों की संख्या बहुत कम हो गई। 1919-20 में कॉलेज के विद्यार्थियों की संख्या 52, 482 थी जो 1921-22 में घटकर 45,933 रह गई और माध्यमिक विद्यालयों में 1919-20 की 12,81,810 से घटकर 1921-22 में 12,39,524 रह गई।[35] लेकिन स्कूल छोड़े हुए इतने अधिक विद्यार्थियों के लिए शिक्षा का प्रबन्ध करना बड़ी समस्या थी यद्यपि बहुत से स्कूल और कॉलेज स्थापित किए गए, लेकिन अधिकतर विद्यार्थियों को उनमें दाखिला नहीं मिला। अतः मजबूर होकर उन्हें फिर पुराने स्कूलों में जाना पड़ा। यही हाल वकालत का था। अन्य किसी कार्य के न मिलने के कारण गृहस्थ लोगों के लिए रोटी का एकमात्र जरियां छोड़ देना बहुत मुश्किल था। लेकिन असहयोग आन्दोलनकारी अपने ऊपर मुकदमों में कानूनी कार्रवाई में हिस्सा लेने से इनकार कर देते थे और सफाई भी नहीं देते थे। जहां तक चुनावों के बहिष्कार का प्रश्न था, नरम दल के और कुछ अन्य राजनीतिज्ञों ने कौंसिलों के लिए खड़े होने का निर्णय कर लिया था। कांग्रेस ने भाग नहीं लिया, लेकिन जनता पर उसके प्रभाव का उदाहरण सामने आया और यह सिद्ध हो गया कि चुने गए उम्मीदवार जनता के प्रतिनिधि नहीं हैं।

विदेशी कपड़े के बहिष्कार का असर सारे देश पर पड़ा। बंगाल, बम्बई, मद्रास और संयुक्त प्रान्त (उत्तर प्रदेश) में यह बहुत सफल रहा। वाणिज्य सूचना विभाग द्वारा 1921-22 में प्रकाशित भारतीय व्यापार के

सर्वेक्षण के दौरान फुटकर चीजों के आयात में एक और बात से भी बहुत प्रभाव पड़ा और वह थी भारत में बने वस्त्रों के पक्ष में चलाए गए आन्दोलन का पुनः जोर-शोर से चालू होना। हाथ से बने सूत से हाथकर्घों पर बुने कपड़े पहनने की भावना से इस आन्दोलन को और बल मिला।

1921-22 के दौरान शराब के बहिष्कार की सफलता का प्रमाण अधिकतर प्रान्तों की आबकारी रिपोर्टों से मिलता है जिनके अनुसार इसके कारण आबकारी से होने वाली आय में काफी कमी आ गई थी। पंजाब, बिहार और उड़ीसा और बम्बई में यह कमी क्रमशः 33 लाख रुपये, 10 लाख रुपये और 6 लाख रुपये थी।

बीस महीनों के इस अनोखे आन्दोलन की हर घटना का वर्णन करना सम्भव नहीं है। यह आन्दोलन अनोखा इसलिए था कि बीस महीनों तक खिलाफत और स्वराज के दो उद्देश्यों के लिए हिन्दू और मुसलमान दोनों के कन्धे से कन्धा मिला कर काम किया। इस दौरान कुछ महत्वपूर्ण घटनाएं हुईं। जून, 1920 में लखनऊ के अब्दुल बारी ने एक फतवा निकाला। इसमें कई उलेमा ने हस्ताक्षर किए। इसमें भारत को दारुल हरब घोषित किया। इस फतवे में मुसलमानों के सामने दो ही रास्ते बताए गये थे–या तो वे जेहाद (धार्मिक युद्ध) करें या हिजरत (देशत्याग) करें। नवम्बर, 1920 में 'मुतफ्फिका फतवा' (संयुक्त आदेश) के रूप में इसे फिर दोहराया गया। अनुमान है कि करीब 18,000 मुसलमान भारत से अफगानिस्तान गए। इनमें से अधिकतर सिंध और उत्तर-पश्चिमी सीमा प्रदेशों के रहने वाले थे। अफगान अधिकारियों ने उनको देश में घुसने नहीं दिया। फलस्वरूप उन्हें बहुत दयनीय दशा में लौटना पड़ा क्योंकि वे घर बार छोड़ कर गए थे।

जुलाई, 1921 तक असहयोग आन्दोलन की आग सारे देश में फैल चुकी थी लेकिन अंग्रेजी शासकों पर इसका बहुत कम प्रभाव पड़ा और खिलाफत के प्रश्न पर सरकार का रुख भी वैसा ही बना रहा। फल यह हुआ कि लोगों में सरकार के प्रति निराशा और कटुता बढ़ती गई। अतः 8 जुलाई को करांची में हुए अखिल भारतीय खिलाफत सम्मेलन ने भारतीय सेना के मुस्लिम सिपाहियों से अपील की कि वे सेना में काम छोड़ दें क्योंकि धार्मिक दृष्टि से यह गैरकानूनी है। इसके लिए मुहम्मद अली को 14 सितम्बर को

गिरफ्तार कर लिया गया और उन पर मुकदमा चलाया गया। गांधी जी ने तब एक घोषणा-पत्र निकाला जिसमें कहा गया, "यह राष्ट्रहित के विरुद्ध है कि कोई भारतीय विदेशी सरकार के अधीन किसी असैनिक पद पर काम करे। सिपाही का काम करना तो खासतौर से गलत है।"[36]

5 अक्टूबर को कांग्रेस कार्यकारिणी समिति की बैठक हुई जिसमें खिलाफत सम्मेलन के प्रस्ताव का समर्थन किया गया और लोगों से कहा गया कि वे सार्वजनिक सभाओं में मुहम्मद अली के भाषण को दोहराएं। इस बैठक में प्रादेशिक कांग्रेस समितियों को सत्याग्रह आन्दोलन चलाने का अधिकार दिया गया।

नवम्बर, 1921 में ब्रिटेन के युवराज भारत आए। अखिल भारतीय कांग्रेस कमेटी ने उनका बहिष्कार करने का निर्णय किया। वे जहां भी गए, हड़ताल, प्रदर्शन और विरोध में सभाएं की गयीं। अभाग्यवश बम्बई में स्थिति काबू से बाहर हो गई और कई जगहों पर दंगे हुए और पुलिस ने भी दमनचक्र चलाया।

कलकत्ता में चित्तरंजनदास के नेतृत्व में सत्याग्रह आन्दोलन शुरू किया गया। सरकार ने कांग्रेस स्वयंसेवकों को गैरकानूनी करार दिया था। अतः उन्होंने स्वयंसेवकों की भर्ती के लिए एक अपील निकाली। उनकी पत्नी और पुत्र स्वयं-सेवक बने और फौरन गिरफ्तार कर लिए गए। फलस्वरूप स्वयंसेवकों की संख्या में हजारों की वृद्धि हो गई और शहर में गम्भीर उत्तेजना पैदा हुई। 10 दिसम्बर को स्वयं दास को हिरासत में ले लिया गया। गिरफ्तारी से पहले उन्होंने बंगालियों को यह स्फूर्तिदायक सन्देश दिया–

'मेरी कलाइयों में हथकड़ियां और पैरों में लोहे की बेड़ियां जकड़ी हैं। गुलामी का कष्ट असह्य है। सारा भारत एक विशाल कारागार है। कांग्रेस के कार्य को अवश्य ही चालू रखना है। मैं चाहे कैद में रहूं या बाहर, इससे क्या फर्क पड़ता है? मेरे मरने जीने से भी क्या फर्क पड़ता है?'[37]

मोपला विद्रोह

इन आन्दोलनों की सबसे दुर्भाग्यपूर्ण घटना केरल की मोपला जाति

का विद्रोह था। मोपला लोग अरबों के वंशज थे जो करीब एक हजार वर्ष पूर्व इस क्षेत्र में बस गए थे, इनमें से अधिकतर गरीब और अनपढ़ थे और वे ज्यादातर खेती या छोटे-मोटे व्यापार करते थे। वे बहुत पिछड़े हुए थे और अपने काजियों और मौलवियों के कहने पर चलते थे। जिन्हें वहां थंगल कहा जाता था। फरवरी, 1921 से केरल में असहयोग आन्दोलन का प्रचार बढ़ता गया। 16 फरवरी को चार नेता–दो हिन्दू और दो मुस्लिम–गिरफ्तार कर लिए गए। उत्तेजना बढ़ती गई, जगह-जगह सम्मेलन हुए, और अधिक लोग जेलों में बंद कर दिए गए। खिलाफत की सभाओं में इस्लाम के खिलाफ किए गए अंग्रेजों के कार्यों का ब्यौरा दिया जाता था जिससे धार्मिक भावनाएं प्रबल होती गईं। अधिकारियों ने आन्दोलन को दबाने का प्रयास किया क्योंकि ऐसा लगा कि इससे शान्ति और व्यवस्था को खतरा पैदा हो जायेगा। मोपलाओं ने सशस्त्र विद्रोह कर दिया और बन्दूक और राइफलों के विरुद्ध तलवार व भाले देकर गुरिल्ला युद्ध शुरू कर दिया। मोपलाओं ने सरकारी अधिकारियों तथा अपने हिन्दू पड़ोसियों के साथ भी बर्बरतापूर्ण व्यवहार किया और कुछ समय के लिए प्रशासन ठप्प हो गया। विद्रोह को दबाने के लिए सरकार को सेना बुलानी पड़ी और विद्रोहियों के खिलाफ अति उग्र और कठोर कार्रवाई की गई। अक्तूबर के मध्य में सैनिक शासन लागू कर दिया गया और वर्ष के अन्त तक शान्ति स्थापित हो गई।

विद्रोह के कारणों में बहुत विवाद है। सरकारी अधिकारियों तक ने इसके बारे में विरोधी विचार प्रकट किए। जहां एक ओर मालाबार के कार्यवाहक कलेक्टर इन्स का विचार था कि इन घटनाओं के लिए मालाबार की बुरी आर्थिक स्थिति जिम्मेदार थी और ऐसी गड़बड़ी मालाबार में समय-समय पर होती रही है, तो दूसरी ओर उनसे उच्च अधिकारी इवैन्स ने इसका विरोध करते हुए कहा कि यह विद्रोह राजनीतिक भड़कावे के कारण हुआ, न कि काश्तकारी पद्धति जैसे आर्थिक कारणों से।

मद्रास सरकार ने इवैन्स के विचारों से सहमति प्रकट करते हुए स्वीकार किया, "यह मानना ही पड़ेगा कि कुछ हद तक पिछली शताब्दी में उत्तर क्षेत्र में जो स्थिति उत्पन्न हो गई थी वैसा ही मालाबार में भी हुआ। इस स्थिति के मुख्य तत्व थे–जनसंख्या में वृद्धि, कीमतों का चढ़ना,

जमींदारों और काश्तकारों के बीच वैमनस्य, मुकद्दमेबाजी, बेदखली और जबरदस्ती वसूली।"[38]

इस स्थिति में अशान्ति और अव्यवस्था उत्पन्न होने की जमीन तैयार थी। इस पर खिलाफत और स्वराज के लिए देशव्यापी आन्दोलन और उसको दबाने के लिए पुलिस के अत्याचारी ने आग को भड़का दिया। राजगोपालचार्य और याकूब खां जैसे लोगों के मालाबार में प्रवेश पर प्रतिबंध, नेताओं की बड़ी संख्या में गिरफ्तारी और अहिंसक आन्दोलन को दबाने के प्रयत्नों से स्थिति बेकाबू हो गई। लोगों की धार्मिक भावनाएं भड़क उठीं और कट्टर धर्मांधता के कारण गहरे उपद्रव हुए।

मोपलाओं के बर्बरतापूर्ण कार्यों के बदले में सरकार ने जो कदम उठाए वे भी कम बर्बरतापूर्ण नहीं थे। नेपाल, गढ़वाल और बर्मा से सेनाएं बुलाकर वहां तैनात की गईं। गोरखा, गढ़वाली और कछिन सैनिक इस प्रदेश के लिए बिल्कुल अजनबी थे। अतः उनमें विद्रोहियों के साथ जरा भी सहानुभूति नहीं थी। मोपलाओं के भीषण कृत्यों के बदले में सैनिक शासन के अन्तर्गत कठोर दण्ड दिए गए। इस कुचक्र में सबसे रोमांचकारी घटना थी–150 मोपलाओं को भीषण गर्मी की चिलकती धूप में धीमीगति से चलने वाली मालगाड़ी के डिब्बों में बन्द करके कालीकट से मद्रास ले जाना। जब यह डिब्बे रास्ते के एक स्टेशन पर खोले गए, तब तक अधिकतर मोपलाओं की दम घुटने से मृत्यु हो चुकी थी और बाकी की हालत नाजुक थी।[39]

मोपलाओं के क्रूर व्यवहार का तत्कालीन प्रभाव बहुत बुरा पड़ा। साम्प्रदायिकता की आग भड़क उठी। कट्टर मुसलमानों ने मोपलाओं के अधिकतर अत्याचारों का उत्तरदायित्व स्वीकार नहीं किया, उनकी गम्भीरता को घटा कर बताया, या दूसरों पर जिम्मेदारी डालने की कोशिश की। साथ ही उन्होंने धार्मिक उत्साह और बहादुरी के लिए मोपलाओं के तारीफ की। इससे साम्प्रदायिक हिन्दू क्षुब्ध हो गए। मालाबार में हिन्दुओं के ऊपर हुए अत्याचारों का अतिरंजित वर्णन उत्तर भारत के लोगों को मिला, जिनसे उनको आघात पहुंचा। हिन्दू धर्म पर खतरे का नारा लगाया गया और 'शुद्धि' तथा 'संगठन' के आन्दोलन शुरू किए गए। आरोप-प्रत्यारोप का

कुचक्र शुरू हुआ, जिससे उत्पन्न कटुता से हिन्दू-मुस्लिम एकता का कोमल पौधा मुरझाने लगा।

लेकिन इस जबरदस्त आघात के बावजूद असहयोग आन्दोलन में कोई ढील नहीं आई, जैसा कि ब्रिटेन के युवराज के बहिष्कार से सिद्ध होता है। स्वयंसेवकों की भर्ती गैरकानूनी घोषित होने के बावजूद बढ़ती गई। फलस्वरूप, मोतीलाल नेहरू, जवाहरलाल नेहरू, लाजपतराय और बहुत से नेताओं को बंदी बना लिया गया।

इस बिगड़ती हुई स्थिति में समझौता कराने के लिए मालवीय जी बीच में पड़े। दिसम्बर, 1921 में कलकत्ते में मालवीय जी अन्य मध्यस्थों के साथ रीडिंग से मिले और यह निर्णय किया गया कि समस्या के हल के लिए एक गोलमेज सम्मेलन बुलाना चाहिए। गांधी जी की मांग थी कि सभी बंदियों को छोड़ दिया जाए। वे लोग भी छोड़े जाएं जो 'फतवा' निकालने के कारण या सेना में सेवा के विरुद्ध प्रचार करने के कारण गिरफ्तार किए गए थे। गांधी जी ने यह भी कहा कि इनकी रिहाई के बाद ही गोलमेज सम्मेलन बुलाया जा सकता है। लेकिन वाइसराय ने आम रिहाई की शर्त नहीं मानी और समझौते के प्रयत्न विफल हो गए।

दिसम्बर, 1921 के अन्तिम सप्ताह में कांग्रेस का वार्षिक अधिवेशन अहमदाबाद में हुआ। चित्तरंजनदास जेल में थे। उनकी अनुपस्थिति में अजमल खां ने अध्यक्ष-पद ग्रहण किया। 18 वर्ष से ऊपर के नौजवानों से स्वयंसेवक सेना में भर्ती होने की अपील की गई। यह निर्णय किया गया कि व्यक्तिगत और सामूहिक सत्याग्रह आन्दोलन किया जा सकता है और इस आन्दोलन को शुरू करने के समय, तरीके और उद्देश्य के बारे में निर्णय लेने के लिए गांधी जी को सर्वेसर्वा नियुक्त कर दिया गया। कांग्रेस के इस अधिवेशन में उलेमा ने महत्वपूर्ण योगदान किया।

हालत दिन पर दिन बिगड़ती जा रही थी और ऐसा लगता था कि शीघ्र ही स्थिति विस्फोटक हो जाएगी। जनवरी, 1922 के मध्य में मालवीय, जिन्ना और अन्य नेताओं ने एक सर्वदल सम्मेलन बुलाया जिसमें गांधी जी भी उपस्थित थे। सम्मेलन के सचिव थे–जिन्ना, जयकर और नटराजन। सम्मेलन के आदेश के अनुसार कांग्रेस कार्यकारी समिति ने सत्याग्रह

आन्दोलन अभी शुरू न करने का निश्चय किया। लेकिन वाइसराय अब भी बंदियों की न छोड़ने पर अड़ा हुआ था। फलस्वरूप समझौता न हो सका। यह प्रकट था कि कुछ वर्गों को जेल में रखकर सरकार कांग्रेस और खिलाफत आन्दोलनकारी के बीच फूट डालना चाहती थी। लेकिन कांग्रेसी नेता इस जाल में फंसने वाले नहीं थे।

सरकार के साथ समझौते की बातचीत विफल हुई। वरिष्ठ गवर्नर तुष्टीकरण की नीति के विरुद्ध थे और ब्रिटिश मंत्रिमण्डल ने इसे ठुकरा ही दिया था।[40] रीडिंग अब कड़े कदम उठाने के लिए कटिबद्ध था। दमनचक्र पूरी तेजी से चलाया गया। वाइसराय के नाम, गांधी जी द्वारा फरवरी में लिखे एक पत्र में यह प्रकट कर दिया गया कि यदि सरकार खिलाफत के मामले को नहीं हल करेगी और पंजाब में की गई गलतियां नहीं सुधारेगी तो वे बारडोली में सविनय अवज्ञा आन्दोलन शुरू करेंगे। लेकिन वाइसराय तो आन्दोलन को दबाने के लिए पूरी तरह तैयार बैठा था। उसने गांधी जी की इस बात पर ध्यान नहीं दिया।

अभाग्यवश 5 फरवरी को उत्तर प्रदेश के गोरखपुर जिले के एक छोटे कस्बे चौरी चौरा में एक दुखदायी घटना हो गई। कई पुलिस वालों की प्रदर्शनकारियों से भिड़न्त हो गई। लेकिन संख्या में कम होने के कारण पुलिस वालों को थाने में शरण लेनी पड़ी। क्रुद्ध भीड़ ने थाने में आग लगा दी और उसमें बंद लोग व सामान जलकर राख हो गए। कुछ और हिंसक घटनाएं देश के अन्य भागों में भी हुईं, जैसे ब्रिटेन के युवराज की यात्रा के समय मद्रास में।

बढ़ती हुई हिंसा को रोकने के लिए क्या किया जाए? गांधी जी मन, वचन, और कर्म से पूर्णतः अहिंसा के पुजारी थे। उनके जीवन-दर्शन का आधार ही यही था लेकिन लोगों ने इन तत्वों को ग्रहण नहीं किया था।

इस नैतिक सिद्धान्त के उल्लंघन से गांधी जी को आघात पहुंचा क्योंकि उनको अहिंसा, प्राण तथा देश की आजादी से भी ज्यादा प्रिय थी।

यह भी बिल्कुल साफ मालूम होता था कि लोगों के हिंसा अपनाने से पूरी अव्यवस्था और अनुशासनहीनता फैल जाएगी और जनता का प्रतिनिधित्व कांग्रेस के हाथों में नहीं रह जाएगा। सरकार को असीमित शक्ति के प्रयोग

का बहाना मिल जाएगा, जिससे निश्चय ही जान व माल का भारी नुकसान होगा और 1857 की पुनरावृत्ति होगी जिसके परिणाम भयावह होंगे।

गांधी जी ने बाद में बारडोली के लिए जो कहा वह चौरी चौरा की स्थिति पर भी लागू होता है। उनके शब्द थे, "मान लीजिए कि ईश्वर की कृपा से अगर बारडोली का अहिंसात्मक सत्याग्रह आन्दोलन सफल हो जाए और सरकार बारडोली के विजयी आन्दोलनकारियों को सत्ता सौंप दे, तब गैरकानूनी तत्वों का नियंत्रण कौन करेगा जो भड़कावे में आकर अमानुषिक कृत्य करने से बाज नहीं आते।"[41] गांधी जी का विचार था कि वे स्वयं ऐसा नियंत्रण करने में शायद सफल न हो सकें।

इस स्थिति में उन्होंने असहयोग आन्दोलन को स्थगित करने और बारडोली में सत्याग्रह न करने का फैसला किया। 12 फरवरी को इस निर्णय का अनुमोदन करने के लिए कांग्रेस कार्यकारी समिति में बैठक हुई।

आन्दोलन स्थगित करने का अर्थ था हार स्वीकार करना। कांग्रेस के कुछ बड़े नेताओं को यह निर्णय नहीं जंचा क्योंकि अहिंसा में उनका विश्वास गांधी जी जैसा गहरा और अडिग नहीं था। गांधी जी के इस निर्णय से दास और मोतीलाल नेहरू असहमत थे और उन्होंने कार्यकारी समिति के इस निर्णय के औचित्य पर सन्देह उठाते हुए क्रोध भरे पत्र लिखे। जवाहरलाल नेहरू भी इतने ही परेशान और दुखी थे। प्रश्न था कि गांधी जी ने आन्दोलन रोक देने के दूरगामी परिणामों को पहले क्यों नहीं समझा था क्योंकि अगर सत्याग्रह आन्दोलन की सफलता से अनियंत्रित हिंसा के उभरने का भय था तो आन्दोलन चलाने का औचित्य ही नहीं रह जाता था और आन्दोलन तभी चलाया जा सकता था यदि लोग विदेशी शासन द्वारा स्थापित व्यवस्था के स्थान पर अव्यवस्था चाहते हों।

आन्दोलन के एकाएक रोक देने से कांग्रेस में गड़बड़ी फैलनी स्वाभाविक थी, क्योंकि इस समय तक आन्दोलन के प्रति लोगों में उत्कट उत्साह आ गया था। फलतः कांग्रेसी नेता दो भागों में बंट गए–

1. वे जो असहयोग आन्दोलन और बहिष्कार कार्यक्रम के समर्थक थे और 2. जो कौंसिलों का बहिष्कार समाप्त करके, उनके द्वारा राष्ट्रीय लक्ष्य–स्वराज को प्राप्त करना चाहते थे।

खिलाफत आन्दोलनकारियों में भी फूट पड़ गई। उनमें से अधिकतर का असहयोग और गांधी जी के नेतृत्व पर से विश्वास हट गया और वे सरकार की सहायता के लिए हाथ फैलाने लगे। बाकी का गांधीवादी उपायों में विश्वास बना रहा क्योंकि उनके विचार से इन्हीं उपायों से लक्ष्य प्राप्त हो सकता था।

राष्ट्रवादी तत्वों में इस फूट का फायदा उठाकर सरकार ने, जो अभी तक गांधी जी के खिलाफ कार्रवाई करने में हिचकिचा रही थी, फौरन निर्णय कर लिया और गांधी जी को 10 मार्च को गिरफ्तार किया गया। एक सप्ताह बाद, 18 मार्च को उनके खिलाफ मुकदमा शुरू हुआ। गांधी जी ने कोई सफाई नहीं दी। उल्टे उन्होंने सरकार के खिलाफ लोगों में असन्तोष फैलाने का अपराध स्वीकार किया और कहा कि 'मुझे कड़े से कड़ा दण्ड दिया जाए।' लेकिन उन्होंने एक स्पष्ट और शानदार वक्तव्य में यह प्रकट कर दिया कि वे क्यों शुरू में सरकार के प्रति वफादार थे और बाद में क्यों खिलाफ हो गए। गांधी जी के बयान में अंग्रेजी शासन के विरुद्ध भीषण आरोप लगाए गए थे और अहिंसात्मक असहयोग आन्दोलन का औचित्य भी सिद्ध किया गया था।

अदालत को सम्बोधित करते हुए गांधी जी ने कहा[42], "मौजूदा शासन-व्यवस्था के प्रति विरोध की भावना का प्रचार करने की मुझे लगन लग गई थी और एडवोकेट जनरल का यह कहना भी बिल्कुल सही है कि इस विरोध का प्रचार मैंने 'यंग इण्डिया' को हाथ में लेने के बहुत पहले शुरू कर दिया था।

"मैं यह जानता था कि मैं आग से खेल रहा हूं। फिर भी मैंने खतरा मोल लिया और यदि मुझे छोड़ दिया गया तो मैं फिर वहीं करूंगा। आज सुबह मुझे ऐसा लगा कि जो कुछ मैं इस समय कह रहा हूं यदि वह मैंने नहीं कहा तो मैं अपने कर्तव्य से च्युत हो जाऊंगा।

मैं हिंसा से बचना चाहता था। अहिंसा मेरे जीवन का न केवल प्रथम बल्कि अन्तिम सिद्धान्त भी है। लेकिन मुझे दो में से एक चीज चुननी थी। मैं या तो एक ऐसी व्यवस्था को स्वीकार कर लेता, जिसने मेरी समझ से देश को असाध्य क्षति पहुंचाई है या फिर मैं यह खतरा मोल लेता कि

मेरे देशवासी मेरे मुंह से सच्चाई को सुनें और उनमें रोष का उबाल लाएं।

"भारतीय जनता के प्रति और इंग्लैण्ड की जनता के प्रति भी, जिससे सन्तुष्ट करने के लिए यह मुकदमा मुख्य रूप से चलाया गया है, शायद मेरी यह जिम्मेदारी है कि मैं इस पर प्रकाश डालूं कि एक कट्टर राजभक्त और सहयोगी से मैं राजनीतिक असन्तोष का हठी प्रचारक और असहयोगी कैसे बन गया। न्यायालय को भी मैं यह बताना चाहता हूं कि भारत में कानून द्वारा स्थापित सरकार के प्रति असन्तोष फैलाने के अपराध को मैं क्यों स्वीकार कर रहा हूं।

"मेरे विश्वास को पहला धक्का रौलट एक्ट से लगा, जिसका उद्देश्य जनता को सभी प्रकार की सच्ची स्वतन्त्रता से वंचित कर देना था। उस कानून के विरुद्ध मुझे एक तीव्र आन्दोलन छेड़ने की प्रेरणा हुई। उसके बाद पंजाब का काण्ड हुआ, जिसका आरम्भ जलियांवाला बाग के हत्याकाण्ड से हुआ और अन्त पेट के बल रेंगने के आदेशों में, लोगों को खुलेआम कोड़े मारने में तथा अन्य अकथनीय अपमानपूर्ण कृत्यों में हुआ। मैंने यह भी देखा कि भारतीय मुसलमानों को तुर्की की अखण्डता तथा इस्लाम के पवित्र स्थानों की सुरक्षा के बारे में ब्रिटिश प्रधानमंत्री ने गम्भीरतापूर्वक जो वचन दिए थे, उनके पूरे किये जाने की सम्भावना नहीं बची। अनिष्ट के इन लक्षणों और मित्रों की गम्भीर चेतावनियों के बावजूद, मैं 1919 की अमृतसर कांग्रेस में सरकार के साथ सहयोग करने तथा मांटेग्यू-चेम्सफोर्ड सुधारों को अमल में लाने के लिए लड़ा। तब भी मैं यही आशा कर रहा था कि अन्त में ब्रिटिश प्रधानमंत्री भारतीय मुसलमानों को दिये गये वचन का पालन करेंगे, पंजाब के जख्मों का इलाज होगा और ये सुधार अपर्याप्त और असन्तोषजनक होते हुए भी भारत के जीवन में आशा के एक नए युग के सन्देशवाहक सिद्ध होंगे।

"लेकिन सारी आशाओं पर तुषारापात हो गया। यह स्पष्ट हो गया कि खिलाफत सम्बन्धी वचन का पालन होने वाला नहीं है। पंजाब के काण्ड पर लीपापोती कर दी गई। अधिकांश अपराधियों को सजा नहीं दी गई, वे अपनी नौकरियों पर बने रहे। कुछ को भारतीय खजाने से पेंशनें मिलती

चली गई। इतना ही नहीं, उनमें से कुछ को इनाम-अकराम तक दिए गए। मैंने यह भी समझ लिया कि ये सुधार किसी प्रकार के हृदय परिवर्तन के सूचक नहीं हैं, ये तो भारत को और अधिक लूटने तथा ज्यादा दिनों तक गुलाम बनाए रखने की तरकीबें भर है।

"मुझे अनिच्छापूर्वक इस निष्कर्ष पर पहुंचना पड़ा कि अंग्रेजी हुकूमत ने राजनीतिक तथा आर्थिक दोनों दृष्टियों से भारत को इतना असहाय बना दिया है जितना वह पहले कभी नहीं था। निःशस्त्र भारत आज यदि किसी आक्रमणकारी का सशस्त्र विरोध करना चाहे तो उसमें ऐसा करने की शक्ति नहीं है और उसकी वह लाचारी इस हद तक पहुंच गई है कि हमारे कुछ अच्छे-से-अच्छे लोग भी यह मानते हैं कि भारत को औपनिवेशिक स्वराज्य पाने में अभी पीढ़ियां लग जाएंगी।

"इस देश में कानून का उपयोग भी विदेशी शोषकों के हित में ही किया जाता रहा है। पंजाब में सैनिक शासन के अन्तर्गत चलाए गए मुकदमों की निष्पक्ष जांच के बाद मेरी यह धारणा बनी है कि कम-से-कम पंचानबे प्रतिशत सजाएं सर्वथा अन्यायपूर्ण थीं। और भारत में राजनीतिक मुकदमों के बारे में मेरा अनुभव यही है कि हर दस सजा पाये लोगों में नौ तो सर्वथा निर्दोष होते हैं। उनका अपराध यही है कि उन्हें अपने देश से प्रेम है। भारतीय अदालतों में सौ में से निन्यानबे मामलों में यूरोपीयों के मुकाबले भारतीयों के साथ न्याय नहीं किया गया है। इसमें कहीं कोई अतिशयोक्ति नहीं है। जिन भारतीयों का ऐसे मामलों से थोड़ा भी सम्बन्ध रहा है, उन सबका यही अनुभव रहा है। मेरे विचार से तो विदेशी शोषकों के लाभ के लिए जाने-अनजाने कानून का दुरुप्रयोग ही होता रहा है।

"सबसे बड़ा दुर्भाग्य तो यह है कि अंग्रेज लोग और देश का शासन चलाने में उनके भारतीय सहयोगी, यह समझते ही नहीं कि वे उन अपराधों को करने में लिप्त है जिनका मैंने जिक्र करने की कोशिश की है। मुझे बेखूबी मालूम है कि बहुत से अंग्रेजी और भारतीय अधिकारी ईमानदारी से यह मानते हैं कि वे जिस शासन को चला रहे हैं वह दुनिया के सर्वोत्तम शासनतंत्रों में से है और इससे भारत धीरे-धीरे ही सही, किन्तु निश्चित प्रगति कर रहा है। उन्हें नहीं मालूम कि एक ओर जनता को आतंकित करने

की प्रणाली तथा पशुबल के प्रदर्शन और दूसरी ओर जनता को प्रतिशोध अथवा आत्मरक्षा की शक्ति से पूरी तरह वंचित रखने का परिणाम यह हुआ है कि भारत के लोग कायर बन गए हैं और उन्हें ढोंग तथा पाखण्ड की आदत बन गई है। इस आदत के कारण प्रशासकों को भारत का सही हालत का ज्ञान नहीं रहा और वे इस मुगालते में हैं कि हमारा शासन बड़ा अच्छा है। जिस धारा 124 के अधीन मुझ पर आरोप लगाया गया है वह भारतीय नागरिकों की स्वतन्त्रता का गला घोंटने के लिए बनाई गई धाराओं में कदाचित सबसे निरंकुश है। कानून के बल पर राजभक्ति उत्पन्न नहीं की जा सकती। यदि किसी के मन में किसी व्यक्ति या प्रणाली के प्रति भक्ति नहीं है, तो जब तक वह हिंसा का इरादा न रखता हो अथवा उसे प्रोत्साहन या उत्तेजना न देता हो तब तक उसे अपनी भावना को व्यक्त करने की पूरी स्वतन्त्रता होनी चाहिए। किन्तु जिस धारा के अधीन श्री बैंकर और मुझ पर आरोप लगाए गए हैं, वह धारा तो ऐसी है, जिसके अनुसार असन्तोष की भावना का प्रचार करना ही अपराध है। मैंने इसके अधीन चलाए गए कुछ मुकदमों का अध्ययन किया है और मैं जानता हूं कि भारत के कुछ बड़े से बड़े लोकप्रिय देशभक्तों को इसके अन्तर्गत दण्ड दिया गया है।

"जिस सरकार ने कुल मिलाकर भारत का इतना अहित किया है जितना कि पहले के किसी भी शासन ने नहीं किया, उसके प्रति असन्तोष की भावना रखना में एक श्रेय की बात मानता है। इस अंग्रेजी हुकूमत के अधीन भारत जितना शक्तिहीन हो गया है, उतना पहले कभी नहीं था। और चूंकि मेरी यह मान्यता है, इसलिए इस शासन के प्रति मन में वफादारी रखना मैं पाप समझता हूं। अतएव अपने खिलाफ सबूत में पेश किए गए लेखों में मैंने जो कुछ लिखा है, उसे लिखना मैं अपना बहुत बड़ा सौभाग्य मानता हूं।

"असल में तो मैं यह मानता हूं कि जिस अस्वाभाविक स्थिति में आज इंग्लैण्ड और भारत दोनों आ पहुंचे हैं, उससे निकलने के लिए असहयोग का रास्ता दिखाकर मैंने दोनों ही सेवा ही की है। मेरी राय में बुराई से असहयोग करना भी उतना ही आवश्यक कर्तव्य है जितना अच्छाई से सहयोग करना। किन्तु अभी तक बुराई करने वालों के साथ असहयोग

हिंसा में प्रगट होता रहा है। मैं अपने देश भाइयों को यह दिखाने की कोशिश कर रहा हूं कि हिंसावृत्ति से किया गया असहयोग अन्त में बुराई को बढ़ाने में ही सहायक होता है, और चूंकि बुराई हिंसा से ही पोषित हो सकती है इसलिए यदि बुराई को रोकना हो तो हिंसा को तिलांजलि देनी चाहिए। अहिंसा का मतलब है, बुराई से असहयोग करने के फलस्वरूप मिलने वाले दण्ड को खुशी से स्वीकार करना। इसलिए जो काम कानून की नजर में जानबूझकर किया गया अपराध है, वह मेरी दृष्टि में नागरिक के नाते मनुष्य का सर्वोपरि कर्तव्य है, और उसके लिए कड़ी से कड़ी सजा मांगने और उसे शिरोधार्य करने के लिए मैं यहां खड़ा हूं।"

जज ने उन्हें अपराधी घोषित किया और छः साल जेल की सजा सुनाई। पूना स्थित यरवदा सेन्ट्रल जेल में उन्हें बन्दी कर लिया गया।

आन्दोलन की उपलब्धियां

न केवल भारत के किन्तु संसार के इतिहास का यह पहला अहिंसात्मक विद्रोह वास्तव में मार्च, 1922 में समाप्त हो गया था लेकिन यह 1924 तक थोड़ा बहुत चलता ही रहा। निश्चय ही यह अपने उद्देश्य में असफल रहा। इसके उद्देश्य थे–तुर्की के सम्राट को फिर से खलीफा के अधिकार दिलाना और भारत में स्वराज्य की प्राप्ति। आन्दोलन का तीसरा उद्देश्य–पंजाब में हुए अत्याचारों का प्रतिशोध एक गौण उद्देश्य था। पहली अगस्त, 1920 से मार्च, 1922 तक इस आन्दोलन में जनता ने बड़े उत्साह, और आत्म-बलिदान की भावना से भाग लिया लेकिन शक्तिशाली सरकार की लगभग असीमित शक्तियों–सेना, पुलिस, प्रशासनिक मशीनरी और धन के सामने असंगठित, अनुभवहीन और अनुशासनहीन लोगों का टिकना कठिन था। जैसा कि गांधी जी ने कहा यह संघर्ष 'आध्यात्मिक शक्ति' और 'भौतिक शक्ति' के बीच अथवा दो इच्छाओं–स्वतन्त्रता प्राप्त करने की इच्छा और शासन करने की इच्छा–के बीच था।

स्वराज्य को प्राप्त करने में आन्दोलन की असफलता तो वास्तव में अस्थायी थी। संघर्ष में बाधा मात्र आ गई थी। वह समाप्त नहीं हुआ था। अभी तक किया गया संघर्ष बेकार भी नहीं गया। सत्याग्रह आन्दोलन के

जांच की रिपोर्ट के अनुसार इससे ये लाभ हुए थे–

1. अपने राजनीतिक अधिकारों के प्रति जनता में जागरूकता का पैदा होना, 2. लोगों में यह विश्वास पैदा होना कि वे अपने ही प्रयत्नों से भारत को स्वतंत्र करा सकते हैं, 3. वर्तमान शासन से लोगों में विश्वास उठ जाना, 4. लोगों में यह विश्वास भी पैदा हुआ कि केवल कांग्रेस ही स्वतंन्त्रता प्राप्ति के राष्ट्रीय प्रयत्न को ठीक तरह संचालित कर सकती है, 5. लोगों को डराने में दमन नीति की पूर्ण विफलता।

भारत सरकार के गृह सदस्य को मद्रास के गवर्नर विलिंगडन ने लिखा, "असहयोग आन्दोलन की अन्य उपलब्धियां कुछ भी हों, लेकिन निश्चय ही आम लोगों में राजनीतिक जागृति फैलाने और अपनी स्थिति पर सन्तोष करके निष्क्रिय पड़े रहने की प्रवृत्ति को समाप्त करने में यह आन्दोलन सफल हुआ है।"[43]

इस प्रकार आन्दोलन के दो लाभ हुए–नैतिक और राजनीतिक– 1. स्वतंत्र समाज के लिए आवश्यक चरित्र बल का निर्माण, 2. इस भ्रान्ति की समाप्ति कि स्वतन्त्रता प्रिय और प्रजातांत्रिक अंग्रेज पिछड़े हुए भारतीयों को स्वशासन के तरीके सिखाना चाहते हैं और यह कार्य आवश्यक रूप से धीमे-धीमे कई चरणों में होगा।

भारतीयों की विचारधारा पर इस आन्दोलन के प्रभाव बहुत महत्वपूर्ण थे। लेकिन आन्दोलन की अंग्रेजों पर भी इतनी ही महत्वपूर्ण प्रतिक्रिया हुई। उनका आत्म-विश्वास हिल उठा, अर्थात् अपने साम्राज्य को भारतीय जनता के लिए हितकर मानने की प्रवृत्ति को धक्का लगा। अंग्रेजी शिक्षा तथा अपनी सांस्कृतिक, आर्थिक और राजनीतिक नीतियों के परिणाम के प्रति उनमें शंका उत्पन्न हुई, जिससे उनका आत्म-सन्तोष छूटने लगा। शिक्षित वर्ग जिनमें गांधी जी और अन्य राजनीतिक नेता थे, उनके अविश्वास के पात्र बन गए और वे समझने लगे कि उनकी नीयत बुरी है। शासकों को अपना भविष्य अंधकारमय लगने लगा और वे समझ गए कि भारत के लोगों को उनकी जरूरत नहीं है।

प्रशासनिक सेवा के पुराने अफसर अपने पुत्रों को अब उस सेवा में भेजने से कतराने लगे जो पहले 'स्वर्ग' के समान समझी जाती थी। प्रशासन

का यह फौलादी ढांचा अब अंग्रेजी हुकूमत को बनाए रखने में असमर्थ लगने लगा।

एडवर्ड थाम्सन ने स्वीकार किया, "दुनिया जिसे हमारी सरकार की, समाज की कमजोरी मात्र समझती है वह वास्तव में हमारी जरावस्था की सूचक है।"[44]

शासन चलाए रखने की इच्छा अब कमजोर हो चली थी। गांधी जी के असहयोग आन्दोलन का उद्देश्य संकीर्ण अर्थों में राजनीतिक नहीं था। गांधी जी ने स्वराज्य और तुर्की सम्राट को फिर से खलीफा बनाए रखने के लक्ष्य तो रखे थे लेकिन इनकी प्राप्ति हो उनके लिए सब कुछ नहीं थी। अपने आदर्श की प्राप्ति के लिए स्वराज्य आवश्यक साधन मात्र था और खिलाफत एक गहरे विश्वास का बाह्य प्रतीक था। प्रश्न है कि आदर्श क्या था? आदर्श था–सत्य और अहिंसा के आधार पर मानव की समस्याओं का हल निकालना। सत्य और अहिंसा एक ही वास्तविकता के दो पहलू थे जो मूल रूप से आध्यात्मिक थी। आध्यात्मिकता अविवेक के विपरीत होती है क्योंकि अविवेक के गर्भ में हिंसा होती है। अहिंसा का अर्थ है प्रेम जो जाति, धर्म, गरीब, अमीर, स्त्री, पुरुष के भेदभाव के विरुद्ध होता है। अतः सत्य और अहिंसा पर आधारित समाज वहीं बना रह सकता है जहां मनुष्य का मनुष्य द्वारा सभी प्रकार का शोषण समाप्त हो जाए, जहां श्रम को सभी अपना कर्तव्य मानते हों, जहां आवश्यकता सीमित हो और पारस्परिक आदर और प्रेम के बंधनों से बंधे लोग छोटे-छोटे समुदायों में रहते हों। गांधी जी के आदर्शों में बड़ी दूर की झांकी थी। लेकिन इसी आदर्श पर अपनी दृष्टि जमाए हुए वे अपनी जीवन यात्रा करते रहे और इस लक्ष्य की ओर जाने वाले रास्ते पर उनके पदचिन्ह बनते गए।

सन्दर्भ

1. मोहनदास करमचंद गांधी एक जीवनी (1948, पृ. 538)
2. बाम्बे क्रानिकल, '2 मार्च, 1919' (पी.सी. बमफोर्ड, 'हिस्ट्रीज़ ऑफ द नान-कोऑपरेशन एण्ड खिलाफत मूवमेंट्स', पृ. 4)
3. मोहनदास करमचंद गांधी, आत्मकथा (1948), पृ. 563

4. पी.सी. बमफोर्ड, 'हिस्ट्रीज़ ऑफ द नॉन-कोऑपरेशन एण्ड खिलाफत मूवमेंट्स', पृ. 10
5. पंजाब विधान परिषद की कार्यवाही, 1919 खण्ड 10, पृ. 290-91
6. यह विवरण अधिकांशतः निम्नलिखित रिपोर्टों पर आधारित है–
   1. भारतीय राष्ट्रीय कांग्रेस की पंजाब उपसमिति द्वारा नियुक्त समिति की रिपोर्ट,
   2. अव्यवस्था जांच समिति (हण्टर कमेटी) की रिपोर्ट और साक्ष्य, 6 खण्डों में, और
   3. बी.एन. दत्त, 'जलियांवाला बाग'
7. जवाहरलाल, एन आटोबायोग्राफी '1953', पृ. 42
8. बी.एन. बनर्जी, 'ए नेशन इन दि मेकिंग, पृ. 302
9. एन.डी. वेली, 'ई. मांटेग्यू-ए मेम्वायर', पृ. 209
10. वही, पृ. 217
11. पार्लियामेण्टरी डिवेट्स हाउस ऑफ लार्ड्स–लार्ड रसेल द्वारा उठाया गया प्रश्न और लार्ड सिन्हा द्वारा दिया गया उसका उत्तर, 6 अगस्त, 1919
12. एस.डी. वेली, 'ई. मांटेग्यू-ए मेम्वायर', पृ. 217
13. डिज़ार्ड्स एन्क्वायरी कमेटी रिपोर्ट, अल्पमत वालों की रिपोर्ट, पृ. 114
14. भारतीय राष्ट्रीय कांग्रेस की पंजाब उपसमिति द्वारा नियुक्त समिति की रिपोर्ट, पृ. 7
15. वही, पृ. 23
16. वही, पृ. 157
17. वही, पृ. 158
18. पार्लियामेंटरी डिवेट्स हाउस ऑफ कामंस, 8 जुलाई, 1920, 5वीं सीरीज़, खण्ड 131, कालम 1715
19. वही, कालम 1733
20. वही
21. डी.जी. तेन्दूलकर, 'महात्मा' (1951), खण्ड 1, पृ. 316
22. पट्टाभि सीतारामय्य, 'दि हिस्ट्री ऑफ दि कांग्रेस' (1946), खण्ड 1, पृ. 178
23. बमफोर्ड, पी.सी., 'हिस्ट्रीज़ ऑफ द नान-कोऑपरेशन एण्ड खिलाफत मूवमेंट्स',

(गवर्नमेंट ऑफ इण्डिया प्रेस), पृ. 156
24. सैयद तुफैल अहमद मंगलोरी 'मुसलमानों का रोशन मुस्तकविल' (उर्दू), पृ. 512
25. यंग इंण्डिया, 2 जून, 1920
26. डी.जी. तेंदूलकर, 'महात्मा' (1951), सं. 1, पृ. 365
27. डी.जी. तेंदूलकर, महात्मा, खण्ड 2, पृ. 12
28. वही, पृ. 15
29. डी.जी. तेंदूलकर, महात्मा, खण्ड 2, पृ. 71
30. एच. हाइड मोन्टगोमरी, लार्ड हार्डिंग, पृ. 331-33
31. यंग इण्डिया (1919-22), महात्मा गांधी द्वारा संपादित, पृ. 152
32. जवाहरलाल नेहरू, एन आटोबायोग्राफी, पृ. 76
33. वही, पृ. 69
34. वही, पृ. 66 (सी.एफ. एन्ड्रूज़ की 'इंडिपेन्डेन्स द इमीडिएट नीड' का एक उद्धरण)
35. पी.सी. बमफोर्ड, 'हिस्टरीज़ ऑफ द नान-कोऑपरेशन एण्ड खिलाफत मूवमेन्ट्स' (1925), पृ. 103
36. डी.जी. तेंदूलकर, 'महात्मा', खण्ड 2, पृ. 82
37. जवाहरलाल नेहरू, 'एन आटोबायोग्राफी', पृ. 79
38. होम डिपार्टमेण्ट, राजनीतिक, 1922, सं. 23 और के.डब्लू. देखिए 8 मई, 1922 का सचिव एस.पी.ओ. डोनेल का नोट।
39. मृतकों की संख्या के विषय में कुछ मतभेद हैं। श्री हिरेन मुकर्जी ने 'इण्डियाज़ स्ट्रगिल फार फ्रीडम' में लिखा है कि एक सौ मोपलाओं में से 66 की मृत्यु हो गई। भारतीय विद्या भवन द्वारा प्रकाशित 'स्ट्रगिल फार फ्रीडम' में लिखा है कि 70 मोपला एक बंद गाड़ी में ले जाए जा रहे थे और सभी दम घुटने से मर गए। (सम्पादक)
40. रीडिंग, पेपर्स, मान्टेग्यू का रीडिंग को 20 दिसम्बर, 1921 का तार, होम पोलिटिकल, वाइसराय को गवर्नरों के तार–1922 का 89
41. एल. फिशर, 'लाइफ ऑफ महात्मा गांधी', पृ. 219
42. डी.जी. तेंदूलकर, 'महात्मा', खण्ड 2, पृ. 129-33

43. विन्सेंट को विलिंगडन का पत्र, 1 जुलाई, 1922, गृह विभाग राजनीतिक 1922, सं. 418 आर.के.डब्ल्यू.
44. ई.जी. थामसन, 'एन एंड ऑफ द आवर', पृ. 25 (ए.जे. ग्रीनबर्गर, द ब्रिटिश इमेज ऑफ इण्डिया, पृ. 86)

गांधी द्वारा
असहयोग आन्दोलन समाप्ति की घोषणा

भाषण : बारडोली में कांग्रेस कार्यकर्त्ताओं के समक्ष[1]

(10 फरवरी, 1922)[2]

महात्मा गांधी

आज जो लोग यहाँ इकट्ठे हैं, उन्हें मैं देश के चुने हुए कार्यकर्त्ताओं में मानता हूँ। भारत की वर्तमान स्थिति को आज मैं इस छोटी-सी सभा में ठीक-ठीक प्रतिबिम्बित देख पा रहा हूँ। मैंने अभी जो सुना उससे मेरा यह अनुमान दृढ़ हो गया है कि जो यहाँ मौजूद हैं उनमें से अधिकतर लोग अहिंसा का सन्देश समझने में सफल नहीं हुए हैं। इससे मुझे भरोसा हो गया है कि देश की ज्यादातर जनता अहिंसा का सबक सीखने में एकदम असमर्थ है। इसलिए मुझे सविनय अवज्ञा आन्दोलन तुरन्त बन्द कर देना चाहिए।

अंग्रेजी से–सेवन मंथ्स विद महात्मा गांधी

प्रस्ताव : बारडोली कार्य-समिति के[3]

(12 फरवरी, 1922)

बारडोली में इसी 11 और 12 तारीखों को कांग्रेस कार्य-समिति की

बैठक हुई। उसमें निम्नलिखित प्रस्ताव पास किए गए–

1. चौरी चौरा में भीड़ द्वारा पुलिस के सिपाहियों की नृशंस हत्या करने और पुलिस थाने को जला देने के अमानुषिक कृत्य की कार्य-समिति निन्दा करती है और सन्तप्त परिवारों के प्रति अपनी सहानुभूति व्यक्त करती है।
2. इसे प्रकृति की चेतावनी ही समझना चाहिए कि जब-जब सामूहिक सविनय अवज्ञा का श्रीगणेश होने को हुआ तब-तब जनता द्वारा हिंसापूर्ण उपद्रव किए गए। इससे यह पता चलता है कि अभी देश में सामूहिक सविनय अवज्ञा के लिए पर्याप्त अहिंसापूर्ण वातावरण नहीं है। सबसे ताजा उदाहरण गोरखपुर के समीप चौरी चौरा का दुःखद और भयानक घटनाएँ हैं। कांग्रेस कार्य-समिति निर्णय करती है कि बारडोली तथा अन्य स्थानों पर जो सामूहिक सविनय अवज्ञा शुरू करने का विचार था उसे मुल्तवी रखा जाए। साथ ही वह स्थानीय कांग्रेस कमेटियों को आदेश देती है कि वे किसानों को सरकार का वकाया भूमिकर तथा अन्य कर जिन्हें सामूहिक सविनय अवज्ञा के विचार से रोक रखा गया था, तत्काल अदा कर देने की सलाह दें और स्वयं उन्हें यह निर्देश देती कि वे आक्रामक ढंग की अन्य सभी तैयारियों को मुल्तवी कर दें।
3. सामूहिक सविनय अवज्ञा तब तक मुल्तवी रहेगी जब तक कि वातावरण के इतने अहिंसापूर्ण होने का भरोसा नहीं हो जाता कि गोरखपुर के नृशंस कार्य और 17 नवम्बर की बम्बई में या 18 जनवरी को मद्रास में की गई गुंडागर्दी-जैसी घटनाएँ फिर घटित न होंगी।
4. शान्तिपूर्ण वातावरण तैयार करने की दृष्टि से कार्य-समिति सलाह देती है कि अन्यथा निर्देश मिलने तक सभी कांग्रेस संगठन उन सारी कार्यवाहियों को बन्द रखें जो गिरफ्तार होने और जेल भेजे जाने के लिए विशेष रूप से की जाने वाली थी। कांग्रेस की साधारण कार्यवाहियां जारी रखी जा सकती हैं और इनमें जहां वातावरण पूर्ण रूप से शान्तिमय हो, वहां स्वेच्छाप्रेरित हड़तालें भी

शामिल हैं। इस उद्देश्य की पूर्ति के लिए धरना देना एकदम बन्द रखा जाये। अलबत्ता सद्भावपूर्ण और शराब की दुकानों पर आने वालों को शराब पीने के दोषों से आगाह करने के शान्तिपूर्ण उद्देश्य से धरना जारी रखा जा सकता है; किन्तु इन धरनों का संचालन ऐसे ही लोगों के हाथ में होना चाहिए जिन्हें सभी सदाचारी व्यक्ति जानते-मानते हों और जिन्हें सम्बन्धित कांग्रेस कमेटियों ने इस काम के लिए विशेष रूप से चुना हो।

5. कार्य-समिति सलाह देती है कि अन्यथा निर्देश प्राप्त होने तक स्वयंसेवकों के किसी भी प्रकार के जलूस निकालना और केवल प्रतिबन्ध सम्बन्धी विज्ञप्तियों की अवहेलना के लिए सार्वजनिक सभाएँ करना बन्द कर दिया जाए। ये आदेश कांग्रेस कमेटी की तथा अन्य समितियों की सामान्य बैठकों के सम्बन्ध में अथवा ऐसी सार्वजनिक सभाओं के सम्बन्ध में जो कांग्रेस रोजमर्रा के काम से ताल्लुक रखती हों, लागू नहीं होंगे।
6. चूँकि कार्य-समिति के पास शिकायतें आई हैं कि किसान लोग जमींदार को लगान अदा नहीं कर रहे हैं, वह कांग्रेस कार्यकर्त्ताओं और संगठनों को सलाह देती है कि वे किसानों को बताएँ कि इस तरह लगान रोकना कांग्रेस के प्रस्तावों के प्रतिकूल है और देश के बड़े-से-बड़े हितों के लिए घातक है।
7. कार्य-समिति जमींदारों को आश्वासन देती है कि कांग्रेस आन्दोलन किसी भी तरह उनके कानूनी हकों पर चोट करने के उद्देश्य से नहीं चलाया गया है। जहाँ रयत को वास्तव में शिकायतें हैं, वहाँ भी समिति की इच्छा है कि परस्पर सलाह-मशविरे द्वारा और बीच-बचाव की प्रणाली का सहारा लेकर राहत प्राप्त की जाए।
8. कार्य-समिति के सामने इस आशय की शिकायतें आई हैं कि स्वयंसेवक दलों के गठन में बहुत ही ढीलढाल बरती जाती है और हाथकते, हाथबुने खद्दर के प्रयोग का, और हिन्दुओं द्वारा अस्पृश्यता निवारण के नियम का आग्रहपूर्वक पालन नहीं किया जाता; यह जानने की सावधानी भी नहीं बरती जाती है कि उम्मीदवार

कांग्रेस के प्रस्ताव के अनुसार अहिंसा पर मन, वचन, कर्म से विश्वास करता है अथवा नहीं। इसलिए कार्य-समिति सभी कांग्रेस संगठनों को अपनी-अपनी स्वयंसेवक सूचियों पर पुनर्विचार करने का आदेश देती है और उनमें से ऐसे सभी स्वयंसेवकों के नाम हटा देने को कहती है जो शपथ की अपेक्षाओं को सब तरह से पूरा नहीं करते।

9. कार्य-समिति की राय है कि जब तक कांग्रेस लोग कांग्रेस संविधान को तथा कार्य-समिति द्वारा समय-समय पर पास किए गए प्रस्तावों पर पूर्ण रूप से अमल नहीं करते तब तक अपना उद्देश्य शीघ्र या देरी से भी पूरा कर पाना सम्भव नहीं है।
10. अखिल भारतीय कांग्रेस कमेटी की बैठक विशेष रूप से न बुलाए जाने तक और उसके द्वारा उनकी पुष्टि हो जाने तक उपर्युक्त प्रस्ताव लागू होंगे। सचिव ऐसी बैठक हकीम अजमल खां से सलाह करके यथासम्भव शीघ्र बुलाएँगे।[4]

नया कार्यक्रम

चूँकि गोरखपुर की दुःखद घटना इस बात का जबरदस्त सबूत है कि आम जनता ने अभी तक पूरी तरह से सामूहिक सविनय अवज्ञा के अविच्छिन्न, सक्रिय और मुख्य अंग के रूप में अहिंसा की आवश्यकता महसूस नहीं की है; और चूँकि कहा जाता है कि कांग्रेस के निर्देशक विपरीत ही, बिना छानबीन किए लोगों को स्वयंसेवक के रूप में स्वीकार कर लिया गया है, इससे यह जाहिर होता है कि सत्याग्रह के प्रमुख तत्त्व को ठीक-ठीक नहीं समझा गया है; और चूँकि कार्य-समिति की राय में राष्ट्रीय उद्देश्य की पूर्ति में देर होने का एकमात्र कारण कांग्रेस संविधान पर ज्यों-त्यों, आधा-अधूरा अमल करना ही है, कार्य-समिति आन्तरिक संगठन को पूरी तरह ठीक बनाने के खयाल से सभी कांग्रेस संगठनों को सलाह देती है कि वे निम्नलिखित कार्यवाहियों में लग जाएँ–

1. कम से कम एक करोड़ कांग्रेस-सदस्य बनाएँ।

टिप्पणी (1)–चूँकि शान्ति (अहिंसा) और वेधता (सत्य)[5] कांग्रेस

सिद्धान्त के मूल तत्त्व हैं, इसलिए ऐसे किसी भी व्यक्ति को सदस्य नहीं बनाया जाना चाहिए जो स्वराज्य-प्राप्ति के लिए अहिंसा और सत्य को, अपरिहार्य नहीं मानता।[6] इसलिए जिस व्यक्ति से भी कांग्रेस में सम्मिलित होने को कहा जाए उसे सावधानी से कांग्रेस के सिद्धान्त भी समझाने जाने चाहिए।

टिप्पणी (2)–कार्यकर्त्तागण ध्यान रखें कि कोई भी व्यक्ति वार्षिक चन्दा दिए बिना बाकायदा कांग्रेसी नहीं माना जा सकता। इसलिए सभी पुराने सदस्यों को फिर से अपने नाम दर्ज करवने की सलाह दी जाती है।

2. चरखे का प्रचार करें और हाथकते सूत को करघे पर बुनवाकर खद्दर के उत्पादन की व्यवस्था करें।[7]

   टिप्पणी–इस उद्देश्य की पूर्ति के लिए सभी कार्यकर्त्ताओं और पदाधिकारियों को खद्दर पहनना चाहिए, साथ ही सुझाव दिया जाता है कि औरों को प्रोत्साहन देने के ख्याल से उन्हें खुद (हाथ से) सूत कातना सीखना चाहिए।

3. राष्ट्रीय स्कूलों का संगठन करें।

   टिप्पणी–सरकारी स्कूलों पर धरना न दिया जाए, बल्कि विद्यार्थियों के राष्ट्रीय स्कूलों में अपने-आप आने का आधार हो[8] उनका महत्त्वपूर्ण बातों में सरकारी स्कूलों की अपेक्षा अच्छा होना।

4. दलित-वर्गों का संगठन करें ताकि उनका जीवन बेहतर बन सके; उनकी सामाजिक, मानसिक और नैतिक स्थिति सुधारें, उन्हें अपने बच्चों को राष्ट्रीय शालाओं में भेजने के लिए राजी करें और उनके लिए वे साधारण सुविधाएँ प्रस्तुत करें जो अन्य नागरिकों को प्राप्त हैं।

   टिप्पणी–इसलिए जहाँ अब भी अछूतों के प्रति पूर्वाग्रह दृढ़ हैं, कांग्रेस-कोष से पृथक स्कूल और कुएँ मुहैया किए जाने चाहिए। ऐसे बच्चों को राष्ट्रीय स्कूलों में लाने के लिए जो कुछ सम्भव है, करना चाहिए और लोगों को राजी करना चाहिए कि वे अछूतों को सामान्य कुएँ इस्तेमाल करने की अनुमति दें।

5. जिन लोगों को शराब पीने की आदत पड़ गई है उनसे उनके घर जाकर मद्यपान न करने के लिए कहना चाहिए और इस प्रकार नशाबन्दी आन्दोलन को संगठित करना चाहिए। मानना चाहिए कि शराबी लोगों को उनके घर जाकर समझाना-बुझाना धरना देने की अपेक्षा अधिक अच्छा है।

6. सभी झगड़ों के आपसी निपटारे के लिए गाँव और नगर-पंचायतों का संगठन करना चाहिए; जनमत की शक्ति पर और पंचों के निर्णय की यथार्थता पर पूरी तरह भरोसा रखना चाहिए ताकि उनके आदेशों का पालन हो।

   टिप्पणी–जो लोग पंचायत का फैसला न मानें उनका किसी प्रकार का सामाजिक बहिष्कार नहीं करना चाहिए। ऐसा भासिततक न होने पाए कि किसी प्रकार का दबाव डाला जा रहा है।

7. सभी वर्गों और जातियों में एकता बढ़ाना, उसका महत्त्व समझाना तथा पारस्परिक सद्‌भाव बढ़ाना असहयोग आन्दोलन का उद्देश्य है, इस दृष्टि से एक समाज सेवा विभाग संगठित किया जाए। यह विभाग बीमारी या दुर्घटना के समय राजनैतिक[9] मतभेद का विचार किए बिना सबकी मदद करे।

   टिप्पणी–असहयोगी अपने सिद्धान्त का दृढ़ता से पालन करता हुआ भी बीमारी या दुर्घटना में हर व्यक्ति की, चाहे वह व्यक्ति अंग्रेज हो या भारतीय, व्यक्तिगत रूप से सेवा करना अपना सौभाग्य मानेगा।

8. तिलक स्मारक स्वराज्य-कोष[10] जारी रखना और हर कांग्रेसी या कांग्रेस के समर्थक से निवेदन करना कि वह 1921 की साल में कमाई हुई रकम का कम-से-कम सौवाँ भाग उस कोष में दे। हर प्रान्त तिलक स्वराज्य-कोष से अपनी आय का 25 वर्ष अखिल भारतीय कांग्रेस कमेटी को भेजे।

9. यदि जरूर हुआ तो उपरोक्त प्रस्ताव पुनर्विचार के लिए अखिल भारतीय कांग्रेस कमेटी के आगामी अधिवेशन के सामने लाए जाएँगे।

10. कार्य-समिति की राय में जो लोग सरकारी नौकरी छोड़ें उन्हें काम मिल सके इसके लिए किसी योजना की जरूरत है। इस काम के लिए समिति सर्वश्री मियाँ मुहम्मद हाजी जान मुहम्मद छोटानी, जमनालाल बजाज और वल्लभभाई पटेल को नियुक्त करती है। वे अखिल भारतीय कांग्रेस कमेटी की उक्त[11] विशेष बैठक में विचारार्थ एक योजना बनाएँगे।[12] (अंग्रेजी से) यंग इडिया 16/02/1922

सन्दर्भ

1. साधन-सूत्र के अनुसार, "....महात्मा जी ने सभी कार्यकर्ताओं को तथा उन सभी को जो आज बारडोली में मौजूद थे चौरी चौरा की भयानक घटना हो जाने पर सविनय अवज्ञा शुरू करना उचित हे या नहीं, उस पर बातचीत करने के लिए बुलाया। उन्होंने प्रत्येक उपस्थित व्यक्ति से राय मांगी। दो बच्चे भी उत्सुकतावश आ गए थे; उनसे भी महात्मा जी ने राय मांगी।.... लगभग हर छोटे-बड़े व्यक्ति ने यह कहा कि...महात्मा जी ने सरकारी विज्ञप्ति के उत्तर में जिस ढंग से पत्र लिखकर लॉर्ड रीडिंग को चुनौती दी है, उसे देखते हुए यदि पीछे कदम उठाया गया तो संसार के सामने सारे देश की बेइज्जती होगी केवल तीन व्यक्तियों ने इस विचार से मतभेद व्यक्त किया.... ।"
2. साधन-सूत्र में यही तारीख दी गई है।
3. अनुमानतः गांधी जी ने इनका मसविदा तैयार किया था। वे प्रस्ताव कार्य-समिति ने, जिसकी बैठक 11-12 फरवरी को बारडोली में हुई थी, पास कर दिए और बाद में इन्हें अ.भा.कां. कमेटी ने 25 फरवरी को अपना लिया। देखिए "प्रस्तावः अ.भा.कां. कमेटी बैठक में", 25-2-1922 और यंग इंडिया, 2-3-1922।
4. अ.भा.कां. कमेटी ने संशोधित पाठ पास किया था उसमें ये अनुच्छेद प्रस्ताव सं. 1 और इसके बाद के अनुच्छेद प्रस्ताव सं. 3 के रूप में हैं। उन पर 12 फरवरी की तारीख दी गई है; देखिए यंग इंडिया, 2-3-1922
5. यद्यपि अ.भा.कां. कमेटी के प्रस्ताव में हैः "शान्तिपूर्ण और वैद्य तरीके"

6. अ.भा.कां. कमेटी के प्रस्ताव में है, ''जैसे उपायों में विश्वास नहीं करता है।''
7. अ.भा.कां. कमेटी के प्रस्ताव में यहाँ पर इतना और जोड़ा गया है, ''और घर-घर जाकर उसके प्रयोग को लोकप्रिय बनाएँ।''
8. अ.भा.कां. कमेटी के प्रस्ताव में था, ''सरकारी या सरकार द्वारा सहायता प्राप्त स्कूलों से विद्यार्थियों को अपनी तरफ खींचने के लिए।''
9. यह शब्द अखिल भारतीय कांग्रेस कमेटी के प्रस्तावना में निकाल दिया गया है।
10. दिसम्बर, 1920 में शुरू किया गया था; देखिए खण्ड 19, पृष्ठ 192-93।
11. अ.भा.कां. कमेटी के प्रस्ताव में, ''अगली''।
12. अ.भा.का. कमेटी ने जो संशोधित पाठ पास किया था उसमें यह अनुच्छेद प्रस्ताव सं. 2 है और प्रस्ताव सं. 1 के साथ इस पर 11 फरवरी की तारीख दी गई है।

सम्पादक परिचय

नाम : पं. सत्यनारायण शर्मा (एस.एन. शर्मा)

पिता : स्व. श्री रामेश्वर दत्त शर्मा (श्री आर.डी. शर्मा)

माता : श्रीमति रजनी शर्मा

जन्मतिथि : 2 जनवरी, 1947

जन्मस्थान : गांव 'पपनावा' (सारसा) जिला 'कुरुक्षेत्र' (हरियाणा)

शिक्षा : एम.ए. (आगरा व मेरठ विश्वविद्यालय)

ए.आई.सी.टी.ई. (डिप्लोमा) दिल्ली विश्वविद्यालय

व्यवसाय : 32 वर्ष दिल्ली में, लैक्चरर पद पर अध्यापन (अब सेवानिवृत्त)

लेखन कार्य : पिछले चालीस वर्षों से विभिन्न पत्र-पत्रिकाओं में 'शहीदों को श्रद्धांजलि' लेख प्रकाशित

'राष्ट्र संगठन' पाक्षिक का लगभग 10 वर्ष सम्पादन

प्रकाशित पुस्तकें : विभिन्न क्रांतिकारियों पर 25 पुस्तकें।

सम्पर्क सूत्र : 2-सी-187, नेहरू नगर, गाजियाबाद (उ.प्र.)

फोन : 0120-2792742, मोबाइल : 09811057257